较量

闫星华 [著]

作家出版社

目 录

序

——石以砥焉 化钝为利

范振斌

有幸结识星华先生，还缘于 2013 年的一次邂逅。经好友引见，在月坛大厦 805 室雅会并共进午餐。席间共把盏，话文学，彼此有相见恨晚之叹。虽同属农行系统，又同与文学结缘，但因星华先生在总行，我在省分行，与上级联系甚少，故一直缘悭一面，不曾过从。

古人云：道不同不相为谋。翰墨结缘，文共载道，自此后，我与星华先生常因文学相聚。2013 年初秋，一起参加《金融文学》在东莞举办的培训加座谈会；翌年，受邀到广东河源野趣沟创作基地宣讲古体诗词，又与星华先生共宿"丹枫阁"。越近距离接触交流，越觉得星华先生亲切和蔼，儒雅敦和。于是，我们既是志同道合的同事，又成了情投意合的挚友。2015 年末，在老家——辽东凤凰山脚下的大梨树村，我应邀参加星华先生撰写的《毛丰美》电影剧本座谈会，得以更近距离接触。凤凰山下的大梨树村素有"东北小江南"之称，粉墙黛瓦，风物宜人，此行不仅观赏了如画的村容村貌，领略了淳朴的民风民俗，更了解了村书记毛丰美带领村民走上共同富裕道路的感人事迹。当时我还纳闷，远在千里之外的星华先生怎会知道辽东偏远农村的毛丰美其人其事？座谈会上听了大家的发言，才略知就里。如果说毛丰美是全国党员干部引领百姓走共同富裕道路的时代丰碑，那么作为发现并树立典型的星华先生就是这座丰碑的镌刻者和缔造者。他用饱蘸辽东山民朴实民风的浓情之笔，用心塑造一代英杰，其选题之准确，主题之鲜明，立意之高远，在当今作家中亦属罕见。星华先生就是这样善于捕捉发现典型，弘扬先进，抑恶扬善，在文学创作中始终忠于自己的信念，秉持正义、正直、正气，激发傲人风骨、风范、风华，扬起"一点浩然气，千里快哉风"的弄潮云帆！

《较量》付梓前星华先生就嘱我为其作序，我没有马上接受。在我心目中，为人作序的多是那些年登耄耋之期的硕学名儒，而我自己虽然也霜发满鬓，可实际年龄仅比作者虚长一岁；至于大咖名流，更是不靠边，若由我写序唯恐难以为大作增色添彩。因疫情各自宅家，星华先生电话里又提作序之事。他说，我的书就你作序最合适，我们既是同庚又是同道，你又是老金融，也有过与主人公同样的宦游历程，就不要推辞了。星华先生如此信任和抬爱，我也不好再推辞，恭敬不如从命，遂"硬着头皮"快然走笔。

星华先生的金融小说三部曲，从《查账》《贷款》到《较量》，皆是以金融为题材、以改革为背景的力作。去年他奉农业银行总行之托，在戴相龙老领导的牵头下，执笔创作了以老行长为原型的《向着太阳走》长篇小说。他的创作深入生活，扎根基层，美善刺恶，匡正祛邪，于社会既能道其淳朴向上的风土人情，于作者又能曲传细微复杂的生活体验，在资谈笑、助谐谑、叙人情、状物态之间笔锋奔放而宛转，新奇而自然。一个有见地有情怀的作家才能用深刻细腻的笔触，书写对人生的热爱，对乡土的眷恋，对友情的珍视，对自然的迷恋，才能执着地寻求生活的意义、生命的本质和存在的价值。

唐人陈师道诗曰："书当快意读易尽，客有可人期不来。"好读书的人都有这种体会：喜欢的书读起来，爱不释手，感觉不知不觉中就读完了；不喜欢的书读起来特别慢，看了几页就束之高阁。读星华先生的作品，开卷便不忍释手，唯恐错过精彩章节。读书如阅人，文中气象是作者心声，星华先生其人如文，其文如人，同样熠熠灼灼。余告别职场，忝步文坛，有幸能与文学高士"同醉一樽酒，共与细论文"，何其幸也！岂不快哉！

能与星华先生翰墨结缘，是幸，也是憾——憾相见甚晚。我敬重他的为人处世的善良正直，笔墨文章的大块才气，抑扬臧否、爱憎分明的侠肝义胆，不立崖岸、天性和乐的宽阔襟怀，还敬重他是个"有故事"的人。

他的故事从《贷款》到《查账》，从《向着太阳走》到《较量》，世事与人情，正义与大道，验证了"人间正道是沧桑"的知见总是个拨云见日的过程。星华先生的作品无论言情说爱，伤离怨别，还是议政言事，悟道参禅，不仅逼真地再现现实生活，细腻地抒发个人情怀，而且其气度之恢宏，境界之阔大，襟怀之超旷，笔致之跌宕，语词之畅达，沾溉着金融文学乃至中华当代文学方塘，也探究着新时代文学发展的无限潜质与方向。文以论道，写小说亦论道，星华先生在《较量》这部长篇里，用深度笔墨展现了金融界在新时代的改革与发展、探索与创新之路上，经历磨砺与阵痛后，驱净阴霾、涤掉污垢，终于修成良性发展的正果。

星华先生是个会讲故事的人，从长篇纪实文学《毛丰美》开始，他的故事便扎根在改革开放的时代洪流中，一代实干家毛丰美的光荣形象成为引导探索创新乡村中国梦的先驱，后来这部作品改编成电影剧本，并荣获华表奖提名奖。星华先生所讲的故事是居土乡、睡土炕、食土食、听土话、访土民、写热土（剧本原名《热土》）而得。为此我曾感慨：

曾羡惠连书锦绣，

而今应叹华星。

大梨树下颂英雄。

寒天融热土，

笔底漾春风。

墙角炕头寻故事，

山乡雪夜灯红。

复兴梦里献丹诚。

丰碑歌壮美，

浩气贯长虹。

　　星华先生的故事在它发生的原乡得以发掘，他以扎实的写作功底和真实演绎，无不体现毛丰美其人特有的人格魅力和壮美的生命力，还原了一位普通党员干部的高大形象，作为时代的丰碑，毛丰美必将被载入史册，激励后人，当然，星华先生也因此功德无量。

　　"更无花态度，全有雪精神"。梳理如雪莲一样高洁的人格魅力、树立廉洁自律一马当先的典范形象是星华先生小说创作的主旨。从辽东大梨树的毛丰美到《较量》里的张海明，他们都是时代的楷模。张海明不被时代洪流下的暗流裹挟，敢于横刀立马与黑暗势力较量，敢于坚持正义践行使命，可谓剑胆琴心真英雄。

　　张海明是位品行卓著、能力超群、不忘初心与使命的省分行行长，在新岗位履职过程中，敢于突破行里腐败黑暗势力的重重围堵，有勇有谋、有胆有识，不仅对银行业务经营、人事管理、意识形态管理进行了大刀阔斧的改革，而且深入基层实践、体恤民心民情、有理有据地对腐败群体进行反击，还原了银行系统的政治生态和良性发展的途径，展现了新时代金融干部的优秀品质和奋斗精神。《庄子·知北游》："汝齐戒，疏瀹而心，澡雪而精神"。古人之精神修养如果还局限于自我的个体，那么张海明等人物的精神境界已经融入时代的大作为与大担当，从而成为时代前行的楷模。张海明作为金融界的典型形象，时时令我百感交集，同样作为省级金融业"一把手"，"同是宦游人"，我们有相同的经历和境遇。"铁马冰河入梦来"，在张海明的故事里，我仿佛再一次站回到金融改革的前沿，重新体味自己当年的艰辛与执着、勇气与魄力、清高与傲兀，再一次将自己义不容辞地交付给辉煌的金融事业，那是对青春与梦想、生命与追求做出的最好答卷。

我曾写诗"仕何如，志何如，硬膝强项天熔铸"作为对官场昏聩的抨击和对事业与人生的自勉。"石以砥焉，化钝为利"，敢于与丑恶观念和罪恶行径较量，也是生命的责任和为人的准绳。我为张海明喝彩，更为星华先生喝彩！

作为小说家的星华先生在这部小说里进一步发挥他超强的叙事能力。时代的大浪淘沙过程亦是兵戎相见的较量过程，从机构精简到人事升迁、从业务改革到文化构建，从银行内部到外围，从西部开发到乡村振兴，从脱贫到中国梦，场面宏大，叙述平稳，张弛有度，可谓笔力扛鼎，在大开大合、环环相扣的情节推进中，展现金融战线风起云涌的鼎新气象和大时代奔腾向前的撼人浪潮。

是什么精神品格让作者能坚毅自守？是何种写作态度让作者能独拔时流？星华先生对金融事业的大爱和追求弘扬正能量的本质，决定了他的写作触角和对社会的深度感应，也决定了他敏锐的创作嗅觉。当今有些人，总有"世路如今已惯，此心到处悠然"的"淡定"，有一种"日光之下，并无新事"的漠然，实则是对生活感知的麻木与懒散。尼采在《不合时宜的梦想》之三中说：让人生平庸的罪魁祸首是"懒惰"和"怯懦"。"千淘万漉虽辛苦，吹尽狂沙始到金"。懒人只是羡慕别人口袋里的金子，但不愿意付出"千淘万漉"的辛苦；怯懦就不可能有任何断腕的壮举，不可能有破釜沉舟的决心，"足将进而趑趄，口将言而嗫嚅”的人，从来领略不到人生的美好风景。而星华先生超然于外，始终保持着对世事的新奇嗅觉与敏锐触角，如果说，想象、直觉、逻辑等智力的因素是创作的前提，那么生命的激情和冲动则是一切创作的原动力。精力充沛、大爱在心的星华先生一直站在文学前沿呕心沥血，辛勤耕耘，持续创作，也屡屡捧出文学的醉人花香。

星华先生走千山万水，访千家万户，观金融界千姿百态，经半载撰写成卷，《较量》得以付梓问世。细读之，此书以飞扬的神采，铿锵的音节，阔达的境界，塑造了新时代金融界的精英。整篇行文不事雕琢饾饤，自然流畅，如行云流水，舒卷自如。一桩桩故事，一个个场面，从小溪曲调，汇成了泱溙巨流，其沉雄之魄，清劲之气，绮丽之情，正作挥棹之声。

此书付梓于众，恰是“映日荷花别样红”的夏日，愿此书有如池塘的田田荷叶，朵朵莲花，带给您几缕清芬，几丝凉爽，几分高洁。

星华先生是金融人的歌者，他以笔底春风歌颂不坠青云志的正义与担当，歌颂风华时代与梦想，这是文坛的使命，也是每位金融作家的时代追求和历史担当。

乐为序。

2022 年 6 月 18 日

于京华傍梨斋

引 子

　　清江省分行行长张海明调到庆都省分行任职时，在国兴银行引起了轩然大波，厅局级干部异地三年交流，本是件很平常的事，可是这次国兴银行只变动了他一个人。并且庆都省分行刚发生了几起在社会上影响极坏的案件，连续发生案件的省分行，的确让人望而生畏，张海明能否挑起这副重担，众说纷纭，莫衷一是。

　　庆都省分行所在地属于穷山恶水的省份，既不是珠江三角洲，又不是长江三角区。由于自然环境较差，分行多年经营亏损。十几年来，全行上下人心涣散，政令敷衍，行令不通；干部之间勾心斗角，派系林立；各级机关人员严重超编、机构臃肿。而基层岗位却人员不足，严重缺编。完不成揽蓄任务而被扣工资的员工占三分之二，甚至出现了个别员工生活极度贫困的情况。导致干部员工无心经营，各基层单位怨声载道，同时还担心撤行并点，人心惶惶不思进取。"家园文化"成了这个行的笑谈，可以说积重难返。张海明到庆都省分行不但没有专车，且办公室是"凶宅"，传说是一个事故多发的办公室，这个办公室正好对冲马路。而这个办公室竟然"让"给了"一把手"，足见"行风"到了何种程度。让他没有想到的是，这只是冰山一角，现实比他想象的还要残酷无情。各种问题正张着网等待他去解决。

　　更让他不可思议的是，他上任初期，对于下属的任免，只有发言权，表决的时候属于少数。当他面对"以贷谋私""以权谋私""包养情妇"这些让世人不齿的行为时，也只能无可奈何地走"曲线救行"之路。

常言道：新官上任三把火，头三脚难踢。可这三把火怎么个烧法，头三脚先踢左脚还是右脚好呢？全行工作林林总总包罗万象。正当他调查研究后，理清了思路，准备扑下身子大干一场时，也许是火烧得太猛，脚踢得太快、太重，他的一举一动，似乎都有阴险的影子在跟随，竟然陷入了"嫖娼门"中，而且差一点命丧黄泉。可以说祸不单行，紧接着就是被人"受贿"了一次。当美女、金钱和刀子摆在他面前时，他将如何做出选择呢？

因改变办公环境和职工的居住条件，他成了"形象工程"行贿的主要人物，引起了北京总行的高度重视，被纪委派人调查一番。在清理"小金库"时，对手下干部的违法乱纪行为，因有上层人物保护，他束手无策。权与法在金融系统如此失衡。他对金融高官们的"吃喝嫖赌玩"也只能是睁一只眼闭一只眼地装聋作哑。他应有的权力显得那么无力和无助，不得不游走在情与法的边缘，寻求突破和完善自我。

在依法治行中，官司虽赢了，却也让银行付出了巨大的代价，葬送了一些干部的前程。这让他夜不能寐，不知道自己是行长还是政府官员，第一次对自己的做法产生了动摇，而短暂的动摇之后他依然选择了坚守。

当他运用法律和规章制度限制当权者借"红白事"捞钱时，却让限制者别出心裁地又找到赚钱路子，出现了领导干部书画热。他感到有按下葫芦浮起瓢的态势。权力的争夺，私欲的膨胀直逼人性的底线，甚至达到了雇凶杀人和逃亡国外的地步，究竟鹿死谁手，是非黑白展现在了人们的面前。

一个省分行行长没有媳妇相伴，本身就是一个谜。况且他又遇到了众多谜一样的事件，真是处处险象环生，步步惊心动魄，悬疑多变；既意想不到，却又在情理之中，令人关切。

第一章　单骑出征

2010年元旦刚过，国兴银行清江省分行行长张海明，突然收到了去庆都省分行任行长的调令。

一纸调令改变了张海明的人生轨迹。他在清江工作了二十余年，可以说是一帆风顺步步精彩。让他感到欣慰的是，他任清江省分行行长刚两年就扭亏为盈，让清江分行挤进国兴银行前五名。现在清江分行已成为国兴银行的排头兵。为此他被中宣部、中组部授予"全国优秀共产党员和优秀领导干部"荣誉称号，总行宣传了他的事迹。中央和地方媒体此时也正在关注他。正当他全力以赴带领全行员工实施他的新计划新目标时，调任的确有些突然。

他知道庆都省分行不但亏损严重，而且派系林立，行风不正。最近又发生了一起震惊全国的大案，给国兴银行带来了严重的负面影响。直到今天，庆都分行的干部员工还没有从案件的阴影里走出来。让他去扭转局面，怕是身单力薄，孤掌难鸣。他担心辜负组织上的信任和期望。总行主要领导也对他说："……我们是把你扔进了火坑，就看你有没有孙悟空的本事了。我们在全行权衡来权衡去，党委多数人认为只有你去才能打开局面。你一定要做好吃苦耐劳和敢打硬仗的准备。"

父母对他的调动更是一百个不乐意。张海明不但是"独苗"，离异后妻子随富豪男人"远走高飞"，孩子让他抚养，家里父母也需要照顾。而他的亲人们正四处给他介绍"媳妇"。现在去庆都人地两生，什么时候才能找到合适的夫人，也就成了父母的牵挂。

他告诉家人给他找"媳妇"的事先放一放，等到新单位安顿好以后再说。父母虽然没有直接反对，还是提出了自己的一些要求：一、最好还是在清江找，咱家在这里人熟便于了解。二、最好不要找事业型的女强人，免得夫妻双方都顾不了家。三、把范围确定在老师和医生方面。四、不能找本单位的。五、不能找太年轻的。他是个有名的孝子，所以满口应下了父母的"约法五章"，表示一定给父母找个称心如意的儿媳妇，否则就一辈子单身。并向父母和家人提出他的婚事暂时对外保密，免得影响了他的工作。父母见他把全部心思放在了工作上，越发对他的婚事担心起来。

自古以来，忠孝不能两全。任命如山，赴任如风。总行党委看好的就是他敢于担当和雷厉风行的作风。张海明很快就挂帅出征了，他知道在两节期间一个单位是不能没有主帅的，也更知道肩上的担子有多重。

总行常务副行长、党委副书记韩光和人事部部长陪他到了庆都省分行。省分行举行了隆重的欢迎大会，省分行机关副处级以上干部、二级市分行行长、直属单位负责人，以及各县（市）支行行长都参加了会议。与会的还有庆都省银监局（后来合并为银保监局）领导、省政府的金融办主任等。

会上韩副行长讲了调张海明同志到庆都分行的原因和他的一些情况，重点强调他是清正廉洁、反腐倡廉的典范，目的就是针对这个行的不正之风。意思是张海明是一堵铜墙铁壁，能够挡住歪风邪气。还介绍了张海明是全国重点大学金融专业毕业，懂经济，会管理，又干了近三十年的银行工作，十几年来任职过各级行行长。意思是让与会人员明白他有能力扭转这个行亏损严重的局面。讲了张海明光明磊落，不拉山头，不搞帮派，能团结大多数人。他的介绍不时引起一些掌声，可是掌声参差不齐，七零八落，给人一种士气低落的感觉。

到张海明讲话时，他没说太多，只是客气地说总行领导"过奖"了，他说："我不是神仙，不是救世主，我只是个凡人，我要在总行领导下工作，在省分行领导班子的集体、团结和智慧下工作，在广大员工拥护和支持下工作；再有一点，我作为庆都分行的行长，要求别人做的，首先我要做到；我不做堂皇的表态，只有行动的承诺，如果大家看我行，就支持我；看我不行，就轰我下台！"

掌声如故，夹杂着笑声和交头接耳的杂音，让张海明感到有一种无形的压力和不安。

送走总行领导后，张海明才知道自己这个行长居然没有合适的办公室。这让他又好笑又好气。问主持工作的副行长陆富达，他竟然阴阳怪气地说，没有人交代他办公室的事。作为主持工作的"二把手"，居然说出这种话，让人不可思议！张海明感觉到他的到来，"二把手"并不欢迎。

张海明无可奈何，只得暂时在分行宾馆吃、住、办公。虽然方便些，可也出现了一些以前没有遇到过的问题。每到晚上，总有些干部和员工到他的住处，多数是打着汇报工作的理由，实则是反映情况。有的则是为了前途来拉关系的，有的还带了些土特产或小礼物，让你拒绝都没有理由。他虽然看到了希望，但更多的是困惑和不安。

这些人中间不乏举止文雅、谈吐不俗的少妇和朝气蓬勃的女大学生。他感到自己的思维赶不上时代的发展，现代女人看重的是男人的位置和财富。有的女大学生，直接提出和他先共枕再结婚。他疑虑自己单身来庆都可能是个失误。连宾馆的女服务员看他的眼光都出现了异样，夜间还有"小姐"的性骚扰电话。因为他在住处办公，不能拒绝员工们的工作汇报，可又怕引起不良影响，造成不利后果，他要求办公室郝主任抓紧时间给他解决办公室。

郝主任为难地解释说："张行长，退下来的行长占着办公室不交，你看咋办？"

"这是你的职责，你必须马上给我解决。"

郝主任只好硬着头皮去请示陆富达副行长。

陆富达恨张海明挤占了他的位置，心中憋着气，郝主任找到他，自然不会有个好态度，他冷漠地说："不是有一间办公室吗？我不主事了，你找我没用。"

郝主任对陆副行长的答复很不满，他说的那一间办公室是有名的"凶宅"，谁都不愿意进去办公。他又不能当面顶撞，只好自己去找那些退休的正副行长们，一一到他们家去拜访，说明新来的张行长没有合适的办公室，磨破嘴皮子做他们的工作，动员他们腾出一个办公室给新任行长。

退下来的正副行长都对北京总行一肚子的意见，因为他们都没干到六十岁正式退休年龄，才到五十七八岁就被总行给"内退"了。中国官场上的人员，大都希望延长任职年限，而他们却要提前退位。因此，有气无处撒，就占着办公室不交以示抗议。不管郝主任怎么做工作，他们就是不让。

有一位副行长说："陆富达用的办公室就是行长办公室，他应该给腾出来！"

郝主任不能说啥，摇了摇头算是做了回答。

"内退"的唐行长在职时和张海明熟悉，在总部开会时两个人经常见面；他退休后，曾带家人到清江旅游。张海明得知后，周六周日抽时间陪同他，这让他很感动。对退休的老同志还这么热情，唐行长以为这样的人可以信赖。所以这次郝主任到他家一说，唐行长就主动让出了办公室。

郝主任十分感谢老行长的"救急之情"，握住他的手，连续说了三声谢谢。

谢天谢地，郝主任单骑"为主"，解决了张海明的办公室问题。

郝主任问："张行长，咱们装修一下吧？"

张海明连说："不用，不用。"

继而，郝主任找人马上收拾打扫闲置一年多的办公室。

张海明搬进办公室时，陆富达见他没到"凶宅"办公，就过来扫视一眼收拾得干净、利索的新办公室，说："老张啊，不然你用我那间办公室，我搬这屋？”

"不用，不用了，谢谢。"

张海明猜不透陆富达是真心还是假意。行里机关有些人议论说，张行长用的是副行长办公室，而陆副行长用的是行长办公室，行长办公室的位置好、风水好，能够锁住"龙墩"。张海明对这些议论并没有放在心上，他是一个相信品德的人。他认为，品德好在哪里工作都能如鱼得水，品德不好在哪里工作都会碰壁。

张海明有了办公室后，虽然晚上他回去得很晚，可来办公室汇报工作的人却没有了，有些人还是到他的住处去找。他告诉保安一律不准放进来，特别是女员工，面对风韵诱人的少妇和性感靓丽的美女，他似乎对自己有些不自信了。

办公室总算解决了，但车又成了问题。张海明来到庆都十多天了，作为"一把手"，连专用的车都没有。

庆都市分行有个不成文的规定，行长副行长"内退"后，原来配有的车子不交，留作自己用，直到退休。其家人都跟随沾光。司机更是说用就用；就是不用，谁也动不了。司机和车子哪怕闲着，别人有事也不能动。

张海明开始不知道，他用车都是车队派，今天这车，明天那车。有一次他去银保监局汇报工作，办公室郝主任陪同他去，张海明坐的是行里公用车"宝来"，郝主任对张海明不好意思地说："张行长，真对不起，你坐这车有失身份了。"

张海明笑着说："咱们是亏损行，有车坐就不错了。"

于是郝主任趁机向张海明解释了行里公车的使用情况。

张海明问："我的车能解决吗？"

郝主任为难地说："我找会计处，他们说正想办法呢，我又问陆副行长，他说没地方出钱买车。"

张海明说："不用了，我自己想办法。"

那时庆都分行还没有进行车改，张海明有气也发不出来，他只道这个行"怪"。

张海明给总行财务部打了个电话，说明了庆都分行这些情况，让财务部"开开恩"。

财务部部长乐了："这点事值得张大行长开口啊，我给你'一个数'，买辆好车。"

张海明只用了三十六万，买台奥迪A6，还剩六十四万元。

车买来后，配司机也是个问题。正常情况下，让总务处选个司机就可以了，但这个行的司机都给行长们开过车，关系很复杂。司机是行长的耳目，他们听的看的很多，如果参与"关系"和"派系"之中，也会起到不同凡响的作用。一些人"关心"张行长，要给他介绍或者推荐司机人选。陆富达下手最早，他来到张海明办公室，先对张行长没车表示"自己有责任，但无能为力"，然后给张海明推荐两个司机人选，把详实情况都写在纸上。并说："老张啊，选个好司机很重要，他既得保证你的安全，还是你的生活秘书，你可要选好啊！"

"谢谢你了，我交给总务处选人了。"

陆富达回去后马上给总务处打电话，说张行长的司机人选他给找好了，不用再找人了。

老唐行长知道了张海明选司机的事，他专门来到了张海明办公室，告诫张海明："一定要慎重选人。"

他介绍说行里这些司机都给历届行长开过车，关系复杂，又都有靠山，相互之间传言走信。他说："不行，你把我的司机调去用，这孩子是个复员军人，可靠。"

张海明先谢了老行长的关心和提醒。但他没表态，解释说："陆副行长来找我，给我介绍两个人，我说让总务处选人；你给我介绍的人，我相信，但用你的，不用他的，这里边会有矛盾的，行里的司机，我都不想用。"

"也行。不然会出现矛盾的，从你原来工作过的清江分行调来一个吧。"

"那不好。我再想别的办法。"

之后，总务处处长把选的几个司机名单送给张海明，说："张行长，这些你挑个吧。"

张海明扫视了一下，说："谢谢你这么认真。"并问，"你是哪个部队转业的？"

"省武警总队。"

总务处处长答。

"这样吧，你给我从你老部队选个即将复员的战士。"

"好，好。"总务处处长干脆地答道。

为什么张海明从部队选司机呢？他在清江省分行时，与省武警总队搞"军民共建"活动，他的司机就是从武警部队调入的复员战士。军人遵守纪律，组织性强，绝对可靠。

没过几天，总务处处长从武警总队选了一名战士小杨，带到张海明办公室，张海明看到面前的战士军容整洁，举止得体，又问了一些情况，非常高兴地批准了。

但这一举动，让省分行一些人议论纷纷。陆富达显然不满，散布谣言。说他从部队要司机，是不是他亲戚想安排进银行啊？更让人啼笑皆非的是，说这是张行长的乘龙快婿。弄得这个连女儿都没有的张海明哭笑不得。还有一些人佩服张海明是有心计的人，在选用司机上都显示出技高一筹。

通过这些小事情的处理和表现，让张海明感到了庆都分行人心叵测，风气比他想的要复杂得多。就在他考虑如何开展工作时，陆富达却先发制人，打了他个措手不及。无形的战争从此拉开了序幕。

第二章 以权谋私

张海明的党委书记任命还没有下来，他也知道多年来总行机关作风拖拉，本人也不好意思问。按理，身为常务副行长、党委副书记的陆富达应当向总行催促。但他的思维不同，而是希望张海明的任命越晚越好，不任命更好，他好取代党委书记发号施令，办自己的私事。陆富达抓住张海明的"任命空当"时间，准备召开党委会，研究他早就精心谋划的干部提拔和调动问题。但张海明认为这批干部他不了解，建议推迟研究。陆富达说有些位置空缺，急需配备等等，坚持马上研究。

副行长杨文图接到通知之后，马上到张海明办公室，他说，这批干部多数是陆富达许过愿收过礼的人。他让张海明抵制陆富达开会，推迟研究。张海明又向杨文图了解了这些干部的情况，杨文图详实介绍了一下，特别是他知道的陆富达的嫡系，逐一向张海明点了出来。

研究干部的党委会还是在陆富达的坚持下召开了。党委会成员就六个人，而张海明又不是书记、委员，算作列席。作为第一行长，谁遇到这种情景都别扭，张海明也感到很尴尬。

陆富达主持会议，他说："这批干部提拔调动是上届党委议过的，但由于行长人事变动搁置至今，现在提交会议研究。"

他让人事处处长周海军介绍一下情况。

周海军介绍完以后，陆富达又别有用心地介绍了几个干部。把他那伙人的"优点"，夸大其词，重点介绍一番。

副行长张春耕也急于发言，他表态支持这个方案，说："是人事处经过考核，所在单位民主评议，陆副行长多次过问而定的，具有群众基础和领导肯定……"

紧接着田仁京也发言，他说："这批干部是全行万名员工中选拔出来的，他们是员工的杰出代表，是佼佼者……"

杨文图面无表情地听着，他想看这几个人如何表演。他手中拿一根香烟，时不时在鼻子下闻一闻，看来他烟瘾挺大的，无奈于会议期间不准抽烟。陆富达看在眼里，笑着说："老杨，你烟瘾大，可以抽一根；要是不抽烟你不会发言的。"

杨文图说："谢谢陆副书记特批我抽烟，但我不能破坏行里规定。"

他把烟狠狠地折断，放在烟盒里，还是没有发言。

副行长兼省分行营业部总经理闵家仁年轻，他既不属于陆富达那一帮，也不归杨文图他们一伙，是中间派。如果他发言，倾向哪边都不好，所以他也没发言。

"等等看。"他想。

武家豪在副行长中属于"中坚力量"，正值壮年，他实际上倾向杨文图，有正义感，和陆富达他们合不来。他也给陆富达一个"消极怠慢"的态度。

"大家都说说。"陆富达看到会议沉闷，又说，"干部工作是大事，毛主席说过：'政治路线确定之后，干部就是决定因素。'大家一定要把好关啊！"

尽管他提示了，还是没人说话。陆富达看一眼张海明说："老张啊，你虽然列席会议，但也有发言权，你说说吧。"

张海明倒要看看这个党委会如何开法。他首先看到陆富达一派人夸夸其谈——"一派"之堂了；然后是沉默。他想：派系严重的单位都这样，要么沉闷不语，要么愤怒爆发，针锋相对，这两种局面中暂时出现第一种局面——沉默。

张海明为给陆富达面子，也想打破沉闷的气氛，他问周海军："周处长，这批干部都进行了哪些程序？"

周海军说："按照行领导意图，人事处提出了人选，下去进行了考核，征求了所在单位领导的意见，回来又和陆副行长作了汇报。"

"所在单位群众评议了没有？"张海明又问。

周海军看看陆富达。

陆富达忙说："群众评议那些东西也就是走走过场。"

"不是过场，是必需的。既然评议了，那结果怎样？"张海明又追问。

周海军汇报"方案"时，没说评议结果，也没带评议资料，他打电话让人事处的人把评议资料送过来。大家等了十几分钟后才送来。周海军在一摞材料里翻来覆去地找评议结果，还自语道："这乱七八糟的，这小黄啊，怎么弄的……"

陆富达也不耐烦了，批评说："你们为什么不提前准备好？"

周海军点头自责："都怪我。"

他翻出来一个，念一个，有好几个人评议票不超过百分之六十，有的才百分之四十、五十。

"评议赞成票不到百分之六十的为什么还拿到党委会上来呢？"

张海明问得周海军哑口无言。

陆富达解释说："咱们庆都分行按百分之五十以上的就有效。"

"这是违背总行规定的。"张海明严肃指出，"我们没权改变。"

陆富达面有难色，又争辩说："我看群众评议就是画画圈，他们对哪个干部真正了解？还是人事部门掌握得准一些。"

"我不同意这种看法！"杨文图接火，"毛主席历来说，干部工作要走群众路线，群众的眼睛是雪亮的，有些干部情况我们行长并不知道，人事部门也未必了解，而群众知道。"

张春耕辩解说："我看百分之六十也不见得科学，那林彪'九大'时全票通过当党中央副主席呢，还写在党章上，上任后不一样变了吗？"

"那是特定时期的个例。"武家豪接上话说,"我们能拿这个作例子吗?外国竞选总统,还得达到三分之二以上票数才能当选。"

关于评议票数百分之六十的争论看来不可调和。当初周海军请示陆富达,说有九个干部评议票不超过百分之六十,问他怎么办。陆富达不敢明说让周海军作"技术处理",只是暗示他:"你酌情处理一下吧。"

由于周海军当时忘记了陆富达告诉他的话,所以,找出评议资料后如实报告了票数。陆富达一听急眼了,恨周海军太愚蠢,他随机应变,马上说出"庆都行按百分之五十掌握"。

却遭到张海明坚决反对。

张海明又强调:"百分之六十是底线,这是原则问题,我建议不够票数的干部不要研究。"

他又问:"这些干部进行公示了吗?"

"没,没有。"周海军说。

"行级以上干部提拔公示,处以下没必要公示吧?"陆富达说。

"必须公示。"张海明说,"干部公示是个必须走的程序。"

"庆都分行提拔处以下干部从来没公示过啊!"陆富达又说。

"不能以庆都分行作为标准,没公示过,说明以前庆都分行做的是错误的。现在我们必须按规定做!"

张海明态度坚定。

张海明顽强的坚持,使陆富达越发感到实现他预谋提拔自己亲信的困难,但他不甘心,主持党委会,不能被一个没有表决权的人挡住。

杨文图说:"既然群众评议的几个人没过百分之六十票数,又都没进行公示,我的意见,这批干部这次就不要研究了。"

"对,不能研究。"武家豪也说。

张海明又问:"为什么学历达不到的还提拔?"

"这,学历是必需的吗?"陆富达没想到张海明提出这样的问题,他反问道。

张海明态度坚决："总行规定，提拔干部必须是本科生以上学历。我们必须要遵守。"

"这样吧，现在表决，同意研究的举手。"陆富达有点强势夺人。

"不同意研究的举手。"

除张海明没表决权之外，六个人正好三比三，即陆富达、张春耕、田仁京同意，杨文图、武家豪、闵家仁反对。

这样的平局结果，是研究还是不研究？陆富达为难了，他问周海军："周处长，党章上有没有规定，在表决时票数相同的怎么办？"

周海军对党务上的事不甚了解，他说："不知道。"

"你查查党章。"

陆富达不高兴地指令他。

周海军不高兴地离开会场，回到处里找党章去了。找到之后又查了一会儿。这边几个人等得着急。

张海明有点讥讽地笑了一下，说："老陆啊，党章上只能是超过半数为有效，我看这事，放一下，等公示完了，再研究，不然，你没按程序研究，即便通过了也无效。"

"我看这样吧，"陆富达又说，"既然三比三，就是说，可以研究，也可以不研究，我作为党委主持工作的副书记，有权裁决。我决定研究！至于公示，我们研究后再说。"

"我反对！"杨文图说，"你虽然是副书记，但你只是一票，不能违反表决结果而擅自使用权力！"

"我也反对！"武家豪说，"这批干部有这么多人评议不合格，又没公示，还研究什么？"

"那空岗位配不上，没人主持工作，误事谁负责啊？"张春耕针锋相对地说。

"我看这样行不？评议超过百分之六十的咱先研究，不到的下次再说。"陆富达退一步说。

"行！"

"不行！"

众人各执己见，又争个不停。

陆富达见此之势，形成不了共识，还缺乏公示程序，他要强行研究就会遭到强势反对。所以，他来个缓兵之计，宣布："算了吧，不研究了，散会。"

他抓起笔和材料，抬起屁股第一个走出会议室。

张海明很高兴——总算抵制了这次不合法的干部提拔调动方案，但也难过——这样不团结的领导班子将如何工作呢？他预见到庆都分行今后的工作不会一帆风顺。

这批干部没研究成，那些盼望已久的干部没提拔上，有人造舆论，把责任和怨气都推到张海明身上。有的打来匿名电话，有的发短信，没有得到提拔的人骂他；有的把张海明的车窗玻璃砸碎，还有的把纸条贴在他车门上，写道：张海明，你小心车祸！

张海明与这些干部素不相识，没冤没仇，党委会他又列席，为什么这些人对他欲加之罪？他开始想不通，后来知道了——因为他阻止了干部考核工作上的不正之风。他问杨文图，杨文图告诉他说："这个行就这样，每次研究提拔调动干部都吵吵闹闹的，原来老行长心太软，陆富达争权夺势，总想把他自己的人提起来。这次你阻止他了，我看他不会死心。"

杨文图提醒张海明："张行长，你要有思想准备，陆富达在这个行经营几十年，他的势力不可小视啊！"

张海明笑着说："我也不是来打仗的，我是来工作的，我不伤害任何人，我们要相信正义。"

张海明又把砸车门和贴条子、打电话之事告诉了杨文图。杨文图说："肯定背后有人栽赃你。"

杨文图是分管安全保卫工作的，他说："我一定加强保护措施！但张行长你也要小心点。"

"能有这么严重吗？"

张海明感到疑惑不解。

杨文图告诉他："这个行派系严重，风气又不正。发生的事只是表面的东西，深层的东西像冰山一样隐在水中。陆富达急于召开党委会，就是想把他们那些人提起来。按理说，你来当行长，又是党委书记，尽管任命书暂时没到，他陆富达是'二把手'、副书记，他有什么权力现在召开党委会研究干部？"

杨文图有些义愤。

张海明遇到这种情况，想起了他看过的《罗斯福传》中美国二战时期的总统罗斯福，他有个独特的领导谋略——让自己副手们之间不和，以培养一种具有创造性的紧张气氛。他总是小心不让手下人掌握过多权力，他在工作中谨慎地保持着一种制衡的体系，权力越分散，滥用的机会就越小，明显地依赖某个人的可能性也会越小。这是明智的人，从行政组织方面考虑、学会保护自己，防止别人暗算他的谋略。

罗斯福是资产阶级政客，但他的经验也有道理。想到这次党委会，如果陆富达没有对立面，权力不分散，他的预谋就会得逞。但张海明想：共产党的领导不能人为地制造和利用这些矛盾，和谐、团结才是做好工作的基础。

党委会研究提拔干部没有成功，陆富达不死心，他把周海军找到办公室，要他想个具体办法，把其中一些"重点干部"办成既成事实。周海军对陆富达言听计从，听他的话比听原来"一把手"的话还好使。

两天以后，陆富达打电话问周海军"办法"想出来了没有，周海军说还没有呢。他又被叫到陆富达办公室，周海军正要开口解释，陆富达打断他的话："你呀，做事太慢，点子又少。这样吧，你把机关处室和地区行行长空位的让这些干部先补上。"

陆富达把一些人的名单交给他，说："让他们先干着——这不叫提拔，是工作调整，不需要那么多程序。"

"那还研究不？"

"当然研究，但得等一等。"

陆富达让他准备好，特别交代说："把理由准备充分些，别谁一反驳就哑口无言，你要对干部了如指掌，又能按领导意图行事。"

"是，是。"

周海军唯唯诺诺地回答。

陆富达"等一等"的用意周海军终于明白了——张海明参加了总行读书班，时间一个星期。这个时间是陆富达等到的绝佳机会！

张海明走后，陆富达又主持召开了一次党委会，研究他授意周海军做出方案的那几个干部问题。他知道，只要把他们安排在即将提拔的位置上，造成既成事实的局面，下一步提拔就好说了。

"要不要向张行长汇报一下？"周海军问。

"不用了，也不是提拔，再说他对这些干部也不了解。"陆富达说。

有人找张海明告状去了。张海明说："有的领导确实把干部据为'私有'，买官卖官；这样的领导早晚会被党的纪律所制裁！干部胜任与否，是素质决定的，不是某个人'安排'的。不胜任岗位工作，最后也要被淘汰。你们反映的情况，我会重视的。你们回去，做好自己的本职工作，要相信党的政策和纪律，能者早晚会有用武之地的，庸者尽管占据了位置也不会长久。"

读书班结束后，张海明到总行去一趟，汇报一下庆都分行不正之风和派系情况；并催促总行尽快给庆都分行配上纪委书记。他向总行领导阐明了理由。并得知他的党委书记任命也批下来了。

回到庆都时，陆富达出乎意料地到机场迎接张海明。

"用得着来接我吗？"

两人见面，张海明第一句话便问。

陆富达显然有心理准备，随即回答说：

"你看国家领导人出访归来，副职都到机场迎接。"

"现在礼宾制度改革了，一律不迎接了。"

两个人都是以开玩笑的方式相互答话。

在车上，陆富达主动向张海明汇报了他主持工作的情况，也汇报了把缺位的干部补上的事——他这是"先斩后奏"。

"你辛苦了，老陆。"张海明说，"一个星期的时间做了这么多的事，特别是干部工作，你抓得很紧呀！"

"让这些人先负责，看看他们能不能胜任。"陆富达又解释说，"是骡子是马，总得让人家遛遛吧。"

陆富达还告诉张海明："老张呀，你的党委书记任命下来了，祝贺你呀，以后我这个副书记也就省心了。"

其实张海明已经知道了，上次党委会时就批下来了，陆富达给压下了，没有在行里公布，也没通知张海明，是陆富达搞了个小阴谋。张海明很大度，说："我初来乍到，对行里情况不太了解，你是老行长了，要全力配合啊。"

张海明真心地需要他配合，但也有他不配合的心理准备。

张海明让周海军把这一星期的人事工作汇报一下，包括研究的那些人，并让他一一介绍这些干部"主持工作"和调动的情况。

周海军按陆富达的授意，在"方案"上把其中几个占据重要位置的干部介绍成似乎完美无缺、出类拔萃的精英。

"他们缺点都有哪些？"

张海明历来一分为二地看人。

"缺点嘛……"

周海军犹疑一会儿，然后说了每个干部鸡毛蒜皮式的一点点毛病。

张海明突然问：

"那个到信贷处'主持工作'的陈占高，他是什么学历？什么专业？什么经历？"

"陈占高啊？他高中毕业，在职时读过党校函授大专，是地方政府1989年推荐过来的。"

周海军介绍说。

"他懂信贷工作吗？"

"他在地区行当过办公室主任。"

"哦。"

"再看会计处那个叫王长乐的，这人怎么样？"

"这人挺好的。"

周海军然后说了王长乐有几条优点。

张海明又问：

"我听说他有过什么处分？"

"处分？哦，他在下边当副行长时，给行里买办公用品时吃了点回扣。"

"多少？"

"据说是几千块，后来都上缴了。"

"让这样贪心的人负责财务处工作，不等于让猫儿看鱼吗？"

周海军听了张海明打的比方，嘿嘿乐了一下，没说什么。

"还有那个到总务处的韩成，他是江城行分管什么的副行长？"

张海明问。

"好像是分管行政，会计，还有什么……"

"据说告他的信不少？"

"有点，但都是匿名的。"

"查没查过？"

"没有，也没法查啊！"

"你们下去考核时，他有什么问题吗？"

"这、这是别人考核的，我、我没去。"

"有告状信没调查，考核情况模模糊糊，怎么能调到省分行来，又安排负责总务处呢？"

张海明有些不高兴。

"陆副行长说试用一下看看。"

"这不拿行里事业当儿戏吗？当然了，这不是你的用意。"

杨文图听说张海明回来了，抽空和张海明汇报了党委会再次研究干部时的情况，他说他和武家豪极力反对，但表决时三比二，他们硬性通过了。他问张海明："这批干部以后怎么处理？"

其实张海明心里已经有数了，说到换届竞聘时再说吧。

杨文图一算，换届还有两个月，也就不再耿耿于怀了。

第三章　车行车议

张海明从学习班回来后，他没有纠缠到人事安排当中，而是想摸清全行的情况。他经常借鉴毛泽东科学的思想和工作方法，如《湖南农民运动考察报告》，他认为没有调查就没有话语权。所以他想先掌握庆都分行的情况。他没有开什么党委会或者行务会，也没召开什么各部门汇报会，而是从下面基层开始了解。

马上就要过春节了，处长主任们都在行里等着走访和被走访。突然接到郝主任的通知，和行长一起下基层慰问和调查研究。领导没有按常规出牌，弄得大家百思不得其解。

司机小杨早早把车准备好，里里外外擦得干干净净，这是他拉行长第一次下基层，既高兴，又紧张。

而走的时候，张海明却没让他去，而是和大家一起坐面包车。小杨不明白，惊愕地看着面包车开走了。

郝主任也不解，问："张行长，你咋不坐自己的车呢？"车里人也不解，看到张行长和大家同坐一辆车，心里想什么的都有。

张海明说："大家挤在一个面包车里，委屈你们了。咱们这次下基层慰问，这面包车就当会议室，咱们边走边聊，听听大家对庆都分行的发展和看法。"

这时大家才明白，原来如此啊！张海明进一步说，"一路上行车时间很长，我们不能白白浪费，也能节省资源。"

停了一会儿，张海明又说："我下个通知，马上就要过春节了，今年咱不到北京（国兴银行总行）去走访了。你们都把自己相关的部门工作做好，虽然不走访上层，却不能耽误了今年的各项工作。"

"现在这年头，上层领导记不住走访的单位，但一定不会忘记不走访的单位。要想不受影响怕是难啊！"

不知是谁嘟囔了一句。

张海明听到此话后回答说：

"这才是考验你们工作能力的时候，如果影响了工作那就是不胜任。"

车上一阵沉默后，张海明又说："郝主任，你给下边基层行下个通知，从今年开始也不允许他们到省分行走访。"

"我记下了，马上安排。"

郝主任边记边说。

"还有。你把省分行门岗和省分行家属院门岗的监控都接到我的电脑里，同时要门岗做好外来人员的登记工作。"

车轮飞转，路边景物一掠而过。张海明和大家聊起了行里的工作情况。他先把办公室郝主任叫到身边坐下，让他汇报一下全行的情况。郝主任早有准备，把汇报材料拿了出来，又给张海明一份，按材料娴熟地念了起来。

张海明笑了，说："你这是朗读课文啊？"

车里一片笑声。张海明摆了摆手，让大家停住笑声说："大家汇报时都随意些，不要念材料，我就想随便和大家聊聊，听听大家的高见，如何搞好庆都分行的工作，如何扭亏为盈。"

他这么一讲，大家心里有些发毛，不知行长能问什么，自己怎么说出"高见"呢？

第一个人——郝主任被问，有点"倒霉"，他没有想到，又没有前者，他努力地思考着，凭自己十几年办公室工作经验，他自信有这个应变能力。

"郝主任，你说说这几年行里的变化吧。"

"变化？"

郝主任心想：好的变化，还是差的变化？他还是说了好的变化。郝主任说："变化多了，改革开放以来，特别是市场经济的建立，咱行可以说经历了前所未有的考验，发生了翻天覆地的变化，全行形势一片大好……"

"停！"

张海明乐了，大家也笑了。

"你还给我作报告呢？"

"行长，这是序言，下边我说具体的。"

郝主任接着说："这变化之一，全行规模不断发展壮大。初建时，机构二十九个，现在一百零九个，增加四倍多；人员从原来的两千多人，增加到现在的一万三千多人，增长六倍半；存款余额由原来的两个亿增加到现在五百个亿，增加二十五倍……"

张海明打断他的汇报，说："郝主任，让你说近几年的，不要和最初建行时比，你把这个作基数，又不算物价上涨指数，当然要增加多少倍啦！"

又有笑声。

"那我从 2013 年开始说起吧，这七年时间，我认为咱行变化最大的几点是：第一，适应市场需要，机构增多了，人员增加了。现在我们国兴银行机构遍布全省各地，业务经营连通城乡，客户来自五湖四海……"

"行了，你别说了！"

张海明显然不高兴了。郝主任满脸通红，尴尬地离开了。张海明叫人事处处长周海军汇报，他战战兢兢地坐到了张海明的身边。

"周处长，你把全行的人员结构情况说说。我看你给我的材料中没有这方面情况。"

周海军拿着汇报材料，翻来翻去地查找，但没找到这方面数字。便抬起头来"随便"说了起来："全行一万三千零五十六人——啊，算你张行长刚来，是一万三千零五十七人。行级领导七人，处级——括号，包括市县正副行长——一共一百七十六人，大专以上学历的有、有一千五百人不到吧？正规大学毕业的——括号，包括硕士生——可能有八九百人吧？高级职称的大概一百八十多人，初级以下职称的可能九千八百多人……"

"你不是'可能'，就是'大概'，到底知不知道啊？"张海明问。

"这些具体数，材料上没写——这小张（人事处干部），整材料时怎么给忘写了！"

周海军埋怨起劳资员了。

"全行现在的临时工有多少人？"

对于张海明的突然发问，周海军始料不及，他根本不知道。

"人事处处长，人员结构都应该知道，管人事的人，不能只管提职、调动，还要知道这一万多人都是'哪部分'的。像军队打仗似的，有多少步兵，多少坦克兵，神枪手多少，工兵多少，这些都得了如指掌，为指挥员提供决策依据啊！"张海明又问，"全员中，机关人员和基层人员的比例是多少？"

张海明控制着情绪，他说："这样的数字你得知道，我们这个行一万三千多人，是个人数比较多的省级分行。这么多人真正用到基层搞经营的人有多少？占多大比例？人员分配合理不？这是关系全行员工的大问题。像军队打仗一样，你机关人员占用多，前线战斗部队人员不够用，到头来你机关人员还得下去——但机关人员又没参加训练，基本战术都不会，那不白送死吗！"

"张行长，我算出来了，机关人员五千八百三十一人，基层员工八千二百一十人。"

张海明一听惊讶地问："周处长，前面你说全行一万三千零五十七人，现在一万四千多人，多了将近一千人，哪来的啊？"

周海军一听顿时如雷轰顶，结结巴巴地说，"对、对不起，张行长，我失职，我回去好好查一查。"

张海明没有再说什么，心想：这样不称职的干部庆都分行还能有多少啊？

张海明接着说："机关人员占三分之一多，这能行吗？这么多人高高在上，不直接参加经营，不构成生产力，能行吗?！"

张海明又把信贷处副处长鲁东明叫到身边。信贷处处长已退居二线，鲁东明主持工作。

这时大家才发现，这次行党委提拔信贷处'主持工作'的陈占高，会计处处长王长乐和总务处处长韩成都不在车上。这就是变相告诉大家，张行长不认可这次任命。

鲁东明首先汇报了全行信贷情况，简明扼要，把信贷总量、资产负债情况、资产质量、存贷比、年度计划、信贷中存在的问题，说得有条不紊，又头头是道，张海明听得很满意。

"你主持工作多长时间了？"

"一年半了。"

一年半，信贷处没有处长，先把处长退下去，成何体统！

张海明对向总行借贷三十六亿不理解，问："借总行这么多钱，每年需要付多少利息？"

"一个多亿。"

"就是说，这一个多亿利息，不管我们行是否亏损，总行到时候硬性划走；我们每年亏损几个亿中有一个多亿是还总行借款利息的。我们存贷比这么接近，风险是相当大的，加上我们累计亏损几十个亿，我们是无钱可贷啊！"张海明分析说。

"是这样。"鲁东明说，"如果我们存款上不来，贷款计划是完不成的，现在总行对我们亏损行借款卡死了。"

"现在突出问题是什么？"张海明问。

"我看，一是自有资金严重不足，没钱可贷；二是由于没有新贷款增加，没有效益增长点，只有催收旧贷款，而又收回来很少；三是由于贷款困难，加之审批权上交，很多优良的客户都去了别的银行。"

"光收不贷，等于只抽人家的血，不给人家造血功能。企业会变瘦的，或者企业离你而去。"张海明补充说。

"现在我们的黄金客户剩了没有几家啦！"鲁东明叹息道。

"这种情况，我们应当采取什么办法呢？"

"办法是有，但非常困难，比如说，我们搞存款，也相当难，现在老百姓的钱都买房子、炒股票和搞私人借贷，钱只取不存，又这么多银行争抢；再比如说，行长包企业清收，信贷员驻厂清收，都把人家要烦了，也要不来多少；还比如说，搞以贷收息，上边又不让……"

"这样的现状，问题连成串，存款上不来，无钱可贷，客户稳不住，企业活不起来，清收困难，亏损加大。你们信贷处多想想办法，你们其他处室也都要想办法。现在我们不谈盈利问题，而是救行问题！如果我们庆都分行是独立法人，早就破产了！破产就是'大锅'碎了，我们员工还有什么'铁饭碗'？现在'大锅'没碎，但也是无米之炊啊！"

张海明并非危言耸听，大家忧心忡忡，车内一时空气凝重。

这时有人提出要停车"方便"一下，张海明建议到高速服务区"方便"，让大家等一会儿。

"行长还管拉屎撒尿的事？"

提出"方便"的人不理解张海明的建议，随口嘟囔了一句。车上的人把目光投向了张海明，大家以为张海明会发脾气，但是张海明微微笑了笑，没有吭声。

不一会儿到了服务区，人们下车"方便"之后又上车赶路了。

张海明说："大家刚才可能不理解我的建议，你们看过英国一部著名的影片《假日海滨》吗？女主人一家自驾游去海滨游玩，途中小男孩说要撒尿，就停车让他'方便'，但孩子不下车，让妈妈把车开到服务区时再'方便'。人家西方小孩都知道什么是文明，我们中国是五千年的文明古国，更应该讲文明，现在人们随便惯了，随时停车大小便。"

"你们听到过这样的事吗？"郝主任为了调节一下氛围，也讲了个笑话，"一辆大客车，司机中途停车让大家方便，并说，男的在车左边，女的在车右边，正'方便'时，客车意外向前滑行了，男女双方相对而视，无可奈何的害羞，让大家都尴尬！"

此笑话逗得大家笑，张海明也笑了，车里气氛又活跃起来。

"方便完了，'轻装'上阵，大家继续说——储蓄处处长说说。"

张海明直接点名。

白立成是新任不久的储蓄处处长，是陆富达极力推荐安排的。理由是他爸在省发改委当主任，陆富达最早到银行来是他的功劳。为了感恩，也为了让白立成利用这个关系，拉些大企业存款。

白立成当时也信誓旦旦，向陆富达保证："如果我当储蓄处处长，可以为咱们行拉几十个亿存款，全行每年能净增八十个亿！"

结果言过其实，存款计划根本没完成。杨文图为此和陆富达争辩一番，认为白立成根本没有当处长的能力。

"现在全行存款余额占全省同业比例多少？"

"这个我记不准了，我打电话问问。"

"占同业存款的百分之六点五。"郝主任代他答道。

职责内业务不知道，而别的处室主任知道，这让白立成很是尴尬。

"我们分行排第几位啊？"张行长又问。

白立成正迟疑着，郝主任又答道："第六。"

张海明心想：全省八家银行，排第六，连信用社、华夏行都没超过！

"现在完成存款计划，我们行的有利条件和不利条件是什么？"

张海明想探讨这个问题。

白立成这回说了几条："有利条件嘛，我们有'一把手工程'，行长重视……"

"老白，'一把手'空一年了，怎么有'一把手工程'呢？"郝主任接话说。

大家哄笑起来。

"那就'二把手工程'呗！"

白立成又把大家说笑了。

"还有全员揽储。"白立成接着汇报，"给每个基层行下死任务，各行又给每个人下达死任务，员工拼死拼活拉存款。"

"你这么多'死'，任务没完成，人就没了！"

张行长说得大家笑了。白立成也笑了。他说："张行长，现在市场竞争就是战场啊，就得拼个你死我活！"

"全员揽储可把基层员工整苦啦！"工会副主席姜远泽插话，"下边员工反映老大了，人民银行早有规定，不让给员工下达储蓄任务，可行里每年都这样下达硬任务，张行长，我看这事必须改过来。"

张海明在清江时，已经取消了给员工下达揽储任务的做法，因此他问："如果取消全员揽储，你们同意吗？"

"那可不成！"白立成首先表态，接着又说，"现在全靠这招出菜呢！"

"我看应该变变招，可以搞自愿吸储，然后给奖励。"郝主任说。

"我看把窗口服务搞好了，形象塑造好了，客户会自愿来存款的。"袁则说。

"老白，你原来干啥的？"张海明问。

"搞行政的"。

"啊。"

张海明讲了一个故事："关汉卿有一出戏写官僚主义，又不敢直骂，唱词是这样写的：一棵大树腹中空，两头都是皮儿绷，每天上堂敲三遍，扑通扑通又扑通。就是'不懂不懂又不懂'。"

说得大家直笑，但白立成有点尴尬。

这时大家七嘴八舌地说了起来，有的说行长拉大户啊，有的说把存款与经费挂钩，激励基层行多组织存款啊，有的说先吸收企业存款然后再贷款啊，等等。

"吸收企业存款然后再贷给企业？"

张海明听到这招有些吸引力，他问："鲁处长，你说说这招。"

鲁东明以前想过这招，就是：如果企业想贷款一千万，银行没有钱可贷，但让企业自己组织钱存入银行，银行再把这笔钱贷给企业，这样企业可以替银行拉'存款'，银行也可以解决企业无钱可贷的问题。"

"企业搞融资，那是违法的！"郝主任说。

"企业是间接为银行拉存款，它不在表面做任何手续，违什么法？企业动员全厂员工把积蓄取出来，集中存到国兴银行，国兴银行再把这笔钱贷给企业。这违法吗？再比如 A 企业凭借关系从 B 企业调配一些资金，通过银行存款，再以贷款形式解决 A 企业贷款问题。"

鲁东明看来思考很成熟了，所以说得很有道理。张海明听了频频点头，他很赞同鲁东明的创新思维，说："好，这个问题，算是一个创新，以后咱专题研究。"

这时，郝主任提示张行长到吃饭时间了。

张海明一看表，已过十二点，说："可以吃饭，休会。但车不停。"

然后郝主任把事先按张海明指示准备好的快餐分发给大家。张海明说："大家委屈一下，随便吃点，晚饭再好好吃。"

"张行长，这可是新鲜事啊。"姜远泽说，"跟行长下基层头一回坐面包车，头一回在车上开会，头一回边行车边吃饭。"

"创造'头一回'的人都了不起！"

郝主任不失时机地恭维说。

张海明对拍马屁的话，显然不感兴趣，他说：

"什么'头一回'？我们新中国成立初期的党和国家领导人，早就这样做了，工作餐不是外国人'创造'的！现在我们国家也有不少这样做的。我们只是没有普及，尤其是金融系统，自认为是白领阶层，讲究吃穿摆排场习惯了。所以我们从现在开始，要只争朝夕，你们有没有加班加点的习惯呀？"

"没有。"

大家参差不齐的答复，让张海明了解了这个行机关的工作和精神状态。他深思一番，然后说："大家不习惯的事，以后还会出现的，你们要有思想准备。"

张海明边吃边说："实际上这也是工作餐。"他又问起白立成："白处长，刚才说到存贷比较低，没钱可贷的问题。当务之急是组织存款和清收，你们储蓄处和信贷处多想想办法啊！"

鲁东明说："现在清收非常困难，主要是道德滑坡造成的。工厂和土地承包给个人后，要款的是孙子，借款的是爷！我们催收，得好说歹说，就差下跪了。到年底为了完成利润计划，行长都带人到企业去和人家商量，让人家还点钱，有的还得以贷收息。"

"清收贷款难的原因是什么？"

张海明对国兴银行清江分行了如指掌，但对庆都分行不清楚，想知道这些原因。

鲁东明分析说："清收难有几个方面原因：一是我们选择客户贷款，缺乏认真的评估，不该贷的贷了。二是我们贷款工作中审查不严，审贷会有时是走形式，一个人说了算，这里边有徇私情贷款问题。三是我们贷款过程中收受企业'回扣'，或者叫好处费。比如说你收人家百分之十的'回扣'，贷款利率又那么高，他企业能挣多少钱？人家不愿还贷你也没招，你就得损失百分之二十！还有一个原因，这几年我们的'黄金客户'被兄弟行抢走，好的客户越来越少，利润来源的潜力也越来越小。"

鲁东明敢想敢说，他也知道这里有陆富达的嫡系。他的直率性格与正义感也导致他职务上不去，主持工作一年多，就是当不了处长，最近还听说有人要取代他。

"现在贷款还有'回扣'？"

张海明惊讶地问。

"也就是好处费呗！"

有人解释说。

"谁还敢收？现在抓得这么紧。"

有人又说。

"你风声、雨点再大，那些利欲熏心的人也是见钱眼开！"

姜远泽风趣地说。

"你拿人家的好处，要付出几倍甚至十几倍的代价。"张海明说，"现在我们有些贷款清收不回来，就是有把柄抓在人家手里。道德风险现在是中央抓的重点。谁举报，省分行要奖励谁！"

姜远泽补充说："张行长，我看咱行也要像税务部门那样，设举报奖，让那些吃里爬外的腐败分子心有余悸！"

这时大家又纷纷参与了此事的议论。

"现在吃'回扣'，从贷款中捞什么好处，都有什么表现吗？"

张海明想进一步探讨这个问题。

郝主任说："我听说，有给办贷款的人账户上直接打钱的。"

姜远泽说："开审贷会时，一些企业老板就住在咱们分行的宾馆，给审贷会成员送'红包'。"

鲁东明说："有的贷款企业出钱组织行里相关领导和信贷人员出国考察，实际上是游山玩水；还有给咱们行里人的孩子办出国留学。"

"还有红白事，逢年过节，大事小情，这些企业老板都会登门送钱的。"

姜远泽补充说："有的人亲属病故了，听说有好多企业老板去参加葬礼，实则是变相送钱。"

郝主任也补充说："我们行一个计划处处长前几年判刑入狱，去探望的人都排队，监狱的人说，这么一个处级干部，那么多人来看他！"

郝主任接着说："这个处长权力大，到哪家企业都许愿给贷款，所以'交'了好多人，他受贿被判二十年，入狱之初，天天有人探望他，他有四套住房，养三个情妇，有的都生儿子了，情妇之间因'分配'和'待遇'不公，打得不可开交，把他给告到了法院。最后查实他受贿五千八百万元，还封存了他三套房子，两台车。由于他受贿，我们行贷款损失巨大！"

张海明非常了解金融界腐败的情况，他本子上专门记载了金融界"双规"和判刑的人员名单——有一些是相当级别的高管。上自中国人民银行副行长，各大银行的总行长，下至掌权的分行行长、处长、市县支行行长。他熟悉的同学、同事、朋友进监狱的就有好几个。因此，他时时告诫自己，重视行里反腐倡廉工作，就是在挽救一批干部。大家反映的这些腐败情况，又在他心中增强了狠抓反腐倡廉的决心。

"再说这些年的网点装修，用的建材都是假冒伪劣商品，钱没少花，可不长时间就坏了。"

"给省分行以及网点装修的装潢公司都与行里某些领导有'关系'。他们用钱疏通'关系'，拿到装修项目后就偷工减料甚至层层承包！"

"还有存款计划弄虚作假的。我们每年年终，为了完成存款任务，有些行就千方百计拉些存款，而过完年就被人家把钱取走了，根本派不上用场！"

"行了行了！"

张海明听了这些反映，心里翻江倒海。

车到了全省最偏远的一个地区行——庆都山北市银行。张海明宣布汇报会结束。

第四章　泪洒基层

　　山北市分行于行长带领班子全体成员，依照老规矩，在公路口隆重迎接张行长一行，竟然没有接到。突然门卫打电话说省分行领导到了，于行长急忙往回赶。见到张行长一顿检讨："张行长，你看我们等了半天，没想到你们能坐面包车来！"

　　于行长已安排了山北市最好的四星级宾馆。张海明不去，说去下面看看。

　　张海明看看表，离晚饭时间还有两个小时，他对于行长说："时间还早呢。"

　　又让于行长准备一辆面包车，上来市分行几个人——副行长和有关科长、主任。张海明一行没喝一口茶，换个车又走了。

　　车起动之后，汇报又开始了。张海明让行长说说全行员工的思想情况——这是于行长始料不及的事。他当行长这么多年，没有一次省分行领导下来让他汇报员工思想的，他准备的材料没有这个内容。他心里发毛。说："张行长，你到庆都省分行，第一次下基层就到我们这偏远地区行，我们非常感动，也非常感谢省分行领导对我们这个偏僻地区行员工的关怀，但说实在的，我真想好好汇报一下情况，可是我没有准备这方面材料，以前只谈业务，不谈政工。今天我只能随便说说了。"

"可以，我知道你们肯定不会准备这方面情况，但没关系，你是银行的老资格了，知道员工的思想情况，实话实说，随便点。"

于行长听张海明这么一说，心里不怎么慌张了，他说："那我就说说，我们这个行地处全省最偏僻、最贫穷的地方，人烟稀少，地薄物贫，经济不发达，所以我们行经营困难，亏损局面迟迟不能扭转……"

"那你说如何个困难法？员工生活状况咋样？"

张海明提醒他说。

过去于行长向上级行汇报工作，都得说出——甚至编出几条成绩来，这次张行长来先听困难，他还是第一次遇到这种情况。他说的困难有：行里存款任务完成不了。全市五个县支行，只有一个好点，其余四个都是省和国家级贫困县，所以这地方组织存款相当难！

"今年下达存款任务多少？"

张海明问。

"三个亿。"

"员工搞揽储吗？"

"搞。省分行下达任务，我们又下达给各支行，支行下达给每个人头上。"

张海明问：

"能完成吗？"

于行长摊开双手，无奈地说：

"不完成不行。扣效益工资啊！"

于行长对张海明叫苦说："张行长，现在员工压力很大，每个人一年平均揽储几十万！上哪儿弄去？都个人掏钱买存款！"

"买存款？怎么个买法？"

"拉来一万元，给人家一二百块钱。"

"这么说，要完成上百万元存款，得自己掏出上万元了！"

张海明又问储蓄科科长一些具体情况。储蓄科科长这些年来有苦难言。以前向上级行领导汇报，报忧时，会受到批评，说他们"在困难面前低头，没有骨气"。

这次张行长特意听他们的难处、苦处。他壮壮胆，说："张行长，你不知道，我们这地方是兔子不拉屎，老鼠都搬家了。"

他的开场语，说得张海明心里发笑。科长又说："这地方荒凉，有山不长树，有水不生鱼，有地长不出粮食，连牛羊都吃不饱。青壮年都到发达地区打工去了，家里留守的都是老弱病残和儿童。全省的两个国家级贫困县，都在我们地区。有个县委书记要政绩，干一届把'贫困县'帽子给摘掉了，国家每年补贴两千多万没有了，后来的新书记又把'贫困县'的帽子要回来了——一个帽子两千多万，谁不要！"

大家乐了。

张海明头一回听说，领导主动要落后帽子的事。感慨道："这样的书记不要自己头上的光环，为老百姓谋福利，自己宁可戴落后帽子，是很好的父母官！你们也是员工的父母官，你们为他们做些什么呢？"

"张行长，咱们银行是'欺贫爱富'的典型，和地方不一样，人家地方贫困县还有优惠待遇，每年白给两千万，我们亏损行，没有一点优惠政策，都是'制裁'政策！"

于行长又诉苦说："贷款计划每年减少，现在几乎停了，存款计划每年增加，完不成就扣我们基层人员的工资；经费给得很少，除了员工工资有点业务经费外，其他什么钱都没有。你看我们网点破破烂烂的，哪像个银行样……"

于行长有点自暴自弃地说："在我们这穷地方当行长，没有权，只有责任。工作上不去，就追查我们的责任，拿我们是问！"

张海明心情沉重。

于行长是本土干部，从县支行干到市分行，就到头了。发达地区行经营得好，行长们提的提，调的调；他这个穷困地区亏损行行长"基本稳定"。他说："张行长，你说摊上我们这穷地方的人是不是倒霉？省分行机关这些年调人，我们这里的人一个去不了，省分行有个规定：'亏损行的人一律不提不调'。这个'规定'可把我们这个行压苦了！"

"有这样的规定？"

张海明不理解。他说："于行长，你们刚才说的这些话，可能积压在心里很久了，我也理解，你们确实很难，很苦。但有一点，你们不能'马瘦毛长，人穷志短'啊！咱们要有一点精神，叫'只要思想不滑坡，办法总比困难多'，这话有一定的哲理。人的因素不能小视，人类总会把生存的地方变得越来越好。现在国家重视环保，搞绿色经济，你们这里地广人稀，绿水青山，发展前景广阔。比如这里风大，可以搞风能发电。这里地广，以后人烟稠密地方的人肯定往这地方挤，必定有投资建厂的；科学技术飞速发展，这里盐碱地也可以改造成良田——只要有钱都可以办成，像辽宁省丹东的大梨树村，那里山多地少，他们开发荒山建成了万亩果园；这里有自然保护区，以后可以搞旅游产业。我们要相信，国家和省、市、县会想办法改变贫困地区面貌的，西部大开发不是开始了吗？到那时，银行会好起来的。现在你们只要坚持工作，集思广益，把自己工资挣出来就行。"

张海明这么一说，大家眼前一亮，都激动潮涌了。

途经槐树镇营业所，张海明让车停下，说下去看看。营业所三个人正围坐在一起聊天，看到一帮人走进来，他们才迟迟疑疑地起身，想问什么，于行长急忙到前边，说："省分行张行长来看望你们！"

这才换来问候和笑脸。张行长想说：你们辛苦了。但看他们没事的样子，改口说："你们好！"

然后和他们聊了起来。

"你们每天能办多少笔业务？"

"也就五六笔吧。"

"我看你们好像没事干似的。"

有个人尴尬地笑了笑，说："工作很轻松，没几个客户来。"

"客户为什么这么少呢？"

"这里贫困，基本没有人存钱。"

这时营业所主任被叫了下来，主任惊愕地来到张行长面前，让张行长他们到二楼办公室坐，张海明说不上楼了，又和主任聊了起来。主任介绍了营业所情况，这个营业所只有十一个人，一个营业室，一个储蓄所，由于组织不到存款，停止了贷款，只是清收历年贷款本息，但收回来很少，每年完不成存款和清收任务。主任没敢再向张行长诉苦，只是说："我们都搞些揽储，包清收任务，好的奖励，完不成的罚。"

"怎么个罚呀？"

"扣发年终效益奖金和风险抵押金。"

张海明问：

"员工每月能开多少工资？"

"也就两千元左右。能维持日常生活。"

"如有异常困难咋办，这俩钱？"

于行长插话："这地方没啥买的，家属都在镇里住，有小菜园子，生活上不用多少钱。但是要供孩子上学，民间的人情来往，特别是生病治病，这点钱就远远不够了。"

"员工中困难户能有多少？"张海明关切地问。

于行长说："全行今年春节慰问时统计有一百七十多户。"

营业所主任说："我们这里有两户。"

张海明问："困难到什么程度？"

主任说："一户是三口人，就一人工作，丈夫是镇粮库的下岗工人，外出打工时出了事故，身体残疾了。另一户是离婚的女员工，带两位老人和一个孩子，人均生活费不到三百块钱。"

"马上要过春节了，我们看看去。"

张海明叫袁则准备两千块钱分两份。

先去的是女员工小甘家，小甘的丈夫在炕上坐着，正摆弄扑克牌，于行长说："省分行张行长看望你们来了。"

病人往炕沿下挪动，很感动，双手握住张海明的手，说："谢谢张行长。我真没想到能出事，身体残疾了，这老爷们靠老婆养活，叫啥事呀，惭愧啊！"

说着就流泪了。

张海明安慰他，让他安心养伤，说有政府和行里关照。他把慰问金一千元钱交给小甘，说："这是省分行一点心意。"他又自己掏出五百元，说："这是我个人一点心意。"

小甘不收张行长的钱，推来推去，最后于行长说了话："这是张行长关心你们困难员工的心意，收下吧。"

另一户员工小井，孩子上大学，又养活两个老人，靠她一个人工资捉襟见肘。张海明询问了两位老人的情况，老人一个有病，一个还好，但不忍心靠闺女养活——总叨咕着死了得了，活着也没用，还牵连女儿。张海明说："老人靠儿女赡养是应该的，小井挣工资少点，但有困难行里会照顾的，你们得好好活着，享受晚年！"

同样，张海明和省里工会都送了救济金。

离开小井家，姜远泽悄悄问张海明："张行长，救济困难户，你个人怎么掏钱呢？"

"我看到这样的员工，就难过。"

张海明说着擦拭了一下眼睛："改革开放三十多年了，咱银行里还有这么多困难的员工！姜主席，你们工会要统计一下全行困难员工情况，拿出个救助计划，再给我看看。"

姜远泽拿出一千元钱，递给张海明，说："张行长，你拿的钱算工会的，这钱你收下。"

张海明拒绝："那哪行！"

张海明又问于行长："取暖没有问题吧？"

"都是住行里的宿舍。取暖没有问题。"

张海明微微点了一下头，对姜远泽说："马上就要过春节了……"

还没有等张海明把话说完，姜远泽就心领神会地说："张行长你放心，我马上就通知各市分行工会，一定让困难职工春节有肉吃，有酒喝。"

张海明对他说："这我就放心了。"

离开这个镇营业所，车跑不到半小时，又到一个乡镇营业所，张海明又让车停了下来，于行长抢先走进营业厅，说省分行的张行长来了，那几个无精打采的，还有在桌子上趴着打瞌睡的员工顿时紧张起来，赶忙整整衣服，理理头发，笑脸相迎省分行领导。张海明环视一下营业厅，破烂不堪的墙壁和窗台，有一条标语也像挂了好几年似的。有的员工没穿行服，一个男员工头发很长，张海明对他们说："你们这地方偏僻，山高皇帝远。看你们这营业室，再看看你们穿戴打扮，看不出这是银行营业的地方和咱们行的工作人员！银行就是咱们的家，你们是这个家的成员，你们工作也得像家庭过日子一样，穷不要紧，但得干净利索，精神焕发。你们这些现象不是偶然的，我希望你们振作起来，工作像工作的样子！"

于行长看出了张海明不高兴，忙自责说："张行长，我有责任，我们管理不严……"

"管理是表面现象，思想才是实质因素，所以，我们员工队伍需要教育，加强思想工作和文明建设。"

张海明又问："于行长，你们行基层员工状态像这样子的有多少？"

于行长根本答不上来，说多了少了都不好，只能说："我没完全掌握，我们马上搞搞调研，再报告行长。"

车到县城，县支行班子成员和有关科室人员到城郊路口迎接张海明一行。这次是于行长通知的，特意告诉张行长坐的是市行的面包车，还有一台是省分行的面包车。张海明对基层的热情很感动，但事后他批评了这种迎接方式。

晚饭安排在县宾馆。张海明问行里招待所能不能做饭，县支行孙行长说做不了——实际能做，县支行机关职工午餐就是自己做的，但是于行长让孙行长安排在县宾馆。

也没请示张海明，孙行长擅自告诉了县里领导。县委、县政府主要领导悉数在宾馆门口迎候省分行张海明一行，这让张海明很突然。

"哎呀，怎么劳驾县里领导呢？"

张海明很客气。

"张行长能来到我们这偏僻县城，是我们的荣幸！"县里领导很少接待国兴银行的省分行行长，又听说张行长是新上任，来北山市慰问员工还没落脚市行，就风尘仆仆来到这个贫困县，所以这些县太爷们很高兴。他们对孙行长说："为张行长接风洗尘这顿饭我们县里安排。"

所以在宴请致辞时，县长慷慨陈词，什么"大驾光临"了，什么通树县人民"三生有幸"了，什么张行长通树之行"将是通树县历史上光辉一页"了，等等。地方党政领导都有这么一套左右逢源的市井本领——张海明多次领略过，所以这次也没感到意外和新奇。

酒桌上，张海明问了一些县里情况，还特意问了老百姓的生活情况。县长毫不掩饰地说："张行长，不瞒你说，我们这里是全国闻名的贫困县，老百姓生活还能怎么样呢？你们来的一路上看到了，许多老百姓还住草房子呢！全县生活水平年均比全省每人低两千元！全靠党的政策和社会主义制度优越性保障生活，如果没有国家每年补贴的两千万，我们都不知咋活了。"

县委书记接过话，描述一番通树县自然环境如何恶劣，说了一套风趣的话："通树这地方没有高山峻岭，都是黄沙包子；没有江河湖泊，都是盐碱洼子；没有虎豹豺狼，都是兔羔子；没有青松翠柏，都是野蒿子；没有俊男靓女，都是大裤腰子（丑姑娘）。"

说得满桌人大笑。

张海明也逗趣地说："我看书记、县长很年轻帅气啊！"

"我们俩都是外地来的。"

县长接着又说："你看我们办公室丰主任，他是本地人，眼睛没长开，腰没长直。"

说得大家又笑，但丰主任不笑，说："我这是'祖传秘方'。"

张海明看到一桌菜，不无感慨，说："这桌菜，不像贫困地方的标准啊！"

县长说："张行长，这是省级领导接待标准。其实，划拉全县最好吃的东西，也不值几百元钱，不如你们省城一瓶'XO'值钱！"

轻松活跃一阵子之后，县长言归正题了。他说："这些年，国兴银行没少给我们支持，全县的发展有国兴银行的一半功劳！"

县长拿起酒杯，说："张行长，你是省行之长，我这杯酒得感谢你们国兴银行啊！"

张海明喝下酒，也说："国兴银行日子也不好过，如果全国银行评比的话，我们庆都省国兴银行也是贫困行啊！和你们一样，都是贫困户，咱们是同病相怜啊！所以，你们是全国贫困县，又没脱贫致富，也有我们一半原因。"

张海明也端起酒杯，自责似的说："抱歉了，县长书记，我们资金有限，心有余而力不足啊，这杯酒是抱歉酒。我干！"

张海明说这话敬这酒，令县里领导很感动，他们都知道国兴银行的情况，也理解这几年县支行给他们贷款计划很少。

张海明又问了县里发展规划。县长告诉他，国家西部开发战略，包括庆都省西部地区，开始实行了一些优惠政策，省里又打算在山北地区搞些引资和开发项目，比如发展风能，已有客商打算投资；还要引东江水入山北区，把以前人民公社修建的水库利用起来，把以前人民公社修建的水渠再恢复起来，使旱地能得到灌溉；还准备建汽车配件厂；修一条高速路，等等。

张海明说："这些项目，国兴银行可以参与，我们省、市分行全力资助！到时候，书记县长可别忘了国兴银行啊！"

"不能忘。"县长肯定地说，"只要有项目和资金进来，首选是你们国兴银行。"

"好，一言为定！"

于行长高兴了，又敬酒致谢县里领导。

本来张海明想在酒桌上和市、县银行内的人聊聊，变成工作餐，没想到县太爷们插进来，这些人又喧宾夺主了。

张海明不善酒桌上的"持久战"，借口"大家跑一天车很累"为由，结束了酒宴，县太爷们虽然酒兴未尽，但还是和张行长握手道别了。

第五章　稳定人心

县长想安排张海明他们洗澡，张海明知道有些地方在洗澡的时候不是太正规，便委婉谢绝说："在宾馆可以冲冲澡。"

实际上晚饭后，张海明没有休息，他找县支行孙行长谈心，让于行长陪同，其他人休息。于行长劝张海明也早点休息，张海明说一边聊一边休息更好。

孙行长是当地人，本乡本土，一看就和城里人不一样，脸膛红紫，皮肤粗糙，说话沙哑，个头不高，也不粗壮。但人很实在，正合张海明谈心的"目标"。

张海明找他谈心，孙行长很纳闷：从来没有哪个上级行领导找他谈过心，而省分行行长和他谈心，更是开天辟地，对于他一个小县支行行长来说，真是喜恐交集！

张海明说："谈谈你的思想情况。"

"思想？"

孙行长很不习惯，以往上级行领导来，都听工作汇报，从来没有谈"思想"。所以他把翻开的工作汇报小本子又合上了，他问："张行长，是不是说我个人的一些想法？"

"可以。"张海明说。

孙行长说："我这几年很压抑，国家级贫困县的银行，经营搞不上去，我怎么向上级行交代啊！全行上下没有积极性，怎么干也不见成绩，我们最怕年终工作总结，上报数字没东西可写，每年市分行总结大会上我们都挨批，我这个贫困县支行行长，亏损行长，在众人面前抬不起头来。在市分行开会，我都往后排坐，离领导远一点，开完会首先离场，怕见到市分行领导。我今年已经四十九岁，明年退'二线'，我也得考虑个人出路了——这么早'内退'，干什么去呢？所以，不瞒你们上级领导说，不怕你们批评，我现在就开始打退堂鼓了……"

张海明面对于行长，疑惑地问：

"这基层行长五十岁让内退，四十八九岁就开始考虑个人问题，多影响工作啊！于行长你对这'规定'有什么看法？"

"有。"于行长说，"我们市分行行长五十五岁内退，五十三四岁就想自己后路了。"

孙行长继续汇报："还有，我们行里的员工，也包括我，都听说通树县国兴银行要黄了，人家别的银行都撤了。现在从机关到基层，员工们没心思工作，人人惶惶不安，我当行长的还得装点面子，也在会上讲过几次，但没有说服力。张行长，能不能给我们交个底？我们好心中有数。"

张海明说："没有的事！"

接着他又说："撤销一个县支行不那么容易，得总行和银监会批啊。再说，现在中央一再讲'三农'的重要性，作为国兴银行，不可能让撤。所以你们要安心，不要再吵吵黄啦、散啦的。"

"两位行长，"孙行长又说，"我这贫困县支行行长，不求升官发财，就图平安工作到五十岁内退，因此我工作上也不求上进了，就怕出事故，所以对安全保卫工作，我们这方面抓得很紧。"

"你要有站好最后一班岗的思想，不要有'四十九岁'现象。员工都看你们行长呢，你起码要有这种觉悟。关于五十岁内退规定还执不执行，省分行要开会研究的。"

张海明对于行长说："你们市分行有机会要讲一讲，批评这种

'四十九''五十四'岁现象！"

张海明又问孙行长："你还有什么想法？"

孙行长有点不好意思地说："两位行长，都是说了算的。我这支行行长也当了十多年了，内退之前，能不能给我挪挪地方，调到市行，让我干什么都行。"

"你不想当行长了？"

张海明惊诧地问。

"我不是不想当。我考虑年龄都这么大了，派个年轻人当行长不更好吗？我们这样年龄的人，观念保守，年轻的思想新颖，有创新，比我们有作为。"

"你这个问题，于行长考虑吧。但有一点，你一定要注意，中央领导曾批评过'四十九岁'现象，为个人着想，又贪又占的，结果退下来，也进监狱了！"

于行长坦率地说：

"孙行长，张行长讲的可不是危言耸听呀，确有其事！"他对孙行长说，也是对自己说，因为他也快"内退"了。

张海明听孙行长"思想"反映的一个内容是想挪动个地方，调到市分行，从市分行内退，能到市里过"晚年"生活，他理解这种不求升官，只求进城的想法。他会对于行长交代的。

第二天，张海明在县支行开了个座谈会，机关科室人员和基层所处主任参加，张海明想听听大家到底想什么。

座谈会由省分行"一把手"召集，在这个县支行史无前例，孙行长首先把张行长介绍给大家，大家鼓起激动而热烈的掌声。

张海明说："今天把大家召集在一起，我想听听大家的想法，我不命题——让你们谈什么，我让你们自己命题——你们心里想什么，就说什么，当然与行里工作有关。也就是说，当前你们最关心、最困扰的是什么，开诚布公地谈。我这人不喜欢听虚的，也不喜欢报喜不报忧，喜欢听你们的心里话，实话实说。"

大家由紧张变为松弛，会场由严肃变得活跃起来。

一位科长说："我最关心的事是，我们这个行还会存在不？有人吵吵说要黄，我一听心里特别难受，我们经营二十多年的行说黄就黄，太可惜了！"

又一位科长说："我们总是讲，以行为家，如果这'家'没了，我们等于无家的孩子，多可怜啊！"

一位科员说："我不这么看，任何事物都在发展变化，改革开放以后，国营工厂转给私人经营，银行也一样，如果是亏损行，再经营也没救了，这个'家'要不要无关紧要。"

张海明听到的都是机关人员发言，他让基层主任们说说。

一个主任站起来发言，张海明让他坐下来说。他说："我们不能让银行黄。我们是'儿不嫌母丑，狗不嫌家贫'，只要这个行在，我们总有'家'的感觉。"

于是又有几个主任同意这种观点。他们有的说："我们要是下岗没工作了，干啥？种地都没有你的份——人家三十年承包土地我们没有寸土。我看银行只是暂时困难，总有发展的时候。"

有个基层主任说："只要给基层自主权，我们可以有饭吃。"

"你们要什么自主权？"

张海明问。

"如果让我们独立自主核算，我们会自己找食吃。"

孙行长补充说："这几个人以前对我提过，他们要独立核算。"

"好哇！"

张海明高兴地说："只能相对独立核算，以县支行为单位。"

"这样可以调动积极性，不用你们操心，我们就会自觉地干。"

"就像一个大家庭，子女们长大了，自己分出去过日子，肯定会过好！"

"一个和尚担水吃，两个和尚抬水吃，三个和尚没水吃。和尚多了，在一起互相依赖。"

"你们说得有道理，我们可以考虑你们的意见。"张海明说。

计划经济时期，全民学习雷锋，讲究无私奉献，人们吃"大锅饭"

习惯了。市场经济体制建立以后，大家的思想和以前不一样了。特别是贫穷地方的人，都想往机关里挤，挤进去就有了"铁饭碗"，国有商业银行也是人们赖以生存的铁饭碗。银行再亏损也能开千八百元，能生活，如果银行黄了，这贫困地方连"刨食吃"都难。所以这个行的员工担心银行黄的心情很突出，甚至忧心忡忡，正好省分行行长来了，这是他们千载难逢的机会，向张海明一个劲儿地陈述保留银行的种种想法，给省分行领导一个印象——这个县支行不能黄。

张海明当然听得出员工的意思。他说："你们的想法和办法，也坚定了我的信心——咱们上下一齐使劲儿，保住你们县支行不黄，而且还要发展呢！"

张海明一席话说到了员工心坎里，大家热烈鼓掌。

座谈会结束后，孙行长请求张行长和大家合影。张海明愉快答应了。刚拍照完，机关干部知道了，也纷纷下楼，要和张行长合照，大家一拥而上，孙行长向张海明解释说："张行长，你看，这些人见到省分行行长太难了，他们多高兴啊！"

能和金融系统内省分行级领导照相，员工们非常高兴，都笑逐颜开地留作历史的纪念。

张海明照完合照，到机关各屋看看，员工们又受宠若惊。他问候大家，和大家聊些情况，一个房间一个房间走，从一楼一直走完四楼，然后到孙行长办公室看看。孙行长让张行长坐，张海明笑了，说："不用了。"

孙行长以为张行长嫌沙发旧，有尘土，弄脏衣服，赶忙拿抹布擦。张海明说："你这沙发该进博物馆了！"

孙行长还自我安慰："艰苦奋斗嘛！"

张行长看着那斑驳陆离的墙壁，还有陈旧的办公桌椅，说："你们支行机关楼多少年没装修了？我看外边墙体瓷砖有脱落的，很难看，办公室墙皮也有脱落的，银行再亏损，也得修饰一下外表，因为这是信誉的象征，也是企业文化的体现，不然老百姓看到你这破房子谁还敢到这存款啊！"

张海明又转身问于行长："你们下边行都这样吗？"

于行长回答说："有两个好些，其余三个支行都差不多。张行长，不瞒你说，银行也像人似的，谁不想打扮打扮，可是没钱啊，我们亏损行，又不好意思向省分行要钱。"

"行了，我给你点钱，算我们省分行扶贫济困。"

于行长高兴了，谢天谢地感谢张行长。

张海明又跑了两个县支行，都是贫困县，亏损行，基本上和通树县支行差不多。

回到市分行时，于行长还要给张行长安排宾馆，张海明没住，批评于行长说："老于啊，你想一想，咱们银行这个样子，我哪有心情住宾馆啊！我看到县支行那个样子心里很难受。改革开放三十多年了，国家的许多地方面貌焕然一新，我们这里面貌依旧，银行还亏损！把住宾馆的钱省下来给员工办点实事吧！"

张海明住在市行招待所。吃饭时，于行长偷偷从宾馆借来一个大厨。张海明高兴地说："老于，我看你们食堂的饭菜做得很好啊，以后，省分行不管谁来，都在咱招待所吃住，又方便，又省钱。"

张海明在市分行召开了一个各县支行行长和市分行机关科级以上干部参加的座谈会。他侧重讲了稳定思想、安心工作的问题。他说："我跑了一圈，看到你们有些单位和员工思想不是集中在工作上，而是像散伙不过的样子，你们吵吵银行要黄了，谁说黄了？你们知道不，成立一个银行多难啊！我们能轻易就黄吗！银行是经济的杠杆，没有银行支持，地方经济怎么发展？我看有的县就剩下咱国兴银行一家了，我们再黄，整个县没有银行了，这在全国是天大的笑话！现在中央一再强调'三农'的重要性，我们国兴银行就是为'三农'而诞生的，和'三农'命运相连。只要这里还有老百姓，我们就永远存在！"

大家高兴地鼓掌。

张海明进一步说："现在有人说，国兴银行要黄了，有些客户走了，老百姓不到国兴银行存钱了，这些舆论都造到社会上去了，这种

'黄'的风从哪传出去的？不是从我们内部传出去的吗？我们为什么不从正面宣传呢？我们银行声誉和形象是几十年奋斗的结果形成的，而要毁掉它，非常容易——一个事件、一次舆论就能够毁于一旦！现在，是我们国兴银行挽回声誉、重塑形象的时候了。我和你们于行长说了，给你们拨点钱，先把各县支行办公楼装修一下，让社会上知道，让老百姓亲眼看看国兴银行不是黄的样子，而是在完善，在蓬勃发展！"

大家又鼓掌。

"你们员工也要注意形象，把行服都穿出来，工作时精神点，把走了的客户再请回来。我这次来，为什么要见县里领导呢？我就是要向他们宣传国兴银行发展建设的近期打算和长远规划，宣传国兴银行和山北人民一起存在；让地方政府替我们宣传国兴银行。这个会议结束后，我还要拜访市里领导，你们也要在社会上搞些舆论宣传，为咱们银行打造声势。"

市领导听到于行长报告说，国兴银行省行新来的张行长到山北市了，很高兴，当晚市长宴请张海明一行。市长和几个局长作陪。张海明首先感谢市里这么多年来对国兴银行的关心和支持，并希望一如既往地支持国兴银行，他询问山北地区的发展规划和远景，以及征求对国兴银行的意见。

市长很健谈，他说国家规划中对西部开发非常重视，山北地区也享受国家西部开发政策，同时又享受国家对贫困地区的优惠政策；他说，山北地区要以土地零价格来吸引国内外资金和投资项目，目前已确定了风能发电、自然保护区建设、汽车配件企业建设，还拟定了林木和草原建设、牧业开发项目以及一级公路建设，等等。市长说得心花怒放。张海明听得心里明亮，以此来确定银行发展前景——坚定了不撤山北分行的决心。

市长说到传闻山北银行要黄的消息，问张海明："张行长，是否有其事？"

"没有，绝对没有。"

张海明说："国家对西部开发这么重视，市长又描绘了山北地区发展前景，我们银行怎么能撤呢？我们银行要支持地方经济发展；同时也促进我们银行的发展。"

张海明向市长打招呼："市长和各位局长都在，我可预约了，你们开发的项目，给我们国兴银行一些，我们保证贷款支持！"

"好，好，我们市里一定想到你们，国兴银行是靠'三农'起家的，是我们自己的银行，一定要想到你们，于行长你和各位局长们多联系，我这事多，怕到时候忘喽。"

张海明此时敬酒，祝银行和市里携手并进，共创双赢。

市长说："张行长，你把两岸合作的'词'也弄进来了！"大家笑，又碰杯干杯说："共创双赢！"

张海明下基层一次，没看到一块国兴银行广告牌。他问及此事，郝主任说没搞过。张海明说："广告是一种无形资源，日本人早就发现了这一点，称为无形的财富。任何广告不仅仅是单纯的产品广告，同时，它也是企业精神和领导凝人聚力的一种标志，更是企业文化 VI（形象）的一部分。"

他让郝主任和姜远泽回去办一下，在市里显眼的地方和高速路口设立几块广告牌。

张海明这次下基层调查收获不少，既了解了银行的情况，又了解了地方的发展形势，这也像打仗一样，知己知彼，为国兴银行以后的改革和发展决策寻找到了依据。

虽然还没有一个清晰的思路，但他已掌握了一线员工的基本情况，心里踏实了许多。

第六章　金石为开

张海明到总行去时，韩光书记（副行长兼纪委书记）和他谈话，因为对他的党委书记任命了，也算名正言顺。韩书记特别提到："海明啊，你要大胆地干，坚持原则，把庆都分行工作抓上去，把那里的歪风邪气正过来。"

张海明没有信誓旦旦表什么态，只是说："请领导放心，我会尽力而为的。"

张海明到庆都三个月了。他没开过省分行机关大会和发表"就职演说"。机关员工和各市、县行长们也猜不透这位新来的行长、党委书记的"施政纲领"到底是什么，很多人还没见过他的"尊容"。

这天，杨文图找到他，想请他吃顿饭，庆祝他到庆都百天。张海明只是一乐，说："还讲究这些？"轻描淡写地给推辞了。

"好吧，我知道你清廉，不为难你了。"

"这谈不上清廉，以后我有时间请你。"

张海明又告诉杨文图："我刚来干什么都会敏感的，谨慎点好。"

杨文图理解张海明之意。

张海明想找陆富达谈心。他毕竟是"二把手"，党内副书记，按照总行领导的吩咐，他应该和"二把手"搞好团结。从这三个月看，张海明的工作阻力主要来自陆富达，他知道这个行派系严重，但张海明是新来的，不属于哪一派，应该与他们合得来，张海明一贯认为"班子"团结很重要，只有团结才能干好工作；工作上有困难不怕，只要人心齐，"泰山都能移"。

"老陆啊，我来三个多月了，我工作上有什么不足之处你给我提提。"

张海明态度是诚恳的。

陆富达说："不错，没什么毛病。"

张海明实事求是坦诚地说："总行调我来，说心里话，我不情愿，我在清江分行是盈利行，又是家乡，工作起来轻车熟路。庆都分行是亏损行，我又是一个人来的，我想当好这个行长，当好这个'班长'，你得支持啊！"

"我没说不支持啊？"

陆富达感到张海明一再讲和谐、团结，是说给他听的，所以他表态说："老张，我一定配合你，我希望你也尊重我们副职，尤其我这个'二把手'，团结和谐都是互相的，每个人都有责任。"

张海明说："当然。但我原则性强，以后你会感觉到的。"

陆富达听得出来，张海明讲的"原则"是有所指的，他有些疑心。他说："我认为'原则'是一种个人认识，有些事情不都是原则问题，是个人认识问题。"

张海明不同意陆富达的说法，但谈心不能针锋相对地反驳，他只能说："我们讨论问题时，可以有自己的看法，但决策时必须遵循原则，按规定和法律办事。"

"日常工作中，没有那么多法令法规的。我最怕有人凡事上纲上线，用法规压人。"陆富达毫不客气地说。

"老陆啊，中央一再要求'依法行政'，总行也一再强调'合规经营'，现在我们是法制社会，我们又是高管，实际是天天和法律规定打交道……"

"行了，老张。我们俩不是开理论研讨会。"

陆富达打断张海明的话。

两个人谈到最后各揣心事：张海明是希望班子团结，他能配合工作，领导全行把工作抓上去；陆富达却是疑心张海明是针对他的，在给他下"毛毛雨"。所以表面上是谈心、交心，实际上是相互探测。

　　张海明受任党委书记之后，准备开三个会，一个是党委会，强调把党建工作、精神文明建设和思想政治工作、党风廉政建设抓好，以及人事工作安排到位；一个是行长办公会，把当前全行业务工作安排一下——他准备听听各处室工作汇报。最后，召开机关大会，也亮亮相，讲一讲。

　　在"三会"之前，张海明找各处室负责人谈话，了解一下所在处室的工作和他们的个人情况，听听他们对行里情况——特别是帮派问题、风气问题和亏损原因问题的看法和评价。

　　在谈话中，张海明一再要求："你们说说对庆都分行的看法。"

　　大多数人回答是"不好说"或者"看不准"之类的话。有几个人敢于直言，甚至一针见血，办公室主任郝玉川就是其中之一。他说："这个行亏损问题，我看不全是客观环境导致的，论经济环境，庆都省在全国排位中上等，去年第十七位，特别是资源产业、石化产业和农业，在全国都能排上名次。但我们国兴银行是唯一的亏损行，累计亏损四十三亿，且连续亏损七年！排在全国国兴银行后几位，连西部甘肃、宁夏行都不如。为什么？我不理解，好多员工不理解。就连省委张书记也不理解。他曾说过：'国兴银行亏损这么多，在全国同行业排名后几名，怎么搞成这个样子？'"

　　张海明直接问他：

　　"什么原因？"

　　他想听听郝玉川的分析。

　　"很简单，一个是派系造成的，不论是党委会、行务会，总是争来争去，意见很难形成共识，就像外国议会开会似的，争吵不休，好的决策，也有对立面；另一个是党风行风不正。张行长，你来了，我们希望你是包青天，主持正义！"

　　张海明谦虚地说：

"我可不敢当。"

接着又说:"我只是个党委书记、行长。"

"对。"郝玉川接过张海明的话说,"如果我们把'共产党员'这个名称用好了,比包青天还厉害!现在是:有些冠冕堂皇的共产党员不是为这个党增光添彩,而是抹黑!张行长,你不知道,咱行这几年进去好几个了,都是党员领导干部。现在有几个人,我估计也离进去不远了。由于这些人的贪污腐化,使我们损失多少亿贷款啊!"

郝主任喝口水,继续说:"我真着急啊!张行长,我一个办公室主任,什么会都参加,全行情况我都知道,但我一个中层干部,左右不了形势,我也明哲保身——怕丢官啊!我不敢说——和谁说啊?隔墙有耳,祸从口出!张行长你来了,我早就听说你是清正廉洁的好行长,《金融日报》头版登载过你的事迹,我都看了,又听说你来之前刚被中宣部、中组部授予优秀党员和领导干部荣誉称号,我才敢对你说这些,这是我积压心中多年的怨言和感慨。"

"我们分行亏损,还有什么原因?"

张海明问。

"再就是信贷管理混乱。"

郝玉川看来意见很大,说:"谁有权就放贷,光管放款,不管收回。现在我们不良贷款占一半!"

"管理混乱是什么原因呢?"

"我看主要是领导带头放款,审贷会实质是一两个人说了算!个人有好处就贷,不管企业信誉好坏,经营状况如何,省分行原计划处长,主管信贷副行长都抓进去了,下边行长和信贷部门十几个人都被抓的抓,判的判!这样放贷款怎么行!放款都积极,清收时谁都不愿意去!"

张海明找监察室刘主任谈话时,也听到了一些真实的声音。他也有牢骚,说:"不正之风盛行,都想自己捞一把,行里亏损谁管?"

张海明问:"都有哪些不正之风?"

刘主任说了一些,比如:"提拔调配干部收礼,买官、卖官;每年春节，下边行长们纷纷到省分行送红包；借红白事敛财，有个副行长老婆病故了，据说收百万之多！省分行这么多告状信没人管……"

刘主任又列举不正之风现象。

"那么，你们监察部门都尽什么责任呢？"

"纪检监察室是同级党委办事部门，领导交办的我们办；领导不交办的我们不能办。再说纪委书记缺编一年多了，只是让陆副行长临时兼任——等于白搭！"

说到此，刘主任问："张行长，咱们纪委书记啥时候配呀？"

"这次我在学习班时和总行说了，让他们尽快配上。"

张海明又找了几个处长谈，有的人根本不说实话，遮遮掩掩，支支吾吾，张海明和这种人没聊多长时间。

张海明从正面得不到的真实情况，却从匿名信这条渠道了解了许多。他在宾馆住处门缝里经常有匿名信塞进来。张海明对每封都认真看，并把情况做了记录。有一封信这样写道：

敬爱的张行长：

你到我们行任职，我们很高兴，你受到中央表彰过，你肯定是正派、主持公道的人。你的到来，一定会给庆都行带来清风，带来希望，也给我们带来信心……

还有一封信，署名"明理"的，专门揭发国兴银行派系内幕，说哪位行长都是哪派的，哪些处长、主任都是哪派的，还说司机也是哪派的人，等等。

又有一封信写贷款用假证明、假抵押，捞好处；说提拔干部讲"关系"，说得有鼻子有眼，有名有姓的。

写匿名信不是正常现象，是一个单位风气不正的产物。这个行写匿名信成风，说明员工有正义感，但又恐于压力，心有余悸。作为领导，不要问署没署真名，应关注信中所反映的情况。张海明从心里感谢写匿名信的人，因为他得到了一些真实情况。

几天以后，从门缝塞来的匿名信没有了，张海明纳闷：为什么呢？一天，他从行里回宾馆的路上，突然碰见个陌生人，他递给张海明一个纸条，上面写着："张行长，宾馆安了监控，我们不能去了，也请你谨慎点！"

　　张海明这才明白原因。张海明找宾馆范经理问情况，他说公安部门要求，对外接待的宾馆必须安装监控。

　　"为什么以前没安？"

　　张海明又问。范经理说以前没有经费，这次你来了，有了经费才安上，陆副行长说要对你的人身安全负责。

　　"对我的安全负责？"

　　张海明心里明白，那是监视他。

　　张海明又到机关各处室看看，他是突然造访，又只身一人，能看到真实情况。

　　机关二十多个处室，几十个办公室，一千多人，张海明整整走访了一天。他每到一个办公室，哪怕是普通员工，都会和他们聊一会儿。问姓名、职务，生活工作情况。

　　"我能力有限，请大家多支持我的工作。"

　　这两句话，张海明到哪个办公室都说。从此以后，机关员工议论起来，对张行长印象非常好，说他"礼贤下士""平易近人"等等。特别那些没见过张海明的员工，这回看到了"庐山真面目"，也听到了他那亲切的声音。

　　到各处室走了一圈后，张海明有两个突出的感觉：一个是机关办公条件太差，好几个人挤在一个屋里，工作空间很小，桌椅摆放凌乱。有的员工抱怨：好几届行长，连个办公楼都没盖起来！都希望张行长来了能结束省分行没有办公大楼的历史。

　　人类生存环境对人的性格、形象都有重大影响。卡尔霍斯有一个著名的测验：在一定空间内，当小白鼠密度过高时，会产生如流产、烦躁不安、同类相食等现象。而人呢，居住空间过于狭窄，空气污浊，噪声刺耳，则心情烦躁，身心疲惫，精神恍惚，产生麻木迷惘的心态是必然的。张海明想起这些，暗下决心，要改变机关的办公环境。另一个感觉是员工工作状态——有玩电脑的，闲聊的，串岗的，还有在办公室穿拖鞋的，甚至还有工作时间炒股的。

看到这种工作状态，张海明心里很不是滋味——省分行亏损，机关有些员工居然无动于衷，人浮于事，懈怠、无谓！他思考着如何解决……

开行务会汇报各处室工作——张海明来了三个多月，先到基层了解了情况，又找了一些处室负责人谈话，然后这才以行务会形式全面听取工作汇报。会议定于九点开始，有三个处长迟到三五分钟，副行长张春耕也迟到三分钟。办公室主任点名时，因为有人没到而推迟开会五分钟；汇报工作时，有的处长带手下人参加会议，居然代替处长汇报工作——信贷处陈占高让副处长鲁东明汇报。鲁东明汇报很好，说得有理有据，有成绩，有问题，有工作打算，也有未来思路。张海明问："这个汇报材料是谁写的？"

鲁东明说："我自己写的。"

财务处"主持工作"的王长乐是自己汇报的，像学生读课文似的。张海明问他汇报稿谁写的，他说是一个干部写的。这个干部也来参加会了，汇报中凡有领导问的情况，王长乐都让这个干部回答，他自己一无所知。

每个处室汇报时，张海明都问了谁准备的汇报稿，他也看到了有几个处长带手下人参加会议，都是手下人回答询问。

会间，手机铃声不断，张海明勒令关机。还有人借上厕所在走廊里吸烟。

汇报了一天，又推迟到下班。这时，总务处"主持工作"的韩成走到张海明面前，耳语说："张行长，可否让宾馆准备点饭，这么晚了？"

"不，自己回家吃。"张海明说。

"以前都这样。"韩成又强调说。

"就这么定了，别啰唆！"张海明又说，"不要养成晚下班行里就供餐的习惯！"

在场的人都听到了。

散会时，张海明针对会上出现的问题，约法三章："第一，今后省分行开会，开到哪级就哪级干部参加，不能随便带人，特殊情况要带人的请示主持会议的行长。作为一处之长，要对你的专业了如指掌，不能汇报让别人代替，甚至一问三不知！专业处长应该是这个专业的行家，是行长的高参，做不到这些，就是滥竽充数！第二，今后开会，手机一律关机或设置振动，不是紧急、重要的电话不能接。今天会议就有几十人次接电话，你离开会场领导讲什么知道吗？第三点，今后开会不得迟到，迟到者，坐在后边迟到席——郝主任，你们负责把会议室后边设几个迟到座位，贴上标签。特殊情况迟到，需向主管行长请假，重要会议必须向主持会议行长请假！第四点，是思想观念，也叫会议观念问题——汇报工作、研究工作，要抓住重点，要有新思路、新观念，不能老生常谈。今后开会一般情况下，会提前告诉，让大家做好准备。我想问一下，今天的汇报材料自己写的举手——三个。就是说绝大多数处长主任都让别人代写。汇报工作都让别人动脑、动手，这叫什么领导？我看你们个人膘肥体胖，大腹便便，就是这种懒惰的工作作风造成的！我们处长这层干部让别人伺候习惯了，依赖性强，拿个本子和笔，只管上承下达；靠手下人写材料，这叫没有头脑的领导！这得改！处长主任是上为行长服务，当参谋，下为基层行指导工作，督促检查落实。我看咱省分行机关有一千多人，一座楼都装不下，外边还租两三个地方办公，一个小'联合国'！这几天我特意到机关处室看了看，干什么的都有，真正学习工作的，不到一半！机关这么多人，无所事事，把大好时光都浪费掉了。"

最后，他让大家看看李大钊论"今"的文章。李大钊认为，"我以为世间最可宝贵的就是'今'，最易丧失的也是'今'，因为它最容易丧失，所以更觉得它最可宝贵。为什么'今'最可宝贵呢？最好借哲人耶曼孙所说的话回答这个疑问：'尔若爱千古，尔当爱现在。昨日不能唤回来，明天还不确实，尔能确有把握的就是今日。今日一天，当明日两天。'"

张海明要求每个机关干部要把握今天，他说："昨天是一张过期作废的支票，明天是一张尚未兑现的期票，今天才是可以流通的现金。"

张海明又引用十九世纪苏格兰作家、历史学家及哲学家卡莱尔的话说："我们的主要工作不是去看未来都看不清楚的东西，而是去做目前手头上的事情。"

他建议："最好把'今天'两个字刻在什么东西上放在桌子上，以便经常提醒员工。"

张海明借汇报会讲了他发现的问题，给大家敲了警钟，让他们有思想准备——今后会有暴风骤雨的。张海明不软不硬、言之有物的讲话，在处长主任中产生极大反响，大多数人认为张海明"来者不善"，一定能把庆都行的面貌改变；有的说这是新官上任，烧把火，吓人而已。陆富达心想：你张海明未必能"星火燎原"！

会后第二天，杨文图到张海明办公室，慷慨激昂地说："张行长，这庆都行风，还真得你能整好。"

他又向张海明说了一些情况，并提醒他："张行长，一定会有阻力的，但我支持你。"

张海明感谢杨文图对他工作的支持。他想把杨文图的工作调整一下，让他兼任工会主席和机关党委书记，把机关作风和全行员工队伍建设搞上去。杨文图说："可以，我当你右臂。"

"左膀呢？"张海明问。

"陆富达呗！"杨文图说，"但他可能是你的阻力。除了工会和机关党委工作，我其他工作还管不管？"

"这机关和工会工作，还有精神文明抓好了，就行了。"

杨文图是大学哲学系毕业，他管这些工作也是顺理成章的事。以前，老行长让他当纪委书记，同时又分管保卫、监察。他看到那些不正之风，抓了一些，但阻力重重，眼睁睁地看着陆富达营私舞弊，以权谋私，就是管不了。他制定的那些纠风整纪的规定、制度形同虚设。后来他不干了，转为副行长，而纪委书记竟然由陆富达兼任！

"哎，纪委书记咋还不来呢？"

"我和总行说了，马上派来。"

"那好啊！"杨文图很高兴，"那肯定是你的好帮手啊！"

不几天，总行派来的纪委书记真的到了。

他叫卫中，是总行纪检监察室的一个处长，他父亲是中纪委的一个领导。这次他来到庆都分行，是张海明和总行软磨硬泡才要来的。他有"尚方宝剑"，还怕庆都分行不正之风刹不住！张海明很高兴，也和他沟通过——鉴于庆都分行不正之风严重，怕张海明一个人难以扭转，派了一个根子硬的人当纪委书记。

但卫中的到来，和他张海明来一样，也没有办公室没有车。张海明借此机会，想把退下来的行长办公室、车都收回来。但他知道很难，前任行长定的事，你后任行长给改变了，不收回车房等于给退休（内退）行长们的好处，让你张海明给收回了，这阻力得有多大啊！

杨文图劝张海明，不让他这么做，说："你弄不好会惹一身臊的，能不能想想别的办法？"

张海明说："办公室本来就紧张，退休行长们占六七个，好几台车也占着，这资源浪费多大啊！"

张海明甘冒这个险，说："咱们党委研究决定。"

党委决定之前，张海明召开退休（内退）行长座谈会，征求一下意见。座谈会上，他说："各位老领导，咱们行没有办公大楼，办公室非常紧张，车也不够用。你们退下来了，但办公室还占着，整天空在那里，车也是闲在那里，我想征求老领导们的意见，办公室和车收回，行里给你们一些补贴，这样行里能解决燃眉问题，你们也得到一些实惠。你们看看，怎么样？各位老领导，你们不太了解我，我张海明不是无情无义之人，我为什么来了三个多月才这样做呢？我考虑再三，实在没有别的办法。总行又派来一位纪委书记。车和办公室都没有，怎么办？我们只能从内部挖潜，请你们多多理解！"

老唐行长是张海明来庆都的前任行长，又熟悉张海明的为人，他积极赞成，他的办公室早已腾出来给张海明了，车子当时也想交出来，但张海明当时考虑唐行长身体不好，经常去医院看病用车，所以没用他的车。老唐行长说："退休和内退行长们留车留办公室，是以前老赵（唐行长的前任行长）他们决定的，他关心行长们退下来的生活方便，可以理解，但一茬一茬地退休，办公室占着，车子占着，这样不越占越多吗？哪年是个头！必须有个改变的做法，老张来了，这样做，我理解和支持，别说给补贴，就是什么不补，我们也应当支持——人退下来了，就是普通公民，还搞什么特权，法国总统戴高乐官大不大？1969年卸任总统后，人家声明：一不接受各种荣誉；二不要总统退休年金和津贴费；三不要政府住房。而是回到家乡，过隐居生活。我们退休行长算个什么？讲啥资格待遇和补贴啊？"

老唐行长一席话，使张海明很受感动。他说："谢谢唐老，你真是高风亮节啊！"

张海明接着说："这个戴高乐确实高风亮节，早在1952年就立下遗嘱：'我的葬礼必须简单，不搞国葬，不要政府部门和公共团体代表参加，不要乐队。'1970年他去世以后，政府按他的遗愿举行了简朴葬礼，棺木仅花六十三美元，葬礼和平民百姓一样。巴黎五十万市民冒着倾盆大雨走上街头为他送行。"

听了这个故事，行长们心里很惭愧，难道我们共产党的干部还不如资本主义国家的官员？这时，行长们发言，都同意行里的想法，不提什么要求了。但张海明还是挺"人性"的，说："我有个想法，但没经过党委研究。准备每人每月发给交通补助费一千元钱；如果你们来行里读书看报，我给你们准备一个屋子，放上桌椅书报以及娱乐用品；安排人为你们提供茶水；如果你们不愿来，可把报纸订给你们家里。你们看这样行不？"

车收回有补贴，办公室收回还有地方休息读书看报。张海明的人性化办法，退休行长们大都同意。只有两个"内退"的副行长有点想法。对总行让他们提前两年（五十八岁）退下来有意见，发一通牢骚。张海明理解他们的心情。

张海明说:"你们'内退',与省分行没有关系。你们俩的意见可以考虑,到六十岁正式退休之前,继续保留办公室。如果同意的话,可以给你们安排事干,比如搞点调研。"

两个"内退"副行长也同意了。

张海明的做法赢得了老行长们的理解和支持,有意见的也不提了。张海明最后说:"大家别走,我们陪老领导们吃顿饭,然后,送你们回家。"

事后,张海明召开了党委会,研究对退休(内退)行长的待遇问题:明确对退休的行长每人每年补贴交通费一千元,订阅两份报纸,腾出一个会议室让老领导用。这样卫中办公室和车都有了。卫中也是单身而来。他和张海明同住省分行宾馆,两人是"邻居",研究工作和聊天都方便。

卫中赴任时,韩书记吩咐他和张海明要配合好,把庆都分行的党风行风抓好。这个行匿名告状信不断,卫中在总行时就曾带人来过。所以卫中这次不是"钦差大臣",而是有了实职实权的"官员",他可以助张海明一臂之力。再加上杨文图抓党政工和精神文明建设,张海明抓全面工作,这个行扭转局面虽然困难,但成功是可能实现的。

卫中没有在基层工作过,所以他到庆都雄心勃勃。父亲对他要求很严格,让他谦虚谨慎,虚心学习,掌握金融理论和纪检专业知识。卫中对张海明说:"张行长,我早就了解你,是廉政楷模、金融专家,又当了二十几年不同阶层的行长,我这次能和你在一起,你可要多帮助我啊!"

张海明笑了笑,说:"金融业务上我可以帮助你,但纪检监察方面我得向你学习。"

两个人每天有空都聊一阵子。

第七章　剜肉之举

张海明和卫中聊得最多的是工作上的事，是如何把庆都分行的工作抓上去。张海明早有想法：先在省分行机关搞整顿和精简机构及人员。卫中听了张海明胸有成竹的理由，表示同意和支持。有一天周日休息，张海明和卫中约杨文图到宾馆，说请他吃饭。杨文图惊喜——"张行长请我吃饭！"

他去了。但他们三个人吃的是宾馆工作餐。卫中看不过去，自己花钱又点两个硬菜，张海明拿瓶酒，才算有点"请"的意思。饭间和饭后谈的却是工作上的事——机关精简和整顿。张海明说了这样做的理由："机关人多，人浮于事。一千多人的机关，起码应减去三分之一！"

杨文图问："这些人减掉怎么安排？"

张海明："充实基层。"

他列举了全行基层员工和机关人员比例不协调。有些人是滥竽充数无所事事，推一推动一动。

最后张海明慨叹道：

"这些人不减不行！"

杨文图抓机关建设，对张海明的改革想法非常支持。当初建行时机关才五十多人，以后二十多年，增加到一千多人，都削尖脑袋往机关挤，一来二去，机关就像发酵的面，急速膨胀！杨文图向张海明、卫中说，机关近几年调进很多人，光陆富达那派人就调进好几十人，说是借用（调）；然后"试用"半年就正式调进来，都是走"关系"，花几万元或十几万元钱就能进来——权钱交易。

张海明当这么多年行长，他明白：干部（人事）工作如果和钱搞在一起，就是权钱交易；权力拥有者如果贪钱和敛财，那么财源就滚滚而来。张海明如果不廉政——拒绝那么多送礼行贿的，他早就是千万甚至亿万富翁了；别说省分行行长，就是市分行行长，如果想收钱，哪年不收几百几千万！他相信杨文图的说法——提拔调配干部是来钱渠道之一。

杨文图还说："现在机关还有五十多人以'借调'名义先迈进机关大门，然后正式调入。"

"机关进人不用党委研究决定吗？"卫中问。

杨文图回答说："都是一、二把手和人事处打个招呼就借来，然后'试用'一段时间就变成正式的了。"

杨文图赞成机关减员，他说："先把借调的五十多人退回去！"

但他又提示张海明："张行长，人家捞好处把人调进机关，你再把这些人清出机关，你伤人不说，还会遇到很大阻力的！"

"当然了。"张海明态度坚决，表情凝重地说，"任何改革都会有阻力，甚至有风险，但我有思想准备，和你们俩打个招呼，也让你们和我一起承担风险，克服阻力。"

杨文图说："我看最大阻力是陆富达那伙人。他们调进来的人最多。如果弄不好，这伙人反对你精减，党委会恐怕通不过。"

杨文图继续分析说："你看，陆富达、张春耕、田仁京他们是一伙的，肯定反对，闵家仁年轻，他没有派，'老好人'。同意的，你、我、卫书记、武家豪，四个人，弄不好，闵家仁不同意，就四比四，打个平手。"

卫中说：

"那把闵家仁叫来好了？"

"做闵家仁工作——我负责。"

杨文图主动请缨。

"形势能这么严重吗？"

张海明凭着良好的心愿对待事情。

"当然啦。"杨文图说，"张行长，这改革大事，准备工作一定要做好。"

张海明听到杨文图的分析，心中有了数，他让杨文图做闵家仁工作。他想找陆富达谈谈，先看看他的态度。

杨文图摇头，说："对牛弹琴——白费弦。"

"投石问路，我试试他们怎么个反对法。"

张海明坚持说。

卫中分析说：

"可以试试。如果他们表明反对的态度，我们可以知道他们为什么反对，我们也好有心理准备，如果他们表面支持，到会上反对，就暴露了他们两面派的嘴脸。"

杨文图说：

"也行。但别急于找他们谈，先准备改革框架，理由充分。"

张海明说："可以。我先考虑个初步设想，然后咱们再碰一下。"

……三个精明的人凑到一起，一直筹划到半夜。

张海明这几天，集中精力考虑机关精减问题，他从周海军那里要来机关编制、机构设置、员工人数、借调人员名单等资料，又问了一些情况。周海军不知道张海明用意是什么，也没敢问。思考完了之后，张海明和卫中、杨文图又碰头。把自己具体想法说给他们听："机关借调的五十三个人一律退回；现在正式员工一千零八十五人，再减三百零五人，剩七百八十人。这其中自荐下基层的可在职务上优惠，不愿下去的，按处室重新编制人数减员，由各处室拿出人员名单，分管行长研究，党委最后决定。这些人一律下到基层营业所、办事处、储蓄所。在年龄上，五十岁以上的不作精减对象；机关十八个临时工全部清退。机构合并的有十多个处室，比如工会与机关党委、宣传部合并办公，只设工会主席，副主席兼机关党办主任、宣传部部长。"

杨文图和卫中看完张海明的"改革"设想，感到很合理，表示同意。杨文图又提了些补充和修改意见，比如现在"主持工作"的几个副处长陈占高、王长乐、韩成怎么办？张海明知道是陆富达乘他不在行里时强行研究定的，他说："和借调的一样都回去。"

"这个阻力可大呀！"杨文图说，"这几个人都是'大手大脚'进来的，陆富达收人家的，又把人家退回去，他们能干吗？"

卫中说：

"他个人收多少咱不管，咱们是秉公办事！"

杨文图分析说：

"不对。陆富达他们可以嫁祸于人——说你张海明给退回去的，他们会把怨气和矛头对准你的。"

卫中说："可能。但咱人正不怕影歪。"

张海明说："这也是一种阻力和风险，但我们完全能克服和承受。"

他还提出了性别、年龄问题，说："女员工尽量少下去，拖家带口的，不方便；尽量让年轻员工下去；还有，凡任处室领导的，没在基层行当过行长、副行长的，原则上下去，锻炼两年后再回来。"

……三个人又讨论一个晚上。讨论这样的问题，张海明尽量不在工作时间，因为办公室人来人往的，容易提前泄露精简方案。

张海明按计划，找了陆富达、张春耕和田仁京他们分别谈话。名义上是征求他们的意见，实际上也是试探他们的态度。陆富达先是表态支持张海明的"改革"，说了一套"改革"是"社会前进动力"，是中国乃至银行的"出路"等等高谈阔论的话，但话锋一转，说："老张啊，这几年基层改革，刚刚稳定，机关又整一下，经营能搞上去吗？"

张海明解释机关精简，充实基层是减轻"头脑"，加重"脚力"，不然头重脚轻站不稳、行不快。但陆富达还是坚持缓一缓，他甚至说："你这是新官上任三把火！"

张海明说："我来三个多月了，我一把火都没烧呢！但我必须得烧一烧，不然这机关一千多号，人浮在上面，无所事事，而经营一线又缺兵少将的，怎么行？"

两个人争论一番，莫衷一是。陆富达又问张海明如何精减。张海明就把自己的想法说给他听。他又连说："不行！不行！"

"怎么个不行法？"张海明问。

"这五十三个人借调快半年了，按说应该正式调入，你把人家退回去，这怎么行！还有'主持工作'的那几个人，你让人家回去，凭什么呀？"

张海明说："这些借调的必须先回去，你不能把借调的留下，让正式的下去吧？还有'主持工作'那几个，没有正式下调令，也属借调之列，为什么不能回去？"

这些具体问题达不成共识，只好留在党委会上研究。

张海明找田仁京、张春耕谈话时，他俩也像陆富达的翻版，口气态度和他的一样——似乎陆富达和他们通气了。

党委会上，关于整顿机关的议题引起激烈争论，正像杨文图预想的那样，形成四比三的局面，而闵家仁如果倾向陆富达就是四比四，如果他倾向张海明就是五比三。如果他弃权，也是四比三。讨论时，所形成的两种意见非常鲜明。而反对理由就是要"稳定"，"和谐"，谁破坏"安定团结"大局，谁就是"对抗中央"。陆富达说得上纲上线。因为在会议之前，他预感到在会上不敌张海明的"改革"派，所以突然提出来个机关"公投"。

这意想不到的"意见"，让张海明啼笑皆非，他反驳道："我们不是台湾，就是在台湾陈水扁搞公投也没搞成！"

"机关的事，让机关员工决定，理所当然。"陆富达说。

"领导决策的事，可以征求员工意见，但决不能抛开党委搞什么'公投'！"

杨文图、卫中也相继发言，强烈驳斥了"公投"之说。

陆富达感到没话可说了，来个"你们看着办吧"的消极态度。

最后党委表决时是五比三，同意机关精减和整顿。

在中国，企业运行和发展的三要素就是人、财、物。人的因素是第一，如果人员结构不合理，就会有损于工作和事业。所以要通过改革来解决存在的问题，甚至是历史遗留的问题；张海明这些日子总是在思考着，既要精减无情，又要操作合理——如何做到这一点呢？他想了许多办法，也让人事处想想具体办法，他又和杨文图、卫中他们打招呼，让他们也想一个完善的方案。

张海明已经举起手术刀，既想切掉肿瘤，但又不能伤害好的骨肉。

杨文图赞成机关精减，他拥护张海明的决策。他想给陆富达一个明示——杨文图就把近几年自己的亲身感觉说了出来："机关的大门像没有把门似的，人哗哗往里进！现在连我这个省分行老人儿都有许多员工不认识。有的人见到我微笑、问候，我都不知道对方叫什么名字、哪个处室的。"

杨文图故意说给陆富达听："机关臃肿到这个地步，该'减肥'了。"

"减员也像园艺师给果树剪枝一样，别看树枝杈少了，但结果多了。"卫中说。

陆富达反驳说："这是在我们身上割肉！我们副行长都分管几个处室，员工都像自己孩子似的，减谁？不减谁？"

"臃肿的肉瘤必须手术，不然发展到癌症，会危及生命的。"杨文图和陆富达是天生一对冤家对头似的。

"这些人好不容易调到机关来了，减到谁头上都难受。"张春耕帮助陆富达说话。

"精减不是上头的精神，总行也没非让咱们庆都分行机关减员，咱们自己何必瞎折腾？"田仁京也帮助陆富达说话。

"那你说这机构臃肿咋办啊？"武家豪接上话茬。

陆富达坚定地说："我看稳定是大局，宁可保守点，也不要超前！现在我们行首要的工作是如何把业务经营搞上去，扭转亏损局面。而不是机关精减问题。张行长新官上任三把火，第一把就往员工身上烧，从省行机关烧到市分行、县支行机关，得烧多少人啊！"

陆富达反对张海明的举措真是毫不留情面，但又牵强附会地乱上纲线。

田仁京又接过陆富达的话题说："现在中央一再强调和谐稳定，我们应多做稳定大局的事，不能破坏和谐稳定的大好局面。你看现在省政府门前，自从国营企业转成私有之后，一大批工人下岗，三天两头有人不是上访静坐，就是请愿，闹得社会不得安宁，这是前车之鉴。我们国兴银行可不能步人家的后尘呀！"

张海明实在听不下去这种不着边际的论调，他说："我们精减省分行机关，是人力资源的合理调配，是工作岗位、位置的转换，是消除机关臃肿，充实薄弱的基层，增强经营一线的力量，不存在下岗问题。这与稳定大局有关系吗？是方向性错误吗？是火烧员工吗？任何真正的改革举措，都是在阵痛中进行的，伤痛的只是一部分人的私利。但是，改革不像数理化解题有答案，我们是在探索中完善我们的管理。大家在认识上的分歧可以理解，但我们行长要正确理解机关的精简举措，要做改革的支持者和促进派！"

一阵鸦雀无声，是被张海明一个惊雷镇住了。

张海明又说："谈到'割肉'问题，你们说精减员工是割肉之疼？疼点也要忍一忍！五十年代，中央机关减人，毛主席把卫士长李银桥和秘书叶子龙都减下去了，他们跟随主席多少年？像自己孩子一样，老人家都掉泪了，不照样减下去了吗？我们谁把员工当自己孩子啦？有些人是你调上来的，跟你几年了，为了工作，到下边去有什么可'心痛'的？"

卫中说："一个省分行机关，一千多人，确实多。你看外国有些银行，首脑机构没有多少人。我们这几年都到外国学习考察，没见有人浮于事现象，说明人力资源使用得合理，而我们的银行人满为患，我看早晚也得减。"

卫中又介绍了国兴银行这几年的减员情况，他说："我们减员上万人，都离开了银行，没了'饭碗'，顶多有点上访的。再说，我们这次精减不是下岗失业，只不过是把'饭碗'换一下而已，在哪桌都能吃饱。只要我们和员工讲清道理，消除思想顾虑，就能够达到精减的目的。"

卫中是从总行下来的人，说话、分析问题层层在理。张海明听后很佩服，他预感到今后工作中卫中将是他的得力助手。

闵家仁最后一个发言，作为年轻的、新提拔的副行长兼营业部总经理，他一贯谦虚谨慎，在党委会、行长办公会等会议上，他不轻易发言，先听听老行长们的"高见"，然后表明自己的看法。张海明事先找他谈过，他心里有数，说："张行长来了之后，到我们营业部调研时也和我谈过精减问题。我想过，营业部人员也得减，现在八层楼不够用了！基层的同志都往机关里挤，是因为机关工作轻松，待遇好，收入高。我看光减人是一方面，还得减少机关人员的待遇，分配上尽量和基层员工拉近些；再有，机关处室，也要有些责任制约机制，承担起工作责任和风险，比如，贷款批出去了，收不收得回来，就不再管了等。我完全赞成精减，并进行分配收益上的改革。"

别看闵家仁年轻，思考问题还有公道之处。张海明比较欣赏，他说："闵行长说的使我很受启发，现在都往机关挤，就是机关好处太多，吸引力大！下一步我们还得改革分配收益，不能让直接创造财富的基层员工收入那么少。"

陆富达看到张海明的精减改革深入人心，得到大多数人支持，他也"识时务者为俊杰"，表示同意精减，但对方案中一些具体办法有异议，比如借调的五十三人全部退回；比如在基层没当过"头头"的处室领导下去锻炼两年等等。张春耕和田仁京看到陆富达改变了态度，也表示同意精减，但保留某些具体意见。

张海明在当行长、书记工作中，从来不愿作简单的"决策"，而是让大家充分发表自己的意见，尽量达到思想统一，形成共识；只要思想统一，行动才能一致。如果达不到一致，也可以保留意见，做到少数服从多数，在行动上不能有反对和抵触的表现；党委形成的决议，每个党委成员必须义不容辞地执行。

他要求每个党委成员暂时对精减保密，到召开机关大会为止。

但党委会刚开过，机关就传出去了：减员，有的传说某某处减几个人，有的传出这批借调干部全部退回去，传得之快之广，令张海明感到奇怪。

杨文图找到张海明，建议尽快召开机关动员大会，把精减的事讲出去，以正视听。杨文图问："你讲话稿写了吗？"张海明说正写呢，再有一晚上就写完了。

"你自己写？"杨文图不解。

"我的讲话稿一般情况不让别人代劳。"张海明回答。

"真的？"杨文图惊诧地瞪大眼睛，赞叹说，"你这样的领导现在少见啊！"

杨文图不知道张海明的经历。张海明大学毕业参军，做新闻报道工作，提干后他完全可以长期在部队干下去。但他是独生子，考虑家里有父母二老，就毅然转业回城了。张海明被安排在银行工作，先在办公室当秘书，然后主任、副行长、行长，有人叫他"笔杆子行长"，写材料他从不让人代劳。这一点，其他行长佩服他，手下的人敬重他。

机关动员大会，会议大厅坐得很满，足见机关员工之多。

大会由杨文图主持。张海明作动员讲话。张海明扫视前面的一片员工，大都是陌生面孔，他先来个开场白："前段时间我去总行参加读书班，后来又到基层慰问和调查研究，这么长时间没和大家见面，一露面就给大家带来'坏消息'——精减员工！有人会说，你张行长是不是太无情了！我不想用鲁迅那句名言'无情未必真豪杰'来作理由回答你们，但我是一行之长，也是庆都行大家庭的家长，我要对全行一万多名员工负责……"

他在机关员工大会上，慷慨陈词，阐述机关精减的当务之急。他说："这次机关精减，对庆都分行来说是史无前例的，国兴银行组建三十多年来，省分行机关一直是进人，没有减过人。而我们省分行这几年一共减员四千多人，都是基层员工，机关人员几乎没动！这就奇怪了——身子减得越来越瘦，脑袋胖得越来越大！整个一个'大头人'。人的身体，按生理学原理，头部只占全身的七分之一，而我们国兴银行占了三分之一多了，用一句古话说是'头重脚轻根底浅'，走起路来像醉汉；我们这几年两次剥离出的不良资产是三百五十多亿元，现在剩的资产不到四百亿，而我们全行员工还有一万四千人，即每人均摊不到三百万元，这么多人经营这么点资金，机关人浮于事，一线忙不过来。我曾走遍机关各个处室，有的人不认识我——只知道省分行来了个新行长。所以我突然造访，他们照样干与工作无关的事。有三分之一的员工闲着，玩电脑的、闲聊的，监控一下，一天就有二十五个人迟到，三十一个人早退。我和员工聊聊，他们有的说机关事不多，太清闲；还有的想下去锻炼锻炼，说在机关就待傻了。咱中国人多，这是国情，但人多应该多干事，可机关就那么多事。现在机关有的人整天忙，而有些人整天闲着，有的处长把工作都交给有能力的人干，而那些所谓的平庸之辈则不派用场，闲待着！大家都知道：一个和尚有水吃，两个和尚抬水吃，三个和尚无水吃。如果以此推下去，四个和尚都会渴死的！一个人的活安排两三个人去干，就会相互推诿，最后还干不成！这是说我们中国人，失去信仰后的一个劣根性：人多互相依靠。我在思考一个观念问题，人家是'我要干'，而我们是'要我干'。一字之差，差距多少年？我们中国金融系统的这种工作状态，每人所创造的财富，只有现在一些国家的二十七分之一，甚至三十四分之一，所以我们要只争朝夕，奋发往前赶！"

张海明又讲了机构精简问题，举清江省分行工会的例子：原来编制十一个人，后来机关改革以后，党政工合并办公，才五个人，多两个部门的工作，还减少六个人，前后比较一下，就得出了结论：精减人员，合理安排人员多么重要！他说："这次我们减员幅度不小，有的处室要砍掉一半，有的处室要合并办公，人员也相对减少。有的处长主任可能担心：给我减掉这么多人，我怎么办？工作能干过来吗？这种担心是多余的。其实，我们现在的工作量，使用的大脑还不到十分之一，多数脑细胞在休闲呢！如果我们用一半大脑的话，就能完成现在的工作任务。所以，你们当领导不要担心人手不够的问题，而是减员以后如何挖掘潜力、调动积极性的问题。"

张海明又讲到精减人员去向问题。他说："我们这次减下去的人，大部分（年轻的）是要到基层工作。前段时间我到基层调研，看到基层人员非常缺乏，储蓄所一般都在三个人左右，有时候休息时间都没有，他们非常辛苦！人少又不能串休。相反，我们各级机关人满为患，干什么的都有。这两种情况相比，促使我们党委非下决心不可——减员，充实到基层去！金融市场犹如战场，冲锋陷阵，拼搏厮杀。前线兵员不够用，后方人员成堆地闲待着，这怎么能打胜仗呢！所以我们要重新调配兵力，这次从'头'上抓起，'头'就是各级分行机关，先从省分行机关做起，然后市行、县支行机关，解决这'头'等大事！"

"这次减员，只是充实基层第一线，不会像打仗能死人。只是辛苦些，牺牲点个人利益，但有利于全行大局。当然你们下去以后，我们会考虑到你们的利益——我们下一步就是改革分配收益问题，削减机关员工收入，增加基层员工收入，拉平机关和基层员工分配差距。"

张海明又讲到"无情减员，有情操作"问题。他说："我们这次减员不是无情无义，不是砸你们饭碗，而是转换工作地方，这与基层减员丢饭碗是两回事，只不过是让你们从舒适的地方到下边吃点苦，锻炼自己而已。但我们在操作上必须有情有义：一个是人尽其才，适才用人；一个是现在职级保留，你科级的下到储蓄所也是科级；一个是考虑到你们个人、家庭问题，我们会安排你们就近工作。年轻员工可以分配到各级行营业部，那里女员工多，好找对象（有人乐）；如果两地生活的，我们可以考虑补贴；再有，你们在下边干得好的，可以优先回机关。如果你们'衣锦还乡'，我们是会刮目相看的（有人又乐）！"

张海明讲话，根本不用拿讲稿，就像和大家聊天似的。会后，大家都议论这位新行长有水平，近人情。

尽管张海明讲得很明白，有情有义，在机关员工中产生了良好的效果，但在借调的五十多人中，思想波动很大，他们惋惜"调不适时"，快要转为正式机关员工了，突然来个减员；回单位原来的位置又没了，他们会被怎么安排呢？

机关动员大会以后，原来一潭死水的机关现在沸腾起来了，"一石激起千层浪"。

张海明的减员之石激起的是水花四溅！

第八章　争权夺利

机关减谁留谁大家心中都没有数，就连处长主任们心里也没底。他们找分管行长，打探自己的安排和本处走留的人数；员工找处长主任，问自己留还是走。行长、处长、主任们的办公室人来人往。陆富达的办公室、家里边，去找他的人更多。这么多年他调进的人不少，各个级别以及普通员工都有。陈占高、王长乐和韩成是刚刚被陆富达安排在"主持工作"位置的，还没有转正呢，他们三人一起到陆富达家里，述说自己的想法和"委屈"。

陆富达心中有数：他们也属于借调之列，机关是保不住了，所以就温和地安慰说："你们委屈啥？人家当处长、主任的还得下派锻炼呢！你们回去也是回到原单位，官不降、职不丢，有什么委屈？"

但陆富达为了笼络人心，又说："你们作好两手准备，我不会不管你们的，就看张海明他留不留情面啦！"

陆富达很狡猾，他要让这三个人听出：如果留不下，就是张海明的问题了。

陈占高心想：如果保不住信贷处"主持工作"位置，那二十万元就白搭了！

王长乐后悔：如果知道这次减员，何必破费十五万元呢！

韩成更惨：他从江城市分行调来，还跟老婆闹了一场，把老婆气出了脑血栓，至今还在住院！又花十五万元送给陆富达，真是赔了夫人又破了财啊！

陆富达对于受贿调进机关一些人的问题，绞尽脑汁。几天来他如热锅上的蚂蚁，坐卧不宁，他知道拿人家的钱，就要给人家办事的"行规"。这也是多年来，他收取了数不清的礼物而没有"犯事"的原因。他从家里保险柜里翻出一个小本子，那上面记载着他调进的人员名单，他从小本子上按收钱多少抄一部分，作为他要保留住的对象，包括陈、王、韩三人。情妇兰妮看到他这几天茶饭不思，知道机关精减的事，想看他小本子上的名单，被陆富达一把夺过去，说："这工作上的事，你看什么？"

"什么工作上的事？你在家里什么时候管过工作的事？这里的事都是你的隐私事！"

说着，她抱住陆富达的脖子，亲昵起来，说："老陆，这些天你像丢了魂似的，你怎么了啊？我安慰安慰你吧！"

说着用她那苗条而香艳的身体抱着陆富达又是咬又是啃的，一下子把陆富达从烦躁不安中拉回到温柔的情爱之河中……

在办公室陆富达对来找他的人，总要说一些冠冕堂皇的"领导腔"，好像很支持改革。然后话锋一转："我不会忘记你们的，我尽量保你们留下来……"使听者千恩万谢地离开，并抱有一些希望。

考虑到夜长梦多，影响工作。所以，张海明和几个副行长碰头后，决定提前进行精简工作。

党委研究第一批是自荐到基层工作（任职）的干部，一共六十九名。这批干部主动要求下去，又不提任何条件和要求，他们大多是年轻员工。张海明和党委成员高度评价他们的大局观念和思想觉悟。在研究时，张海明提出给予好好安排，他说："这些人都安排到支行以下单位，当营业部（室）主任、副主任的有三十一人，有二十三人当储蓄所主任，余下的人提出不任'长'的，做普通员工。"张海明指示人事处：这批自荐下去的干部要作为重点掌握的人群，今后，提升、调动要优先考虑。对此，党委成员们没有任何不同意见，顺利地完成了第一批安排。

研究第二批，是借调的五十三名干部。由于其中有十一名自动要求下到基层工作，所以只剩下四十二名了，包括陈、王、韩三人。

在研究这批干部时发生争议最大，争议之一是，这批人全部退回还是部分退回？党委会研究方案时已经定下来了：全部退回。因为这批干部没满试用期，又没正式下令调入机关，他们所有关系还都在原单位，退回去也好操作。而陆富达提出"留下部分干部"。理由是"这批干部确实需要，如果全部退回，有些处室岗位没人，工作无法运行"。

他还举例说："陈占高、王长乐和韩成都在主要处室'主持工作'，他们走了，谁负责？"

张春耕也随声附和说："机关精减，是留精干的，减掉平庸的，借调干部中有些精干的应该留下来。"

杨文图和武家豪都反驳陆富达和张春耕的意见，坚持说党委会研究决定的事不能变！杨文图说："别说借调的，就是正式干部也得减下去！"

武家豪也说："借调的留谁不留谁，会产生矛盾的。"

卫中说："上次党委会定的事不能变了，借调干部全部退回，也好操作。"

陆富达还是坚持说："改革是为了工作，如果把好的干部弄走，会影响工作的。"

杨文图接过话："这批干部借调之前机关工作瘫痪了吗？离开谁地球都会照样转，毛泽东那样的伟人，中国离开他以后，还不是一样地生活。"

陆富达气得脸红脖子粗，瞪了杨文图一眼，说："这是强词夺理！"

……两个人还在争论。

"行了，行了。"张海明再也听不下去了，他尊重委员们的意见，尽量让他们发表意见，但决定的事不能再议下去！他坚定地再次重申："这批人全部退回，包括我的秘书小刘。"

张海明从总行参加读书班回来，杨文图从市分行给他物色了一个秘书小刘，也算借调。为此，张海明考虑再三，还是让小刘回去，他和小刘谈过，小刘理解张行长的意思——不然别人不好退回去。

杨文图惊讶地说："小刘不能回去吧？"

"一视同仁，都回去！"

张海明坚定地说。他想堵住陆富达的嘴。但陆富达的嘴还是没有被堵住，他说："我看这批原来有领导职务的不能退回，他们原来的位置都安排人了，这对人家是不公平的！"

"对呀。"张春耕附和说，"陆行长想得周到，张行长不是讲'有情操作'吗？"

"我看争论没头，还是表决吧，张行长？"

武家豪建议。

表决的结果是五比三，即张、杨、武、卫、闵赞成全部退回；而陆、张、田不赞成。

"少数服从多数，全部退回！"

张海明宣布。

会议结束时，陆富达怒气冲冲地第一个离开会议室。他刚回到办公室，陈、王、韩三个人就找他来了，看到陆富达不高兴的样子，陈占高问："我们三人没戏了吧？"

"没了。有张海明这小子在，你们三个别想再有舞台了！"

"让我们回去，位置都没了，那咋办？"陈占高问。

"你们去找他张海明吧，让他解决！"陆富达把这事推出去，以泄不满，又给张海明增加麻烦。

"明天，他要开座谈会，你们提吧。"陆富达又补充说。

第二天，退回干部座谈会上，张海明把党委的决定宣布后并解释了几句。陆富达请假没参加，说身体不适到医院去了。

四十多人面面相觑，又都很尴尬，大多数人面颊阴暗。

张海明让大家说说有什么想法。

"我们回去岗位都没了，怎么安排啊？"陈占高首先发问。

"就是，我那副行长位置都有人了。"韩成说。

"我们真倒霉，刚来才一个多月就回去，我们都没脸见人！"王长乐说。

这是一种暗示，张海明正要讲这个问题，他说："回去以后如何安排，我们是有打算的，你们借调的不属机关干部，不是把你们派到基层，而是让你们回原单位，工作和职务都会得到相应安排。这个会开完了，我们马上要召开干部工作会议，你们放心！"

杨文图进一步解释说："你们这批干部是全行的'精英'，回去他们非常欢迎，他们会安排好的。"

卫中又说："如果以后机关需要进人，首先从你们这批干部中选拔，你们素质好，在哪儿都会有发展的。"

陈占高他们三人本来想"闹腾"一下，但听到行长副行长们这样关心他们，对安排他们的工作还有打算，也打消了再提什么"意见"的想法。

"那我们相信党委和张行长了。如果到时候安排不了，我们……"

陈占高拖长话音，想说出有一定分量的话。张海明接上他的话说："你们回来找我张海明！"

张海明给了他们个"定心丸"。

座谈会结束时，张海明让周海军给大家每人发一份纪念品。张海明说："你们在省分行机关干了一段时间，留个纪念吧。"

大家打开纪念品袋，一看是新版纪念币，一套价值 2800 元。这让每个人心里都觉得张行长还是有情义的。

这时有人提出要和张行长合个影。张海明愉快地接受了。陈占高三个人想走，但又合计留下来，一齐和行长们合影了。大家合完影，离开时的心情与来时完全不一样，连陈占高、韩成也有了笑颜，但王长乐表情凝重，他跟着张海明来到办公室。

张海明问："有事吗，老王？"

王长乐有些紧张，站在张海明面前，正要开口，张海明让他坐下说。王长乐说他妻子是一个市的工会主席，看他调进省分行机关，她也找人活动，已经调到省总工会，请张行长能否考虑他的情况，留在省行机关，实在不行安排到省城哪个单位都行，王长乐有点央求的意思。

张海明理解他的实际情况，表示有机会可以解决，但这次一律回去，并把情况记在工作日记上，王长乐在省城买了房子，他又说一遍实际困难，"张行长，我回市分行就得两地生活了……"

"老王，我知道你的难处，我们会考虑你的要求的。"张海明说马上要去开自荐干部欢送大会，送走了王长乐。

机关自荐下基层干部欢送大会开得很隆重，省分行领导、各处室负责人、一般干部都参加。六十九名下派干部统一着行服，佩戴大红花坐在大会主席台上。大会由杨文图主持，他做简短的开场白："同志们，今天开个特殊大会——欢送机关六十九名干部自荐到基层工作，他们是机关精减改革的促进派，是响应党委关于加强基层建设，促进经营发展的先锋，今天为他们召开欢送大会。现在请行长、党委书记张海明同志讲话。"

在热烈的掌声中，张海明首先向主席台上六十九名干部致敬。他在讲话中高度评价了自荐下基层干部的大局观念，甘愿为基层工作付出的高尚精神。他说："这次机关改革，你们六十九人主动请缨下基层工作，放弃舒适的机关工作和省城生活，别妻离子，到基层一线，这对你们的人生是一种改变和考验，这种精神令我们机关干部感动，是机关干部学习的楷模！"

张海明又阐述了加强基层建设的重要性，他说："大家知道，银行基层是创造金融财富的前线，基层员工是生产力最基本的要素；社会财富的创造者是劳动人民，金融财富的创造者是基层员工！你们六十九人即将成为金融财富的直接创造者，我代表行党委和机关员工向你们致敬！"

下基层干部代表王尧也讲了话，他说："我大学毕业后就到省分行机关工作，没有在基层干过，虽然跟领导下过基层检查工作，就是走马观花，蜻蜓点水，根本不了解基层。这次我下去工作，要先做好小学生，不耻下问，拜基层员工为师，我要把大学学到的金融知识以及我的热情一起用到实际工作之中。请领导放心，我们一定会交出一份好的答卷！"

会上，行领导向这六十九名干部每人赠送一台笔记本电脑，让它成为现代化办公工具。

会后，在省分行宾馆的欢送午宴上，每个行长分到一张桌，陪大家喝点送行酒。张海明刚参军（十六岁），就参加过对越自卫反击战，喝过壮行酒，有声有势！这次是省分行宾馆有史以来标准最高的宴席，张海明让上了茅台酒、龙虾。他对大家说："今天你们在宾馆吃点好菜喝点好酒，以后在基层工作不可能到点就吃饭，也可能方便面伴随你们，所以这顿饭给你们补补营养！（大家笑）但不能白吃，以后你们得给挣回来！"

张海明又把大家说乐了。

宴席上，有各分行前来迎接的行长和人事处长，张海明对他们提出要求："你们要对六十九名干部的工作给予支持，生活给予关心，如果这些人在你们行干出成绩，功劳有你们领导的一半；如果出现问题，责任也有你们的一半！"

送行时机关员工几乎都出来了，寒暄不止，依依不舍。这样的离别时刻，是人情交融最动人的场景。

减员后的机关，还剩下七百八十多人，按编制略有不足。有的处长嚷嚷人手不够，找到主管行长那里，主管行长向张海明反映：有的处室人少，有的多，能否调配一下，张海明心中有数，等机构合并后再说。

如果减员是剪枝的话，那么减并机构等于是砍树干——权衡利弊，抉择去留，难度相当大！在这个问题上，分歧与争议也相当激烈。

过去省分行机构设置都与总行部门对口，原来十几个处室，总行不断增加，省分行也不断增加，现在多达三十几个处室；总行机构一万余人，指挥几十万员工，机构多些、分得细些下级不能指责。可到省分行这级，不必设三十多个机构，有些部门职能完全可以合并。

但如何合并，各执所见。张海明和卫中、杨文图的意见是：党政工合并办公，杨文图兼任工会主席和机关党委书记，设一个副主席，主管工会和女工、共青团及宣传部、机关党务工作。党办主任、宣传部部长由副主席兼，机关工会主席也由省分行工会主席一个人兼，共青团书记和女工主任一个人干，这样可以减少三个机构、四名处级干部指标；人员由原来的十七个人减至八个人。这个意见由张海明先拿出来，不会引起争议——因为这些部门都由杨文图管，他同意了，就顺利通过了。但这开头之举，也给其他处长们一个明示：这么大的合并和精减力度，确实起到了带头作用！

"党政工合并，机构和人员减这么多，杨副行长是下了决心的。大家都认真考虑一下，把分管的机构如何合并？"张海明用话点了大家一下，副行长和处长们都在琢磨。

卫中分管纪检监察和保卫、总务处三个机构，都有很明显的独立性，当然合并不了。但他表态：减掉副主任和副处长三个人，只留处长、主任，人员也从原来的监察室八人减至五人，保卫处六人减至四人，总务处二十五人减到十七人，一共减少十三人。

卫中已和这三个部门负责人研究过，当时只有总务处处长提出保留一个副处长——说总务处事多，但卫中还是下决心把副处长砍掉。

武家豪分管的是机构、公司和信用卡、房贷处四个部门。他把机构业务处和公司业务处合到一个处（原来就一个处，后来总行分开了，省分行也分开了）。卡部不变，房贷处他建议归到信贷管理处（但得和别的副行长商议），公司机构业务处设一个副处长，卡部砍掉副职；这样，机构减掉两个，人员减少八人。

陆富达分管信贷处，他有意见，对武家豪说："你把房贷处推给我，你分工又减少，工作也轻松，很会算计啊！再说房贷是市场新兴行业，也是热门信贷业务，为什么不能独立呢？"

"这不是推给谁的问题，是职能相关的处室合并问题，"武家豪反驳说，"我们房贷由于信贷资金紧张，国家又控制房贷，一年贷不了几笔，没必要单独设立一个处。"

张海明说："中国的房贷主要集中在大中城市，庆都省主要是庆都市、江城市，其他地方很少投放，再说我们国兴银行今后市场定位在'三农'上，我看房贷合并到信贷处完全可以。"

他转视陆富达："老陆，我看行。"

陆富达酸溜溜地说："你是一把手，你说行就行呗。"

张海明笑了："我要一个人说了算，还开什么党委会，大家各执己见不好，咱们要从大局出发。"

陆富达没吱声。

张春耕说了他分管的处室如何并法。他分管的农贷处、储蓄处、风险处都没有合的可能，他强调了农贷处对于"三农"的重要性，储蓄处"存款立行"的重要性，风险处预防化解风险的重要性。他说："我们这三个处，一个也并不了，撤不了。"

"你这'三不了'，我看可以。"但张海明说，"副处长都拿掉，人员减少。"

"我们农贷处、储蓄处都很重要，应有副处长。"张春耕争辩。

"重要不重要从全行衡量，不能谁分管哪个处，就哪个处重要。"张海明说。

田仁京对机构翻来覆去的变化很反感，他说："这些年机构总折腾，一会儿分开一会儿合并。万变不离其宗，都得有人干，我看人家部队机构设置最好，司政后三大机关几十年不变，现在增加总装备部，才四大部，咱们地方机构像小孩脸似的，说变就变。"

田仁京在部队干过，所以他以部队举例子。

这时引起一些话题，大家议论纷纷。

张海明问："老田，你那几个处怎样调整？"

田仁京分管计划处、资产评估处、财务会计处。他说："这几个处都是大处，要并只能把资产评估处并到信贷处里，或并在风险处里，计划和财务处都并不了。"

机构撤并问题的分歧，说到底是分管行长从个人职权范围考虑的问题，都想自己管辖的处室多点，领导职位多些，好提拔干部，安排自己的人，都没有从全局考虑。争来争去是权力的大小、自身好处的多少问题。对此，张海明明确指出："刚才说到部队编制问题，我记得有一位军队领导讲：编制就是法规问题。所以部队不能随意增加机构。再看看我们地方党政机构，成堆成片的，公务员人山人海，有的市县财政收入都不够吃'皇粮'。这都是官本主义在作祟，不手术行吗？但现在一动手术，我们某些领导对减并机构就好像割身上肉一样，减员就像把他们孩子给人家似的，这也不同意，那也不同意，争来争去！"

张海明又补充说："还有股份制银行、民营银行，机构人员都是少而精，机关员工哪有我们这么多！吃饭都分批！原来我们分房子，盖一批又一批的，还不够。我们不改革这种体制、编制能行吗？"

张海明的知识面和理论水平及表达能力，比在座的人都好，尽管有的行长，如陆富达反对他的一些做法，讨论时也提出反对看法，但最后张海明决定的事或党委表决的事，他也无理、无力去反驳。

张海明来庆都分行几个月，基本掌握了这个分行的情况，行长们之间有分歧，派系严重，决定什么事总要"斗争"一番，而那时的陆富达一派总占上风——陆富达虽然是"二把手"行长，党委副书记，但他把自己当"一把手"，什么都想说了算，属于争权夺势的人。老行长在位时，有些事拿不定主意，优柔寡断，正好被陆富达有机可乘，他抓住老行长这个弱点，实际是把老行长架空了。有些人看到陆富达的强势——将来肯定当"一把手"行长，也就早有"预见"地趋炎附势于他，成了他的势力范围，比如张春耕、田仁京，还有周海军等。而刚正不阿的杨文图以及武家豪则同情老行长，看不惯陆富达一伙的飞扬跋扈，所以在各种会议上就形成了明显的两种意见（两种势力），只不过暂时是少数派。但老行长临退下来之前，做了一件原则性很强的事：他对总行准备提拔陆富达当第一行长坚决不同意。陆富达因此没有当上第一行长。对此，他千仇万恨地与老行长结下了不解之仇，见面话都不说。老行长为何不同意提拔陆富达？张海明曾问过杨文图，据杨文图说，老行长对总行考核组说："陆富达是有能力，但他思想品德差，私利重，所以不能当第一行长。"总行了解那么多人，除了陆富达那伙人以外，基本上没有说他好话的，所以他朝思暮想的"一把手行长"美梦破灭了。总行从清江选了张海明来庆都当行长。

张海明到达庆都分行之前，知道些这个分行的事，大体对陆富达有所了解，这三四个月时间，通过对办公室、车、人事安排等等的事，真正知道了这个人的"庐山真面目"，知道他为自己工作树立了一道屏障——要逾越他，得费心力。张海明不怕操心工作上的事，就怕人际关系上的事——勾心斗角，尔虞我诈。

但好在卫中的到来，可以助他一臂之力；加之杨文图和武家豪的支持，闵家仁的"不结盟"，这使张海明在决策上能占多数。但他不希望这种"多数"，他倒希望一班人都团结合作。他在清江省分行时，那里班子成员之间和谐相处，没有抵触，没有派系，工作起来得心应手。

机构精减后，调下来一些处长、副处长，如何安排他们，又发生分歧。陆富达认为：这些人是机构合并而失去岗位的，他把责任推到张海明身上，在这些人中，有散布对张海明的不满。张海明认为机关"庙多，和尚多，方丈也多"，撤并裁减人员是改革的大势所趋。之前会上也说过，他这次是落实这些工作（措施）的时候了。

在党委会上，张海明提议，把这次裁减下来的处长、副处长（副主任）十一人中，没在基层干过的，安排到市、县支行挂职。现职处长、主任中没有在基层行干过领导职务的五人也下派锻炼。这样裁下来的处长、副处长就调配开了。这就是"友情操作"。

但陆富达又节外生枝，他提出让该下去锻炼的原房贷处处长吴宽到信贷处当处长，陈占高走了以后主持工作的鲁东明还回到副处长位置；还有让办公室郝主任下去锻炼，让减下来的资产评估处处长甘子牛当主任。

陆富达提出自己的想法后，有的副行长也提出类似的想法，如张春耕提出把他分管的两个处副处长安排到某某处、某某室。这实际上是向张海明的人员安排方案挑战。

张海明不知道陆富达为什么要这么调换人员，但杨文图知道：吴宽当房贷处处长时，利用贷款之便给陆富达办了两套低价房，省了几十万；吴宽又找开发商把陆富达一些农村亲戚安排到小区物业工作，所以他没忘记吴宽之恩。而吴宽也是报答陆富达破格提拔他的恩情。因此陆富达想留下吴宽放他在信贷工作岗位上，想安排他当信贷处处长。但陆富达让办公室主任下去（实际郝已五十岁，可以不下去），是郝玉川没参加他们帮派，知道陆富达许多"内幕"，所以趁机想把他整走，而安排他的心腹甘子牛。

陆富达要吴宽顶替鲁东明，杨文图反驳说："吴宽没在信贷处工作过，只当了两年房贷处处长，咱们损失多大？现在房贷十几个亿，能收回来多少？再说鲁东明是老信贷处的人了，当了八年副处长，人家是响当当的金融学院毕业，又有实践经验，这次不提拔，实在说不过去！"

陆富达正要争辩，杨文图摆摆手："我没说完呢。让办公室郝主任走，甘子牛能写报告材料吗？办公室主任不会写东西能行吗？这不荒唐吗？还有，老张提出的，会计处汪处长不能下？为什么？"

杨文图对张春耕提出的建议也有看法，说："汪处长在下边行一天没干过，也不过五十岁，为什么不能下去？"

陆富达也说了一通汪处长不能下去的理由，什么他业务强、能独当一面等等。他说："不能硬性决定谁下谁不下，特殊情况，可以灵活安排。"

"如果打破一种规定和界限，就没有'特殊'而言了。"张海明态度严肃而坚定，"这次处级干部的安排，一个杠：没有在下边当过一级行领导的，五十周岁以下——含五十岁，谁也不能有'特殊'！我们当行长的，不要只为某个处室、某个人着想，要从全行大局着想，从培养干部着想。"

陆富达还想说什么，张海明摆摆手："谁都别说了。这个事上次党委会都定了，也表决了。这次只是落实问题，不要再争了。"

这样机构精简和处级干部下派及剩余人员也有了结局。不管谁有意见，甚至对张海明有不满和怨恨，也只能执行。

第九章　特招事件

　　企事业单位的兴衰，关键是人的作用。人是事业发展的决定性要素。银行发展也离不开主体——人。张海明完成了省分行机关精减的大事，紧接着市、县支行机关也仿效省分行进行精减，充实基层，加强业务经营第一线力量。人事工作这样复杂、艰难的变动，张海明不是第一次经历。领导者如何用人？倘若能把人力资源调配好，充分发挥其作用，就能达到事半功倍的效果。

　　机关精减刚告一段落，又来一项工作，总行每年一次分配给各省分行招录大学毕业生，今年分配给庆都分行八十五人，张海明很重视这批学生的入行。因为这些年减员走了不少人，大都是基层单位的年轻人，所以庆都分行急需补充新鲜血液。张海明在研究如何招录这批学生的会议上要求人事处一定要做好工作。他提出四条要求：一、严格入行标准，即统招统分的正规大学年度毕业生；二、尽量招录学历高、重点大学和金融以及相关专业的；三、如果有银行内部员工子女的，同等条件的，可以优先招录；四、杜绝不正之风。

　　这几年庆都分行已有几次招录过毕业生，不论社会上，还是行内员工都削尖脑袋往里挤！行里很难办，招谁不招谁，这里很有说头。陆富达协管人事工作，每次都倾心这项工作。

　　周海军到陆富达办公室请示说："陆行长，你看看我起草的方案。"

陆富达手拿"方案"很快看完，说："张海明给咱们定调子了，又约法三章，你得办严实点。"

周海军每次招录毕业生都首先请示陆富达，老行长在职时也是这样。这次张海明来以后，还是先请示陆富达。他说："张行长让成立招生委员会，成员名单都在后边，你看看。"

"这个名单谁提出来的？"

陆富达看后问。

"我提出来的。"

"怎么把纪检监察、工会的人都拿进来呢？"

陆富达有点不高兴，拿起笔修改。

"张行长特意交代的。"

"你怎么先请示他了？"

"他让卫书记和我一起拟定的名单。"

陆富达听后，又把他划掉的监察、工会人员的名字恢复了，说："这张海明，做得很严肃啊！"

陆富达阅后，签给张海明阅。

周海军把方案拿给张海明仔细看过后，提出修改部分有：第一，招录办法，要在报纸和网上发出通知、报名；第二，把"重点高校毕业"加上，博士生不需考试，只需面试就行；第三，考试公布分数和名次；第四，面试当场打分评出名次；第五，招录期间，行领导和人事处人员不与应招毕业生及家长见面；第六，招录入行的名单向社会公布，并公示一周，省分行公布举报电话，设举报箱。

张海明对方案的修改，使周海军万万没有想到。他佩服张海明看待问题的周到和严谨；另一方面，对张海明的威严也非常胆怯。他又把修改的方案拿给陆富达看。陆富达紧皱眉头，没说什么。周海军拿着方案边走边想，出了办公室又返回来问："陆行长，你还有啥指示？"

"指示什么？这还用问我吗？"

陆富达暗示他。

张海明每天上班都很早。他住的省分行宾馆和机关大楼有一条连接通道，平时门都锁着，只有机关开大会时开门，让员工通过宾馆到会议室。张海明和卫中先后到来，都住在宾馆，保卫处处长就给他俩每人配一把钥匙，方便他们进出。但张海明除双休日以外，都走正门，和员工们一样，在门卫按手印。这样可以和员工们时常见面，相互熟悉。

有一天上班，张海明突然被一名妇女在机关大门口堵住："您是新来的张行长吧？我是通树县支行员工陶丽，我有事找您。"

张海明定睛一看，这位女人穿戴干净整齐，身穿国兴银行行服。就问她："你有什么事？"

这时，姜远泽上班恰巧碰见陶丽，搭话："陶丽，你什么时间来的？"

"姜主席，我来找张行长。"

张海明让姜远泽带着站在他面前的中年妇女，到他的办公室讲明情况。

姜远泽进了行长办公室，就向张海明简要介绍了陶丽的情况。

陶丽是通树县支行工会主席，是该行原行长孙长军的妻子，孙长军于1999年车祸身亡，被定为"因公牺牲"。妻子陶丽原是县妇联副主席，儿子小军正读高三，孙长军的突然罹难，对母子俩打击非常大，陶丽痛不欲生。小军痛心疾首，头直撞墙。当时省分行派工会副主席姜远泽和保卫处处长米少成到现场帮助处理善后工作。陶丽提出三个要求：一是孙长军是因公车祸，要求评烈士（因公牺牲）；二是儿子如果考不上大学，或者考上大学毕业后进银行工作；三是把她调到银行工作，如果不答复，尸体不让火化。姜远泽就电话请示唐行长同意了。事后不久，陶丽调到了国兴银行工作，当工会主席；儿子虽然受了影响，但也考上了大学，毕业时考研究生没考上，在家又复习一年后考上了。研究生毕业后，想进国兴银行，但进不去。陶丽找人事处（周海军）交涉，说行长当时答应了，为什么不接收？周海军又请示主管的陆副行长（唐行长已退休），说孙小军毕业时没及时找省分行，而考研耽误了机会，不属于"统分"对象，省分行不予接收。陶丽说："你们唐行长答应的，为什么不收？"

周海军说，错过了时间，再说，也没有文字依据等等，咋说也不行。陶丽气哭了，又找姜远泽带她去找唐行长，唐行长说有这事。又给陆富达打电话，说了此事，可陆富达说，他不知道，就哼哈地过去了。陶丽又回头找陆富达，陆说："当时毕业没来找省分行，现在找，等于从社会上招人入行，总行有文件，不行！"又给顶了回去。

陶丽带着儿子哭着回去了。

这次陶丽听说省分行招大学毕业生入行，又听说来了个新行长，陶丽给姜远泽打电话，要求找行长。姜远泽很同情她，说新来的张行长挺"人性化"的，让她来试一试。所以陶丽带着儿子迫不及待地从县城赶到省城。

陶丽介绍完这些情况，说得伤心落泪，她说："张行长，我丈夫死后，我死了的心都有，如果不是为了儿子，我活着还有什么意义？这几年，我一个女人家，又上班，又抚养孩子，从大学到研究生，我一心想把孩子培养成才，到咱银行工作，将来像他爸爸一样有出息。谁想到，行里不收他！我一个小县城里的人，又是女人家，怎么给孩子找工作啊？现在年轻人找工作特别难！孩子毕业都一年半了，心情很不好，动不动对我发脾气，我背地里哭多少次啊。张行长，你得主持公道啊，帮助我们母子俩啊！"

说着扑通跪在张海明面前，孩子也跟着跪下了，弄得张海明很惊讶。他急忙扶起她："别这样，快起来。"

张海明给陶丽递过面巾纸，让她擦泪，又劝她平静一下。他说："我会认真对待这件事的。"

然后，他又问了陶丽一些家庭其他情况，生活情况；孩子学的什么专业，哪个学校毕业的，现在在家干什么，等等。陶丽多年来没有听过一个领导这样关心地问她这些情况，心里感到特别温暖，感动的泪水又流了出来。

陶丽又对张海明说："行里从社会上招收毕业学生都两三次了，我儿子也是毕业生，又是名牌大学、研究生，为什么不招我们？他是行里员工子女呀！再说，唐行长在职时又有答复，姜副主席和米处长都在职，可以作证，为什么不办啊？我个人的工作都已调进银行，是市分行报的，省分行批的，三件事已经办了两件，难道这不是按唐行长答复落实的吗？我真不理解，张行长！"

"我刚来，不了解这个情况，听你说了，也看了材料，但我还得与有关人员了解清楚，和其他行长商量一下，然后，我给你答复。"

张海明又问了陶丽住处，记了她的手机号。说："你到咱行里的宾馆住，我一会儿让人安排一下。"

张海明把陶丽送到楼梯口，看着身高有一米八的小军，说："这小伙子，将来会有出息的。"

张海明回到办公室，给刚离开他办公室的姜远泽打电话，让他到招待所给陶丽安排住宿，并交代说："不要收住宿费；吃饭时，你们工会出人陪一下。"

之后，张海明又把行长们和周海军、姜远泽、米少成叫来，一起听陶丽孩子的情况，并研究怎样解决。

姜远泽首先介绍了他和米少成去处理孙长军善后工作的情况。他说："当时省分行正开会，研究人事工作，人事处处长离不开，唐行长就派我和米少成去了，唐行长让我们抓紧时间处理善后，有什么困难给他打电话。

"我们到那后，和交警联系上，查看了车祸现场，又到太平间看了孙长军遗体——脑袋被撞碎了，尽管整了形也惨不忍睹。我们晚上七点多，没吃饭就到了他家，陶丽哭得没完没了，昏过去好几次，县医院医生在场抢救。屋里院里挤满了人，市分行、县支行领导和家人商量善后工作，进行不下去了，陶丽说省分行不答复她的要求，不能火化。这些人个个心急火燎。我和米少成去后，陶丽提出了三条要求。我当时说遗体先火化，你的要求我们带回去汇报，陶丽说不行。我打电话请示唐行长，他答复说：这三条省分行可以办，并让我们尽快协商将遗体火化，处理好善后工作。我当时把唐行长答复的话记在笔记本上，你们看看。"

他翻开当时记录："唐行长答复：一、因工作发生车祸，省分行可以报请'因公牺牲'；二、陶丽工作调入县支行，可以办；三、孩子如考不上大学，可招进银行当储蓄员。如考上大学，毕业后如本人愿意可进银行工作。这个记录人事处也写进了证实材料中。后来，因公牺牲很快由地方民政部门批了下来，陶丽也从县妇联调进县支行，这说明省分行答复的三件事已经落实了两件，就是孩子的事没办。没办的原因是他大学毕业后考了研究生——当年没考上，复习一年后考上了。研究生毕业后来找省分行，省分行没让进，说错过了毕业时机，这事周处长知道。这期间，省分行招过两次毕业生，他都没进来。陶丽没办成，曾找过我两次，平时她也经常和我联系，因为我是当事人，又是见证人，又是工会的。我也找过人事处，和周处长交涉过，我甚至和他争论过，我又找过陆副行长，都没成。这事，我心中很愧疚，作为工会副主席，员工中出现这样特殊困难的事，我无能为力！这几年，据我了解，咱们分行有些人偷偷地办进好几个人，为什么自己员工的孩子又是研究生，唐行长还代表省分行答复的却进不来呢？并且孙长军是咱国兴银行的先进典型，是省级劳模，总行表彰为'抗洪救灾先进个人'，参加了总行的报告团，这样一个先进人物的后代，还不能作为特殊情况安排吗？我真是不明白！这次省分行招人是个机会，千万不能再拖了！"

姜远泽说得很详细，又很动感情。他就是要说给在场的某些人听！

米少成也补充说："姜副主席说的情况真实，我完全同意他的意见：应当给孩子办。省分行行长答复的事，都不算数，有些荒唐！一个基层行长因公牺牲，人事处不承认当时的答复情况，让我和老姜言而无信。当时我们回到分行，又向唐行长汇报了。唐行长很满意，说：'你们辛苦了！'如果这孩子再进不了银行，天理不容！"

米少成是当兵出身，说话直率，在部队时外号"米大炮"，他的发言让陆富达和周海军心里很不舒服。陆富达手揉着香烟，周海军面红耳赤地低头记什么。

张海明听完当事人的具体介绍和他们的请求，说："这样吧，情况清楚，证据具备，行长答应确有其事，而且三个要求，已经落实两个了，这孩子的事，这次正好省分行招毕业生，他又是研究生，条件很好，我的意见是这次给办，你们有什么意见？"

周海军不同意，说："张行长，这次网上报名结束了，再说他不是'统分'对象啊。"

陆富达说："这事得慎重些，他不符合咱这次招毕业生条件，要是进来，就是擅自从社会上招人，总行知道，那还了得！"

武家豪说："我看按唐行长当时答复的办。他是代表行里说的话。"

卫中说："我认为唐行长他是代表省分行做出的答复，尽管没有文件，但姜副主席有原始记录，他们是当事人，又是见证人，且人事处档案也有记载，我们一定得把这事办好。"

张春耕说："让我说，老唐也是随便说说而已。再说，毕业时他不来找，错过了机会与咱省分行没关系。"

田仁京说："这事如果开了头，就收不了尾。咱们全行每年车祸，还有其他死亡的员工也有，能都答应给他们子女办入行吗？"

周海军说："我看田行长说得对，这个头不能开！再说也得请示总行。"

杨文图说："请示总行，可以。你们人事处打报告，为什么人家找你几次，你们不请示总行呢？"

周海军说："没有总行批准，我们可不敢招不符合条件的毕业生！"

姜远泽说："是吗？我看咱们行这几年偷摸招进不符合条件的毕业生好几个，连大专生都进来了，自费生也进来了，你们人事处请示总行了吗？"

姜远泽这一质问，问得周海军脸红脖子粗，哑口无言。但陆富达为之辩解，说："此一时，彼一时嘛。我们没必要追究过去的事。"

杨文图有些义愤地说："过去的事？过去的事做错了就不该说吗？这孩子的事也是过去的事了，按老陆说的也不该办了，是不？人事处这几年擅自招人，储蓄员擅自转正，连党委会都不研究，和我们招呼都不打！这孩子的事，张行长还专门开个会研究，而你们还推三阻四的！"

陆富达说："老杨，你这是又把'文革'一套搬来了，干部们喝瓶酒，吃包点心，就贴大字报，又揭又批的。现在不一样了，咱们要和谐团结嘛。"

陆富达心中有数，这几年进人都是他批准的，他的亲戚朋友就办了好几个，不该吱声。

周海军接着陆富达的话说："现在不能和过去比，现在总行要求一律不许从社会上招人，我们不能闯红灯啊！"

姜远泽说："老周啊，总行一直严令不许擅自招人，但你们进来的人，很多都是违反总行规定的，比如说你自己，两个姑娘，都是自费生，是统招统分对象吗？不都进来了？先当储蓄员，又偷偷地转正，还评上了技术职称，你那小姨子，也给弄进行转正了，你可别得了便宜又卖乖！"

姜远泽这一通话，如一把尖刀，插入周海军胸膛，他连气都喘不过，脸憋得苍白，好半天，才说一句辩解的话："这也是领导批的嘛！"

陆富达狠狠地瞪了他一眼，说："我看这事……既然这样，张行长看着办吧。"

陆富达之所以这样说，是看形势发展对他不利，再揭周海军，就揭到自己的头上了，所以他做出了让步。

张海明问："还有什么意见，都说说？"

他的一贯作风，是会上让人把话都说出来。

见没有人吱声，张海明说："我们当领导是为让员工生活得更加美好，员工福祉民生的事，不管是遗留的，还是现在的，作为我们行长们，都要管。一个因公牺牲行长的后代，他的工作问题，我们应该管；他又是劳模典型的儿子，我们更应该管；孩子又读到研究生毕业，等于他们家里花钱为我们培养一个高文凭的人才，我们应该要！至于总行规定，我去做工作。我在部队待过，老米也待过，部队打仗，老子牺牲了，儿女愿意当兵的，部队首长战场上就有权批准，而且这样的孩子干得都很好。孙小军这孩子我见到了，很精神，条件都挺好。我们给人家办了，是对死者的告慰，对活着的人的安抚；办了，是兑现我们行领导的许诺，银行对内对外都要有诚信，不然员工怎么看我们领导？我听完陶丽声泪俱下地诉说这个事的时候，我心酸，眼睛都湿润了；一个女人和她的儿子跪在我面前的时候，我心都碎了；一个有尊严又当过县妇联副主席的女人为什么跪在一个男人面前？说明人家有冤啊！一个家庭，男人是顶梁柱，他倒下了，等于这个家衰落了。妻子没了丈夫，孩子没了父亲，母子俩相依为命，多难啊！我听说，人家找行长不让进门，申诉材料压下不转！和我们行长、人事部门预约，让人家在宾馆等信，晾在那儿好几天，不管不问，这都是啥工作作风啊？还有没有人情味！这个事大家都发表看法了，不用表决了，我决定：招收孙小军入行工作，算在这批招录的八十五个名额之中，一切程序都免除，直接办手续！"

张海明慷慨陈词，令有良知的人感动，令负咎的人愧疚。反对的人不再说啥了。

这天晚上，张海明带着姜远泽和周海军到省分行宾馆看望了陶丽母子，当场告诉她，省分行决定给孙小军办理入行工作手续。陶丽喜出望外，和儿子相拥而泣。张海明安慰他们好好生活，有什么困难，找工会姜副主席。他让孙小军作好准备，听通知报到。张海明又问他们还有什么要求。陶丽说："张行长，按理说孩子工作安排了，不应再提什么要求了，既然行长关心这事，我想，安排省城最好，因为孩子在他爸工作过的地方，想起他爸会伤心难过，也影响工作。"

张海明对周海军说："在营业部安排一下。"

张海明又交代姜远泽，给母子俩买两张火车票；陪吃顿饭，宿费由行里签单。

陶丽当晚十点多钟就坐火车走了。临走时，她到张海明的住处告别，并悄悄地把一个信封塞给他说："张行长，这是我们母子俩一点谢意，你的恩德我们娘俩不会忘记的。"

"不行！不行！"

张海明拒绝了，把信封塞到陶丽手提包里。陶丽又要掏，张海明生气了，说："陶丽，你是国兴银行的员工，你儿子也即将是国兴的员工。这事本该早办，让你们受委屈了。所以，不需要感谢，你们的事，是行党委研究决定的，不是我个人的恩德。我张海明不是那种人，别说你这点意思，就是几十万几百万的钱我都不会收。"

张海明说完，打电话把司机小杨叫来，送母子俩到火车站。

陶丽和儿子回到自己的房间，陶丽喜极而泣。她喜的是遇到好人了，儿子工作的事办成了，又不收礼！孩子劝妈妈："妈，我工作总算解决了，应当高兴啊！"

儿子给妈妈擦眼泪。妈妈对儿子说："孩子，你到行里以后，一定好好工作啊，别给张行长丢脸啊！"

儿子表态说："妈，你放心，儿子一辈子听你的话，不忘张行长的恩德，把工作干出成绩，以实际行动报答他！"

这时司机小杨敲门，说送他俩到火车站。小杨说："张行长祝你们一路平安！"

母子俩高兴地回到家，陶丽逢人便说："儿子进省银行工作了。"

陶丽又对同事们说："真遇到好人了——张行长！"

县支行行长们，请陶丽和小军吃顿饭，为他们娘俩祝贺。几年来，县支行领导没少为她和孩子的事操心，找市行、找省分行，虽然没有成功，但尽心尽力了。这回终于了结了县支行行长们的心愿。

第十章　情妇之怨

　　这次招毕业生，生源非常多——因为全国毕业生近千万，找工作比较困难。银行又是社会上所谓"旱涝保收"的热门行业，因此报名的人特多，大学毕业生们蜂拥而至；银行员工子女报名的也很多；通过各种渠道疏通"关系"的也多。由于张海明"约法三章"，省分行机关大门的保安人员，对属于招录的人一律不准进入，但周海军和人事处其他人、陆富达和其他行长办公室的电话、手机铃声响个不停——现代化的通信手段阻止不了"关系"来往！晚上到陆富达、周海军家里去的人特别多，这些人不像过去（改革开放初期）大包小袋地提着，现在都是揣着卡或者"信封"；中午，周海军很少在行里吃饭，都被应接不暇的"饭局"请去；陆富达中午或晚上也择人应邀赴宴，但都是"关系"很铁或"重量级"人物。那些天，陆富达一反常态地回到自己平常不去住的"老家"，在那里待"人"接"物"。因为他这个家是公开的。他的情人兰妮经常打电话问他在哪儿，为什么不回来，他或者说下基层了，或者说行里开会晚了住省分行宾馆了。

　　这种"收钱"的事，他回避兰妮，但兰妮也不是等闲之辈，来到陆富达"老家"打探，见楼上灯火通明，她打陆富达的手机，问他在哪儿。他说在行里加班呢。兰妮爬上楼，敲门——陆富达以为有"关系"的人来了，开门一看是满脸怒气的兰妮，他先是惊愕，继而一笑，说：

"你来干啥？"

"我路过时看家里亮灯，以为是小偷进了家，上来看看。"

兰妮假装不知，因为她怒气未消，还是让陆富达发现了"奥秘"。

"我也是从行里刚回……"

陆富达编造说。

兰妮走进里屋，看到一老一少，问：

"你们是哪儿的？"

没等对方说，陆富达抢先说：

"是家乡人，来看我的。"

这时又有人敲门，兰妮抢先去把门打开，问：

"你们找谁？"

来人是一男一女，像是夫妻，说：

"找陆行长。"

陆富达忙上前招呼：

"哎呀，是厅长啊，请进！"

厅长进屋冲着兰妮问：

"是嫂子吗？"

"啊，不是，她是我孩子的老师。"

陆富达冲兰妮使个眼色，兰妮进里屋去了。那一老一少两个人，知趣地走了。

陆富达和厅长夫妇在客厅里说着招毕业生的事，兰妮从门缝里听，听到"这是一点意思"的声音。等厅长夫妇走时，兰妮也走出来，问候着——她忘记了自己是孩子"老师"的身份。

陆富达送出电梯口回到屋里，就劝兰妮回去，说："你先回去，我接待完再回。"

"不，我等你一起回去。"

兰妮走到他面前，冲他笑了笑。陆富达很尴尬地说：

"宝贝，这些天找我人多，我怕影响你休息，所以……"

"所以对我撒谎，是不？"

兰妮一个巴掌打到陆富达尴尬的脸上。

"你，你……"

陆富达捂一下疼痛的脸，吞吞吐吐说着，但没说出什么。

"把卡和钱都掏出来！"

兰妮命令似的说。

"什么卡啊、钱啊？"

陆富达不想告诉她。

"不拿，是不？"

兰妮上前逼他，手又举起来。

"别，别这样！"

陆富达一手拦住兰妮欲打来的手，一手从兜里摸出一沓钱。

"还有卡呢？"

兰妮又逼。

陆富达又拿出一张卡。

"还有！"

兰妮不死心。

"没了。"

陆富达拍拍衣兜。

兰妮看见沙发上陆富达的皮包，上前又翻出了几张卡，装到自己手包里，回头冲陆富达笑了笑说："陆大行长，现金不止这些吧？"

说着她弯腰从沙发下面拖出一个袋子又倒出好几沓钱来。

"没收多少。"陆富达劝兰妮，"走，咱们回去吧。"

兰妮说："回去？姓陆的，我没名没分地跟你这么多年，浪费我多少青春啊？收钱收礼你还背着我，你良心被狗吃了啊？"

兰妮说完哭着到里屋一下子躺在床上。陆富达赶紧进去又是抱又是亲：

"宝贝，别伤心了，我再收几份给你还不行吗？"

兰妮这才转涕为笑。

陆富达在客厅里写个单子，写上几份收"礼"的明细。他太爱这个魅力四射的漂亮女人了，又怕这个掌握着他一些不光彩"内幕"的情人；所以他可以忍受着她的打骂和纠缠。

这些天，张春耕、周海军，家里每天都去人……

杨文图对这类事绝不准往家里进人，他老婆是省纪检委的，这么多年，杨文图是"近朱者赤"，不敢越雷池一步。而武家豪因为不管人事，又烦钱权交易，且和陆富达合不来，别人也不找他办这类事，连周海军也不找他。

闵家仁年轻，谨小慎微，这类事从不伸手。

张海明新来，又在庆都举目无亲。家人和亲戚、同学、同事，都知道他清廉坚持原则，凡这类事也不求他，有的还恨他，同他疏远。

卫中也一样，没人找他，他是纪委书记，也不敢找他。但总行机关有两个人找过他，说有两个毕业生去庆都应聘，让卫中帮忙，卫中解释说：

"不行。"

说服他们不要来庆都。

在近千人的大学生报名中，没有学历太高的，顶多是硕士研究生，也只是十几个。张海明交代周海军这十几个人不用考试，直接安排进入面试。

考试时，周海军按陆富达的暗示和习惯，私下每个人收报名费一百元，说是出题老师、监考和印卷、判卷的成本费。

陆富达还对周海军交代说："你要掌握这个原则：省市领导'关系'优先，行里领导'关系'优先。"这两个"优先"实际取代了张海明事先指示制定的"标准"，让一些优秀人才进不来。而周海军组织人判分排名时，把陆富达给他的"优先"名单上的人都往前排了，分数也调上去了。张春耕、田仁京的"关系"也如此，还有个别离退休老领导，总行有关部门头头托办的人也往前排。周海军自己手头答应人家办的那些人，都调高了分数，往前挪了位置。

庆都分行这次招录大学毕业生，要经过五关：第一关是报名审查关——是否大学本科以上统招统分生；第二关是考试关——统一出题考试，打分排名；第三关是面试关——在考试中排位前二百名毕业生参加面试；第四关是初录关——招录委员会研究录取九十名；第五关是录取关——省分行党委研究决定最终招录八十五人。对一般的毕业生，没关系的，过这"五关"是需要有真才实学的！

在近千人参加报名统考之后，也就是说经过"五关"的淘汰率为百分之九十多。许多毕业生在经过每一关时都是忧心忡忡。因为就业困难，找到一个相对稳定且条件好的企业更难。每位家长都为自己孩子能过关而私下活动——请吃、送礼、送钱等等，没关系的就凭本事了。

这次招人，对于学生是千载难逢的机会，如果进了银行，也是他们人生的转折点；对其父母来讲了结一件大事、一块心病！而对于握有招录大权的人来讲，也是敛财的一次绝佳机会，陆副行长和周处长家，门庭若市；而有的行长家却门可罗雀。

兰妮这些天晚上和双休日都跟陆富达到"老房子"去"守株待兔"，每次都能满载而归。

张海明听说人们对陆富达和周海军的反应很大，也接到过一些匿名电话举报。他也找杨文图了解过。杨文图说起此事，一言难尽。他详细向张海明讲述了省分行历次招录毕业生中的不正之风，乱收报名费问题，对录取的每人又收三万元的事。还有的学历不够，还有自费生等等，他越说越气愤，甚至都骂娘了。张海明刚来，不好评说这些事，但他心里暗自下决心，这次招录绝不让此类问题发生！

杨文图说："张行长，不好杜绝啊！这些天陆富达的'老家'又灯火通明，他平时都和兰妮住在别墅。现在又回到老房子，那里基本每天晚上都有人去，有天晚上我加班回家时，看到他门口停着好几辆车。"

"是吗？"

张海明认真起来：

"你说这类事该怎么抓？"

"咋抓？都是私下交易，没有第三者见证，只能眼睁睁看着。"杨文图为难地说。

张海明又和卫中说了这事。他说："这次招人，是我们补充银行新鲜血液，让庆都银行肌体健康。我们这几年减员都从基层入手，减掉的大都是年轻员工，这次补进来的人正好年轻、学历高。我们一定要把好关，让真正的人才进来，先从学历高的、名牌大学的招；关于员工子女入行问题，我早有规定：同等条件的，行内员工子女优先。这些条件一定要把住关，从考试、面试、招录委员会研究和党委最后决定都要坚决执行标准，严格把关。"

卫中说：

"我听说，有的学生家长到省纪委反映，说这次收了报名费？"

张海明问：

"收了多少钱？"

卫中回答说：

"报名费每人一百元，面试费每人二百元。"

"是吗？"

张海明非常惊讶，他已"约法三章"，怎么还有人明目张胆违反！

"卫书记，你负责查一查，到底是谁干的！"

卫中又说：

"还有考生反映，说他们考得挺好的，不知为什么公布名单时排在二百名以后，没进入面试。"

卫中曾看过一楼大厅公布的名单，他还问过周海军："周处长，为什么不公布分数啊？"

周海军说："这不是高考，企业招人都不公布分数，只能内部掌握。"

卫中不了解这种情况，也没当回事。当有人反映这里有问题时，卫中才向张海明汇报，张海明让卫中立刻查核一下分数。

但卫中向周海军要考卷时，周海军犹豫了："这……看它有啥用？"

"我作为招录委员会副主任、监察组组长应当看看！"卫中严肃地说。

"那得请示一下陆副行长，他分管招录工作。"

周海军去请示陆富达，陆富达问："让他看，能有什么问题吗？"

周海军凑近陆富达面前，悄声说："按你那'三优先'，我把一些人的分数都调上去了。"

"那他查卷能查出来吗？"

陆富达警觉起来。

"如果他认真看，会查出来的。"

"那你先把分数登记单和排名单让他看，卷子先别拿出来。"

陆富达授意。

"好。"

周海军心领神会，但他心里不安："如果卫书记非要看卷子咋办？"

周海军对陆富达耳语。

"你把调分数的卷子抽出来，其他卷子让他看。我不信这上千份卷子，他能一份一份地看！"

陆富达还是有智谋的。

"好吧。"

周海军放心地走了。

办事认真的卫中把卷子要来，把纪检室的人都组织起来，挨个对考试卷子审查。

刚开始看，周海军就风风火火进来了，冲着卫中说："卫书记，这卷子只能你自己看，其他人不能看啊！"

周海军边说边收卷子。

"哎，哎，周处长，为什么不能看？"

卫中忙问。

"这分数和卷子是保密的，一般人不能知道；如果把分数捅出去，引起考试的人混乱，造成社会影响咋办？"

"他们是纪检监察人员，怎么不能看？"

卫中质问。

"这不是查案子，他们没权看！"

周海军态度坚决。

"那我一个人看！"

卫中把考卷抱到自己办公室查看。周海军坐在旁边，也不走。卫中笑了："周处长，你在监视我呀？"

"不，不，卫书记。这卷子按规定是不能离开人事处的，因为你是纪检书记，又是招录委副主任，所以搬到你办公室看，但我得尽职尽责啊！"

卫中不再说什么了，只是埋头看卷。

他首先把前二百名的卷子逐一地找出来，并按排名从前往后排，把卷子一份一份地排好，他心想：我先查这二百人。

他把一摞卷子都找完了，这二百人中还缺三十五份卷子，他又在上千卷子中查找一遍，还是没找到这三十五份卷子。周海军开始紧张起来，他琢磨着如何应对。

"周处长，还缺三十五份卷，怎么回事？"

"啊，啊？"周海军说，"啊，是这样，咱们'优先'的那些人的卷子陆行长在看呢。"

"什么是'优先'的？"

卫中不解："不是按考分排名吗？"

周海军说：

"你看看，省市领导的孩子，还有咱分行大客户的孩子，还有咱员工自己的子女，陆行长说要'优先'考虑。"

"陆副行长说的？张行长不都讲了吗，党委也都定了，怎么又来陆副行长说的？"

"你看，我在陆行长直接领导下办事，我得听他的。"周海军有点镇定。

"行了，听谁的再说。你先把那三十五份卷子拿来，我看看。"

"行。我去看看陆行长看没看完。"

周海军急忙到陆富达办公室，但不是取卷，而是向他汇报卫中追查那三十五份考卷的事。他焦急地问：

"陆行长，怎么办啊？"

陆富达缓慢地问：

"你怎么说的？"

周海军汇报了如何对卫中说的。陆富达站起来，离开椅子，在屋里来回踱步，低头思索着应对办法。

"行，就按你说的，这三十五人是行里'优先'的'关系'人，卷子你就说我没看完呢，你马上把卷子给我找来。"

周海军又急忙回去，把那三十五份卷子送到陆富达办公室。陆富达摆在桌子中间，像正审阅的样子，他让周海军"这样"汇报卫中。

周海军走后，卫中心想：那三十五份卷子肯定有问题，他年轻精力充沛，把其余的考卷仔细查看，一道题一道题地对答案，登记分数……

这时周海军回来了，汇报说陆富达行长的卷子没看完，让卫书记等等。他刚坐下，看到卫书记桌子上卷子只有一小摞，不解地问："卫书记，那些卷子呢？"

埋头看卷子的卫中头也没抬，说："你不说保密吗，我能放在外边吗，在我柜里锁着呢。"

其实卫中趁周海军离开时，把那些卷子分发到监察室，再分发给每人一部分查阅。

周海军说有事回人事处一趟，实际上他怀疑卫书记来了一个"调虎离山计"，他装模作样到监察室找人，实则为了查探内情。他逐屋敲敲门，没人吱声，又拉拉门，锁着，其实卫中安排他们到会议室查卷去了。

周海军又返回卫中办公室问："卫书记，监察室的人都上哪去了，我想找小汪有点事。"

"他们到省里去参加一个廉政报告会了。"

周海军更加疑惑，又查找到省纪委号码问个究竟，对方说没听说有什么会。周海军又到监察室敲门，还是没人。他又给监察室主任打手机，但关机，又打几个人手机，都关机。他想，这些人真的开会去了？他又要问卫中，这时处里人告诉他说张行长找他开会，让他马上去。

张海明召开的是招录委员会全体会议，研究如何面试的问题，首先让周海军汇报人事处的准备情况。

周海军汇报说："我们人事处都准备好了。面试题都印了，每个评委发一份；面试除看外貌形象，还有提问题——由行长们提问题；评委们当场评分，但不公布，内部掌握；评委由行长们、卫书记和我组成，时间定在后天上午九点，看看行长们还有什么意见？"

陆富达说："面试工作周处长他们准备得很充分，往年也是这样搞的，我看行。"

杨文图说："评委应当增加几名处长主任；应当场亮分，去掉最高分和最低分，像中央电视台青歌大赛一样。"

"当场公布分数不行，这样我们党委研究时没有回旋余地。"

陆富达反对。

武家豪说："不能统一印题，应当即兴提问题。"

"为什么？"

陆富达问。

"如果统一印题，泄露出去怎么办？"

武家豪说。

"哪能泄露呢？都在人事处保险柜锁着。"

周海军说。

别人都说完，张海明说："面试要了解每个人掌握的全面知识多少，理解问题的能力，所以提问题很关键。不要出些简单回答题，应当带有分析、理解式的问题；再有就是公平，评委绝对不能掺杂个人感情上的东西，所以评委由哪些人组成也有说头；再有分数当场公布不公布，也有个公开的问题，如果我们暗箱操作，就不公布，但容易发生问题。我看改一改传统的面试办法，这样行不行：一是评委组成，必须是高学历的人组成评委，我的意见是从机关和市分行选出研究生以上学历的人组成，我们当行长的不要参加；二是面试分数当场公布，去掉最高分和最低分，这样避免'人情'或者偏激分；三是面试分数与考试分数合起来再重新排名，作为招录委和党委研究的主要依据。你们看还有什么意见？"

"把行长排除在评委之外，什么意思？"

陆富达不满地问。

"回避，避嫌。"张海明解答说，"我们行长们可能都有些'关系'人，我们不参加评委，可以避免有人说闲话。"

还有人提出不公布分数问题，以及其他问题，但最后张海明作了无可置疑的解释，大家无可辩驳，一致通过。

周海军开完会，直接来到卫中办公室。卫中没参加会，在查卷子分数。

"卫书记，查完了？"

"完了，你快把那三十五份卷子给我拿来。"

"我去看看陆副行长看完没有。"

周海军谦卑地问："卫书记，这些卷子不用，我拿走了。"

"可以，但这十五份，我先留下，没看完。"

实际上是有问题的卷子。

周海军到陆富达办公室拿卷子时，陆富达有点破釜沉舟地说："拿去吧，让他们查！"

卫中又把这三十五份卷子查完后，还有那十五份卷子，都留了下来。

周海军想拿走，卫中没让他拿。他感到问题暴露了，手脚顿时发软了，离开时差点摔个跟头。

"周处长，小心走好！"

卫中看出周海军的心情变化，话里有话地送他一句。

卫中到张海明办公室，向他汇报了查卷的情况，拿出这五十份有问题的卷子，和重新排名的单子，并把原来排进面试的二百人名单中有问题的五十人都用红笔画上了杠。

"这么多人都调分了？"

张海明惊讶。

"这个问题怎么处理？"

卫中问。

"你准备一个查卷情况说明，你们监察组先开个会，拿出个意见，提交招录委研究。"

张海明如此安排着。

招录委会上，卫中汇报了查卷情况和监察组意见，说有五十份卷子有问题，具体是把十五人高分压低，把三十五人低分调高。

卫中汇报完，宛如一声惊雷，震撼着会议上每个人的心。但陆富达早有思想准备，他装作惊讶地说："怎么会发生这样的事情？周海军，你怎么搞的？"

周海军早已和陆富达有密谋：陆富达装不知道，并谋划出种种理由，让周海军解释。周海军虽然早有准备，但他必定要揽责任的，甚至是处分。他确实有些害怕，说："我有责任。咱们招人，地方政府领导、省市银监局、大客户、咱行里员工，还有几个行长的人，我就替他们办了这些事，让这些人进来。"

周海军如此"解释"，令陆富达满意。这些年来，周海军为陆富达在人事上违规办了不少事，周海军都按陆富达的意图和要求安排了，而且做得天衣无缝，尽管也有点风雨声，都无损陆富达和周海军的毫毛！这次问题的出现，周海军又揽了过去，陆富达从心里感谢周海军。但他纳闷，怎么这么多人呢？他送给周海军的名单只有十几个人啊？他猜想：肯定其他行长和周海军也都有人，他心里埋怨：这周海军啊，做得过头了。

杨文图、武家豪听卫中介绍情况后，都很义愤，要求查处当事人。

杨文图说："这次招人作假，不是偶然的。以前招人也有反映，但我们没有像这次认真查处，我们只招了八十五人，就出现五十人作假，想拉不够分数的三十五人进来，真是胆大包天！我们可以考虑特殊的关系，比如省市主要领导、大企业老总求的人，进来可以给我们银行带来业务。但怎么进？需要党委研究决定，不能不择手段地进来！我看这些人一律不许参加面试！"

杨文图言辞犀利，态度坚定。

武家豪说："招人是党委研究决定的，进人标准、条件，操作上都有明确规定和要求，张行长都交代得清清楚楚，又'约法三章'，最后形成的方案实际上是党委定的。你一个人事处处长竟敢违反？我看不只是你本人的事，如果有其他人参与，你说出来，敢作敢当嘛！"

陆富达沉住了气，他没吱声。周海军又进一步检查："我的错，我承担全部责任，我愿意接受党委任何处分。"

"责任问题、处理意见以后再说。"张海明看了看手表，又说，"当务之急是明天面试的事，你马上把人员调整过来，这三十五个人一个不留地拿出去，把那十五个人拿进来，不够的从前往后补齐到二百人。"

张海明转头，面向卫中说："卫书记，你们监察室派人一起搞，然后把面试名单你看一下，把好关。"

陆富达忽然态度积极地对周海军说："先按张行长的意见办，你得写个检查，对这个问题好好认识，防止类似问题的发生。你周海军，原则性、政策性都很强，没想到这次私下里办这样的事，犯这么大的错误！"

杨文图看了一眼陆富达，想：你装好人吧，早晚会露馅的。

面试前夕，那三十五个人突然接到通知：不让参加面试了，感到不理解，纷纷打电话问，也有的登门找到省分行，但被门卫拦住，有的人和门卫吵了起来。保卫处去人解围，也不行，二三十个男男女女的，还有家长非要上楼找陆行长、周处长他们。保卫处报告张海明，张海明让卫中前去解决，并交代如何说法。卫中好歹说服着这些人："省分行重新调整进入面试人员的条件和标准，一些人有了变化，请你们谅解。"

有人不理解，也不相信，还骂骂咧咧不走；有人喊出："收我们那钱退给我们！"

接着又有人喊："把我那钱还给我！"……

保卫处镇不住局势，打 110 叫来了警察，好说歹说也没劝走，只差没有冲击大楼了。

卫中从中得到一个信息，这些人肯定送钱了。还有那三十五人调高分数，十五人压低分数的事，也需要查处，等于说，这次招毕业生工作留下了一团乱麻需要卫中、张海明他们收拾。张海明听完卫中汇报后，很气愤，说："这些人真是目无法纪，你们纪委都给我查清楚！"

卫中在总行纪委工作时，没有接触这类事，他接手的都是下边行发生的大案要案，重点是信贷上、承接工程上的受贿的事，像庆都分行招录毕业生收费、收钱等事，没处理过。说明这个行党风行风确实"严重不正"。他又想起韩书记嘱咐他的话："你要在党委领导下，协助张海明同志抓好党风廉政建设……"

张海明建议省分行成立"专案组"，由他本人挂帅，由卫中牵头调查。

卫中首先找周海军调查报名费问题。周海军承认每人收一百元，面试时每人收二百元。

"为什么收？钱哪去了？"

卫中追问。

周海军不得不承认："在人事处统一保管。"

第十一章　丢卒保车

卫中看到人事处有个保险柜，那里确实有这笔钱，还有其他多余的钱！卫中又要来记账本，看了近几年来"收入"、支出的项目记载，这是"小金库。"

卫中认定。

周海军不作声，最后说是人事处有些事花销方便。

卫中又问：

"收报名费，谁批准的？"

周海军胆怯地说：

"我自己决定的。"

"不可能，你没有这么大的胆量。"

卫中当即否定周海军的回答，直接认定说："你没有这个胆量，肯定有人批准。"

他见周海军没有吭声，语气放重敲打他说：

"你承认自己干的，责任就得你全负，最后处理也会加重的，你好好想想吧！"

卫中向周海军交代政策。

张海明指示卫中，先查清"小金库"的事，从中找出线索；并详细交代卫中，以前招录毕业生是否都收报名费，收多少钱；都用在哪了，有没有个人消费，一定把"小金库"查清楚！

卫中带人进驻人事处，他找周海军谈话，还找两个副处长谈话，让他们把事情说清楚。

事情败露到如此地步，周海军认为要保也保不住了。他把"小金库"账本都交给了卫中。

拿到账本，卫中又找到记账员小张。小张是女的，一见省分行新来的纪委书记找她交代"小金库"的事，很害怕。她既怕都说出去得罪周处长和陆副行长，不说又怕纪委不饶她。她前怕狼，后怕虎，但还是感到"虎比狼厉害"，她把知道的事情都说了。

小张又按卫书记的要求，一笔笔、一项项地写了下来。有些她不知道，或者不清楚。比如报销飞机票有"兰妮"的名字，从庆都市到海南三亚市；有去新疆的，还有去新马泰的国际航班机票，她说不知道"兰妮"这人，只是周处长让报，又签了字的，她就得报。

问周海军时，他不得不承认，兰妮是和陆富达同去的一个女人。

"他们什么关系？"卫中问。

"这个，不好说，你问陆行长吧。"

周海军不敢说。

"行，那就算在陆副行长身上。"

卫中说。

还有一张购买"净水机"的一点八万元的票子，怎么回事？小张说是周处长让她报的，卫中问周海军，周海军说是给一个退休老行长买的。

"哪个行长？"

卫中追问，但周海军说："别问了，算我的吧！"

还有几张住院单子，合计八万多元。至于饭条子，多数是洗浴中心的，竟有几十张，多达十几万元！

卫中核算了一下，这几年招录毕业生，还有人事处培训、开会收入和评职称收费的合计，共有一百六十九万元，已花销一百零一万元。

卫中向张海明汇报后，说："总行已三令五申不许设'小金库'，周海军竟敢我行我素。这些收入是违法的，花销又涉嫌贪污行为。"

张海明在清江省分行时，关于查处"小金库"问题，曾处理一些人，其中有一个市分行行长，他把"小金库"的三百多万元用到盖机关楼上了，虽然个人没捞好处，也算他"顶风"而上，被撤销了行长职务！而庆都分行人事处"小金库"还保留至今，为个人贪污提供方便。他让卫中"一查到底，严肃处理"！

"还怎么查？"

卫中毕竟刚到庆都分行不久，再让他追查下去，就会涉及某些行长、副行长了。

张海明想出一个办法：开党委会，让卫中汇报人事处"小金库"和调查的情况，让涉嫌人自己说；如果他不承认，下一步再研究如何办。

党委会上，卫中先汇报"小金库"情况和涉及的一些事和人员。

卫中汇报中，提到了在"小金库"报销条子中所涉及的陆富达、兰妮、周海军、张春耕，还有退休的两个副行长，人事处两个副处长的名字，所涉票子内容，如机票，医疗条子，买饮水机、保健品，洗浴中心"饭票子"，手机票子，等等。

张海明说："设'小金库'，是违法的。上面三令五申取消'小金库'，而人事处保留至今，利用工作之便，乱收费，在行内影响很坏。这些票子，还有白条子，有的有名有姓，有的没名，而事实俱在，周海军都知道；你们都说说吧，也对号入座。"

陆富达首先承认几张机票，也承认兰妮的机票是他让报的。

"兰妮是谁，陆行长？"

卫中问，他不了解情况。

陆富达脸红了，编造一通说："兰妮是我一个亲戚，这钱我找她要。"

实际杨文图、武家豪和张春耕、田仁京、周海军他们都知道：兰妮是他的情人。只是张海明、卫中不知道。

张春耕也承认了几张票子，有买保健品的，有买手机的，有买饮水机的，等等。

周海军承认私设"小金库"是自己的责任，又承认招人收费，办人事培训班多开人数，还有评职称人员多收钱等错误，也承认一些"吃饭"条子（实际是洗浴中心"特服费"条子），还有一些白条子是他签报的，但想不起来具体内容。

张海明说："你把每笔花销、每笔收入都写清楚，涉及的人都写出来，不然，你就自己承担责任，也要赔偿说不清楚的钱数！"

张海明又说："谁在'小金库'消费了，一周内如数交到监察室。"

第二天，周海军向卫中交了一份"小金库"花销的明细，经他回忆，列出了每笔花销的具体人和用途、金额，包括他本人花销的。但有些"白条子"和洗浴中心"饭条子"，谁消费的实在回忆不起来了。他注明：凡回忆不起来的，我愿承担赔偿。

第四天，陆富达也到纪检室交钱，但兰妮那部分钱，他说晚几天，她正凑钱呢。

周海军一次性还了十二万元。其中包括他签字而回忆不起来谁花的那部分"白条子"。但都不知道周海军是吃亏还是占便宜了，反正他把一些"白条子"填写了接待"总行某某""兄弟省行某某""省、市人事部门某某"等。卫中不好找这些人核实，也就作罢了。

下一步调查，有人举报送钱的事。卫中拿到招录人员要求退款的三个人的证据，其中说送给周海军的一个人，送给陆富达的两个人，每人十万元。还有举报的，但没有出证。比如总行转回的信中说送给了陆富达、周海军、张春耕等人五到十万不等，但这是匿名信查不查？卫中向张海明述说难处。张海明说先把那三个出证的查一下。卫中找周海军核实此事，周海军不承认，说："我没收。"

"人家说你收了。"

卫中又说。

"他说能行吗？"

周海军还是不承认，问多少次，周海军一直不承认收钱。

卫中和张海明一起找陆富达谈话，陆富达冷笑，说："我能收人家钱吗？"

"人家写的证据。"

卫中掏出证人的条子，陆富达看一眼，说："他愿咋写咋写，我没收。他们拿张卡给我，我急了，给扔出门外，把他赶走了。"

陆富达说的是真是假，怎么确认？于是卫中向一家律师事务所咨询，对方说：当事人举证，如果是文字的话，对方不承认，法律也无法确定犯罪；如果是录音或者摄像，可以作为证据，第三者出证也可以。这样，陆富达和周海军被告受贿问题无法查下去了。让这两人占了便宜。

周海军私设"小金库"，擅为某些人提供个人私利消费上百万元，性质严重，影响极坏。在纪委、党委联席研究对他处分时，发生争论。从纪检委角度，初步研究，给予他撤销行政职务，退赔个人花费十五点八万元，开除党籍。卫中向党委汇报纪检委处理意见，请党委研究。

周海军没有想到形成这样的严重后果，紧张得浑身颤抖，泪水在眼眶里转。他想申辩，但一时说不出话来，他起身离开会场，卫中叫他没叫住，他走了，回到办公室失声痛哭。

会议一阵沉默之后，张海明说："研究对周海军同志的处理问题，按党章规定，他有申辩权。我们先研究，一会儿叫他过来。"

陆富达首先发言，他很不满这样重的处理，说："周海军的事，我有一定责任，因为我协助分管人事。特别是我知道人事处有点钱，但我没想到是'小金库'的事，我又从中开销一些票子，我们其他行长也花销一些，我们都应该承担一些责任，把责任都推到他一个人身上，又一棒子打死人家，这不是我们党的政策吧，党的政策是批评从严，组织处理从宽嘛，给他个重新做人的机会。所以我不同意纪检委的处理意见。"

对此，杨文图发言反驳，说："不重。光私设'小金库'一项，就可以撤销他职务——中央一直三令五申，已有先例；再有擅收考生报名费，几年来都这样干，影响极坏！他又个人捞取好处——从'小金库'中花销十几万元。说准确点是变相贪污——贪污五千就能立案。他够刑事犯罪的！"

杨文图也是说给陆富达、张春耕他们听的。

杨文图又说："还有，有人反映他个人收考生十万元，或者更多，因为核实他不承认，暂不算问题作处理。这些问题并罚，一点不重。我看纪检委还是仁慈了。"

陆富达听完杨文图的发言，阴沉着脸恶狠狠地说：

"我看，你们报检察院吧！"

武家豪借话随口而说：

"对，够立案的都应该报，我们也省事了。"

田仁京不想将矛盾激化，急忙说：

"我看内部处理，把钱退了，写个检查，就行了。"

张春耕也附和田仁京讲情，伸出拇指说：

"周海军这人挺能干的，人事工作做了好多事，我看还是手下留点情好。"

这时卫中把周海军劝说回来了。周海军眼睛哭红了。

张海明让他说说组织对他处理的意见，有什么申辩的。

周海军说："撤我职，开除我党籍，都行。我罪有应得，我不申辩，我对不起党的培养，对不起领导的栽培。感谢党组织和行领导对我的处理，没送我进监狱，我已满足了，谢谢各位领导！"

他说完，向大家鞠一躬，就走了。

在场的人谁也没想到周海军如此大度，陆富达心里暗自高兴，也感谢周海军不涉及他的问题——实际上"小金库"是陆富达让设的，收报名费也是他批的，他从中又得到那么多好处，陆富达很钦佩周海军这种"替领导担责"的精神。

闵家仁向来稳重，他听别人发言后，从中权衡利弊，再提出自己的看法。他和周海军没有利害关系，只是工作关系，一个在省分行机关，一个在营业部，见面机会有，但不多。他平时听说周海军这人私心重，在人事工作中捞到不少好处。他以前找他办一个学生入行，没办成，后来他总结"教训"是没花钱。周海军有两个孩子，都结婚了，两次婚礼都大肆操办，从省分行机关请到市分行（营业部）机关，连下边市县支行行长、人事部门的人都请遍了。而且违规把自己的亲戚办进银行好几个，此事反响很大。他从心里很高兴对周海军的处理。他说："周处长出的问题不小，纪委、党委处理也得当。现在干部犯事都在钱上，这些事情，咱们不抓，还会出大事的；对周处长的处分，挽救了个人，教育了别人。我同意纪委的处分意见。"

没人再说了，张海明最后说："关于周海军处理问题：撤销人事处长职务，降为普通干部；开除党籍；退回全部赃款。"

张海明让大家表决。

除了陆富达、张春耕反对，田仁京弃权，其他人都举手同意，陆富达瞪了田仁京一眼，抬屁股欲走。

张海明说："别走，还有下一个议题。"

"还有什么议题？"

陆富达问。

"你坐下。"张海明说，"下一个议题是陆富达、张春耕同志涉及'小金库'花销问题的处理意见。你们两个是分行级干部，按总行纪委意见，我们要报送个处理意见。"

陆富达和张春耕一下蒙了，没反应过来似的，眼睛直愣愣看着张海明。

"我们钱退了，还咋的？"

张春耕气势汹汹地问。

"钱退了有退了的处理，但是也得有个处理意见。"

张海明说。

"行，行，处理吧！"

陆富达气急败坏地说。

卫中分别介绍了陆富达、张春耕从人事处"小金库""报销"的情况，多少次、多少金额，退了多少，还有多少没退（主要是兰妮），以及小张和周海军作证而由陆富达、张春耕不承认的部分条子和金额。陆富达十二张条子，共计金额二十七点八万元，其中兰妮六张条子八点九万元；已退还十八万，未退还九点八万元；张春耕八张条子，共计金额四点五万元，全部退回。

在卫中介绍完之后，问："是否有出入？"

众人都没有吱声。

沉闷了一会儿，陆富达首先作了自我检查，但不深刻，并且还找理由，他说：

"现在这个社会都这样，改革开放嘛！各行各业都'以经济建设为中心'，哪个单位的领导出去旅游不花公款？谁看病不公费报销？"

张春耕也做了检查，但因为受陆富达的影响，也是轻描淡写地说说，他们攀比退下来的行长们的一些事，说自己倒霉——摊上了！

张海明批评了陆富达和张春耕的自我检查。他指出：

"作为行领导，发现'小金库'而不制止，还利用'小金库'中饱私囊，这种行为实际是犯罪行为——当然了，我们内部查处，也算对你们的仁义。"

他又从党风廉政建设、党员领导干部自律方面，以及对全行影响甚至对社会影响也作了阐述。他讲了足足有一个小时。

陆富达控制住自己的情绪，在心里暗暗骂道："小题大做！"

卫中接过张海明的话说：

"这个事我和张行长碰过头，张行长说'内部处理，以批评为主，处分为辅'。我想，陆富达同志协管人事工作，对私设'小金库'和收报名费都有责任，又利用职权之便报销那么多钱，应当给予适当处分。"

这时，卫中手机响了。一看是总行纪委韩书记的电话。卫中离开会场到走廊接听。对方询问了陆富达"小金库"情况。卫中如实报告了，对方又问钱退没退，卫中说他个人部分全退了，还有他"情人"的几万没退呢；对方又问他检查没有，态度怎样；卫中说检查了，但态度不深刻；对方建议说："这样吧，他是省行级干部，由总行管理，'小金库'问题由总行处理，你们就别管了！"

卫中一听不解地问："我们应当拿出个处理意见吧？"韩书记坚决地说："不用了。"

卫中把张海明叫出去，汇报了这个情况。张海明不理解，但只能服从"总行"建议，张海明回到会场，说："休会，以后再研究。"

杨文图他们几个人不理解，但没问。

陆富达心里明白：他给国家部委那个"大官"连襟打电话起作用了。而张春耕还蒙在鼓里，但心里猜不透这"以后再研究"是什么意思。

散会以后，卫中跟张海明到他办公室，不理解总行纪委书记电话的意思，但张海明知道"内幕"，对他说了陆富达那个"大官"连襟的事，卫中这才知道葫芦里装的是什么药。

第二天，陆富达把兰妮的那部分款也还上了，他对卫中得意地说："卫书记，这回没事了吧？"

"有事。"

卫中说："总行让你写份检查直接交上去。"

"啊，这我知道。"

陆富达轻松地走了。

陆富达一根毫毛没动，张春耕也沾光了——没给什么处分。但倒霉的是周海军，他知道陆富达上面有人，但陆富达没保住他，而保住了自己。周海军非常后悔：为什么没把设"小金库"收报名费等事揭发出去呢？这么多年，又为他办了那么多的事，鞍前马后地为他效力，现在自己却遭到如此下场，他越想越窝囊，吃不好饭，睡不好觉，一股急火攻心，病了，住进了医院。

张海明知道周海军得病住院以后，和卫中一起看望了他。周海军感到突然，不理解：这样"无情"的领导能来看他？张海明问了他一些检查治疗情况，又做些安慰工作，说："你要好好保重自己啊，身体是重要的。至于错误，可以改，重新做人嘛。我们知道你这里边有些'委屈'，但这是你揽责任造成的。别想那么多了，好好养病吧。"

"张行长，我还能上班吗？"

“当然，我们会给你安排适当工作岗位的。”

“我没脸见人了，我不去了，再有两年我‘内退’了。”

卫中说：

“先治病，病好了再说吧。”

周海军的“落魄”，在全行引起很大反响，有些人幸灾乐祸，说他私欲膨胀过头了，是咎由自取，特别是那些给他交十万元钱的大学生从心里骂他；而那些求他“办事”送了钱、礼还没办成事的人，更是杀他的心都有；有的联名想告他；有些经他手提起来的，调入机关的干部，也没有对他表示什么同情，因为他收了他们的钱。周海军这次住院和以前住院“待遇”截然不同——以前是络绎不绝的人到医院看望他，收的东西堆成小山，收的钱能买辆轿车；这次是冷冷清清，没几个人去。他也想得开——人就是这样……

在人们议论周海军“犯事”时，也议论陆富达，说他能逢凶化吉，能穿破大网而逃生；还说他有个好“连襟”，成了保护伞；还说他命好，等等。总之，机关和下边行一时间风声雨声不停。

在一个夜深人静的晚上，有个花枝招展的女人，悄悄地进入周海军病房。手里什么也没拿，不像是探望病人的。但她确实是去看望慰问周海军的，她就是兰妮——陆富达的情人。她很感谢周海军从“小金库”里给她报销那么多钱的票子，尽管事发，陆富达替她退还了，但是那只是一部分，这个情她是不会忘记的。她没有往日相见时的媚眼和微笑，对愁眉不展忧心忡忡的周海军，说了一些温暖的话：

“老陆叫我来看看你，他不便出来。但他对你很关心。你的事，他很同情，也为你抱不平。周处长，你别这样伤感，他张海明一来就整人，但他待不了两年就得走，那时候，老陆肯定让你东山再起。周处长，你往前看，庆都这地盘，他强龙是压不住地头蛇的，还得是咱们的天下！周处长，老陆说你受委屈了，他让我把这张卡送给你。你这次落难了，也退赔不少钱，老陆知道你损失挺大的，这十万元钱你用吧。”

她拿出早已写好的纸条，说：

"喏，这是银行卡密码。"

周海军装作客气和推搡不要，兰妮放在他枕头下边，说声："你好好养病，祝你早日出院。"

"谢谢陆……"

周海军没说完，兰妮走了。

陆富达的检查和庆都行纪检室的调查材料报到总行以后，如泥牛入海——毫无声息，卫中问总行纪委的人，对方说没研究……

卫中对张海明说：

"陆富达的处分，可能没戏了。"

张海明听杨文图说过，总行某行长和陆富达相当好，这个行长女儿在庆都大学读书时，陆富达把她接到家里吃住，她有两科不及格，毕不了业，也是陆富达花钱找人给"摆平"了。这个孩子认陆富达为"干爸"，就是毕业回北京以后，还经常打电话，一口一个"干爸"叫着。陆富达有国家某部委"大官"的连襟关系，又有总行某行长的"特殊关系"，这双保险，才使他的一些腐败问题，若无其事地渡过一道道关口。

第十二章　嫖娼陷阱

张海明调到庆都当行长，请他吃饭的兄弟行不断有电话和来人相邀。他很厌倦礼仪式的宴请，饭局上喝起酒来没完没了，浪费时间，耗费精力。但主管金融的副省长、省银监局领导请，他得去。兄弟行之间的宴请，可去可不去，所以他一般都谢绝。

一个星期天，省内一家商业银行的刘行长来了，登门拜访张海明，还带来两名副行长和办公室主任，很是热情。

刘行长说：

"听说张行长来庆都上任，作为本省同行，早该拜见张行长，请您聚一聚，但是我们打电话没请动，这次我们在家的行长都来了，应该答应了吧？"

两个副行长和办公室主任也都说些客气话，诚心邀请他。

张海明对兄弟行领导登门拜访，又这样盛情，挺感动的。虽然说了些谢绝的理由，最终还是答应了。

张海明想叫陆富达一起去，他说晚上有事，不能去。他又想叫杨文图和他一起去，但刘行长听到陆富达拒绝了，就非要请张海明一个人，拉着他的手说：

"我们就请您，咱们好好聊聊。"

张海明纳闷：按理说他应该带一个副行长，或者办公室主任，为什么刘行长不同意呢？

张海明被拉到庆都市伯乐国际俱乐部。张海明没有来过这里，看到豪华艳丽的装潢，就问刘行长：

"这是什么地方？"

刘行长说是全市最高档的酒店，吃喝玩"一条龙"。张海明听说这个地方是"上层人"玩的地方，不想进去，就问刘行长：

"刘行长，能不能换个地方？"

"都安排好了，没事，这是我们行贷款企业，没说的。"

刘行长笑容满面地回答说。

但张海明实在不愿到这样的地方，说："不行，不行。换个地方吧！"

刘行长坚持说："张行长，菜都点好了，要换的话，饭菜都得浪费。"

刘行长解释说。

张海明一听菜都点好了，浪费也不好，就勉强同意了。

宴席上，山珍海味都上了，又喝了窖藏三十年的茅台酒。有点太过分了吧！张海明看在眼里，心里想着。

席间，大伙吃喝说笑，很融洽。这些人对张海明非常客气，又很尊重，频频劝酒。张海明不胜酒力。但初次相见，盛情难却，所以他连干了几杯。后来，他又敬酒，表示感谢，也干了一杯。后来大家随意敬酒，随便喝，但都对他用不同的敬酒词：

"张行长，我再敬你一杯……"

"张行长，我们小行，还请您多关照……"

"张行长，感情深，一口闷……"

张海明简直招架不住，很快就感到目眩头晕，头重脚轻。

宴请结束后，张海明被扶到同楼的洗浴中心。张海明迷迷糊糊地感到不是回行里，问：

"这，这什么地方？"

"张行长，您喝得多了点，泡泡澡，汗蒸一下，消消酒劲儿。"

刘行长说。

"不行，我得回行里。"

张海明醉得一塌糊涂，想走，又不知往哪走。他被扶到一个很大的套房，里屋是卧室，带卫生间，外面是客厅，摆着烟酒糖茶，水果饮料，一应俱全，显得很阔气。

刘行长陪着张海明在客厅，张海明懂礼节，坚持着吃水果，喝饮料。聊了一会儿，因为这些天他工作太累了，又喝多了酒，实在坚持不住，很快在沙发上睡着了。刘行长和办公室主任把他扶到里屋床上，把他的外套和鞋子都脱了下来，让他睡了。然后刘行长把办公室主任叫到外边走廊，耳语一番，就走了。

一会儿工夫，一位妖艳性感的小姐来到张海明包房，先是给张海明按摩。看到张海明没反应，她就脱了衣服，赤裸着身体钻进张海明被子里去了。这时，商行的办公室主任溜进来，悄悄地用手机拍照了几下，又悄悄地离开了。

张海明一觉醒来，发现身边睡着一个小姐，惊奇地推开她，问："你是谁？怎么到我这里来了？"

"我是给你按摩的。"

"谁让你来的？"

"别人安排的。"

"你赶紧走！"

张海明推她出去，她不走，这时刘行长和主任来了。一见此状，刘行长煞有介事地说：

"张行长，不好意思。"

说完就走了。

张海明摆脱了小姐的纠缠，生气地离开了包房，来到大厅喊刘行长，没人吱声。找副行长和主任也没找到。他气愤地搭车回去了。张海明想给刘行长打电话，但又不知道号码，他感到很蹊跷，他一夜没睡好，总感觉到什么地方出了问题。

第三天，他让办公室郝主任把刘行长找来，刘行长说有事离不开，他又把他号码要来，给他打电话，追问昨晚上怎么回事。刘行长好像生气地说：

"这事我们没人安排。我也没查出来谁干的！"

"我告诉你，刘行长，这事你一定得给我查清楚！"

张海明气急了。

第四天，刘行长打来电话说：

"张行长，我给你查清楚了，是那小姐走错门了，经理已经把她开除了。"

张海明这些天对此事总是耿耿于怀，不过直觉告诉他，这事不是那么简单。

过了几天，总行人事部来电话，让他火速去一趟。张海明问："什么事？"

对方说："你来就知道了。"

张海明不再问了，但心里忐忑不安，到底什么事呢？

只让他一个人去，可能是个人的事，或者工作又有什么变动？

到总行后，人事部把他直接领到韩书记办公室。

"韩书记，什么事呀，让我火速来？"

张海明不解地问。

"有人告你嫖娼。"

韩书记很严肃，开门见山。继而又疑问：

"你怎么能干出这样的事呢？"

张海明脑袋嗡得一下子，眼前一阵发黑。

"你看看这封匿名信吧。"

韩书记把信交给他。

张海明边看边生气：

"陷害！陷害！无耻至极。"

于是，张海明把事情的整个过程说了一遍，之后，他说："我敢向总行领导保证，我张海明从来不沾那样的事！我敢用党性和人格担保！"

张海明又讲了自己"三不"的戒律。他说："我歌舞厅不去，洗浴中心不进，麻将不打。我嫌那些地方乌烟瘴气的。"

韩书记开诚布公地问：

"信上说，你这次可是到洗浴中心去了。"

"这次是兄弟行请我吃饭，我喝多了，迷迷糊糊的。肯定是被人下了套，韩书记。"

"那他们为什么陷害你呢？你们没怨没仇的！"

"请组织调查吧，我说不清楚。"

"这事，总行会派人调查的，但我先把你叫来，问问情况。我不相信你会干这种事，但人家写信告你，你又是省分行一把手，我们不得不重视。"

张海明从总行还没回去，杨文图就给张海明打了电话，告诉他说庆都市一家小报登出"国兴银行行长张海明在洗浴中心嫖娼"的报道，并且配了一幅两人在一个床上的照片。文图很气愤，说："张行长，你怎么和那姓刘的在一块喝酒呢？"

"行了，行了，回去再说吧！"

张海明有些愤怒了，心想：这些人居然这么快传播出去，还有照片？

张海明回到行里以后，有一种不祥的预感：省分行有些人好像知道这件事了，有人见他低头不语，有人见他不像往常那样微笑。

陆富达知道张海明回来了，抢先来到他的办公室——他很少到张海明办公室。陆富达很关心似的安慰张海明："老张啊，这类事现在多的是，尤其是我们干部，这不算什么，你别太在意。不过作为领导干部，上边不得不过问。没事，到时候我替你说话。"

陆富达很得意，他拿一张小报，走到几个副行长办公室，还有处长那里，逢人便说："张行长怎么会到洗浴中心搞'特服'呢？我不敢相信，你们信吗？你看看这小报登的！"

他是在故意扩散和传播这事，唯恐别人不知道。他想：如果张海明"桃色新闻"总行查他既成事实，他的"一把手"行长肯定保不住，那他陆富达就又是"一把手"了，最差也是"主持工作"，大权又都是他的了！

杨文图来到张海明办公室，拿一张小报，让张海明看。张海明看到那张模糊不清的照片，气得把小报撕了。

"别撕呀。找报社去，谁写的？"

杨文图把撕烂的小报又拾了起来，又说："张行长，你怎么和那刘行长喝酒呀，你知道他是谁吗？"

"谁呀？"

"他是陆富达的'准连襟'。"

"是吗？"

"这事十有八九是陆富达背后指使他干的。"

"那他为什么陷害我呢？"

"你来了，把陆富达当'一把手'行长的位置占了，你又清廉坚持原则，处理了他招人和'小金库'的违法违规的事，所以他当面不能把你咋的，背后捅刀子呗。总行肯定来人调查，这情况我一定得反映，这是阴谋。"

张海明惊愕地点了点头。

总行调查组果然来了，是一个处长带队。韩书记相信张海明是清白的，但总得经过调查再作结论。所以派个处长带队，例行公事找张海明又谈了一次。张海明坚持说："这里边肯定是有人陷害我，请总行一定要查清楚！"

张海明又说了陆富达和刘行长之间的关系。

调查组来到伯乐俱乐部调查，但关键证人——那个小姐跑了，失去了线索，使调查陷入了僵局。

调查组找到前台经理，问："为什么开除小姐。"

经理说她做按摩走错了门，把"301"房的张先生（指张海明）给"特服"了，结果发生口角，影响不好，所以开除了。

张海明找到政法委苏书记，要求公安局派人协助调查组去商业银行。调查组调出了商业银行当天消费记录。电脑记账显示是六千六百元。都什么消费这么多？

调查组找到吃饭菜单，不包括两瓶白酒（自带的）。八道菜是八百九十元，加主食、烟等，共一千一百元。

"那五千五百元是怎么回事？"

调查组追问记账员。对方回忆说是贾主任说以前买什么东西没有正式发票，加上的。

调查组找到贾主任问此事，贾说："以前招待费没有正式发票，这一次就加上了。"

调查组要贾主任的发票看看，贾说没开发票，是记账的，卫中又回到俱乐部查看记账簿，是贾主任签的字，消费六千六百元，内容是："接待国兴银行张行长"。

调查组又找刘行长调查。刘说："我们请张行长吃饭，他酒喝多了，我们安排他在洗浴中心休息一下，泡泡澡消消酒劲儿，没想到他找小姐搞'特服'，我们很意外，我到张行长包房时，看到那小姐和他同床，我很惊讶，我不相信张行长是这样的人！但眼前的事实又让我无法怀疑这事不是真的。"

调查组问：

"你们是不是有人安排小姐给张海明按摩？"

"没有，没人安排。"

刘行长坚定地说。

"这事你们为啥登在小报上。"

调查组有点气愤地问。

"我不知道怎么登的。"

"这事发生没别人知道，又有照片，不是你们的人照的是谁照的？"

调查组是国兴银行的，找人家商业银行的人调查，人家说与不说，说对说错，都得听之任之——你能把人家兄弟行的人咋办？调查组无奈地回到宾馆。

杨文图见调查组有空，主动找上门，向他们反映了商业银行刘行长和陆富达的关系，又反映了陆富达对张海明来庆都任职的不满，并分析说："这事肯定是陆富达搞的阴谋，他想把张海明赶走，自己当上'一把手'行长，保住他那些见不得人的事，再利用权力多捞一些钱，转到国外。"

调查组问：

"他有什么见不得人的事？"

杨文图回答：

"这些事，你们总行纪委都知道，那些匿名信早就告到你们那里去了。"

"哦。"

调查组的人点点头，不再问了。

杨文图建议总行调查组向公安部门报案，让他们调查这个事，比纪检部门调查好些，因为公安部门找哪些单位、找哪些人都有权威性。国兴银行找人家不行，没有制约关系。调查组听杨文图说得有道理，认为调查无法再继续下去了，向总行汇报，总行同意向公安部门报案，并建议最好让张海明本人报案。调查组向张海明说明了调查中止的原因，和总行同意以他个人名义向公安部门报案。

张海明想了想，同意总行意见。

张海明和调查组，还有杨文图商议决定：告商业银行刘行长他们陷害和侮辱其名声，报案到市公安局。同时，张海明又征求了省政法委苏书记的意见。苏书记支持他，并指示公安局一定查清楚，找出嫌疑人。

调查组回到总行以后，韩书记给张海明打来电话，让他理解调查组的难处，并告诉他：此事不能给他作结论——还他清白，但也不给他任何处分。

"那我咋在庆都分行开展工作啊？"

张海明向韩书记诉苦。

"你行长职务不变，继续负责全行工作。"

韩书记安慰说。

有政法委书记过问，公安人员立即行动。过去查这类事，把人查到了，罚点钱，教育一下就可以了；涉及到领导干部的多罚点，内部报给纪委。但查这个所谓"桃色新闻"，也不难，找到那个小姐，查问是否有"特服"的事；找到安排小姐做"特服"的人，查清向总行写告状信的人；查清给小报投稿和送照片的人，最后追究"幕后人"。

公安局查这类事非常有办法，很快找到了那个被开除而失踪的小姐，在公安人员的震慑下，她交代了商行办公室贾主任安排她给301客人做"特服"，事后给她五千元钱的真实情况。但那小姐说"301客人"醉得厉害，睡得又死，她根本没做"特服"，只是在他身边躺一会儿。刘行长和贾主任进来了，她骗贾主任说"做了特服"，贾就给她五千元钱，并让她马上离开省城，所以她就跑了（并不像经理说的"走错门，被开除"走的）。公安人员又找到贾主任，贾主任只好承认是他安排小姐给张海明做按摩服务，但不承认让小姐做"特服"。

贾主任欺骗公安人员说：

"可能小姐听错了吧，那个地方唱歌的噪音太大。"

公安人员瞪大眼睛，突然追问说：

"那五千元钱是怎么回事？"

贾主任先是一惊，装出一副傻傻的样子，说："什么五千元钱？"

"你别再装蒜了！小姐都承认是你给她五千元钱的特服费。"

贾主任狡辩说：

"哦，那是我让小姐好好为张行长服务的好处费。"

"什么好处费给五千元？"

公安人员显然不相信。

贾主任哑口无言，低着头。

公安人员把贾主任带到公安局刑警队。贾主任害怕了，他从来没有经历过这种情况，手脚抖个不停，承认是他给小姐五千元钱，让小姐"把301客人拿下"，并承认是刘行长让他这么做的。

公安人员找刘行长。刘行长说只交代让贾主任"好好安排"，没承认让他给小姐五千元钱的事。这时贾主任又找到公安人员，说是他领会刘行长让他"好好安排"的意思有误，把责任揽到自己身上去了。公安人员先放下这五千元的问题，又开始调查谁写的告状信。刘、贾和其他两个副行长都不承认是自己写的告状信。

从告状信的内容看，一定是商行的人干的，措辞、语法都很正规和有文学水平。公安人员猜测是贾主任写的，他们查了贾主任办公室电脑，没有查到；又查找商行附近几家打印社，查到了在一家打印社电脑里有告状信文档，说是商业银行的人来打的，不知道叫什么名字，只说中等个，较胖，脸发白，头秃顶，说话带点南方口音。公安人员一听便知道是贾主任。公安人员拿着写的打字费欠条，问他："这是你写的吗？"

"不，不是我写的。"

贾主任心发慌，但不承认。

"把你的笔记本拿出来我们看看。"

公安人员一看笔记本字迹，确定就是他写的。贾主任不得不承认。

"谁让你写的？"

"我自己写的。"

"你以前不认识张海明，和他无仇无冤，为什么告他？"

"我想一个省分行级领导干部接受'特服'，这是腐败蜕变问题，我是一个共产党员，要对国家和企业负责，所以告发。"

"小姐'特服'是你花钱雇的，人家张海明干脆没有接受'特服'，你又告人家搞嫖娼。你第一是诬告，第二是陷害，使张行长受到很大的精神伤害，在行内和社会上造成很坏影响，你知道这件事的严重后果吗？你要承担法律责任的，这是犯罪行为！"

贾主任被审讯，吓得胆战心惊。

"谁指示你干的？这不可能是你自己的动机，是有人指使你吧？"

贾主任不说，还在坚持是自己的行为。

"那你在这里好好想想，坦白从宽，抗拒从严，是说还是隐瞒不说？"

冰冷凄凉的小屋，人到了这种地方会恐惧的。贾主任一贯中规中矩，工作也算兢兢业业，如果不承认，自己落个陷害和诬告他人的罪名，判刑入狱，失去公职，丢掉党籍，那损失该多大啊！如果他承认是刘行长指使的，也不会有好果子吃。贾主任思想斗争非常激烈，一宿没睡着觉，浑身冷得打战。他权衡利弊，最后承认是刘行长让他做的这些。但暂时没有被释放。

公安人员又找到刘行长。先问是否他指使的，开始他不承认。当把贾主任写的证明材料拿给他看时，他不得不承认是他指使的。

"你为什么要陷害张海明？"

刘行长编造说："是为了市场竞争！"

"奇怪？市场竞争与陷害他有什么关系？"

公安人员不解。刘行长说："这些年国兴银行把商业银行贷款大户抢走了好几家，我想把国兴银行搞臭，所以从张行长先下手。"

"你的动机，不可能是这个。银行间竞争不是从现在开始的，早就存在；你行大户被国兴银行拉走，也不是现在走的，这与新来的行长有直接关系吗？"

公安人员分析得很贴切，令刘行长无法反驳。但他还是坚持自己的"动机"。

"你这是诬陷他人，造成他人精神伤害，你在这里先写交代材料吧，刘行长。"

公安人员走了，刘行长和贾主任一样，先在这阴冷封闭的屋子里反省自己，等待法律责任的追究。

公安人员又来到小报报社。询问稿件和照片来源。编辑说是从网上发现的。

"网上发现，你们不核实就敢登报？他可是一家大银行省分行一行之长，你们就这样不负责任地在报上刊登吗？"

公安人员把编辑也带到了公安局……

"桃色新闻"事件总算水落石出，张海明也解脱了缠附在身上沉重的精神压力。但他心中还有未了之事萦绕着他：这件事的后台肯定是陆富达，但查不出证据，只能是刘行长和贾主任当替罪羊了。连小报记者也株连进去。他于心不忍，找到苏书记，让他和公安局说说，对这些人免于刑事责任，也不要赔偿精神损失费。

"老同学，他们这样诬陷你，你还为他们着想啊？"

"苏书记，你看后台没抓到，让这些人替罪，我也过意不去。"

"那好，我可以说。"

张海明的法律申请挽救了这些人，免于起诉。公安部门又在省分行机关员工大会上为张海明"桃色新闻"公布了调查结果，实际是还他个清白。小报也遵从公安局之令，公开在报上刊登检查，以挽回社会影响。

张海明这两年独身，老婆跟上一位私企大老板"享受生活"去了！两人对人生的态度不同，久而久之，先是愿意分居，后是无奈离婚。

张海明在清江时，刚有人给他介绍伴侣，他还没有见面就突然被调到庆都来了，个人的事自然放下了。

到庆都后，他单身来，独身往，真正过着"独居"生活。当时，行里人都不知道张海明个人的生活。但有一个人知道，他就是已经退休的李行长。因为他在职时经常到总行开会，两人又大多在一个房间住，成了好朋友，可以说无话不言——他知道张海明单身。到庆都以后，张海明首先走访拜见省分行离退休干部时，李行长提起此事，张海明让他保密，谁也别告诉。

"为什么？"

老李行长不解。

张海明想：一行之长单身，如果员工知道了，特别是女员工，会出现麻烦事的。老行长很理解：现在这社会，单身女性很多，如果发现条件这么好的行长是单身，是会轮番上阵，让他不得安宁。

几个月过去了，老李行长有一次双休日到他招待所住处串门，看到他孤孤单单的，就想，如果有个伴，多好，于是就动了怜悯之心，想给张海明介绍一个人，说那女的在一家公司当副总，有姿有色，有钱有势的。张海明说："谢谢老行长，我事这么多，哪有闲心扯那些啊。"

他回绝了老李行长的好意。

老李行长说："也好，等忙过这段时间再说吧。"

第十三章　恋爱阴谋

　　2016年春节前夕，按张海明提议，搞了个银企联欢会。请国兴分行贷款企业和事业单位领导一起吃个饭，唱歌跳舞，搞得很热闹。张海明形象倜傥，一米八二的个头，说话文雅，彬彬有礼，自然成了联欢会的焦点人物。成了那几个与会的女企业家注意的目标，不论喝酒，还是唱歌跳舞，都争先恐后去接近他，还有借机坐在他身边拉近乎的。有一风姿绰约的女人主动和张海明接触，敬酒时连敬三杯，每杯都有一层意思；又主动请张海明跳舞，边跳边聊，身体又贴得很近，吓得张海明直往后躲。中间休息，她又凑近张海明坐着，聊着。别的女人望梅止渴，没有机会。

　　春节七天假，张海明是回老家清江省过的，和父母、儿子一起团聚。老父亲问了儿子到庆都分行的工作情况，听说庆都分行不好干，让他谨慎些，特别要洁身自好。老人原是省委老领导，是解放战争时期参军的老革命。一辈子清清白白，堂堂正正。他要求儿子做人做事光明磊落，坚持原则。他讲了新加坡李光耀当总理时的一段家事。李光耀在当选总理后的家宴上，对家人说："我当上总理，权力是有的，那是人民的权力，我绝不能用来谋私。我们客家人常说，上梁不正下梁歪。请大家帮助我做一个正直的人，做一个一心为公的人。新加坡前途就在这个'正'字上，就在这个'公'字上。"他的妻子柯玉珠朗诵了印度著名诗人泰戈尔的名诗："鸟翼系上了黄金，这鸟永远不能在蓝天上翱翔了。"

她说："在你当总理的时候，我希望你永远记住你在剑桥多次讲演中说过的话，廉，是立国之本；清，当为政之根。德国哲学家说得好，'如果你把金钱当成上帝，它就像魔鬼一样折磨你'。人民期待你的政府是一个廉洁、清白的政府。"

张海明认真听完了这段故事。其实，他读《李光耀传》时，早已知道他的事迹，知道新加坡是廉政之国。但这次父亲的嘱托，更加深了他对清廉为官的理解。他说："爸，您老放心，儿子一定记住！"

虽然人离开了清江，但清江分行一些知道他手机号的人，许多人给他拜年问候，还有这次联欢会相识的老板们有的也来电话或短信给他拜年，其中之一是兰娜，她是第一个发短信的，又在除夕夜刚过，新年刚到的零点打进手机，亲切地问候张海明，说些甜蜜的话。张海明又想起联欢会上她那摆姿弄首、灼人可热的场景，但他没有心动——何况她是东方春俱乐部的，他不喜欢这类场所的这类女人。

过完春节上班——表面是上班，但很少有人安下心来工作，都是互相问候，各个办公室走动；或者电话拜年，还有互请吃饭喝酒，这种情况历年如此。张海明也理解，但他在行务会上也讲了，要求各处长主任回去讲一讲，尽快把心收回来……

兰娜打来电话，她又是拜年，还约请张海明吃饭，说："张行长，过个年连碰杯酒都没喝呢，我请你吃个饭，好吗？"

"我还有很多事，谢你了。"

张海明回绝她。

"哎呀，张行长，不就吃个饭的时间嘛，也不影响你工作，给个面子嘛！"

兰娜有点娇声娇气的。

"不行，不行。以后再说吧。"

张海明还是没答应。

几天以后，老李行长来宾馆，看到张海明正在看书，他说："老张呀，你真行，工作这么忙，还能挤出时间看书？"张海明说："老行长，不学不行啊。我看到一则消息说，有科学家研究出一种防老方法，说学习可以防老年痴呆，经常学习的人比不学习的人患老年痴呆症的比例要少。"

"是吗，那我也得学习？"

这时老李行长对张海明又提出他个人的事。张海明刚要说"谢谢"，老李行长摆摆手说："老张啊，我提的这个人你肯定相中，这人有姿色，有气质，又有事业心，很温柔，她会给你幸福的……"

老李行长说了一大堆好听的。

对于老李行长这样关心自己个人问题，两次提及，这次又晚间登门拜访，他不再好意思拒绝了，说："我这人是工作狂，要是处女朋友，也可能没多少时间谈，人家不会理解，你得跟人家说清楚。"

"可以，可以。男人都是事业型的，女人会理解的。"老李行长看到张海明有点松动了，高兴地问，"哪天，你们见见面？"

"我再考虑考虑吧，给你回信。"

张海明还是有点犹豫。

过年回家，张海明二老仍然关心他的个人问题，一个男人出门在外，身边没有女人照顾，生活很不方便。二老催他尽快找一个。张海明不想违抗父母意思，表面答应："行，行。"

老李行长两次给他提亲，又说那女人如何好，之后，老李行长又三天两头催促："老张，行不行呀？"

张海明不能再谢绝老李行长的好意了，说："那就见见吧。"

见面地点在一个饭店包房。老李行长带那女人与张海明相见。张海明一见便惊讶——原来是兰娜！春节联欢会上出尽风头、过年又给张海明发短信打电话拜年、之后又邀请张海明吃饭的女人。一米七的苗条个头和娇美如花的容貌，以及妖艳的打扮，让张海明既心动又反感，他见到如此浓妆艳抹的女人，心里总有点不舒服。

老李行长见他们相互认识，问："小兰，你怎么认识张行长的？"

兰娜笑了笑，说："春节银企联欢会上。"

"哦，好，好。相见再相知，你们俩是有缘分的。"

老李行长接着又说了兰娜和张海明各自的优点。

吃饭中间，兰娜很兴奋，连连敬酒，又是敬老李行长"媒人"的好心，又是敬和张海明的缘分，称呼也由原来的"张行长"改称"张大哥"了。张海明多大场面都见识过，但只有三个人的小场面却有点不自在，感到无话可说。只是敬酒时说："谢谢老行长的关心，很荣幸再次见到兰女士。"

然后喝酒，没什么话了。

老李行长和兰娜话倒是多起来，老李行长多是聊些"独身男女应当尽快找个伴""你们事业有成，但个人感情的事不要耽误""人生孤独等于慢性自杀"等，意思不言而喻。

而兰娜则谈了上次见到张海明的感受，褒奖溢于言表，什么"张大哥是男人中的优秀者，优秀中的佼佼者""见到张大哥不只使人动心，更使人感慨""张大哥既有帅哥的外表，又有领导干部的风度"等等。

张海明听到兰娜的溢美之词，一再说：

"我是普通人，当个领导是暂时的。"

老李行长吃完饭，说：

"我还有件事要办，先走一步，你们俩好好聊聊。"

包房剩下两个人，兰娜把椅子挪近张海明，又亲热地给张海明倒满酒，又给他夹菜，不断地问这问那，说这说那。她又自我介绍了家庭情况，本人学历及工作经历；然后又把话题转向张海明个人问题上：

"张大哥，你前妻真是有眼不识金镶玉啊，你这么优秀的男人，她怎么能舍得离你而去呢？"

见张海明没有接话，她又说：

"一个人到新单位，身边没亲没故的，不能总这样过单身生活啊！白天工作时，忙忙碌碌，晚上回来独守空房，没人说话，没人洗衣做饭，多孤单啊！女人怕伤害，男人怕孤单，有个伴才有幸福啊！"

兰娜说着说着，身子就往张海明身边靠过来，说话唾沫星子都溅到张海明脸上了。他赶紧往外移动身子。

张海明又问起伯乐国际俱乐部的经营情况，说：

"你们俱乐部可没少贷我们银行的款呐，要把贷款使用好，我听说你们还我们贷款很少。"

"张行长，咱们见面，谈感情上的事，工作上的事不谈好吗？"

"好。这样吧，我明天还有会，得回去准备准备。咱们今天就到这儿吧。"

张海明站了起来，意思很明白。

兰娜无奈，只好说：

"可以。下次有机会再见。"

她也站了起来。

张海明让兰娜先走，他要结账。兰娜说："我结完了。一起走吧。"

张海明不相信，因为中间她没离开过包房，他叫来饭店服务员问，服务员说：

"兰总已经签字了。"

"签字？"

张海明还是不信。

"我们公司在这儿吃饭，都签字。"

"那好吧。下次我请你。"

"好哇。可别让我失望啊！"

兰娜很高兴，伸手揽住张海明的手臂往外走，张海明推开她的手，小声说："这样不太好。"

到酒店外边，张海明要搭车回去，兰娜把他拉到自己车里，说送他回行里。张海明说：

"你喝这么多酒，车放这儿搭车走吧。"

兰娜说："这点酒算啥，没事。"

兰娜把张海明拉到伯乐俱乐部，说她有客房，让张海明到房间坐坐。张海明连说：

"不行，不行。我可不敢去你们那地方。"

"一朝被蛇咬，十年怕井绳了，张大哥！"

"有点。"

张海明说："你那里可是是非之地，我真怕再被美女蛇咬一口。"

兰娜没劝动张海明，就把他送回国兴银行的宾馆。

打那儿以后，兰娜三天两头给张海明打电话，不是想约他见面，就是请他吃饭。一到双休日，她还开车到国兴银行宾馆，径直找到张海明房间，服务员阻拦她，她就说"我是你们张行长的老婆"。

便畅通无阻地闯进张海明房间。

张海明正在看书，感到非常惊讶，显出不高兴的样子，问：

"你怎么不打招呼就来了？"

"我开车路过你这里，来看看你。"

兰娜满不在乎。她在屋里转悠着看客厅，又看里屋。她发现张海明桌上摆有《毛泽东选集》和《周恩来传》等书，说："还是当行长的厉害，经常学马列主义毛泽东思想啊！"

她又坐在张海明床上，使劲用屁股压两下，说："这床怎么这么硬呢？"

她翻起床垫子看看，说："这不是席梦思的啊？国兴银行怎么这么清苦，连行长都睡这样硬邦邦的床啊！张大哥，过两天妹给你换一张特等席梦思的。"

"我可不要，硬板床睡觉对身体好。"

"我可受不了。"

"与你没关系啊！"

"一旦我来了不走呢！"

兰娜说着双手抱着张海明的脖子，就要亲吻他。

张海明忍耐住，推开她说：

"请你自重些！"

"哎呀，咱们都是过来人了，还封建什么？"

兰娜说着又往前凑，张海明狠下心，让她到外屋坐。

张海明说："你还有什么事吗？我一会儿还得到行里去。"

"休息日还工作呀，我陪你待会儿，晚上我们一起吃饭去。"

"不，不。我行里真有事。"

张海明说着，就去里屋穿衣服。然后离开了房间。兰娜满脸幽怨地说：

"张大哥，你真不够意思！"

从此以后，张海明交代服务员，不要擅自放人进来。

服务员说："她不是你老婆吗？"

"什么？她说的？"

张海明很吃惊。

兰娜尽管经常打电话，不是邀请他吃饭，就是想来看他，都被张海明婉言谢绝了。

兰娜预感到张海明对她没戏了。就找老李行长，让他摸一下张海明对她的看法。

老李行长给张海明打来电话，问张海明和兰娜处得怎么样。

张海明说："我工作上事太多，没时间谈个人问题。"他让老李行长对兰娜说说，不要老给他打电话和不打招呼就闯到宾馆找他。

老李行长问："老张啊，你对小兰这人看法怎样？"

"人是不错。但我和她不是一种类型的人。"

"小兰这个人性格开朗，条件又好，你可别错过机会呀！"

张海明不好意思立即回绝这事，只好说："我再考虑考虑。"

这事杨文图知道了，他立马找到张海明。

"老张，听说你找了个对象？"

"你从哪里听说的？"

"听说那女人叫兰娜？"

"你不是侦探吧？哎，老杨，你给我了解一下这个女人。"

"不用了解，我知道。她不就是伯乐国际俱乐部副总嘛。"

"对呀。"

"这个人，你知道是谁吗？"

"谁呀？"

"她是陆富达的准小姨子！"

"老陆的准小姨子？"

张海明感到纳闷，问：

"怎么又扯到陆富达啦？"

"陆富达情人兰妮是她姐姐，她还有个妹妹叫兰媛，她们姐妹三人长得一个比一个漂亮，人家要和宋氏三姐妹相比。三个都是离婚的，都想要找有地位的老公，老大兰妮找了个陆富达，但没敢公开，成了姘妇；老三兰媛改嫁给了商行刘行长。老二兰娜如果找你张行长成功，那姐妹三个老公都是银行行长了，都是当官的。所以当官的成了她再婚的唯一目标。她总想找个官衔比陆富达和刘行长大的。她找你张行长，当然会满意。但张行长，你可要知道，陆富达对你一来就不满意，工作上又对着干，他那些违规违法的事你无情地给查处了，他肯定恨你又怕你，那么兰娜为什么对你这样钟情呢？再说老李行长和陆富达有点亲戚关系，我看这是'阴谋与爱情'！"

张海明听了杨文图介绍的具体情况，还有一些细节分析，感到文图的判断有道理，就说：

"老杨啊，谢谢你，不然我又会掉进这个陷阱！"

"难道陆富达想利用我？"

张海明意识到。

"陆富达上次让他准连襟刘行长整你没成功，这次又来一个'美人计'，这叫'一计不成，又施一计'。那次是他整你，这次是他拉你。"

杨文图越分析越透彻。

"我本来和这样的女人不是一种类型的人，老李行长又做我工作，说她怎么怎么好。如果这样的话，我就干脆和她了结。"

张海明果断地说。

"你和她相处这段时间，有没有被她抓住什么把柄？"

杨文图想问他有没有越轨行为，但不好意思和张海明这样直说。

张海明理解杨文图的意思，直接告诉他说：

"没有。她倒是想越轨来着，我反感她那种举动。"

"那好。我怕她给你造舆论，坏你名声。"

杨文图说："如果这阴谋婚姻实现不了，他陆富达不会善罢甘休的。"

这时卫中来了，听他们聊得热热闹闹，问："张行长有喜事了？"

"你也知道了？"

杨文图说。

"该找个伴了，不然没有女人的生活也难过呀！"

"我习惯了。这样我不牵挂什么，精力集中抓工作更好。"

这时杨文图说了几年前听到的顺口溜："一等男人家外有家，二等男人家外有花，三等男人用时现抓，四等男人下班回家，五等男人老婆在别人家，六等男人无妻无家。"

卫中听了哈哈大笑，问：

"我算几等男人呀？"

"你？属四等男人，但还回不了家，北京太远。"

卫中又问：

"那张行长呢？"

杨文图说：

"张行长属于六等男人——无妻无家。"

张海明也乐了。

"哎，杨行长，你属几等男人？"

卫中问。

"我当然属四等男人了——下班回家。"

"那陆富达就属一等男人了。"

"当然。"

"别说了！别说了！"

张海明制止。

杨文图说："乐呵乐呵，不然咱们张行长太累了。"

三个男人共同谈起女人的事还是第一次。

陆富达操纵准小姨子的用心，兰娜未必知道。她接到老李行长转告说张海明不同意和她相处的消息，恼羞成怒。她找到陆富达，满脸不高兴地说：

"他张海明有什么了不起的，那么清高，又跟木头疙瘩一样，还想找什么样的……"

说了一堆牢骚话。

陆富达拍拍兰娜肩膀，说："娜娜，你还是缺乏驾驭男人的经验呐！英雄难过美人关，还是你主动得不够！"

"我主动不够？我都打着他老婆旗号闯进他的住处！但他不吃这一套。"

兰娜不甘心，说："姐夫，那么多男人追求我，你为什么要我嫁给张海明呢？"

陆富达当然不能说出自己的"用心"，只是说：

"你不是想找当官的吗，张海明官也不小啊。但这张海明有眼不识娜娜这美色啊！"

说着陆富达把兰娜抱住，疯狂地亲吻起来。

兰娜一把推开他："臭嘴都是烟味。我姐怎么能适应你呢？我可受不了！"

陆富达又点根烟，有意向兰娜吐烟圈，吓得她直往后退。陆富达说："娜娜，要不你谁也别找了，我给你当编外老公怎样？"

"你？别缺德了，占有我姐姐，又打我主意，你可真是个色狼！"

说完就走了。

陆富达这一次没得逞。

第十四章　社保案件

张海明被招生事件和"桃色新闻"弄得心烦意乱，但总算告一段落，该清静清静了。

卫中回北京休息了几天——因为处理招生事件更是忙得焦头烂额，一个月没回去了。而卫中也劝张海明回去看看老人，张海明说："咱俩得有一人在行里。"

他没回去。

每天晚上，只要张海明不加班，他都在宿舍里学习。他桌子上总放一两本正读的书和读书笔记，他喜欢读伟人、名人传记，特别喜欢介绍周恩来生平事迹的书，还有马克思、毛泽东的书，还有一些世界著名军事家的传记和著作。他几乎把"伟人百人传记"读了一遍，有些文章他反复看。看伟人传记，学伟人品德，汲取伟人的智慧、谋略、领导艺术和作风。

一天晚上，他正在看《周恩来传》，突然听到宾馆服务员与人争吵的声音。张海明开门一看，是几个老年人，口中还说着："我们找张行长！"

服务员阻止，说：

"你们不能随便进！"

张海明迎出来，面对几位老人说：

"我是张海明，新来的行长，你们是……"

"张行长，我们是咱们行的退休干部。"

"啊，进来，进来。"

张海明热情把这几个人让进屋。让服务员泡上茶水，并交代她说：

"小张啊，以后咱行里来人找我，你告诉我一声就行，别争吵。"

几个人自我介绍，有一个是省分行原工会副主席闫明，他牵头，向张海明说明来意，还抱怨按程序找张行长太难——"我们先找人事处，把材料交给他们了；他们说把材料转给办公室主任；主任又说交给了协管人事的陆副行长，不知交到你手里没有？"

张海明说：

"没见过，你们什么材料？"

"就是我们想告社保局的材料。"

张海明肯定地对老人们说：

"我真的没有看到。"

张海明让他们介绍一下情况。

闫明拿出一份材料，读了标题："关于要求补发个人保费、补偿个人利益损失的申诉"。

他递给张海明一份，说见行长真难。

张海明说：

"怎么难啊？我天天在分行里，双休日我也很少回家。"

闫明说：

"本来这事归人事处管，但我们以前找过几次周海军，他说管不了，还不让我们直接找行长，省分行机关保安把得很严，连我们自己行退休干部都进不去，简直是衙门！我们这申述材料交上去不知道多少天了，也不给回话，我们问，周海军说你没空儿，让我们等。现在周海军不干了，我们不得已才来找你的。"

"我从来不知道这事。"

张海明说。

"你看，周海军这小子竟撒谎，骗我们！像这样不作为的干部早就该撤他。"

"你们详细说说情况，我听听。"

张海明又拿出笔记本。

闫明简要介绍说："省社保局于2000年稽核了我们行员工个人缴纳社会保险费情况，说我们员工个人缴费不足，从1994年到2000年间欠保费共计三个亿，按规定单位要补缴六千万元；这笔巨额保费省分行根本补不起——按文件规定，亏损企业或补缴有困难的企业可以减免，但省分行为了广大员工利益不受损失——退休养老金不减少，向总行做工作，分三次要来这笔巨款；社保局收到这笔钱，按文件规定应该让我们行员工补缴个人保费，这样可以提高养老金。为此，省分行两次给社保局打报告，又去人交涉，但社保局编造种种理由拒绝。当时唐行长、陆副行长都知道这事，周处长亲手经办的。这样，涉及全行三千多人的利益，每人退休金每月少得二百至八百元，如果按退休人员平均二十年存活期算，每人少得四万八到十二万元，全行三千多员工少得十八亿元！

"我们查阅了许多文件，又咨询了一些业内和法律人士，都说国兴银行这笔钱是被社保局挪用了，实际上属于社保案件。"

闫明义愤填膺地说：

"张行长，我们不甘心——本来银行按企业退休，养老金就少，比人家党政机关和事业单位相同职务的少拿一半。比如咱们唐行长1998年退休才发养老金二千八百五十元钱，比人家省分行厅级领导六七千少一半还多，这太不合理了！一个堂堂行长，拿不过一个小学教师，你说这政策怎么制定的？社会财富是企业员工创造的，可收益分配时企业人员却拿得最少，这不和古人讲的'劳心者治人，劳力者治于人'一样吗？我们可是新社会，在共产党领导下啊！"

闫明越说越气愤。此时，其他人插话，都表示强烈不满。

阎明接着说："这件事，人事处有直接责任，行领导也有责任。本来我们在职时缴个人保费可以按高于社会平均工资百分之三百为上限，但人事处管社保的人少给我们缴，又不和我们商量。人家社保稽核让补缴不足部分，咱们行补缴六千万元，又不给我们个人补缴，这不等于这六千万元'打水漂'了吗！里外里我们单位和个人都吃亏了！

"那你们找行里了吗？"

张海明问。

"找了。但周海军说管不了，行长也推托，就是不办。"

"社保局你们找没找？"

张海明又问。

"当然找了。"闫明说，"我们都去好几次了，找局长，可局长不接见，信访人员哼哼哈哈的，根本不办事，连我们要求转交给局长的申诉信都压着不转送。我们又想出办法：给局长邮'特快专递'，也没有回信。再不行我们打算组织人去政府上访请愿。张行长你来了，我们就先找你解决。"

"这事我很同情和支持你们。但你们千万别组织人上街游行请愿，对社会稳定不利，对我们省分行影响也不好。"张海明劝说，"我看还是先在行里反映，你说什么都行，甚至批评我们。我们行内先研究个办法。我不了解情况，得容我个时间，好不好？"

张海明一边听一边记，态度温和诚恳。

闫明说："我们相信你张行长。但我们省分行分管社保这块工作的人，也就是人事部门，做得很不好，有关的社保文件精神从来不向员工传达。员工根本不了解缴费、退休金等情况，我们退休拿多少养老金的算法也不明白，算多算少也不清楚，有的人参加工作时间和职务相同，但养老金竟差好几百元！找谁讨说法？人事处说社保局算的，社保局说按规定算的，给你顶回来，人家建行和人保公司和我们一样，都告赢了，退休金都比我们国兴银行的多。我们为什么找不回来？我们要求追究人事处的责任——他们把问题拖这么久，造成几千人利益损失！这样的人还在位置上有权有势，胡作非为，天理不容！"

闫明又义愤起来。

其他人也都发言对人事部门不满。

还有一个人补充说：

"你说不让个人补缴保费，但有几个却补缴了，这怪不怪？"

"是吗？"

张海明疑问。

"周海军、陆富达，还有几个人，他们都补上了，不信上电脑查查。"

闫明说。

"这是利用职权之便。"

一个老干部说。

张海明感觉到这是个大问题，事关三千多人生活福祉！他记得中央、国务院一再讲：老百姓的事没小事，事事关天！何况涉及这么多人；这么长时间了，还不解决！张海明心中愈发不平静。但他表面还是很温和，对老干部们说：

"你们反映的问题，是相当严重的，我的态度是：我要亲自过问这件事，一定尽力解决这个问题。"

"那我们相信张行长了。"

闫明又说："听说张行长很'人性化'，如果您给我们解决这个事，我们三千员工都会感谢您的！"

张海明笑了，说：

"解决员工的事，是我的职责，办成了是我应该做的，办不成我有责任。"

随后，张海明又问了老干部一些日常生活情况。当老干部反映没地方活动时，张海明表示以后想办法解决。现在省分行办公地方太紧张，等以后大楼盖好就有地方了。

"盖办公大楼？"

老干部问。

"有可能。一切都会向好的方向发展。"

张海明说。

张海明看天很晚了，打电话从车队要来车，把老干部们送回家。

周一上班，张海明调整一下工作安排，召集有关人员听取老干部提出的社保问题。张海明想：解铃还须系铃人。他把在家郁闷休息的周海军叫来，还有人事处相关人员，和行领导一起研究"社保问题"。事前，张海明让人事处把老干部的"申诉信"复印件每人发一份。陆富达拿到"申诉信"，瞟了一眼，自语道：

"这个问题解决不了。"

开会时，张海明说："今天临时安排个会，把老干部申诉信里提出的社保问题研究一下，昨天，他们找到我宿舍，谈了一晚上；我一宿没睡着，翻来覆去想这事：补缴六千万还没给员工带来一点好处！为什么出现这样的问题？为什么不解决？再不解决，人家要组织上街游行了。我们分行是代缴单位，负什么责任？大家说说。周海军，你当时是人事处处长，先把这事原委说一下。"

"我，我也没职没位了，还是让他们说吧。"

"你说。当时你是处长。"

张海明坚定的态度，令周海军心里打怵。他有气无力地说："这事都好几年了，一些老干部找过几次，我都向陆副行长汇报过。这责任不在咱行，社保局不让咱们补缴个人保费，我们是有劲儿使不上啊！"

"你先说说这事的过程。"

张海明有点不高兴。

周海军把事情说了一遍，和闫明向张海明说的大体一致，但周海军推卸责任，把原因完全推到社保局那里。

陆富达更是金蝉脱壳似的，把责任一推而光。他说："这事说到底咱们分行没责任，咱该做的都做了。从总部把钱要来了，补缴上了，也向社保局打过报告，也去人交涉过，可以说，我们该做的都做了。"

"社保补缴单位保费同时必须补缴个人保费，这是文件规定的原则，社保不给办补缴个人保费，这是违规违法行为。"

法规处黄处长说:"老闫他们老干部咨询过我,我认真查了社保文件,这叫'同进同出',就是说单位和个人同时缴,同时进入单位和个人账户。社保收了咱们分行六千多万补交的保费,却不让员工个人补缴保费,等于说,这笔巨额钱款,我们白缴了,打水漂了!员工个人一点利益没得到,这是侵犯员工个人利益的违法行为;实际上已构成了'社保案件'。"

张海明听黄处长从法律方面分析得很有道理,对此,他也有信心:一定找社保,甚至告社保!但在这个会上是要总结行里对这件事的责任。

张海明昨天一晚上没睡好觉,反复看材料,看记在本子上的东西。他对周海军和陆富达说:

"找社保,告社保都行,我们有权告,也是为了三千名员工利益而告。但我们今天这个会上,首先要统一思想,找找我们自身工作中的责任。比如说,人事处为什么不按平均工资百分之三百的上限收缴个人保费?据说我们按百分之三百还差百分之二十多,也就是说每人退休时每月少得养老金几百块。再有,我们已打报告要求社保局让个人补缴保费,也去人交涉了,人家说了'社保局说了不算,说社保厅不让补缴'。那为什么不问他'不让补缴'的法律依据呢?这是用'长官意志'代替法规,来敷衍我们,而我们为什么就这样轻易地被他们唬住呢?再说有几个人为何补缴了个人保费,这肯定是经过社保局允许的,那么他们为什么只允许几个人补缴,而不让那些员工都补缴呢?"

这时陆富达插言,明知故问:"还有这事?周处长你知道吗?"

周海军有点紧张,说:"我、我不知道。"

"知道不知道无所谓,只要在网上一查就行了。"张海明说,"当然了,这些人先补缴也可以,但怎么不把这三千人都补缴上呢?是不是用几个人的利益牺牲几千人的利益?"

张海明继续说:"之后,老干部们几次找人事处,也找过行领导,都互相推诿。我来了以后又不让见我,这又是怎么回事?你们说说,让大家听听。"

没人说话，会场一时沉闷。这时陆富达像热锅上的蚂蚁，坐立不安，又上卫生间，又倒水喝，他看还没人说，就说："老张问这几个问题，都是从不知情者角度提出来的。我协助唐行长，管社保这事，人家嘴大，我们嘴小，和他们闹僵了，我们以后不好办事。我看这样吧，事已过去两年多了，咱行悄悄给这几个老干部补贴点钱算了。"

"那可不行。"卫中说，"这是等于咱们当行长的收买谈判代表。"

"周海军，你说应该总结什么教训，下一步怎么办啊？"张海明问。

周海军翻翻老干部的申诉材料，说："以前我对韩海波（人事处管社保）太放手了，有些事我很少过问，所以出现这个结果。还有，社保工作很烦琐，我也没有时间管那些事，没想到他自作主张，也不请示就擅自办理。"

周海军把责任都推到韩海波身上。

"那你说你有没有责任？"

张海明对周海军明哲保身、推卸责任的做法很不满意。

周海军说："刚才我说了，我对手下人管理不到位，对社保这项工作太放手了；还有'同进同出'问题，我被社保的人给蒙住了，没有把补缴个人保费一追到底；还有，老干部几次找我，我认为太难办了，就推托说'办不了'。让这么多人利益受损失，我有重大责任！"

周海军心想反正无职务了，责任再大也不能拿他咋办，所以"自责"重些，无所谓。

张海明说："人事工作事关员工切身利益，提职、晋级、工作调动、职称评定、工资核定、奖金分配、保费的缴纳、养老金的计算，哪一项不关乎员工的利益？社保工作事关全体员工一万多人，你把这么重要的工作交给一个不负责任的人，让他为所欲为！现在老干部们一致要求省分行查处这个韩海波。你说要是查处他，不涉及你人事处处长吗？不涉及主管行长吗？连'一把手'行长都负有领导责任！"

张海明抽丝剥茧，令周海军只好认责，也说不出反驳意见。

陆富达心里不是滋味，他拿着一支烟，揉来揉去，不时用鼻子闻闻，那种开会限烟的难受劲儿和张海明的间接批评劲儿，相互混在一起的压抑劲儿，实在难熬。他走到走廊，吸根烟，以便逃避这种尴尬场景。

这时陆富达回来了，他恼怒得实在抑制不住，就说："还有什么问题，都一块来吧。"

"还有，刚才我说了，据老干部说你和几个人已补缴了个人保费，都谁？周海军你说说。"

张海明追问。

周海军脸憋得发红，不敢说出都有谁，因为有陆富达、张春耕，还有人事处两个副处长，以及几个与他关系好的处长。他说："我不记得补没补缴。"

"卫书记，你明天查查有没有，如果没有更好。"

张海明继续说："还有，我来了以后，老干部们几次找到行里，想向我申诉此事，你们人事处接待了，还把申诉信压下，不转给我看，什么意思？员工的基本权利都被你们给剥夺了！这类事在机关中还有，据说员工写给行里的信，甚至指名道姓写给行长的信，有人也敢胆大包天地给卡住，这事说重了就是侵犯公民权利，是犯罪行为！"

张海明愤怒，尽管心里不平静，但对已经过去的事不再追问什么了，他说："这事怎么办吧？我们研究一下。"

闵家仁一直没有发言，他不知道此事，他谈了自己的意见，他说："这事肯定得解决，给老干部们一个说法。我的意见是：成立一个工作小组，抽几个人专门做这件事，行领导挂帅，也吸收老干部代表参加。"

卫中说："我同意闵副行长的意见。"

法规处黄处长则建议以国兴银行名义告社保，依法起诉。

武家豪说："还是先派人和社保交涉，先礼后兵，弄僵了对我们也不利。"

陆富达和张春耕及周海军都沉闷不语，没人吱声。

张海明问："老陆，你当时协管人事，这事你一清二楚，你的意见呢？"

陆富达消极地说："你们说怎么办都行，我没意见。"

"周海军，你呢？"

张海明点到他。

"我、我看这事起诉吧，还省事。"

周海军考虑他也不在人事处了，如果再抽他办这件事，对他自己没什么好处，所以他同意黄处长意见，起诉，成与不成都痛痛快快的。

张海明说："这事由专门小组定吧。咱们研究一下专门小组人选。"

陆富达分管人事，如果领导有责任，他应负主责。这事理应由他挂帅负责，但他知道这事难办，认为这是"擦屁股的事"。再说，要是办成了，也与他个人无利益关系——因为他的个人保费被周海军补缴上了。想到此，他就想推给张海明，认为他现在主管人事工作，老干部又找他告状，他又决心要解决这个事，应该让他挂帅；但他又转变了看法：张海明是"一把手"行长，事多，不能办这具体事，他提也是白搭；他又想到卫中，他是纪委书记，这事可能是"社保案件"，从法律角度看，应当由他去抓。他又转念一想，这事又不是干部违法乱纪的事，让卫中抓，不太适当；这时他忽然想到杨文图——趁他不在场，去总行开会之机，建议由他抓，他说："我看这事，属于历史遗留问题，是侵犯员工利益的事，杨副行长兼工会主席，职责是维护员工利益的，他抓这事最合适。"

陆富达的金蝉脱壳之术，明眼人一看便知。但张海明说："按理说，你老陆应该抓。解铃还须系铃人。这事你经手办的，又知情。"

张海明的话不软不硬。

但陆富达应变"理由"脱口而出："我，我应该抓，但我这人脾气不好，到社保上次和人家吵一架，我不好意思和这些人交涉了，弄不好就砸了。"

周海军也寻思半天，也想脱离干系不管，他说："这事属维权，交工会正合适。工会事也不多，杨行长又是老人，也知情。"

姜远泽听了不舒服，杨主席不在之时，把"擦屁股"的事推给人家，有点不近人情。他说："我们工会要维权，首先咱们得讲理，你们人事处弄出毛病来，让我们工会吃药？没这个道理！"

周海军尴尬地笑了笑，说："我只是个想法，行不行张行长决定。"

张海明心中已有数，他和卫中谈过。按理说陆富达应抓这事，但就是让他抓，肯定不会出力；如果弄砸了，再让别人去抓更麻烦。所以不能让他去。让杨文图去抓呢，他和陆富达有矛盾，陆富达办的窝囊事，杨文图肯定不愿意去收拾。如果让其他的副行长去抓这事，人家也不干。先前和卫中商议时，卫中想揽过去。但张海明不想让他去，因为他刚来不久，和各单位也不熟悉，把这棘手事交给他，确实不合理。再三考虑后，他决定亲自出马！他说：

"这样吧，让你们谁抓这事都为难，我去抓。这期间，你们分管的工作各自去抓好，没有特殊重要事情，我不过问，你们也别老请示我，让我集中精力解决这个事。"

于是张海明又点了几个人为小组成员，有：工会副主席姜远泽，法规处黄处长，监察室贝主任，人事处宁副处长，老干部代表闫明。

张海明又交代说："姜远泽为副组长，这事他多抓些，需要我出面时告诉我，专门小组办公室设在姜副主席办公室。"

张海明还交代："宁副处长给社保局写个报告，以老干部申诉信为主体，再补充一些理由，以国兴银行名义写，姜副主席你先过目，之后再交给我。"

张海明抽时间到老同学——政法委苏书记那里拜访。问他和省劳动保障厅厅长熟悉不。苏书记说马厅长是刚从下边一个市副市长调任的，并说不太熟。他问张海明什么事。张海明说国兴银行员工补缴保费的事，他要亲自与社保部门交涉。苏书记又听了详细情况介绍，他说："因为国营企业转民营，许多工人下岗。现在告状、上访、静坐的事不断，省委、省府门口经常被一些人围堵，有一次一群人冲击省政府大院，到食堂把午饭一扫而光。"

苏书记也认为社保部门这事属于违规行为。如果真的挪用几千万社保费，那性质就严重了，但他让张海明先按程序交涉解决，避免群体闹事，尽量内部解决；他又告诉说，中央一再强调社会要稳定和谐，出事要追究"一把手"的责任。他让张海明亲自抓好这事。

　　张海明不客气地说："老同学，到时候遇到阻力，你得帮忙啊。我是'强龙压不过地头蛇'，现在和以前不一样，市场经济以后，有些事要靠'关系'办，我们虽然有理，也得办事顺利啊。"

　　"行，只要我能做到的一定尽力。何况你办的又是公事。"

　　张海明和苏书记说笑聊了一阵子。

第十五章　游行请愿

　　第二天，张海明就带领人来到省社保厅了，事前，马厅长已接苏书记的电话，说了国兴银行张海明行长来找他有事，所以他一见到张海明就很热情。

　　马厅长听了张海明的来意，又看了国兴银行的"申诉报告"，说："我也是新来的，和你脚前脚后，我不了解这个事，我得问一下，社保局王局长是副厅长兼社保局长，他平时在那边办公。这样吧，我给他打个电话，你们直接去找王局长，他是'老社保'，肯定知道你们的这个事，这样能好办些。"

　　"可以。"

　　张海明一行告辞，马厅长很客气地送到电梯口。

　　社保局局长叫王玉青，他接到马厅长电话说张行长来找他，他居然躲出去了。办公室主任说刚出去，不知道去哪了，打电话又关机。

　　张海明感到困惑，他是不是有意躲避这件事？姜远泽和办公室主任预约个时间，说张行长再来，主任说可以。

　　第二天，姜远泽问主任，主任客气地说王局长没有时间。

　　第三天，也说没有时间。后来一连几天没有回音。

　　张海明让姜远泽每天去社保局堵他，也没见到他一面，一个星期就这样白白过去了。

姜远泽从主任那儿要王局长手机号，不给。张海明打电话给马厅长，说了此事，马厅长也无奈地说："他的行踪我也不知道。"

不过马厅长透露说："他闹情绪呢，他副厅长兼局长当了好几年了，这次我来了，他没当上厅长不满意，对我也不理。另外，社保局那边，他也不太管事，你找副局长李大同吧，他是'二把手'。"

"他副职能说了算吗？"

"起码他能把你们的情况向局长汇报嘛。"

"那麻烦你，给李副局长打个电话说明一下。"

"好好。我会打电话的。"

张海明带一行人去了社保局，李副局长极不情愿地接待了张行长一行。

张海明客气地说：

"李局长，初次见面，打扰你了，以后可能会继续麻烦你。我们国兴银行补缴个人保费的事，你知道吧？"

"知道。"

李副局长说。

"这件事，我行员工特别是退休员工反响很大，也找你们社保局几次，但至今没解决。我们想解决这件事，给员工一个交代。"

李局长听了张海明所谈的内容，就推托说：

"这事有两年多了，我知道一些。但我说了不算，我得请示王局长。"

李大同是真说了不算，还是怕麻烦推诿，不得而知。但张海明继续和他交涉：

"李局长，咱们当领导的都是为企业员工办事的，我为全行一万多员工服务，你为全省几百万企业离退休人员服务。我们有共同职责。我们这个事找你们社保局，既符合法律规定，又是按程序办事，这几千人没有上街，也没有到省委请愿，我们还是争取两个单位协商解决。"

李局长进一步解释说：

"这事我理解你们的心情。我只是个副局长，我按正常分工去做工作；你们这么大一件事，又是遗留问题，我真的管不了，我得向王局长汇报。"

张海明一看李副局长是个实在人，又很为难的样子，说："可以。请你把这'申诉报告'一定拿给王局长看。这事涉及我们全行几千人的利益，这些人都眼巴巴地等着呢，请他最好和我们面谈一下。"

李局长爽朗地说：

"可以转告。"

张海明一行回分行的路上，宁副处长说：

"李副局长人挺好的，就是工作保守，什么事都请示局长。"

张海明也理解，副职嘛，这么大的事，当然"一把手"局长说了算。如果"一把手"专权的话，副手永远说了不算。这是我们中国政治体制中的一大特色，也是一大优势。

姜远泽第二天给李副局长打电话，对方说没见到王局长上班。

第三天姜远泽又打，对方说"申诉报告"转给他了，但他没说什么。李局长悄悄告诉姜远泽，王局长来了，让张行长马上过来，能堵住他。

张海明以部队急行军的速度赶到社保局，但被保安拦住了，说得通报局长。王玉青无处可躲，无可奈何地接待了张海明一行。

张海明说明来意后，王玉青说：

"这事我知道，李副局长又把你们的报告给我看了，你们反映的事不好办。这么大的事，我得请示厅长。你们国兴银行补缴保费，是厅里批的，不让补缴个人保费，也是厅里定的。我们社保局是执行单位。"

"我知道你们局和厅里的隶属关系，但我们行这个问题，得和你社保局打交道，至于请示厅里，是你们解决问题的程序。"

张海明和王玉青交涉着，有点越谈越僵的趋势。这时宁副处长给姜远泽使了一个眼神，他俩出去，宁对姜说："王玉青这人嗜酒，喜欢酒桌上谈事，你和张行长说说，请他吃饭。"

进屋以后，宁副处长和王局长说些话——因为两人工作关系熟悉。姜远泽把张海明叫出办公室，说了宁副处长告诉他的"信息"，建议张行长请他吃饭，张海明一看手机，也快十一点了，说：

"可以。"

回到屋里。张海明又聊聊题外话，缓和一下紧张气氛，然后说：

"王局长，初次见面，我又新来庆都，我想咱们一块吃个饭吧。"

王玉青看看表，稍微有点迟疑，便说：

"饭不吃了吧，以后有时间我请你们。"

"到饭点了，反正在哪儿都吃饭。我们还可以再聊聊。"张海明一再恳请，王玉青笑了，说：

"也行。但可要随便一些，不要铺张啊？"

这是王玉青的口头语，谁请他吃饭，他答应后，都嘱托人家这句话，让请客的人反意理解。

动身时，张海明让姜远泽和宁副处长搭车先去香格里拉安排包房。他等王玉青收拾完桌上的东西后一起走。王玉青让李副局长和张海明先走，他说稍后过去。

张海明和李副局长他们落座后，菜也点了，王玉青还没到，李副局长打手机问他什么时候到，他说马上就到。大家眼巴巴看着菜上齐了，热乎乎地散发着香味。张海明看看手机，都过了半小时了，急得他又问李副局长：

"王局长不会有啥变故吧？"

"不会，他会来的。"

李副局长心中有数，王玉青有这个"派头"，谁请他办事，他非拖你几天不见，让你急得团团转；谁请他喝酒，他都晚到，让你等得心急火燎，他不着急，而是姗姗来迟。这次也不例外。

正好迟到半小时，王玉青夹个包进来了，他向大家摆摆手，笑呵呵地道歉说：

"让大家久等了，不好意思！"

然后编个理由，说：

"省长有个电话，说了半天，我又不能挂断……"

他坐下以后，从包里拿出自己的专用银杯，叫来服务员给续上水，他又掏出香烟，放在桌上。张海明把在酒店拿来的烟递给王玉青，说："王局长，抽这个。"

王玉青扫一眼，是硬盒中华，没接。他抽的是软包中华。

他又看一眼满桌佳肴和五粮液酒，兴奋地说：

"张行长，这么破费，不好意思了。"

张海明说："和王局长初次相见，总得有点含金量啊！"

"你看，还是银行行长，说话不离'金'字。"

大家笑。

"来，我先自罚一杯。"

王玉青拿起酒瓶倒一杯就干了，然后又给张海明斟满，说：

"张行长，抢你酒权了，你说祝酒词吧。"

张海明面对这位局长，有点摸不到头脑！初次见面，就如此随便。但又一想，也好，豪爽之人，说不定好说话，也好办事。

张海明敬酒时说："两位局长，能给面子，一起相聚小饮，我表示感谢！我们国兴银行的社保工作这么多年，得感谢两位局长的关照！虽然还遗留点问题，相信我们会协商解决的，让我们共同努力。"

张海明起身与两位局长碰杯。

两位局长也干了，其他人也跟着干杯。王玉青说：

"张行长，咱们今天酒桌上只喝酒，不谈工作，这工作上的事，一谈起来影响食欲，吃菜不香，喝酒没味。"

他又端起杯，说：

"我敬张行长一杯。烟搭桥，酒铺路，有这五粮液铺路，就是我们人生的金光大道。"

王局长说完一口喝下去，他叫服务员拿来个大茶杯，他倒满小杯酒又倒在茶杯里说：

"这杯酒是为咱国兴银行和社保局战略伙伴关系干杯。"

他又倒满一小杯倒进茶杯里，说：

"这杯酒为咱们共和国华诞干杯。"

……

他端起一大茶杯酒,然后一口喝完,又把杯倒过来停在空中,以示喝得滴酒不剩。这举动令大家惊讶,好像都被镇住了,谁也不敢端杯喝,只是愣愣地看神采奕奕的王玉青。

"哎,你们得喝呀!你们谁不喝,就是不想'战略伙伴关系',不为国庆祝贺,不同意改革开放,再说,你们是不是看不起我王玉青啊?"

王玉青这么一将,又言语中很"政治",谁能不喝呢?但像他那样三杯酒倒在一起喝,谁也受不了,大家都在为难,不敢端杯。张海明说:"王局长真是海量啊!这样吧,我们都不胜酒力,我们出一个代表喝三杯,其他人都喝一杯吧。"

王玉青寻思一下,说:

"行长求情了,行吧。"

这时张海明让姜远泽作为代表喝三杯,其他人每人喝一杯。尽管如此,张海明脸也发红,心里火烧似的。姜远泽看到张海明喝多了,说:

"张行长,你别喝了。"

王玉青真是海量,喝那么多,脸不变色嘴不拐弯,他看看张海明通红的脸,笑了,说:

"喝酒脸红,说明张行长有血有肉,有情有义,一定能为员工办好事。你看我,越喝脸越白,有人说我越喝越像奸臣。"

大家乐。

"他们净胡扯,脸白像秦桧,那脸黑还像包公呢!"

王玉青把大家又说得哈哈大笑,他又说:

"我这人有酒量,但工作不胜任啊!"

大概想到没当上"一把手"厅长,还像演员似的流下几滴眼泪。看来王玉青有些醉意了。

李副局长紧挨张海明的座位,侧身对他说:

"王局长一喝就多,你们别敬他酒了。"

王玉青看李大同对张海明说什么，就对他说：

"老李啊，你没敬酒呢，咱们初次和张行长相见，你得有点意思啊！"

李大同敬完酒后，王玉青对他说：

"老李啊，国兴银行的事你看着办。人家张行长好菜好酒地招待，咱一定办！张行长，你不用亲自来，你是'一把手'，事那么多，派人来就行了，让周处长——哎，周海军这小子咋没来呀？"

"他有事，我来了。"

宁副处长说。

"你来喝酒行，但你来办事不行，你一个副处长不对等。"

王玉青说完哈哈大笑，对李大同说："老李，是不？你正处级，起码他得来正处长啊！"

说得宁副处长不好意思。

王玉青真喝多了，喧宾夺主没完没了地说。

张海明一看这样的场面，尽管王玉青让李大同办这事，又信誓旦旦要办好，但张海明明白：这都是酒后的话。张海明让大家多吃菜，又给王玉青夹龙虾、海参。王玉青也不动筷子，眼睛又瞄那酒瓶子，拿起来，摇晃一下，说：

"这没酒了，服务员，把那瓶再打开。"

张海明想制止，但没有；他示意李副局长。李副局长说："王局长，少喝点，你有点多了。"

"什么？我多了？告诉你老李，再来一瓶！酒这玩意儿，它欺软怕硬，你越老实地不吱声，喝点就醉。"

他又自满一杯，端起来，手指着那酒说：

"这酒是什么？酒是水的外表，火的内涵，感情的纽带，胆量的源泉！"

说得大家直笑。

他又一饮而尽，说：

"喝！"

他看大家都只喝一小口，没干，说：

"你们谁干不了，给我——我替你们干！"

他正要拿别人杯时，这时大家斗胆干了，连张海明也干了。

"对了，干了就好！"

王玉青又说上了：

"喝了这酒，能激情燃烧，能增进感情，咱中国有句成语，叫'通情达理'，张行长，你们要办这事，得先培养感情，没有感情，你再有理也办不成！老李是不？"

李大同笑了一下，没吱声。

这时张海明让服务员上主食。说：

"大家吃点饭吧。"

"张行长，没酒了？"

王玉青又将上了：

"不能吧！银行钱多的是，几瓶酒还买得起吧！"

张海明笑了：

"王局长，酒我们带好几瓶呢。我们可以边吃边喝，光喝酒不吃饭，醉得快，对身体也不好。"

"哦，原来张行长会保健啊！"王玉青说，"行，先吃点。"

这时，王玉青让服务员给每人倒一杯。他提议：

"这杯酒，是第一次喝酒的干一杯，这叫见面酒。"

王玉青说完一口干了。他吧嗒吧嗒嘴，问：

"这谁给我倒的水？不算数！服务员给我倒酒。"

服务员认识王玉青，不知在这儿吃多少次饭了，在倒酒时，服务员怕王局长再喝就醉了，就偷偷给他换上杯水，可王玉青"酒风"太正，居然品出来了，补上一杯酒！令大家既钦佩他的真诚，又可笑他的傻劲儿。

这时，李大同又向张海明耳语：

"王局长实在喝多了，到此为止吧。"

"王局长，今天喝到这儿，改日再聚，行吧？"

王玉青知道自己已经喝"到位"了，就顺着张海明的话说：

"你、你说行就行，你请客，你、你说了算。"

王玉青起身要走，李局长说：

"这包，还有衣服。"

"我、我上厕所。"

王玉青摇摇晃晃地走了，李局长赶紧扶他去了卫生间。

姜远泽说：

"张行长，你看这酒桌上什么也没谈，这酒白喝了。"宁副处长了解王玉青的工作方式，解释说：

"就是谈事，也是酒后说话不算数。"

闫明说：

"今天也行，认识了，培养了感情。"

这时两位局长回来了，稍坐一会儿。张海明说："二位局长，让我的车送你们回去。"

张海明起身与他俩握手告别。

王玉青豪爽地说：

"张行长，跟我走，我请你们放松放松。"

张海明知道酒后"放松"，就是去洗浴中心，连忙说："我还有事，就不去了！"

王玉青连车都上不去了，宁副处长把他扶上车，并送他和李副局长回家，他在车里还喊道："张行长，我、我们改天再、再喝，再好好喝……"

车走了，也把王玉青的声音带走了。

第二天上班，姜远泽和宁副处长找张行长，问怎么办。张海明让他俩勤联系盯紧点，抓住王玉青在局里时赶过去。

张海明问：

"这王局长咋样？是不是办事的人？看他喝酒，感到有点像江湖式人物。"

宁副处长了解王玉青，他是农民出身，从农村干部调上来的。这人能力不行，就会投机取巧。他的官据说都是花钱买来的，升到社保厅副厅长还不满足，想当厅长。当不上就闹情绪；他又是酒鬼，因为喝酒经常误事，主管副省长想把他撤掉，他吓得赶忙上下活动，找人说情又送礼，才保住了位子，但没让他当正厅。

"这样的人怎么让他管社保呢？"

张海明不解。

宁副处长说：

"省社保局是个落后单位，出了不少问题，还有案件，但后来都用钱把关系摆平了。"

"看来，我们和这样的人办事，得有艰苦的思想准备。你们先联系，到时候告诉我。"

张海明心想，和这样的人打交道，级别低了他会不理睬的。

过了两天，正直的李副局长来电话，说王局长过来了，正在办公室，让张行长快来。

宁副处长如获至宝似的来告诉张海明。张海明带人火速赶了过去。

张海明到王玉青办公室时，王说那次他酒喝多了，好多事都记不起来了，他问：

"是不是你们请的，在哪个酒店来着？"

宁副处长说：

"在香格里拉。"

"哎呀，这么高档的大酒店，张行长，白瞎了，这么好的酒菜回去都吐了！"

王玉青扯了一些酒的事，让张海明等得不耐烦。

"王局长，上次我给你的申诉报告你看了吧？"

"啊，我看了。但我记不住了。你们先说说吧。"

他在桌子上凌乱不堪的材料、文件、报刊堆里找那份材料，但没找到。宁副处长把自己的那份"报告"递给了他。这时他又忽然想起把李副局长和办公室主任、管银行的处长叫来，一起听听情况。

张海明让老干部代表闫明先介绍一下情况及他们的申诉意

见，……听完情况后，张海明又说：

"王局长，这个事涉及巨额资金，又涉及三千多员工的利益问题，这事时间拖得太长了，我们国兴银行也有责任，我们没有抓紧，工作中有失误。但社保局是职能和权力部门，解决这个问题，得和你们商议，'解铃还得系铃人'嘛！"

王玉青说：

"你们补缴的是单位保费，不是个人保费。"

社保处王处长补充说：

"后来我们罚你们缴滞纳金一千八百万，你们害怕了，才补缴六千万，分三次才缴齐。"

"单位补缴保费，按规定员工个人同时应补缴。我们当时写过两个报告，又来人和你们交涉，但你们都不给办，说厅里领导不同意。我们认为，不管哪级领导，都得按文件办事，依法行政，我们交涉过几次，可你们都没拿出个人不准补缴保费的文件。我们认为这是'长官意志'，你看这文件规定的。"

闫明说到此，又拿出省政府 2012 年 28 号文件。说：

"这条明文规定……"

闫明说得社保局的人一时无言反驳。

王玉青要过闫明的文件复印件，看了看，不知是真是假地问："我好像没见过这个文件。"

李副局长心中有数，他都看过，并呈王玉青阅。但此时的王玉青像外交谈判似的装作"不知道"。李副局长也不好再说什么。

王处长知道社保局在此事上理亏，就打圆场说："这事，如果按文件规定，也得有社保厅领导批。我好像知道，厅里没批似的。"

"对，对！"

王玉青这时好像清醒了似的，说："当时我和厅长请示过，厅长说，员工个人就不要补缴了。所以我们社保局按厅长批示办的。"

厅长退休了，王玉青把事推到老厅长身上，也许另有用意。

"不管哪个领导批的，但我们两次打报告给你们社保局，你们社保局应该有过回函批文，我们从来没接到这样的批文呀！"

姜远泽说。

"我记得是口头答应你们的。"

王局长又说。

"口头不算证据，就是说口头答应，也得有文件依据呀。"闫明直接发问。

王玉青又把责任推到社保厅稽核处那里，说："这厅里稽核处怎么搞的，咋不给报告呢？"

他又指示王处长："老王，你负责查查这事。"

王处长心知肚明：王局长这完全是戏弄银行。

王玉青想推卸责任，问：

"那你们当时为什么不提出来呢？"

"这事，我们有'内鬼'，但现在要纠正。"

闫明很直率，说话不留余地。

王玉青看到这事越说越于社保局不利，就想找借口打住，采取脱身之术，便说：

"张行长，我看咱们各说各的理，也解决不了，关于稽核时间问题，我们得到厅稽核处查查；关于补缴单位保费能不能补缴个人保费问题，是厅长批的，要找也得找他老厅长，我看今天就到这吧。"

"下次什么时间再商议，王局长？"

张海明问。

"你们等通知吧。"

王玉青说完起身，示意送客。

张海明带人走了，无奈地走了。

社保局迟迟没信。张海明让宁副处长天天去电话问，对方总是说"听通知"，张海明实在等不了了，他让宁副处长、姜远泽和闫明三个人每天蹲在社保局，去堵王玉青。

他们蹲了三天，终于堵住了王玉青，他们三人跟进了他办公室，又打电话告诉了张海明。张海明马上赶到。尽管王玉青不高兴，说还要出去开会等等借口，但张海明死死地缠住了他。

"王局长，你也别回避，事情迟早要解决的，越早点解决越好。"

张海明好说歹说把王玉青稳住。

张海明说："王局长，这事我们双方都有责任，但现在不是追究责任的时候，我们得解决问题，我们双方共同努力，把这个问题处理好。"

"我们也想解决。但这问题涉及老厅长，还有其他人，复杂啊！要不你们去找老厅长，看他什么态度？"

"厅长是你们社保的，要找你们找，我们怎么找？"

闫明说。

"我看我们在职的，不要打扰离退休领导了。你们各级领导都在，都在这个职责范围内，完全可以解决。"

姜远泽说。

"你们社保部门是为企业员工服务的，出点差错，可以理解；但出了问题不解决，那就令我们费解了。"

监察室贝主任说。

王玉青一看匡兴银行的人在一个接一个地说，社保局的人一个个都无力反驳。他带气地说：

"王处长，银行这块你管，你说说啥意见。"

王处长被点名表态，为难似的不知说啥好，他不知王局长什么态度。所以他问一句：

"你们补缴个人保费，每个人也摊不上多点。再说了，你们是补缴了六千多万，但要扣滞纳金一千八百万，还剩多少？"

张海明说："王处长，你是具体管我们银行这块的，我们补缴保费，费了好大的劲，才和总行要来了六千万，给你们如数缴上了；这也是对你们社保工作的支持；作为亏损行，按文件意见，我们可以减免单位保费，但我们全补缴了；你们也知道，单位保费是根据个人保费欠的部分——我们一共欠三亿多，按百分之二十缴单位保费，补交六千万，目的是提高员工退休养老金，如果这个目标不实现，从文件规定来说，是违背'同进同出'方针原则的。从员工利益来说，是被无辜侵犯的，社会上都传说金融行业是高薪阶层，实际上基层员工挣的比你们还少，退休养老金更少，就是这么点养老的钱，还被侵犯，这是绝对不能容忍的！"

张海明说得入情入理，但社保这些人还是百般抵赖。王玉青说："张行长，你为你们三千多员工利益着想，我们社保主管几百万职工，我也得考虑这个大局啊！"

"我不管什么大局，咱们都得按文件办事，违背文件规定，就是违法、违规！"

闫明不管这些，该说啥就说。

"我们违法？"

王玉青突然变了脸色，他像点燃了火药桶，声音提高了八度，怒气冲冲地说："我们违法，你们告我们！按文件规定，你们拖欠保费那么长时间，你们一千八百万元滞纳金要缴上！"

"滞纳金你罚也行，但批准权在社保厅，厅里也没有给我们下达文件，只是口头说说。"

闫明看过许多文件，掌握社保的具体规定。

"我是社保厅副厅长兼社保局长，可以批准处罚你们交滞纳金！"

"王局长，咱们平静下来，你消消火。总体来说，我们两家是'战略伙伴关系'，既要按文件规定办事，也要讲友情，员工社保还归你们管，以后还得打交道，来日方长，我看我们还是别伤和气为好。"

"张行长，你有修养，你看你手下这些人，一个个都冲我来。"

"他们和你不一样，都对这个事挺焦急，你当局长的，包容一些吧。"

张海明这一番话，让王玉青平静了，他寻思一会儿，平和地说：

"这样吧，咱们都先冷静冷静，你们提出的这事，我们还得请示厅里，我们社保局再研究研究，你们听信吧。"

"研究研究。"

这是某些领导一种推诿的工作做法，多少该办的事不及时办；多少能明确答复的事不给答复；多少该解决的问题不给及时解决，而是在"研究研究"的托辞下，成为历史遗留问题，成为老百姓可盼不可及的心病！

张海明深知这些流行的通病，他也明白"你们听信"的背后原因和伎俩，说不定时间无限长……因此他说："王局长，抓紧些。我们这些员工等待时间太长了，前几次找你们社保，保安不让见你们局长，都吵起来了；向你们信访办反映，也不给回信；让他们转交给你们局长的申诉材料，也给压下不转，这些人对你们失去了信心。如果这个问题解决不了，他们就要组织人到省委请愿去。那时候我们都没法收场啊！对社保局和我们国兴银行影响可就大了。"

王玉青笑了一下，说："不会发展到这种地步的，不会的。"

"好，借你吉言！"

张海明起身、握手，离开了社保局。

回银行的车上，张海明让姜远泽和宁副处长勤盯着点，不能傻等着。他感慨说：

"这些人不会主动和我们联系的。"

以后，张海明几乎每天都问姜远泽，有没有信。"没有"，"没有"。……一连七天都没有。

"你催催他们，不能光问。"

张海明有点按捺不住火气，等不得了，也坐不住了。他带姜、杨、宁到社保厅去了。他让马厅长过问此事。马厅长新官上任，办事谨慎，本来王玉青没当上"一把手"，对马厅长就有一肚子气，所以马厅长对王玉青有点"惧"，但碍于苏书记打招呼，张行长又亲自找他，就说："张行长，这事社保局如果请示厅里，我一定支持解决。"

张海明理解马厅长的处境，不再为难他了。

马厅长雷厉风行，还真给王玉青打电话，问了国兴银行的事。问他："有没有需要厅里定的事？"

事后，王玉青不高兴，说张海明没瞧得上他。他当着李大同的面抒发不满，说："他张行长拐个弯干啥？到头来还得找我！"

又过了几天，姜、宁去社保局问"研究"结果，李大同接待的，说"没同意"，问什么原因，李大同说王玉青不敢打扰老厅长，他重病住院了；说社保局"定不了"。

张海明听到姜、宁汇报，很气愤：

"这些官僚们！"

闫明知道了社保局不给办理，也火了，他们几个代表商量，发动和组织省城的国兴银行退休干部（也有部分即将退休的在职干部）三百多人联名上诉到省信访办，又到省委大门前游行请愿。他们在路上，列队齐整，打着大标语，喊着口号：

"社保局不作为！"

"社保局挪用保费！"

"社保局违法操作！"

"强烈要求社保局给国兴银行员工补缴保费！"

……沿街好多人围观，后来也有记者摄像、采访，当队伍走到社保局大门口时，停了下来，喊起了口号，保安一看人多没敢制止，当时王玉青报的警，做了劝说工作，没效果。

……省政法委苏书记给张海明打来电话，问怎么回事，此时张海明不知道闫明组织人上街。苏书记要求他赶快把人动员回去，不然出事他要负责的。

张海明带着杨文图、卫中等人赶到现场。张海明把正在领头喊口号的闫明拉到一边，问：

"谁让你们这么做的？"

"他们不同意协商解决。我们就只好这样做。张行长，这没你的事，出什么事我负责，你们回去吧。"

张海明站在门口台阶上，对大家说：

"同志们，我们行领导正在和社保局交涉，虽然有困难，但我们一定要解决，你们这么多人上街游行，不利于问题的解决，请你们马上回去！"

杨文图也喊道：

"同志们，张行长很重视你们提出来的问题，省分行专门成立了小组，张行长亲自任组长，这些天他一直跑社保局、社保厅，和他们协商，你们要相信省分行，相信张行长，问题会解决的。你们马上回去，老闫，你带大家回去！"

闫明相信张、文二人的话，他高声喊道：

"同志们，我们相信行领导，相信张行长，马上回去。走前把地上的垃圾都收拾干净。"

这些人一齐把地上的破碎标语、垃圾袋等都收拾起来，然后列队返回，途中又把标语都卷了起来。

这些人走后，张海明、杨文图和卫中留下来，准备上楼找王玉青。但保安不让进。杨文图上前解释：

"我们找你们王局长有事。"

保安挡着还是不让进。杨文图让保安给王局长打电话，保安说王局长不在。正在和保安争吵时，王玉青下楼了，他看聚集的人走了，想离开局里，躲一躲，没想到碰上了张海明，被碰个正着。张海明说：

"王局长，正好找你呢！"

"哎呀，我得去省里开会。"

"我们一会儿就讲完。"

张海明硬是把王玉青逼到他办公室去了。

王玉青没有上次的热情，一点客气话没有，一进办公室门就埋怨：

"哎呀，张行长，你们的人真厉害呀，兴师动众在我们大楼前闹，这社会影响多不好啊！"

王玉青点根烟，猛吸几口，说：

"张行长，你们这样干，这问题可不好解决啊！"

张海明说：

"王局长请息怒。这事我们行领导不知道。老干部听说社保局不同意解决，都很气愤，他们就自发地组织起来上街了。但他们还是听话的，我们一来就劝回去了。"

王玉青看看表，说："我得开会去了。"

就走了。也没对张海明说任何客气话。

张海明又找到社保厅。马厅长的表情很严肃，问：

"张行长，你们那么多人到省委请愿，又围堵社保局，这样做不好吧？"

张海明作了解释，说：

"这些老干部对社保局不给解决问题不满，就组织人上街了，我们都不知道。"

"张行长，你们这么一闹，我可来麻烦了。刚才，省委孙书记来电话，让我和王局长去汇报这个事，你说我有嘴也说不清呀。好了，我得走了，不好意思。"

看来王玉青和马厅长开会是真事：省里找他们"是问"。张海明心里高兴，这样，省领导知道这件事，也许解决的转机来了。

苏书记也参加了孙书记召集的社保厅、局长汇报会。他对张海明说，孙书记听了社保局局长汇报起因后，对社保局工作很不满，他说告社保局的信不少，去年又有企业工人围堵社保局，今年又出现银行员工聚众围堵，孙书记要求社保厅、局坐下来整顿：检查工作中的问题；解决群众上访、上告的问题，并要求向省委、省政府汇报。苏书记还告诉张海明，孙书记气得要罢王玉青的官，质问他：

"你这些问题如果再解决不了，还有告你们的信；还有聚众游行、请愿的；你这局长就别当了！"

王玉青吓得直冒汗。苏书记又说：

"老同学啊，这次你们聚众上街，是因祸得福，可能是件好事。"

张海明很高兴，心里夸老闫的功劳。他召开专题小组会议，通报苏书记传达给他的信息，并研究应变情况。张海明要求大家一定要统一思想，一切按行党委的要求行事。他特别让闫明组织好老干部，不能再聚众上街了；他要求姜、宁两人注意社保局的动向，有消息马上告诉他；他还布置：第一，我们要求的目标是：一、补缴三千二百人的个人保费，之后重新计算已退休人员的养老金；二、社保局向国兴银行和三千二百名员工道歉。他要求大家口径一致，不能乱提要求。他还要求大家学习有关社保文件，由姜远泽和宁副处长负责组织学习，掌握文件内容和有关条款，到时候要依法合规和他们交涉。

果然不出所料，社保局通知国兴银行，让张海明去社保厅，说有事。张海明带人立即到了社保厅。

这次马厅长和在场的王局长显得很热情，又沏茶，又递烟。马厅长首先开口：

"张行长，让你们来，是协商一下，你们提出的事怎么解决。省委孙书记很重视，要求我们一定解决好，防止发生影响安定和谐的事。我和王局长一起听听你们的意见。"

王玉青说："张行长，咱们两家由于工作关系谁也离不开谁。这件事，我们吸取教训，把问题解决好。张行长，你看你们有什么要求？"

对于两位厅局长如此态度转变，张海明说：

"厅长、局长在百忙中把我们找来解决问题，我们非常感激。我也代表省分行和三千多员工感谢两位领导。其实，这件事如果我们双方领导都重视的话，不难解决，不至于拖这么长时间。既然厅长、局长让我们提要求，我们的要求只有一点，就是给三千二百员工补缴个人保费，同时，社保局重新计算退休员工养老金。"

马厅长对王玉青说：

"王局长，你看看张行长提的要求怎样？"

王玉青从见到张海明之日起，就认为他不是等闲之辈，光从他亲自挂帅，为员工解决这个问题，又亲自到厅、局跑来跑去，足见他的领导魅力和办事执着的信念；张海明每提出一条要求，都琢磨它的法律依据，都是无可辩驳的。

王玉青说："马厅长，我看这样，我们得召集有关人员研究一下。张行长，我们定下来后再告诉你们。"

这回没说"研究研究"，只是"研究一下"；没说"你们等信吧"，而是"定下来告诉你们"。

这也许是一个作风的转变；不管是主动也好，被动也好，反正对国兴银行来讲，是件好事情。

张海明说："好。我们恭候你们的佳音。"

两天以后，社保局果然通知说他们研究完了，王局长要亲自到国兴银行拜访。张海明很意外，这王玉青态度转变如此之大，让他惊讶。他让宁副处长和姜远泽安排一下，好好接待。

王玉青是带着李副局长、王处长来的。张海明等人到银行大门口迎候，然后热情地迎到会客厅。王玉青看到桌子上摆着好几样水果和香烟，沏好的茶水，很客气地说：

"张行长，这么客气，让兄弟我过意不去呀——你到我们局里，我太不热情了……"

"不，不。"张海明接着说，"你是稀客，又是我们员工的救星。我们能怠慢吗？"

"哎呀，张行长，你可别这么说。"

王玉青不好意思地说。宁副处长给王玉青点根烟，王玉青看看放在桌上的"会议禁烟"，就掐灭了。

张海明看在眼里，笑着说：

"王局长例外，抽吧。"

"不抽了，入乡随俗。"

王玉青让王处长拿出材料，说正事。说完正事，王玉青说：

"张行长，社保局开会了，你们行提出的事，我们研究结果是：一、同意补缴个人保费，时间是从 1998 年到 2002 年；二、我们这件事有失误，损害了你们一些员工的利益，为此，我作为社保局'一把手'代表社保局向国兴银行和那些员工表示歉意。张行长，这两条都满足你们了。"

张海明带头拍手欢迎和感谢。

他又说："我们厅、局研究时，也提出一条要求：就是你们拖欠保费时的滞纳金一千八百万，当时由于你们没补缴个人保费，也就没要你们缴滞纳金，按文件规定，你们应该补缴这笔钱。"

这个问题让张海明和其他人始料不及。

张海明问宁副处长，是怎么回事。宁说：

"是有这么回事，但由于缴上了所欠保费六千万，滞纳金就免交了。"

张海明说："这样吧，王局长，我们研究一下，你们也再考虑一下，滞纳金这事都过去这么多年了，再提这事……"

王处长说：

"张行长，补缴的事与时间没什么关系，你们提出补缴个人保费，不也已经好几年了吗。"

张海明一看快到饭点了，说：

"咱们吃点饭，边吃边聊。"

王玉青客气一阵儿，还是答应了。但这次张海明没安排星级酒店，只是在行里宾馆安排，当然标准不低……

饭后，张海明让人事处查查文件，看滞纳金都有哪些内容，补缴也得缴个明白。

宁副处长知道一些，但还是认真看了文件，有补缴滞纳金的条款。但是一千八百万，不是个小数目，这笔钱从哪里出呢？张海明开行长办公会研究。有的行长对张海明跑成这件事挺欣慰的，说：

"好事要做到底。"

但就是这笔巨款没地出。参加会议的财务处汪处长说："给总行打报告要吧。"

陆富达反对，说：

"总行已经给六千万了，再提滞纳金的事，又这么多年了，肯定不给，还得挨批。"

张春耕说：

"实在不行，三千二百名员工补交保费时，每人出点，一人也就交几千块吧。"

"这可不行。"张海明又补充说，"这叫侵犯员工利益。绝对不行！"

大家你一言他一语，就是想不出好主意。这时，宁副处长说："我有个想法。社保局要咱补缴滞纳金，但还没下厅里文件，说明这里还留有活口。王玉青这人他是副厅长兼局长，我估计这事他绝对说了算，我们只要把他的工作做通了，就能免缴滞纳金。"

　　"怎么做他工作？"杨文图问。

　　宁说：

　　"反正你们行长都在这儿，用钱。"

　　"啊？这哪行？"

　　卫中对基层工作不了解，不解地说。

　　宁说：

　　"王玉青这人我了解，他和许多干部一样，有三大嗜好，贪酒、敛财、好色。只要我们送他点钱，就能免缴滞纳金。"

　　杨文图说：

　　"你有这把握？"

　　宁说：

　　"差不多吧。"

　　卫中惊讶道：

　　"那怎么行呢？这不属于行贿吗？"

　　"不行，这违法的事，咱不能干。不能学社会上的一些腐败行为。"

　　张海明又说，"我看还是求助总行吧。我这张脸豁出去了，我去总行办。"

　　杨文图说：

　　"可以。你亲自出马，总行不会责备你新来的行长。"

　　张海明办事心切，又为员工的利益着急，所以他第二天就带着报告，和财务处汪处长还有人事处宁副处长去总行了。

　　总行和一些部门的领导，一见到庆都省分行的人来都打怵：不是告状，就是有困难求助。财务部部长和张海明个人关系不错，上次他没车，一个电话就给划过来一百万。这次他听了张海明的汇报，又看了报告，还听了汪处长的具体汇报，叫苦"庆都行经费紧张"。他很同情，也很支持。但他只有五百万以下的批款权力，超过了得请示主管行长。张海明逼他说：

"你批三次不就行了吗？"

财务部部长乐了，也逗他，说：

"那我一年批一次，你们能等三年吗？"

张海明也笑了。他让部长带他去见分管行长。部长寻思一下，反正张行长来了，当面汇报，比他个人去说更好。于是答应带他去见分管行长。

分管副行长姓王，岁数大一些，张海明和他也算熟悉，一见面，王副行长很热情，问张海明去庆都分行的一些情况。张海明正好借话题说事，汇报了与社保局打官司的事，需要交人家一千八百万滞纳金。这时部长接上话：

"王行长，张行长正是为这事来的。不补交这笔钱，他三千多退休员工养老金损失很大啊！"

王副行长想起了前几年，给庆都分行三次拨款交社保费的事，说：

"不都交上了，怎么还要什么滞纳金？"

于是，宁副处长解释了这个事。王副行长一听，也很生气，但这属于庆都分行办事中的失误所造成的损失，他批评说：

"你们分行有些事真让人不理解。补缴保费，都缴齐了，又出现罚滞纳金的事，这事，我得考虑考虑，你说呢？"

他又问财务部部长。

"这事也是实际事，咱不给他钱，庆都分行上哪弄这笔钱？"

部长说话还是向着张海明。

"这笔钱有地方出吗？"

王副行长问。

"要出就得先从下年度庆都分行经费里出，今年先挂账呗。"

部长是财务方面的专家，有的是办法。

"那你们财务部商量一下办吧，不然这几千人的切身利益也是大事。"

王副行长总算同意了。张海明连声感谢。

"王行长，晚饭我请您去全聚德吃北京烤鸭吧？"

张海明说。

王副行长笑了笑，说：

"瘦驴拉硬屎，你张海明还挺要面子。要吃饭，得我们请你，你们是客人嘛！"

"王行长，我来安排吧。您要有时间就参加，没时间，我们财务部的人代表您招待张行长。"

"行，这样办吧。"

王副行长又说：

"我一会儿还得开会，就不多留你们了。"

张海明走出王副行长办公室，心情很激动，他既对王副行长同情下级行和员工利益而敬佩，又对他办事干练而佩服。

晚饭，安排在全聚德吃的北京烤鸭。没想到：到定的时间六点钟，王副行长来了，张海明上前紧紧握住王副行长的手，说：

"王行长，你来了我们很高兴。"

"你们下边行接待我们总行的人，总是很热情，鞍前马后地辛苦，一切总是想得很周到。可我们总行，有时做不到啊！"

王副行长很谦虚。

酒桌上，王副行长自己带的茅台酒，敬张海明一杯，说："海明啊，听说你到庆都行抓得不错，行里有很大起色，特别是机关精减，顶了很大压力。现在咱们国家体制改革相当难，人人都只想上而不想下，只想进不想出。你们庆都分行开了先例，我看总行、各省分行早晚都得改革，机关庞大，机构臃肿，上下班等电梯，吃饭轮班倒，人浮于事……"

王副行长很有思想，又敢于发表自己的看法，在总行一些会议上，他既敢说话，又有新的观念。这些张海明早就知道。张海明敬佩地说了王副行长这些优点和为人，但王副行长很谦虚，总是说：

"不行，这样我还跟不上形势呢！快了，我也快退了。和你们下边行的人打交道的时间不多了。"

张海明很热心地说：

"王行长，您退了以后，想到庆都住，我一定给您安排好！"

"庆都是好地方啊，青山绿水，冬暖夏雾。"

……

酒桌上轻松愉快，张海明办成了大事，特别高兴，没少敬酒感谢总行领导，连几个处长也都开怀畅饮，会计处汪处长和总行财务部部长相当熟，一边喝一边说笑。

快吃完时，张海明示意让汪处长买单，财务部部长看出来了，说："不用，我把卡都押在那了。"

部长早已考虑好了，他怕庆都分行偷偷去结账。

在回来的飞机上，张海明对几个处长说：

"你们看见了吧，总行不是像人们说的'衙门'一样，脸难看、事难办的样子。以后市县支行到省分行来办事，包括吃住，都要安排好，上级行不只是个领导机关，也是服务机关，为全行服务的。"

张海明因为办事顺利很兴奋，也有点酒后话多的因素。

杨文图在家焦急地等待张海明在总行要钱的结果。

当他知道总行答应给钱时，非常高兴。在此前，张海明走了之后，杨文图和姜远泽私下商议，准备从工会经费中拿出六万元钱，让姜远泽去疏通王玉青，免缴滞纳金。但总行钱要来了，他告诉了姜远泽，姜远泽又告诉了闫明。闫明又高兴地采取了一个意外的举动……

张海明三人一出检票口，发现国兴银行的几十名老干部在列队迎候他们，还找来了在家休班的几名年轻女员工向他们献了鲜花。闫明上前紧握张海明的手，告诉他说，这些老干部知道张行长从总行要来钱后都非常高兴，非要到机场迎候。张海明想批评闫明的这种做法，但他也感动得无法开口，只是说：

"谢谢！以后不要这样。"

张海明和老干部一一握手，场面热闹非凡，吸引了许多人围观。

钱要来以后，张海明带人去了社保局，告诉王玉青一千八百万马上汇到社保账户。并和他们研究三千二百人补缴保费问题。宁副处长提出到厅稽核处查阅当年稽核资料，找出这三千二百人的档案，和所欠保费金额。王玉青这次挺配合，找人带宁副处长等人去厅稽核处查阅。足足查了三天。

办理补缴这三千二百人的保费，进入个人账户，要做大量、细致的工作。张海明让人事处从下边支行抽调人员，授权他们需要多少人抽调多少人。闫明也到人事处找主持工作的宁副处长，主动请缨，如果人手不够，可以找些县、市分行会计部门的退休老干部帮忙，但宁副处长谢绝了。

姜远泽也帮助宁副处长协调三十多人分三班倒，昼夜工作，整整忙了一个星期，把三千二百人的档案整理完毕。然后，他们又拿着这些材料到社保局商议——取得他们认可，并输入社保局电脑里，和装入退休干部档案中。这些工作又涉及社保局一些部门和人员。为了表示感谢，姜远泽和宁副处长请示张海明同意，给社保局这些人买点纪念品，最后又安排一次宴请，包括两位厅局长、副局长。张海明也参加了，席间两单位领导谈笑风生，热热闹闹。王玉青在酒桌上表态说：

"今后，国兴银行的事，我们社保局一定会办好！"

张海明在表示感谢之后，也说：

"国兴银行也要为社保局服务好！"

之后，张海明对王玉青说：

"王局长，如果你们社保资金存到我们国兴银行来，我们一定竭诚服务，保证让你们满意，如果你们社保资金一时困难，我们还可以贷款或借款。"

王玉青没想到张海明会提出这样的问题，又是那样诚恳、热切，但他也知道现在银行都想拉存款，社保资金是一块肥肉，几家银行都想"吃"，他没拒绝，也没答复，只是说："我们可以考虑。"

老干部补上个人保费，每人只补交四五千元，而他们养老金每月可增加二百到六百不等，也就是说：用这四五千元能挣得每年三千多元的收益，如果老干部存活期按二十年计算，每人可多得六七万元！老干部高兴之余，都感激张行长，说如果没有他的重视，根本解决不了这遗留的历史问题。有些老干部为了表达感谢之情，建议每人拿出点钱，给张行长他们买点纪念品，闫明共收到五万二千多元老干部自愿捐款，征求姜远泽和宁副处长的意见，买什么东西好。张海明无意中听到这个消息，严令：

"马上把钱退回去！"

老干部们不甘心，又准备在大酒店安排酒席，又被张海明坚决谢绝！张海明把闫明叫到办公室，对他说："老闫，你对老干部们说，他们的心情可以理解，我们为退休干部和员工办点事是应该的，过去没办好，这次补办了，是挽回了损失，不值得宣扬和感谢。你一定传达我这个意思。"

闫明说："好吧，我们这些人永远不会忘记张行长的深情大义！"

第十六章　撤并网点

省分行机关精简时，毛遂自荐下基层工作的员工，大都表现良好，受到基层员工的好评。这些机关干部到基层工作，是一次锻炼机会。他们在机关时的优越感和多彩的生活环境，比之基层那种工作艰苦和偏低的收入，令人感触很深，触动很大。

这批干部中的王尧，是省分行办公室秘书，曾在省分行机关欢送下派干部大会上代表发言，要求到最艰苦的地方去，所以被分配到槐树镇办事处当主任。是庆都省最偏远县的乡镇，到省城得坐一天火车。可以说是庆都省的西北部地区，那是一片白茫茫的盐碱地，没有飞鸟和游鱼，连青草都不长，老百姓叫"不毛之地"。

槐树镇不大，稀稀拉拉的土房和石房，只有国兴银行办事处是白亮的三层小楼，像鹤立鸡群一样显眼夺目，当地人把银行办事处叫"小白楼"。这个镇内有一条细长的公路通过，两边都是小贩摆的地摊，买卖从城里贩运来的东西，也卖些当地少得可怜的土特产。国兴银行办事处就是为这些小商贩和当地百姓服务的，吸收他们少量的存款，发放一点贷款，以示支援"三农"。

王尧到这个办事处已经三个多月了，他带领十几名员工就干这些有限的存贷工作，重点是清收难以收回的逾期贷款。条件艰苦，但工作轻松。他感到有劲儿使不上，他在大会上信誓旦旦的发言，只能空有一腔热血！

同时，他也纳闷：这样的办事处为什么不撤，还新建一座小楼呢？员工们说，前几年省分行撤并基层网点时，槐树镇办事处是撤并对象，名单都报到省分行去了。但莫名其妙地又被划掉了——没撤。后来听说，总行有个副行长老家是这槐树镇的，说有一年他到庆都分行视察时还到这里看看。当地官员领导们一大帮，前呼后拥的，一是欢迎国兴银行总行领导衣锦还乡，二来借机要些贷款和优惠政策。办事处小楼前贴满了欢迎标语和国兴银行的宣传条幅，这个领导兴致勃勃，给办事处题写一个条幅："艰苦奋斗，其乐无穷"。现在还挂在三楼会议室里，又答应了当地官员的要求，给批了不少贷款指标，给这个地方带来荣耀和实惠。也因为这些，省分行研究撤并基层机构时，保留了这个网点，从"死亡名单"中划掉了，留下来这一段"佳话"。

王尧到后，把这个地方了解得很透彻，茫茫盐碱地，简直是寸草不生。当地老百姓也过够了这里的苦日子。特别是他到老百姓家走访时看到他们住的"筒子屋"，里边没有隔间，住人做饭养家畜全在一起，鸡鸭猪狗进进出出，与人同寝共生。环境惨不忍睹。

这个办事处的员工，对在这里工作没有一点信心，他们的家都搬到县城去了，老婆（丈夫）孩子在县城上班、上学，他们从县支行要一台小面包车（因是总行领导故乡，上级给拨的），上下班跑通勤。上班很清闲，整天清收欠贷款，效果甚微。吸收存款很少，又不能放贷，客户寥寥无几，营业厅冷冷清清。员工编个顺口溜：白亮三层小楼，寥寥几个员工，天天上班下班，整日无事清冷。

员工们对省分行来的王尧也不抱希望，只想让他向省分行反映：能够撤掉这个办事处。

王尧来到这里，满足了"要到最艰苦的地方"的心愿，但他是难有作为啊！心里很矛盾，嘴都起泡了，也很少回家，妻子来电话问：

"这么长时间咋不回来？"

孩子在电话里催：

"爸爸我想你，你快回来呀！"

王尧撒谎：

"这里事多，一时回不去呀！"

其实他"心事"很重，不停地在思考，怎样改变这个办事处的面貌。他和员工们正经八百地开会研究过这个问题，员工们开始时严肃，后来都笑——笑得王尧莫名其妙。

王尧问：

"你们笑啥？"

员工们说：

"王主任，这地方历朝历代都搞不好，你来了能搞好？就是行长来了也搞不好！"

此地是历朝历代极其荒凉的地方，清朝以前荒无人烟，清朝以后是犯人的流放地；民国时，国民党军队把这里当靶场；日伪时期，这里是土匪出没的地方；新中国成立后，政府尽管想方设法建设"社会主义新农村"，也搞了土壤改良，种些庄稼，也发生了些变化，但和其他农村比，还是天壤之别；所以有相当一部分人迁居他乡，改革开放以后，农民们没有任何顾及，造成大片土地荒芜，青年人干脆都出去打工了。

王尧饭后和双休日多少次来到荒郊野外，站在光秃秃的土堆上，环望远方，浮想联翩。他想写个调查报告，内容包括这里地理环境，办事处现状和员工想法，包括他自己的一些感受。他想提出能否撤掉这个办事处，因为这地方每年消耗几十万元成本，经营却继续亏损，这是客观现实。

报告写完后，他没敢报给省分行领导，他怕领导说他畏惧困难，影响不好；以后这个办事处不撤，还会落个"砍掉领导家乡地标机构"的骂名。他又想：这个报告是自己下基层后的一个成果，他的报告如果领导能采纳，就能起到为领导决策提供第一手资料的作用。后来，他反复修改，就想把报告客观、细致、全面地呈献给省分行领导。

他利用一次回家机会，忐忑不安地去见张行长。

张海明很热情地接待他，沏茶让座，亲切地问他下去以后的工作和生活情况，问得王尧顿时平静了心情，感动得心里热乎乎的。

"张行长，我已经下去三个多月了，没什么成绩，但我写了一份调查报告，请您多加指导。"

王尧把报告双手递给张海明。

又把槐树镇营业所为什么升为办事处，为什么盖小白楼，为什么在撤并机构名单上死而复生，为什么搞"人缘贷款"，等等，向张海明汇报了原因。

张海明感到很惊讶，也很感兴趣。

王尧接着又说了自己的一些想法：

"办事处员工思想不稳，成天没事干，就是在混日子，反正干多干少都一样；还有，我们经费都是县支行统管，使用的基本办公用品都得请示县支行，每个月要到县支行去报销。我想这种管理太死了，这些能不能改革一下？"

"怎么改？你说说看。"

张海明认真地听，很重视王尧提出的问题。

王尧汇报说：

"我想，让基层能不能独立核算，改按劳动量分配为按效益分配，把大核算划为小核算，这样可以提高员工的经济效益，能亲身感受到利益，自发调动员工积极性。另外，经费既要按人员数拨发也要和经营效益挂钩——经营效益好的经费增加，否则减少。"

张海明高兴地说：

"好，你的想法很好，问题有普遍性和针对性，改革理念有独特见解。省分行可以研究。"

"张行长，我还有很多想法都写在报告里了，请张行长多多指教。"

"我会认真看的。"

张海明又要求王尧说：

"小王，你既然到那里当主任了，先安心干，把员工思想工作做好，把业务方面管好，重点清查一下贷款管理方面的问题。"

王尧有些焦急地说：

"张行长，我插个话，贷款方面存在诸多问题，我去了以后，审核了全部贷款手续，有些手续不全，还有弄虚作假的，我都写在报告里了。"

"好，查得好。每笔贷款都查实到贷户，有没有逃户、死户？做好贷户、欠款、欠息等业务管理工作，尽力做好清收工作。"

张海明还对王尧说了些鼓励的话，令王尧既兴奋又感动。

送走王尧，张海明认真看了这份长达八十页的调查报告，有些东西他还记在本子上。看过之后，张海明在"报告"上批示道：

省分行各位行长、书记、主席：

　　这是机关自荐下基层干部王尧同志写的调查报告，又向我当面作了汇报，我深切感到，作为一名自愿下去的普通员工关心银行发展，思考银行改革，并提出了很有见解的意见，值得我们深思。这些年，银行的改革，都在上面来回研究，真正触及基层的少；加之我们对基层建设重视不够，对存在的问题解决不力；导致基层员工思想不稳，工作积极性不高。我们有必要对全省基层单位进行一次大调查，我们每个行领导带一个组下去（我也一样）。其重点是：①如何发挥基层员工积极性；②如何对基层单位的人、财、物进行合理分配；③如何加强基层思想政治工作和精神文明建设，包括党团建设工作；④如何搞好基层相对独立核算，把经营效益与员工收益、经费使用挂钩；⑤你们认为还有其他内容，也提出来。总之按照市场竞争原则和国兴银行的实际情况，搞好调查，多听基层员工意见，并提出你们的见解。调查之后，我们专门召开一个加强基层建设、搞活基层经营，实行相对独立核算的会议。基层搞不好，我们全行工作难以开创新局面，基层建设基础打牢了，我们国兴银行这座大厦才能坚实牢固！此见，请你们考虑。

张海明

5 月 16 日

按张海明批示要求，全行八个调查组经过一周的调研之后，张海明召集行长办公会。首先研究那些亏损严重、经营困难、存贷资源枯萎的基层单位是否撤并的问题。

这样的机构（网点）有三十个之多，行长们热议这个问题：是撤还是不撤？如果撤需总行和省银监局批准，麻烦事也很多；如果不撤——有庙就得有和尚，没事可干，还得增加费用，继续亏损。假如不撤还有什么好办法，能使这样的单位起死回生？张海明让大家充分发表看法。

陆富达说："建立一个机构相当难，现在撤了，可惜了。"

杨文图说："撤并机构只是个形式问题，实质问题是机制问题，也就是如何解决基层单位'大锅饭'问题。基层单位员工端着饭碗，等着上级行给盛饭，这叫'饭来张口'，但米怎么来的，这饭怎么做的，他们不管。如果我们把'大锅饭'取消，让他们自己'找食吃'，你看他们有没有危机感和积极性？"

张海明说："这叫'麻雀生存法则'，麻雀一年四季，特别是北方的冬季，大雪封地，它们都千方百计找食吃，饿不死。如果我们把这个'麻雀生存法则'用到基层经营机构改革上，可能有效果。"

张海明提出的"麻雀"找食吃和杨文图讲的打破"大锅饭"的话题很新奇。这时卫中也想到另一个有趣现象，孩子吃奶与断奶问题。他说："我们现在的机制还处在母亲喂养孩子阶段，即传统的经营方式，养成了员工孩子般的依赖和懒惰习惯，这种机制就加重了'母亲'的负担，所以，我们必须改革基层经营机制，让他们像麻雀一样，自己找食吃，找的多就吃得饱，找的少，或找不到就挨饿！"

"三石"激起千层浪，这时大家发言热情高涨，思路也开阔了。议论的中心是如何改革基层经营方式、分配方式。张海明认为这些问题重大，为了稳妥，他建议大家都准备一下，也通知各处室准备，然后开个更大范围的座谈会，再把二级分行行长吸收进来，讨论基层改革问题。

几天以后，国兴银行庆都省分行基层改革座谈会召开，省市分行领导和机关副处以上干部，以及部分县支行、基层单位代表参加会议，规模近百人。

会议开始，张海明说明会议主题是讨论基层改革问题，但起因是一个基层主任调查报告引起的。他说："这个'小人物'，提出了一个'大问题'，即基层如何经营、管理和分配的改革问题，他在几个月的实践调查和思考基础上所形成的万言报告，指出了制约我们基层发展的一些病症，同时提出了一些解决问题的办法。下边我们把他请出来——请王尧到前边来。"

王尧是有准备的，是张海明告诉他在会上先发言的。王尧上台给大家敬礼。张海明介绍说：

"王尧是我们省分行办公室秘书，他毛遂自荐到全省最艰苦和偏远的槐树镇办事处当主任。他用事实和心血写出的调查报告，提出一个关键词：基层改革。下面请王尧同志说说报告中的要点吧。"

小王毕竟有点紧张，在这么多领导和处长主任面前讲话，他感觉到自己是不是"班门弄斧"？但他静下心来后侃侃而谈——完全把自己的思想感情都投入到所讲的问题里边了……

王尧发言后，大家畅所欲言，他们一致认为王尧反映的问题准确、现实，带有普遍性，他所提出的想法和建议是对症下药的"方子"。

杨文图接着发言，他强烈地批评了这些年上级行忽视基层建设的做法。他说：

"我们的权力上收，经费上留，人才上调，工资奖金上边多，而我们的工作作风又高高在上。这些做法把基层都掏空了！基层要权没权，要钱没钱，要政策不给，要什么没什么。我们机关下基层走马观花，蜻蜓点水，下边的情况如水中冰山，我们视而不见，碰而不到，我们基层经费紧张到什么程度？基层主任招待上级行来人，吃顿饭都得自己掏钱，有些主任兜里揣着几千元的条子报不了。对下边卡得这样苦，他们能有积极性吗?！"

卫中说：

"我这次调查，下去一周时间，是我有生以来第一次深入最底层单位。过去我在总行，在大城市工作和生活，是高高在上，无忧无虑。这次下去一看，真是吓一跳！基层单位办公条件太差了，有的办公室墙皮渗水脱落，斑驳陆离；沙发是建行初期买的，皮革面都磨没了。办公桌椅油漆都脱落了。我看到这些，百元钱一顿饭菜都吃不下去，我想：如果用这顿饭钱，就可以把办公室的墙粉刷一新。当时我掏出二百元钱，主任推搡不要。我想：基层很穷、很苦，原因是什么？我看是多种原因造成的，改革开放以前，大家都学雷锋，有一种集体意识。现在农村都包产到户了，我们再吃'大锅饭'，就是逆流而行。因此像小王报告里提出的基层独立核算，也许会改变这种状况。"

卫中建议：一、坚决撤并那些奄奄一息的基层单位和网点；二、配备好基层单位主任；三、必须单独核算；四、经营效益与员工利益挂钩；五、组织存款、清贷并兑现奖励承诺。

市、县支行行长发言时，提出好多建设性意见，也委婉地批评上级行对基层关心不够，"改革"没有改到"正地方"——没触及基层机制问题，主要是核算和分配机制问题。有一个支行行长坦诚地说：

"过去说'劳心者治人，劳力者治于人'。真正创造财富的人少，而那些高高在上的人多。生产力与生产关系之间的关系都扭曲变形了！"

张海明认真听取大家发言，有时插话问点什么，自己先不说，怕为别人发言定下框框。他集大家之思、之议，但他早有准备，却又在脑海中翻滚着思绪，有的是他独立思考的，有的是他受大家发言启发的，有道是"英雄所见略同"。最终形成这样几条意见——张海明总结性发言：一是对基层单位进行分类（一、二、三类），鼓励一类单位，扶持二类单位，撤掉三类单位；二是对基层单位实行相对独立核算，按"阿米巴"理念，把全省一体的大核算单位化小，以县为单位核算，基层所、处相对核算；三是工资与效益挂钩，按工作效益实行利益分配，提高基层员工工资；四是组织存款、清贷与经费挂钩，每增加亿元存款下拨二百万元经费（以县支行为单位，县支行对基层单位相应兑现），每清收百万下拨十万元经费；五是加强基层党团和工会组织建设，创新思想宣传工作和精神文明建设方法。凡发生事故的单位不予评先表优。

张海明阐述上述五条改革意见后说：

"上次我们机关精减人员下派时，党委曾经有过打算，也向大家说过，机关精减之后，基层改革马上着手进行，缩小机关与基层的差距，主要是分配差距，不能让基层员工常年辛苦工作而收入减少，机关员工轻松自在而收益多。现在，这个改革来到了。"

他还特别阐述了对基层单位实行相对独立核算问题。他说："大而统的核算单位不利于调动积极性，容易出现干好干坏都一样的'大锅饭'思想，大家没有危机感，没有责任心。因为现在的经营方式和以前不一样。如果把核算单位划小，大家就能看得见、摸得着自己的劳动成果，就能激发与自己切身利益相关的工作积极性。最近我看过日本航空公司新任总裁稻盛和夫的报道。他一个六十五岁高龄的老人，被日本政府选中替换亏损严重、濒临倒闭的日航总裁。他上任后，不减人，不撤机构，而实行了'阿米巴'思维模式：化小核算单位，并与员工利益挂钩，这样使员工对工作和本单位有亲切感，有责任感，不到几年工夫就扭亏为盈，创造了经营奇迹。我相信我们核算单位到基层，必定也会发生奇迹。"

张海明说完，本来应该结束座谈会，但陆富达却说"我也说几句"。他说：

"张行长的五条意见是救活基层的灵丹妙药，符合上级精神，又有针对性，是加强基层建设、搞好基层工作的指导性方针和原则。我们大家一定好好理解和贯彻执行。"

陆富达在这样全行的大会上恭维张海明，不多见。自从上次省分行招毕业生发生问题后，陆富达的检讨上报总行以后，虽然免于处分，但总行他那"靠山"和国家某部委"大官"把他叫到北京，当面批评了他的一些行为，让他"谨慎"些，"收敛"些。从此，陆富达好像有点改变——起码这次会上能同意张海明的意见并恭维一番，杨文图等知情人理解他的居心；但不知"内情"的下边行长、主任们，都认为省行"一、二把手"之间很和谐、团结。

基层改革的座谈会开得很成功，在与会者中产生了强烈反响，特别是县支行以下基层单位的与会代表，受到鼓舞！他们把这一切都归功于新来的行长。因为这几年庆都分行领导之间不和睦，派系斗争严重影响了业务经营和改革发展。张海明来到后，抓了两头——上抓省分行机关精减，下抓基层改革，这符合科学领导方法，也符合基层的实际情况。

省分行座谈会后，又召开一次行长办公会，对基层改革的一些重大问题，深入细致进行研究。在研究基层机构撤并问题上，一共撤了十二个单位，在对槐树镇办事处撤与不撤问题上发生了分歧。前面所说，槐树镇办事处有"特殊背景"，陆富达和这个领导关系也很密切，所以他不同意撤掉，他说："槐树镇办事处留下来有特殊意义。就在于它是'领导'的故乡，国兴银行遍布全省各地，怎能连'领导'家乡都没有银行机构？'领导'在这个办事处留下了他的关心和支持的足迹、墨宝、合影，这很有历史意义和现实意义；还有，'领导'家乡面目依旧，有待我们去改变，把经济发展搞上去。因为这些，所以我强烈认为：对于槐树镇办事处撤与不撤，不要光从经济上而是要从政治上考虑，我认为不能撤！至于其他那些机构，都撤了也行。"

陆富达的明显倾向和情感偏见，遭到杨文图的坚决反对，他说：

"老陆对总行这位'领导'的关系和感情令人感动，但我们知道，基层改革不能感情用事！"

"什么叫感情用事？"

陆富达打断杨文图的话。

"让我说完好吗？"杨文图抢过话，"这个地方我们没少投入，贷款放出上亿元！到目前为止，连一千万也没收回，存款很少，余额减少到只有几百万元了，还在下滑。我们又花上千万盖个'小白楼'，我们搭进多少钱？我们投入这么多，业务发展了吗？老百姓富了吗？

有些贷户成了逃亡户！别说咱银行人单力薄，就连各级政府都解决不了这个地方的贫困。这个贫困县国家每年要拨付两千万的扶贫款？有些老百姓都搬走了，青年人到外地打工去了，剩下老弱病残，能发展什么经济，改变什么面貌？我看撤晚了，早就该撤！"

杨文图淋漓透彻的发言，驳得陆富达愤慨不已又无言以对。

张海明说：

"这个办事处撤与不撤，咱不能因人而论，上级行领导不是尚方宝剑。我看每个地方都是中国的，不能拿哪个领导作标准，如果撤掉这个办事处，总行那位'领导'有意见的话，我可以向他解释。"

张海明这一席话，陆富达没有提出异议，但张春耕有不同看法，他说：

"我认为老陆说的还是有道理的，撤哪个单位也不能撤槐树镇办事处，我们既然投入那么多钱，又建了漂亮的小楼，那是我们国兴银行的一块招牌。我看把它留在那里，也有社会效益！"

武家豪反驳说：

"什么社会效益？那贫困地方一时半会不会有什么发展了，有什么社会影响啊！"

张海明最后决定说：

"别争了，这个办事处撤。其他机构还有哪个撤、并的，都研究一下。"

因为其他机构（网点），没什么"背景"，所以按标准和条件，很快研究完了。

座谈会、行长办公会后，省分行迅速下发了《关于国兴银行庆都省分行加强基层建设和改革的通知》，明确提出了搞活基层经营，加强基层建设的重要性和紧迫性，指出了基层单位存在的问题和原因，提出了实行基层相对独立核算的办法——实际是把王尧报告中的一些意见，还有张海明在座谈会上阐述的五条意见纳入了文件之中。这文件就成了这个省分行新一年"一号文件"，其重要性可想而知。

省分行"一号文件"下发并传达到基层广大员工中以后，他们欢欣鼓舞，被撤并机构（网点）的员工，都被妥善安排了新的工作岗位，他们也很高兴，重新焕发了工作积极性。

这次改革，王尧非常高兴——他的调查报告受到张行长如此重视，行长那么重要的批示，又召开座谈会，让他在大庭广众之中亮相发言，让他感到自己对国兴银行改革做出了贡献。槐树镇办事处撤掉以后，王尧被调到这个县的大屯镇营业所当主任，他牢记张行长与他谈话时的嘱托，按照省分行"一号文件"精神，坚定并充满信心地投入到工作中。

第十七章　倾斜基层

　　基层改革有一项内容，就是改革员工分配方式。机关精减时，员工不愿到基层，而基层行员工都想到机关去。这都是分配不合理，造成收入差距大的结果。这种分配上的不公，和基层员工的强烈呼声，以及王尧报告中提出的建议，强烈地冲击着张海明。

　　张海明认为：收入分配关乎生产要素，对于生产力发展至关重要。有学者认为：员工工资问题的合理与否，直接影响员工积极性和企业凝聚力。近些年来，社会财富分配差距拉大，比如金融业，一些发达地区行长年薪上百万；有的保险公司老总年薪多达几千万！而基层员工则几万元；经济欠发达地区的基层员工才两万多元，差距之大，令人咋舌！

　　国兴银行庆都省分行，九十年代初期还盈利，但从1993年金融秩序混乱以后陷入亏损，至今未盈利，仍然走不出低谷。也许这个怪圈还没有走到头。

　　张海明来庆都之前，总行领导找他谈话，交给他的任务就是把庆都分行扭亏为盈，问他几年能实现，他没有回答。但他在心里默默地往这个目标使劲。几十年的银行生涯告诉：银行效益上不去，员工的工资、奖金无法增加，经费紧张的状况也无法改变。

　　所以，经营效益不佳制约了员工收益，影响了员工积极性。这些年，庆都分行也搞过工资改革；实行基础工资、效益工资、风险抵押工资相结合。然而不管怎么改，基层员工收入还是很低，和机关员工的差别很大，到年终发放奖金时，机关员工每人可以发几万，而基层员工才发几千，相差近十倍！基层员工只能忍气吞声。这次张海明等分行领导下去调研时，有些大胆的员工慷慨陈词，说："同样是一个分行的员工，收入差距怎么这么大啊！"

"如果当行长的，不能给员工带来福利和利益，那算什么行长？"

张海明听到员工的不满和呼声时，总想把员工分配搞得相对合理些，把基层员工工资提高些。张海明在清江分行时，他下决心改革分配现状，一次给基层员工每月涨好几百元。他让基层员工代表在机关大会上"现身说法"，那个员工说："我们在基层辛苦工作，休息很少，业余时间还得经常出去揽储，很少照顾家，老婆孩子都有意见。我们不怕工作劳累，但收入太低了，一个月开一两千块钱，只能保障基本生活。别说存款、买房、旅游，连想都不敢想！"

机关干部听得心酸眼润，他们还能有什么意见呢？

"亏损行，就这么一块蛋糕，不能增大，只能分配上大小块均等些，大家饭多同饱，饭少同饿呗！只要我们同心协力，把经营搞上去，员工收入就得到提高。"

张海明这样对大家解释，大家想通了，拼命干，不到三年就盈利了。奖金和工资增加了，经费也多了，员工也满意了。

张海明这次在庆都的做法，实际是在走清江的路。所以他轻车熟路。所不同的是，他新来乍到的会引火烧身，或者阻力重重。不过，他已经作好了思想准备。

在党委会上，大家对是否进行分配方式改革，如何改法进行了讨论。

张春耕取代以往第一个持不同意见发言的陆富达。他认为这几年省分行在工资、奖金和效益工资分配上折腾了好几次，刚刚稳定两年，没有必要再折腾了。他说：

"如果按'方案'说的那样，机关员工减员，基层员工增加，虽然基层工作有积极性了，但机关员工不满意，消极怠工，这是背着抱着都一样的事。"

杨文图想反驳他，但又收回来了。他想：和他们针锋相对也没用。不如发表自己的看法，他说："我认为改革可以说是否定前人的，因为前人改革所决定的东西，经过时间推移，情况会变化，需要不断完善，也叫深入改革。在分配方式方面，我们以前是做了一些努力，但还是存在不完善、不合理问题。现在全行亏损，就是基层员工积极性不高这个现状导致的。一个重要因素是分配不合理，生产力要素主要在基层第一线，如果这种生产关系中的矛盾解决不好，生产力难以发展。俗话说得好，要让马儿跑得快，就得给马儿加草料。"

张海明想：杨文图说得好，说到点子上去了。

会前，张海明让他好好准备一下，因为他兼任工会主席，要为大多数的基层员工利益着想。张海明接过杨文图的话，说：

"刚才杨主席说到了生产力与生产关系的问题，这是经济学中的基本问题，也是领导科学中的重要问题。从马列到现在，从毛泽东到习近平，都一直在解决生产关系问题，以适应生产力的发展。我们社会的进步，主要表现在生产关系与生产力之间不断改善，资本主义社会也注意改善工人的生产和生活条件，不然创造不了物质文明和利润最大化。比如银行业，国外有的银行，每年人均创利几十万、上百万美元，我们才几万、十几万人民币，像我们亏损行，每人亏损达六十万，这正负一比，相差多少倍！人民生产、生活优劣不是光靠制度体制决定的，是我们的政策、方针决定的。所以我们不能批评人家资本主义制度。就拿分配方式来说，我们银行也是，行长年薪几十万、几百万，而普通员工才挣几万，这合理吗？银行效益是谁创造的？主要是广大员工。我们的改革、决策要有利于他们的利益。所以，我们的改革要使基层广大员工，成为改革开放带来成果的受益者。"

张海明越说越激动，他想启发大家的思路，走出狭隘思维的小圈子。

卫中在上次下基层调研时，被基层员工的工作和生活环境所感染。他说：

"我在总行机关，待遇优厚，谁都不计较钱挣多挣少，甚至连工资卡里有多少钱都不知道。到基层调查，有些员工一谈到他们每月的工资时满脸愁云，我听后有点心酸和无语，我理解不了他们一个月千八百块钱是怎样生活的，我开始理解这些基层员工含辛茹苦的生活状况。我们这次改革，应当改善他们的收入状况。"

陆富达终于发言了：

"要依我说，咱们亏损行没什么效益，工资总额也不增加。多少都差不多，正像老张说的，改来改去，折腾来折腾去，没什么意义，不如以后盈利了，效益好了，再搞。"

"不能再等了，民心不可违。基层改革不能等，实行独立核算，改革分配方式。"

张海明下定决心了。

闵家仁说：

"我们营业部搞完工资改革以后，机关和基层分配差别缩小了，现在基层员工没什么意见，积极性也高了。我看还是搞。"

张海明在大家都发表完意见之后，进行表决：

是五比三，通过。

张海明让姜远泽根据大家的发言，订出"方案"。

姜远泽是在周海军被撤职处分，又在宁副处长主持一段工作之后被党委任命为人事处处长的。姜远泽十几年来一直做工会工作，又经常下基层，对基层员工情况了如指掌，他记不清这么多年为基层员工解决了多少困难，也记不清他为员工维权付出了多少心血。他那时多么希望制定政策能从广大员工的利益出发，公平合理地保证广大员工的合法利益。这一天终于到来了——张海明让他亲自制定基层员工分配改革方案。想到此，他感到了肩上的责任重大。所以他为起草这个"方案"冥思苦想，又召开处室人员座谈会，到基层征求意见，又带人到清江分行去考察，又联系兄弟行了解他们的做法，使"方案"尽量完善。

在党委扩大会研究"方案"时，姜远泽首先介绍了"方案"起草过程和具体内容。在"方案"中，他把基层员工的"基础工资"提高到和机关员工一个标准，即按员工工龄、职务（职级）或职称确定基础工资；这样可以提高基层员工基础工资的百分之三十到五十；他把效益工资倾斜基层员工，高出机关的百分之二十到三十；他把基层员工原来定的"风险抵押金"取消，变为年终奖金，完成任务者发，没完成不发——这笔钱不上缴机关，只有在基层单位之间流动；实行基层相对独立核算之后，由县支行掌握对基层员工的分配，做到员工收益与经营效益挂钩……

姜远泽的"方案"介绍和说明，引起大家热烈讨论。

杨文图发言说：

"方案体现了基层改革的初衷——既考虑搞活经营，提高效益，又改革了分配方式，增加基层员工收益；方案很具体，又有操作性，我完全同意。"

武家豪说：

"这个方案好，取消了基层风险抵押金上缴，返回基层时又层层克扣，到员工手里所剩无几的做法。把员工该得的收益全部发给个人，年终考核该扣的从年终奖金中扣除。这样员工先得到足够的利益，他们会满意，就有积极性；如果像以前那样，每月发工资时扣这扣那，所发工资很少，他们就先泄气了，还有积极性干工作吗？"

"如果什么都不扣，基层员工每月能发多少？"张海明问。

"能发二千多元吧。再加上年终奖金，每月可得三千多元。"杨文图说。

"这和以前只发一千四五百块钱相比，能多一千至二千多元。"张海明心想。

这时，卫中忽然想起节日他带女儿到北京海洋馆看海豚表演。饲养员在表演前先给海豚喂鱼，海豚就会高兴地进行精彩的表演。他讲给大家听，说："人也是一样，见到利益，也会高兴地工作的。"

陆富达笑了笑，说：

"卫书记真有意思，把人和海豚相提并论。"

"其实都是动物。人不过是高级动物罢了，现在我们的国民，共同目标都是受物质利益驱使，也有觉悟高的人，是有精神和信仰的。但绝大多数人还离不开物质利益的驱使，所以我们领导者，要调动员工积极性就得考虑利益分配的合理性。"

卫中进一步阐述说。

张春耕嘲讽说：

"那我们应当到动物园和海洋馆取经去？"

卫中反驳说：

"难道人类从动物那里学到的东西还少吗？飞机的双翼，潜水艇的声呐，古代人健身的'五禽戏'，还有大雁、燕子等它们的导航功能不比人类差，这些，人类早就研究和学习了。"

陆富达无奈地笑了笑，但他没说什么。

张春耕却说：

"咱们还是研究银行吧，没有必要拿动物争来争去。"

武家豪说：

"这就需要物质利益和精神鼓励相结合。这回分配改革，工资收入差距缩小了；老杨又抓精神文明建设，有了精神激励，还有独立核算，三管齐下，基层一定能搞活。"

张海明说：

"老武说得对，人也追求精神方面的东西，这又和动物有很大差别。我们既要合理地满足物质利益，又要注入精神激励。这是一驾马车的两个轮子，也叫'两手抓'，如果这两个方面哪个抓不好，就等于说轮子出了毛病，这车就走不了，跑不快。"

闵家仁在发言中，结合营业部这两年中机关员工减少年终奖金，基层员工增加年终奖金的情况，说：

"我们这两年机关和基层收入基本一样，大家都非常高兴。我同意这个'方案'。"

姜远泽对这些年来国家几次涨工资，国兴银行从来不涨工资的做法不满。他说：

"国家公务员涨工资，人家别的单位都涨到每个人头上，而我们国兴银行都是把涨的那部分工资拿到整体效益工资之中，个人根本没得到。档案上体现不出来，员工个人社保费也没增加基数，所以退休之后也得不到这个好处。等于说国家给的，优惠我们行员工的没有得到。"

张海明继续说：

"这可是个大问题。原来我在清江分行也这样做过，后来发现不对劲儿，就改过来了——增加了员工'基础工资'。这样员工在职和退休都受益。"

卫中说：

"国家涨工资，是每个劳动者应得的利益，如果把这部分拿到效益工资里，就等于单位效益不好的员工得不到这块合法的工资！这实际上是违背国家工资政策的。"

杨文图说：

"咱们省分行前几次工资改革，把原来工资基数都打乱了，工龄长短相差无几，如果年轻当上'长'的，比老员工收入还多，这体现不出个人工资的历史过程，是'现实决定一切'，不合理！"

大家又七嘴八舌地埋怨，庆都国兴银行工资改革那年，周海军核定全行工资总额时报低了，比其他行都少；而陆富达又反驳说：

"不怪周海军，是总行批准的。"

张海明制止了争论，说：

"咱们研究现在怎么办，怎样合理。不然后人也会批评我们的。最不合理的是机关和基层收益相差太大。现在为什么机关的人不愿到基层去，而基层的人千方百计往机关挤，因为待遇不一样；要改变这种局面，让基层员工多挣一些，这是根本。比如说，基层单位工作环境差，有的没有小食堂，这些问题我们都要重视和解决；今后，经费倾斜基层幅度要大，这次撤并留下的基层所、处都要逐步地装修、改造。这次我们又改革员工分配方式，让基层员工的收益增加。这样的话，基层单位环境好了，员工收益多了，让咱们国兴银行的'香火旺盛'，求拜的人也就多了。"

最后，讨论和争论的结果，基本都同意张海明的改革意见和姜远泽拿出的"方案"。陆富达也表态"原则同意"。所以最后表决时，全票通过，只是陆、张对"方案"中一些细节提出异议。张海明让姜远泽根据大家讨论的意见再修改、完善，然后拿到全行大会上讲。

张海明在党委会后，建议并召开了全行分配方式改革工作会议，各市县行长、人事处科长、机关处以上干部参加会议。张海明在会上首先讲话——这个讲话稿是他个人起草的。主要有这几个部分：

第一部分讲了基层建设的重要性，他把基层建设比喻为大楼的地基，地基不牢，楼身不稳。他幽默地说："我们庆都分行地基不牢，所以大楼不敢盖得高，省分行办公室还赖在人民银行老楼里住，没有新的办公大楼。这回我们基层建设搞好了——地基打牢了，下一步，我们省分行也要建大楼，让国兴银行的形象在庆都亮起来！"（大家鼓掌）

第二部分讲的是以人为本问题。他说：

"世间万物人为本，只要把人的因素用好，任何事就都好办了！以人为本最关键是尊重人、爱护人，不断满足人的需求，首先是物质需求。我们一些人反映：咱们员工工资低于其他行，退休金也比人家开得少；我们行职工住宅盖得少，一些员工还没有房，储蓄员从来就没分过房子。我们这个时代，不是古代君子所说的'食无求饱，居无求安'，而是要安居乐业！"

张海明表示，"三五年内，我们的基层员工收益要改善，没房子的要解决，县支行在基层单位上下班要解决班车问题！"（一阵鼓掌）张海明继续说，"这不是天方夜谭，人家山东、云南分行都这样做了，比如山东桓城县支行在基层单位的员工家都住在县城，盖一个家属大院，老婆孩子在县城上班上学，班车拉员工上下班，员工积极性可高了。昆明一个县支行，基层员工有两处住房——一套在县城，一套在基层，工作时员工可以在乡镇住，双休日回县城住，与家人团聚，也是车接车送。安居才能乐业嘛！"

第三部分讲的是和谐问题，他说：

"大家明显地感受到庆都分行的问题根源，一个重要原因是班子不和。形成一个好的决策，办成一件有利于员工的大事非常难——形成不了共识，老是分歧、争斗。一个单位的领导们如果不和谐，不团结，一切事情都难办，人家在只争朝夕地前进着，而我们在'内耗'时间和精力。"（会场严肃沉静）

第四个部分讲"两手抓"、调动员工积极性问题。他说：

"金钱并不是万能的。无疑，激励员工的诱因是金钱和物质，但事实证明，更多的金钱并不意味着更高的生产率。人总是人，物质的激励也要同个人的思想意识相结合才能起作用。所以，对精神的激励也决不能忽视。在满足必要、合理的物质需求时，也要有精神追求、荣誉追求、目标追求。人的精神力量是巨大的，比如董存瑞炸碉堡，在物质力量达不到时，精神力量让他创造了战争奇迹；如黄继光堵枪眼，都是精神力量驱使。他们没有工资，没有奖金，靠的是信念和精神！这些年我们忽视精神文明建设，导致一些人私欲膨胀，不正之风流行。"

张海明足足讲了一个半小时，大家听得并不厌烦，又一次领略了这位行长的"庐山真面目"。

会议之后讨论很热烈。开始时有人对工资分配改革不理解，但由于张海明动员讲话的启发，也改变了态度。这表明，大多数员工是理解和支持改革的。表明张海明在改革道路上又迈出了成功的一步。

卫中对基层员工收入菲薄耿耿于怀，他总想为之做点什么。年终到了，每年这时候总行都要对各省分行的效益工资分配进行核算和下拨。今年庆都分行由于超额完成减亏任务，张海明想向总行做工作多要点钱，他让卫中去总行执行这个"任务"，并让他回家休息几天。卫中表示一定从总行多要一些，分发给基层员工。

走之前，张海明让总务处买点土特产让他带着，卫中不让买，说：

"我是纪委书记，我可不能送礼！"

卫中不负张海明的希望，从总部多要来三千万元。卫中建议把这笔钱全部发给基层员工，让他们好好过个年，张海明完全同意。这笔钱到账后，很快发到基层，张海明告诉会计处：机关一点不留，不许市县支行克扣！基层行员工每人多拿四千多元，在得知是省分行张行长和卫书记努力的结果后，有的员工还打来电话，感谢张行长、卫书记。

第二年1月，新的分配方案改革正式实施，基层行员工平均每人每月多开一千至二千多元。他们拿到第一月工资时，兴高采烈，心情无法平静……

第十八章　法律制裁

庆都分行信贷工作归陆富达分管。他虽然是"二把手"行长，但握有实权——协管干部和信贷工作，人、财实权他基本说了算。在唐行长任职期间，他实际是集"三权"于一身——还分管财务。唐行长退休之后，陆富达主持工作一年多，一切事情都是一手遮天。

在贷款工作中，陆富达常常是"家长式"决定放贷，在他主持工作期间，批了数次贷款，放出近百亿。尽管杨文图、武家豪有意见，但贷审会上，他们抵不过陆富达一派的势力，只能保留意见。

这次又要研究贷款，他请示张海明"有一批贷款得研究了"。

张海明问了一些情况。如贷款资金来源，贷户信誉度，总行下达的计划，以及准备工作等。陆富达都答应说"没问题"。

贷审会在省分行宾馆会议室召开。由于张海明是新任贷审会主任，对贷款之事还没有太多介入，也不太了解，所以他让副主任陆富达主持。陆富达说明这次贷款项目，让信贷处主持工作的尹军介绍贷户情况和贷款程序工作。然后让大家逐个讨论。

张海明看着信贷处发给每人的一份材料——贷户情况、资产评估、贷款理由等等。然后，张海明问了一些情况。他问："这些贷款企业信用等级怎样？我看有几个贷户没有信誉等级？"

尹军说："有啊，都有。"

"你看这个。"

张海明抽出一份，说：

"你看这个德富公司还有庆都伯乐国际俱乐部都没有？"

尹军解释说：

"这两个公司都还没办信誉等级证呢，但信誉都不错。"

"还有，这个啤酒厂？"

张海明又问。

"哦，这是新建项目。"陆富达解释说，"这些企业都没问题，有的是咱们老客户，有的是新客户。"

他转向尹军：

"尹处长，信誉等级问题让他们抓紧办。"

开会时，有的人手机、短信不断，出去一时不见回来，他们接电话或短信都出去干啥？

张海明当然不知道，问：

"你们干什么去了？"

他们说"上厕所"或"回办公室取东西"等等。张海明要求关机或调成振动，他自己拿出手机，关了机。

张海明出去"方便"一下，实际是看一下这些人在干什么。他看到一个处长从客房里出来，又轻轻把门关上，突然碰见张海明，脸先红了，和张海明本能地打个招呼：

"张行长。"

"你开会离开，上房间干啥？"

"我，我有个客人住这，见个面。"

那个处长随机应变。

回到会场，张海明听到这些处长、副行长们大都表示同意贷款，有的把理由说得头头是道，就连那几个没有信誉等级的企业，如德富公司、伯乐国际俱乐部等也被捧为"黄金客户""银行老朋友""市场有前景"等等。

中午休息时，杨文图到张海明宿舍，还有卫中也在那里，他告诉他们一个秘密，说每次研究贷款时，都有一些贷户老板驻扎在分行的宾馆，然后叫贷审会人员到他们房间，送红包，以此收买贷审会成员。杨文图说：

"你看到了吧，会上出出进进的，都是出去接'红包'去了。"

"这次都谁来了，你给我查一下。"

张海明交代杨文图说。

杨文图立即回答：

"我在总台问了，有德富公司老总陆德富……"

张海明听到和陆富达相似的名字，急忙问：

"哎，陆德富和陆富达什么关系？"

杨文图说：

"据说是陆富达表弟，但他不承认，说他家那地方姓陆的多，犯'德'字的不少。但好多人说是他亲表弟。还有伯乐国际俱乐部老板马伯乐，这小子有后台，又带有黑社会背景，谁都得罪不了，又出手大方，每次贷审会时，他都派人来发钱。还有这次啤酒厂老板也来了。"

卫中没见过这类事，他惊奇，说：

"这些人胆也太肥了，张行长，咱查查，抓个'现行'！"

张海明摇了摇头说：

"这类事，你知道人家送钱了，你又没抓住，怎么认定他行贿？我们先看看这三个企业的资料，好好了解一下，如果我们不同意，可以在会上发表意见。"

张海明和卫中、杨文图中午休息时认真地审阅了这几个企业的资质材料，但都很简单，所谓的贷款理由和评估报告也都牵强附会写满纸页。比如，德富公司的产品"蚁神"，说是名演员做的广告。但好多人正在告状，说产品名不符实，企业欠养蚂蚁的农民好多钱还不上，急于贷款还钱。还有那个庆都伯乐国际俱乐部，是家服务企业，光贷不还，老板马伯乐吃喝嫖赌，把钱都汇到国外去了——杨文图知道内情，向张海明和卫中说了。

"这家啤酒厂又是怎么回事？"

张海明问杨文图。

"啤酒企业庆都已有一家，现在全国名牌啤酒早已占领市场，庆都再上啤酒厂，等于以卵击石，能行吗？"

杨文图又突然想起一家贷户，他说：

"还有一家香港公司的一个子公司，在庆都搞什么贸易出口，这次也要贷五千万作流动资金。都贷三个多亿了，只还三千万，我看这家企业也是咱国兴银行一个祸害！"

张海明让杨文图和卫中在会上都说说，不能再拿银行的钱喂养这些没有信誉和效益的企业，他们把国家的钱转移到国外，是损国媚外行为。

同时，杨文图和卫中也希望张海明作为新任贷审会主任把住关，阻止那些有问题的贷款。杨文图说：

"张行长，我们把希望可寄托在你身上了！"

张海明说："我当然尽职尽责。但表决时，还是少数服从多数啊！"

这时，张海明接到一个陌生人的电话，对方提示说：

"张行长，你们正开贷审会吧，你新来不太了解庆都分行的情况。你们这次研究的贷款企业中，有好几户都有问题，比如香港工贸公司庆都分公司，他们贷款抵押物是假的，那楼不是他们的，是租用的；还有那片土地是菜地，也是租借的；再有那个德富公司老板是陆富达亲表弟，那个公司产品'蚁神'积压很多，现在有很多农民告他们；还有一家是伯乐俱乐部，那里是吃喝嫖赌的地方，有黑社会嫌疑。张行长，这些企业你千万别再贷款给他们了啊！"

"你是谁？"

张海明问。

对方答：

"心系国兴银行的一名普通员工。"

说完就挂了。张海明看号码不是手机号码，可能是街头公用电话。

杨文图笑了笑，说：

"张行长，你知道这人是谁吗？"

"我问，他不说。肯定是行里一名员工。"

"不是普通员工，他就是这次没当上处长，被尹军取代，让陆富达换掉的信贷处副处长鲁东明。"

"啊？你怎么知道是他？"

"我听出他在电话里的声音了，这小子正直、原则，但怀才不遇。"

杨文图为他惋惜。

"鲁东明？"

张海明想起来了——他刚来时到下边搞调研，随行的人员中就有鲁东明，对信贷工作了如指掌，又有见解。

"是他啊！"

他心里念叨起这个名字。

张海明听到的匿名电话说的和杨文图掌握的情况，基本相同，张海明对杨文图说：

"你是老人儿，掌握情况多些，下午会上你一定表明态度，然后我和卫书记再支持你的意见，你再和武家豪说一声。"

杨文图态度鲜明，坚定地说：

"行。我们一定齐心协力，把好贷款关！"

下午继续开会，一个贷户一个贷户地研究。在研究到德富公司贷款时，因为是陆富达的关系，没人敢提出反对意见。但杨文图却态度明朗，他说：

"大家也许被一种假象所迷惑，雇用名演员做广告，都是拉大旗作虎皮。据我了解，这个公司的蚂蚁产品市场销路很不好，仓库产品积压几千万，我们不能再贷给它了。这是一个无底洞，贷多少也填不满。"

杨文图说完，没人吱声。陆富达低头不语。"同意"贷款的那些人其实并不真"同意"，但尹军说话了：

"如果我们不贷款，这个企业黄了，我们那一点五亿元贷款怎么收回来？"

"你想搞'以贷收息'啊?"

杨文图反驳得尹军无话可说。

张春耕也说了:

"这个民营企业,各级政府都很重视,它欠农民卖蚂蚁的钱多达几千万,陈副省长还给咱行打电话让扶持一下,说如果上千农户的蚂蚁款还不上,涉及社会稳定问题。"

"那社会稳定还得靠银行赔钱稳定啊?!"武家豪突然说,"不管怎么说,这个企业我们从一开始就犯了一个错误:不该贷款给贷了,那个破蚂蚁产品卖不出去;我们又收不回钱,现在又要贷,那和为癌症晚期患者花巨额医疗费一样——没用!"

在研究香港分公司贷款时,由于杨文图揭露企业搞欺骗,作假证,所以张海明强硬地说:

"这笔贷款这次不研究,我们要派人查证后再说,如果真是抵押物作假,那可是法律问题了。"

陆富达想说,但没说出来。这家工贸分公司是陆富达拉进国兴银行来的,他为了"考察"香港公司,带几个人到香港吃喝玩乐十多天,回来就给贷款,连抵押物都不查证,后来有人反映该公司办公大楼是租用的,那片土地也是租借的菜地,房证和土地证都是假的时,他装聋作哑不闻不问,还要继续贷款。这次杨文图当场揭露真相,张海明又严令停贷,他不敢说什么,只能暂时保持沉默。

在研究伯乐国际俱乐部贷款时,意见分歧明显。陆富达和张春耕他们坚持要贷,说俱乐部是庆都市唯一综合型高级宾馆,集吃喝娱乐为一体;说有些"领导"经常出入这家俱乐部,或者陪同外宾休闲娱乐。而杨文图掌握的这个俱乐部是马伯乐涉黑老巢,多次贷款不还,这次要贷三千万,作装修费用。杨文图、武家豪和张海明、卫中他们坚决反对,但不能以"涉黑"——因为没有证据,只是以这个俱乐部经营业务不符合国兴银行贷款宗旨,又失去贷款信誉——为由。而陆富达坚持的理由是:宾馆服务业属第三产业,是国家重点发展和扶持行业,而俱乐部又是庆都市的对外门面,形象窗口,不能停止贷款。

陆富达坚持为其贷款，有背后不可告人的目的——马伯乐和陆富达是"铁哥们"，每次贷款马伯乐都给陆富达回扣，还请进俱乐部，吃喝玩乐，有小姐"特服"。这次陆富达保证说："马总，你放心！"

还有啤酒厂，张海明也坚决不同意贷。他说：

"不管他什么德国技术，如果市场前景不好就是白搭，重复建设，国家早有限令。"

张海明又说了贷款中一些不正之风：

"我看到贷款户有人住在我们宾馆，不是电话，就是短信找我们，咱们有些人去房间干啥？你们同意向这样的企业贷款，又是什么原因？"

张海明生气地质问，会场鸦雀无声。

"据说，我们分行每次开贷审会，那些企业就知道，不是请客，就是送礼，左右我们！"

陆富达听不进去了，说：

"他们能说了算吗？"

"他们说了也许不算，可金钱好使！我不怀疑我们有些人收了人家多少好处，但我也不肯定我们一些人是清白的！不然，把手机都留下来，交给监察室查一下，今天你们都接到的是谁的电话、短信？什么内容？我知道通信是你们个人隐私，但谁敢保证自己清白无瑕？"

"老张，可别这样说，要相信大多数嘛。"

陆富达反驳说。

"大多数人永远是好的，但就是有少数人让人难以相信！"

张海明较真了。

在审贷会讨论之后，也就是对四家企业分歧很大，张海明的意见：

对这四个争议大的贷户不作表决，对其他贷户进行表决。但是，陆富达不同意，他说：

"老张，你这是违背贷审会程序，为什么对提交到会上的四家企业不表决？"

张海明说：

"啤酒厂新上项目，属重复建设，不符合国家要求；德富公司有那么多农民告它；伯乐俱乐部贷款不还，不守信誉；香港那家分公司作假抵押，这样的企业就不该上贷审会研究！"

杨文图也鼎力支持张海明的意见。他说：

"我们贷审会要对国兴银行负责，对国家负责，对全行百万储户负责！"

杨文图的意见，遭到了陆富达强烈的反对，他说：

"不生孩子不知道疼痛，谁管信贷谁知道难处。我们贷前做了那么多工作，又是评估，又是调查，又是大会小会地分析论证，难道我们不负责吗？如果说我们不负责，老张，我这贷审会副主任你给我撤掉，我也不分管信贷了，谁负责让谁干吧！"

陆富达这一招，既反击了杨文图，又给张海明出了难题。

张海明说：

"对贷款质量负责是我们银行的责任，贷审会最高的职责就是保证贷款的安全性、效益性；我们都会说履行责任，但要看工作实际，要用事实说话。我们庆都分行累计亏损几十个亿，为什么？我们信贷质量这么低，有近一半为不良货款，又为什么？过去我们责任不清，谁经手的贷款，谁批的贷款，谁介绍的贷款，损失就损失了，追究谁了？现在不同了，总行实行贷款责任制，谁经办的要负责任，谁批的要负责任，而且负责到底。你调走了，你退休了，也要负责任的；这四家企业贷款谁经办的，调查、评估，你们都有签名吧，我告诉你们，不管处长、行长，还是信贷员，都要负责任的！还有我和老陆，贷审会主任副主任，更要负责的！有谁敢说：'张海明，你批吧，出问题我负责！'你们有没有谁敢代替我负这个责任？"

张海明叫板，又说："你们没有一个人敢负这个责任吧，那么我负责，我就要把关，这四家贷款有明显问题，又争议这么大，为什么不能拿下去？今后争议大的贷款一律不批！"

张海明理直气壮的态度和叫板，没人敢吱声了，连陆富达也不再说什么了。只是找个台阶下，说："那你主任说了算。"

张海明决定对四家企业不作表决，进行调查和重新评估；而对其他企业的贷款进行表决。

这四家企业的贷款申请贷审会没有通过，老板们电话追问陆富达为什么没通过。陆富达把原因推到张海明身上，说："新来的行长不同意，要重新调查评估再说。"

马伯乐当天晚上把陆富达叫到俱乐部，听陆富达说了全过程，他恨得直骂张海明。还说要给他"颜色"看。陆富达表示再努力，并在那里吃喝玩乐了一晚上。

啤酒厂老板找到陆富达办公室，要问个究竟。但陆富达说"可能没戏了"。

老板说："那不行啊！我们都准备了那么长时间，省政府都批了，你这不耽误事吗？"

"那你找别的银行贷款吧。"陆富达又说，"'天涯何处无芳草'，你离开国兴银行就不活了？"

老板说：

"那我还得花'明白费'？"

陆富达生气地说：

"我把你那钱退给你，不行吗？"

"不不！我是说给省、市的。"

老板忙解释。

陆富达当时给啤酒厂贷款，收了人家二十万元启动项目费。这回办不成贷款，老板又点出这事，陆富达不得不把启动项目费吐出来。

陆德富当天晚上没找到陆富达，急得团团转。后来问尹军才知道一些底细。他也把怨恨记在张海明身上。第二天他想到陆富达办公室见他，陆富达不让他来，让他晚上安排个饭店和他好好聊聊。

"大哥，你这不给我贷款，我欠老百姓蚂蚁钱咋还呀？"

"活该！"陆富达责备他，"当初我不让你扩大规模，你非不听，还花巨款找名演员做广告！这回欠一屁股债，我看你咋还？"

"大哥，我亲自找张海明这小子，给他送几十万不行吗？"

"张海明不吃这一套。"

"我不信，自从搞活市场以来，谁不见钱眼开！我试试。他要不给办，以后我也要整他一下子。"

"整什么整？"

"我骂骂他，出出气！"

"得了吧，你总也脱离不了下三滥那一套，啥时候才能出息啊？"

香港分公司甘老板也找陆富达，陆富达推辞不见，甘老板急得团团转。他找原来经办人——曾主持信贷处工作的陈占高。让他疏通一下，陈占高回地市行以后，郁闷不乐，没好气地拒绝了他。

张海明和杨文图、卫中三个人碰头：拿下的这四家企业如何有充分理由不贷款，啤酒厂好说——重复建设项目，不予支持；"蚂蚁公司"和伯乐俱乐部及香港分公司这三家已是国兴银行贷户，都有几千万到上亿的陈欠贷款，如果贷款不支持，企业倒闭，银行贷款会全部损失掉，如果继续贷款，他们把钱转移到国外，会肉包子打狗——有去无回。

三个人在研究具体办法时，张海明忽然想到那个匿名电话——如果真是鲁东明打的，从他那里可以了解一些"底细"。杨文图的主意是：他和鲁东明关系不错，可以找他问问。张海明同意。

鲁东明向杨文图反映说："这几家企业，我都了解，每次贷款，我也去过。'蚂蚁公司'现在产品滞销——媒体广告虚假，夸大其词。所以没人敢买他那'蚁神'产品，在库里积压；公司欠五百六十多户养蚂蚁农民的款，多达三千多万，人家集体上告，讨欠款，惊动省里领导，省领导正想法平息民怨，他们就是想贷款还欠农民的款。这个企业破产是肯定的了。"

他又说："香港那家公司就是皮包公司，根本没有自有资金，都是套银行贷款，那个办公楼是租用一家裁军部队的团部办公楼。他说是买的，人家军队房产能卖吗？还有那片部队菜地，他们是办的假证。我对陆富达说过，可他不信我说的，非要给贷，这么多年我们给他贷款三个多亿了，他们只还不到三千万。他们打着香港总公司的名义，其实香港那边和他们公司没有财务关系，又不是一个法人，如果这家公司破产，没有什么东西还我们。"

鲁东明又介绍了庆都伯乐国际俱乐部的情况，他说："那里就是'红灯区'，打着合法的旗号为那些地痞流氓和腐败官员服务。现在有迹象表明，那里可能还是黑社会老巢，马伯乐可能就是黑社会头子。这些人都是贪婪的亡命之徒，咱们贷那些钱，一笔没收回。以前我们去那里收贷款，马伯乐根本不出面，他那几个所谓副总，根本不讲理，狂妄至极，谁还敢收。而陆副行长和马伯乐串通一气，根本不管。"

鲁东明说得很多，但让他写个证明材料，他不写，鲁东明考虑张海明不会待多久，杨副行长管政工，以后还得陆富达掌权，所以留后路。

杨文图把鲁东明反映的情况向张海明汇报了。张海明又把卫中叫来，商议如何核查香港分公司假证明和国际俱乐部的问题。最后三个人商定：香港分公司由卫中带纪检监察部门的人查证抵押物真伪；伯乐俱乐部涉黑问题由张海明先找省政法委苏书记了解内情。

卫中找到原来部队取了证：大楼、菜地都属军产，现在是租给香港工贸公司的。就是说这个公司从国兴银行几次贷款多达三个亿属于骗贷行为，可以起诉这家公司；中止贷款理所应当。

伯乐俱乐部据苏书记掌握，是以经营为诱饵，骗银行贷款的"大鱼"。这些年来已有多家银行贷款多达二十个亿，伯乐俱乐部本来盈利，但它的大部分资金已经转移到国外。老板马伯乐，倚仗上面有保护伞，涉嫌黑社会性质。但目前证据不足，苏书记让张海明提高警惕，马伯乐这人报复心很强。

张海明对杨文图和卫中气愤地说：

"这样的企业，竟然骗我们上亿的贷款！这个责任谁承担？一定要追查。如果追不回贷款，这上亿元就会损失掉，这可是国家财产啊！"

张海明召开行长办公会，通报卫中查证的情况，建议起诉香港分公司，清收德富公司和伯乐俱乐部的贷款本息。张海明说：

"我们要依法收贷，有多少钱收多少，没钱收物——包括房地产和其他固定资产。"

张海明在会上还建议："进行一次贷款合规合法性大检查。"

会议上陆富达没有提出异议，同意张海明的建议。按照办公会决议，由卫书记和监察室、风险处、法规处、审计处和办公室郝主任等组织贷款检查组，分头到全省十六个市分行和省分行营业部进行检查，同时也检查贷款企业。

银行内部好检查，省分行已下发通知。当事人也好核实，手续不全该补的补上。但要查企业很难。

企业一看国兴银行要检查他们，有的质问：

"我们企业犯哪条法了？"

工作组反复解释：为了保证银行贷款的安全性和银企的和谐关系，只是复查一下贷款材料、手续的合规合法性。

在检查期间，行内有人给企业通风报信，所以检查组遇到一些阻力和麻烦。武家豪那组到一家君子兰公司，抵押贷款累计一点五亿元，抵押物是一块一百亩地盖的塑料大棚的花窖。武家豪带人看了，但没有土地买卖证件，而贷款手续里都有土地买卖证明，怎么回事？原来是复印件作假。公司老板说土地证没办呢。武家豪走访几家菜农，他们说是租用他们的菜地。又走访了镇政府，也说是租用的，政府还拿出租用协议书，武家豪用手机拍照下来。这样，可以确定君子兰公司是骗贷，造了假材料。

在省分行营业部检查时，卫中接到一个匿名电话，说开发区支行行长兰少义用贷款盖别墅占为己有。卫中又问了一些详细情况，对方说香港庆都工贸公司甘老板从支行贷款三千万，兰、甘两人在市郊龙潭景区买地皮盖了五栋别墅，其中有陆富达一套。卫中又问："你反映的情况属实吗？"

对方说："我是这个支行的人，当然属实，不信你们去龙潭景区南龙口一百米处靠山临水的地方去看看，一切就会明白的。"

卫中带人悄然来到龙潭景区，找到了那个叫南龙口的地方，依山傍水，整整齐齐地屹立着崭新的五栋黄墙红顶别墅。卫中想进院看看，见一只大藏獒守护着，汪汪直叫，卫中根本进不去。卫中又到龙潭风景区管委会了解，说是国兴银行开发区支行兰行长和香港公司甘老板盖的。卫中认定：这是重大挪用贷款案或者假借贷款贪污案。他向张海明报告了此事。

"先稳住，不要惊动任何人。"

张海明指示说。

张海明又接到一封匿名信，说的是伯乐国际俱乐部的事，大体和鲁东明说的一致，但比鲁东明所讲的更有细节。信上说：伯乐国际俱乐部是打着省文化厅的旗号贷款和经营，但实际是马伯乐个人承包的。他贷款盖的大楼和修建各种娱乐餐饮设施，挣钱不还贷款，都汇至海外。马伯乐自己买两辆奔驰，把老婆和女儿送到国外去，名义上是让孩子读书，老婆陪读。他自己在国内包养两个情妇——双胞胎姐妹。俱乐部搞涉黄服务，又有公检法作保护伞，为所欲为。有钱有势的人进进出出，老外来庆都大都被安排到这里。马伯乐每年都给文化厅领导和省里有关人送钱送物。信中建议省分行尽快收回那座大楼——抵押物，不然那楼被卖掉什么也收不回了，还建议省分行依法起诉并封查账款。这封信的署名"忧心忡忡的员工"。

张海明让卫中带人马上进驻伯乐俱乐部，以查验贷款手续为名侦查一下。卫中带人到俱乐部时，没见到马伯乐，其他副手谁也说了不算，连贷款抵押手续和账本都不让看。

在全行信贷手续查核之后，发现一些假抵押和内外合谋骗取贷款及挪用贷款等问题。张海明先对这些有问题的单位和相关领导、人员实行"大手术"，他带省分行班子到营业部现场办公——连续开了几个会，信贷问题分析解剖会、责任追究会等。

张海明在这几个会上都讲道，营业部占据省会城市，又辖周边五个县级市，人员和业务量都占省分行的"半壁江山"，但没有起到应有作用，且亏损累计多达十四亿。营业部信贷管理松弛、混乱，出了这么多问题，损失巨大，教训深刻；凡涉及问题的人，都要承担责任，有的要负法律责任。他一再强调：

"银行的钱是几百万储户的存款，是人民的血汗钱，是国家的钱；有些人如此恣意妄为，造成巨大损失，这是对人民的犯罪！对国家的犯罪！"

张海明气愤地拍案而起，掷地有声：

"这些害群之马，这些蛀虫，他们是咎由自取！罪有应得！"

张海明又在省分行党委会上严肃地说：

"凡是在贷款一事上失职、失察、渎职、受贿的，不管是行长，还是处长，都要一查到底，严肃处理！"

经过一段紧张、严密的工作，查清了一些事和人。张海明和卫中又专程去总行进行了汇报，征得总行同意，全省共有五十多人受到处理，其中有十一人交检察院立案处理，有二十六人被撤职，有十五人调岗，还有十三人停职审查。闵家仁后去接管此项工作，没有他的责任，但他也作了检查。

这次大刀阔斧的清查和整治，在全行引起极大震动。广大员工拍手叫好，有的单位还燃放鞭炮庆祝，大家都说：

"这些人早就该清理了！"

这批被处理人员中，有陆富达的"准小舅子"兰少义，但他畏罪潜逃，无法核实。检察院只是封存了五栋别墅；还发现在营业部（原庆都市分行）许多问题中都有陆富达的"阴影"，经他签批的或授意的贷款多达上百笔，近百亿。陆富达是原省分行信贷处处长，后提升为庆都市分行副行长、行长，又调回省分行任"二把手"行长、党委副书记。种种迹象表明他有重大经济问题。有些人说营业部处理那么多人，没打着"老虎"，那些被处理的人也愤愤不平，说"天网恢恢，但跑了'大鱼'"。

张海明和卫中到总行汇报时，特意把陆富达问题作了单独汇报，总行韩书记很重视，对陆富达采取"先稳住，再查核"的办法，让他参加总行读书班（两个月），调虎离山，再派驻审计组，从他当省分行信贷处处长到庆都市分行副行长，进行审计。

陆富达知道了总行派人对他任内工作进行审计，他在读书班上坐立不安，每到双休日，他就请假到北京进行活动，找总行他那"靠山"，找国家某部委他那"大官"连襟，他从北京打电话对张春耕说：

"看他张海明能把我怎样！"

总行在两个多月的审计中，曾三次换人，审审停停。下边人议论纷纷，不知所因，后来审计组人员被撤回去了，对陆富达的审计不了了之。

陆富达毫发无损，从读书班回来以后，照样是副行长、党委副书记。这让张海明和卫中不解。卫中从总行纪委那里知道点"内情"，说是比"大官"更大的一个"领导人"说了话，这个"领导人"原籍是庆都。在庆都省政府当领导时，分管过银行工作，与当时的庆都市分行副行长陆富达成了莫逆之交。还有一个陆富达的免灾之星是孙成，他是接任陆富达的省分行信贷处的处长，又接陆富达到庆都分行任副行长（主管信贷工作），他的一些罪行里边大部分是陆富达授意干的或者从中捞好处的，但孙成进去以后，陆富达捎话：有些事你自己承担，不要推到别人身上；你不论出现什么后果，家人我会照顾好的。孙成心领神会，又出于感谢陆富达的提拔之恩，所以罪责都他自己承担，保了陆富达。

从此，陆富达对张海明，包括对卫中怀有仇恨；但他不那么嚣张了。因为他的问题人们都心照不宣，有些人对他敬而远之，连和他"同呼吸共命运"的田仁京也与他保持了距离。

但陆富达还是暗中操纵那些贷款被张海明中止和卫中带人查出问题的企业老板们，对张海明进行了报复行为。

有一天晚上，张海明在宿舍里看书，忽然听到走廊有人和服务员吵闹，等张海明开门时，两个男人不顾服务员劝阻闯到了张海明屋里。

张海明疑惑地问：

"你们是谁？"

那个彪形大汉说：

"里面说。"

两个人硬是挤进屋里。

大汉吐出一口粗气说："我们是伯乐俱乐部的，他是我们马董事长。"

马董事长自我介绍说：

"你是张行长吧？我是马伯乐。"

马伯乐毫不客气地坐在沙发上。拿起茶几上的香烟就抽上了，大汉急忙点火。

"你们有事吗？"

张海明忍耐住自己的脾气，拿起茶壶边倒水边问。

马伯乐跷着腿，吸着烟，口气蛮横地说：

"张行长，听说你来庆都任职，早该拜访你，但事多缠身，抱歉了。这次听说你们国兴银行要依法起诉我们，收贷款就收贷款呗，还弄到法院去干啥？"

张海明也不客气地说：

"我们卫书记去你们那里，你们拒不配合工作，连贷款手续和账簿也不让看。你们那里针插不进、水泼不到啊。"

马伯乐把烟恶狠狠地拧进烟灰缸，怒气冲冲地说：

"所以，你们一气之下就依法收款？"

张海明知道遇到了"黑人"，他还是耐心地解释说：

"我们国兴银行这次依法清收贷款不止你一家，还有好几家。我们银行需要资金运转，收不回钱款，我们拿什么再贷款？靠什么盈利？"

"你们不给我们贷款，企业怎么生存？你们还要起诉我们，砸我们饭碗。张行长，国兴银行这么多年没人敢对我们下'黑手'的，你张行长刚来一年多就举起大刀向我们砍来，我们可不是日本鬼子，你也不是游击队吧？"

张海明知道，遇到"黑人"，不能示软，只能硬碰硬，他不客气地说：

"马总，你别扯远了，咱们既然谈正事，我就告诉你，依法收贷是银行法允许的，是我们行里研究定的，你们作好准备吧。"

马伯乐仿佛要先礼后兵的样子，直接问：

"张行长，没有改变的余地吗？"

这时马伯乐给"大汉"一个眼色，大汉从包里拿出厚厚一大包钱，递给张海明。马伯乐话跟上去：

"张行长，这是我们伯乐国际俱乐部三百八十名员工的一点心意，请你笑纳。"

张海明没有伸手接，开诚布公地对他说：

"马总，你们要想感谢国兴银行的支持，就按规定还贷还息。"

"张行长，这两年不是金融危机吗？你们也得理解我们企业的难处！"

借金融危机拒还贷款，而且转移资产到国外！张海明心里发笑，说：

"马总，我们依法收贷不变，请你们配合。"

马伯乐转动着明显失眠带血丝的眼球，看了几眼张海明，凶狠地说：

"姓张的，你是外省来的，别看你当庆都国兴银行行长，但庆都还不是你的地盘！你们要起诉，没门！"

这时大汉站起身，向张海明走近两步，横眉立目地说：

"我们马老板亲自登门，给你姓张的面子，你别不知好歹！"

张海明严肃地说：

"我也告诉你们，庆都是共产党的地盘，不是你姓马的天下。贷款还钱，天经地义，依法起诉是对你们失信和要赖的警示。"

"姓张的，你要是不听我们马总的劝告，这就是下场。"大汉不知啥时候拿出一把利刃，啪地刺在茶几上，令张海明惊讶。自从部队转业到地方后，他还是第一次遇到这种情况。

"你们干什么？要动武吗？"

张海明没有惊慌，而是镇定地大声斥责。他在部队学过散打，如果自己是一般工作人员，他真想和大汉"切磋"一下。

三个人的讲话声，惊动了隔壁的卫中，他从房间里匆匆忙忙地走出来，直闯张海明房间，见到这种场面，他惊愕地问：

"这是怎么回事？你们想干什么？"

卫中操起电话打给宾馆保安。一会儿保安来了。但马伯乐喝令保安：

"这没你们的事，滚！"

两个保安急了，上前把他们往外推。大汉一拳打在保安脸上，保安顿时鼻口出血。大汉扭身就走，还骂骂咧咧。但钱没拿走，刀也留下了。

一会儿那大汉又回来，把钱拿走，把刀拔出来也拿走了。但卫中已经用手机拍了下来。

卫中安排人把挨打的保安送医院去了。回到张海明屋问了情况，张海明脸都气白了，说马伯乐简直是地痞流氓！

卫中给110打了电话。一会儿民警来了。卫中把刚才情况向警察作了报告，又把照相让警察看了，警察让写个笔录，张海明没写，说算了，把警察打发走了。

无独有偶，第二天也是晚上，香港分公司的甘老板也来到张海明宿舍里，这个操广东话的人说十句话有九句听不明白，由他带来的一个本地女秘书翻译过来。

甘老板不像马伯乐，有点文质彬彬的，说话还很客气。他先说感谢国兴银行这么多年支持香港工贸公司的话，说："没有国兴银行，就没有香港公司在庆都的落户和发展。"他又说了一阵子感谢国兴银行的话，女秘书也不时用普通话翻译。张海明听得出来他们要说什么，就问："你们来是不是问依法起诉的事？"

甘老板说："哎呀，张行长呀，咱们银企之间合作这么多年，都很和谐的啦，为什么起诉我们啦？我们虽然贷款还得少一些，但我们还会努力还的啦。张行长你能不能高抬贵手，撤回起诉，咱们好好谈谈啦？"

张海明一再解释，说：

"我们起诉你们不单是清收贷款问题，更重要是你们欺骗银行，用假抵押物蒙混过关，这是违法行为！"

甘老板还强词夺理自圆其说：

"我们一时没办下来房产证和土地证，给你们出个'证明'，以后我们办下来会补给你们的啦。"

"你不用解释了，军队财产是不能买卖的，你们欺骗银行贷款好几个亿，性质相当严重；你们又打着香港总公司的旗号，其实你们和香港总公司根本不是一个法人，所以你们没有能力办这个公司，完全靠银行的钱支撑。"

"张行长，你要起诉，是能够胜诉的，但法院判了，也执行不了啦，因为我们账面没有钱，库存有点产品，你们收什么呀！你们这样一棒子打死，不如让我们活着，好好做买卖，赚钱好慢慢还你们啦！"

女秘书接话说：

"张行长，甘老板说的是心里话，就算那是假证，但你们要理解我们企业的难处，现在这贷款抵押很难办呀。这次贷款你们又把我们拿掉了，我们饿死了，谁来还这三亿多贷款啊？"

女秘书说完，说上洗手间，张海明说里屋有。

甘老板一再央求张海明收回起诉书，容他们慢慢还贷，但张海明坚持说：

"起诉不变，你们作准备吧。"

甘老板和女秘书纠缠到十一点钟，才离开张海明的房间。

张海明又困又乏，洗澡入睡。他放被时，发现被子下边有一张银行卡和一张纸条，上面写着：张行长，一点小意思，请您收下，密码号：666666。张海明把卫中叫来，说了刚才这些事，把卡和条子交给他，卫中问卡里多少钱，张海明说不知道，可以查查看。

卫中问：

"这钱咋办？"

张海明说：

"你打电话让他们来取，他们不来取。就当贿赂款上交国库！"

次日，张海明和宾馆范经理交代：今后保安要禁止非住宿人员进入，特别是找他的外来人员，一律不得擅自放入；如有人找他，问明身份，和他电话联系，经允许才能进入宾馆。张海明又把一些人的名单交给门卫：凡这次贷款和依法起诉企业的人一律不许进。

范经理对保安及总台、客房服务员都作了交代。但不知谁把张海明的电话捅出去了，那几家没给贷款和依法收贷的企业老板，连续打来电话找他：说找他不让进，只好打电话。陆德富由于公司贷款被取消，养蚂蚁农民几百人到他公司要钱，又到县里闹，没解决，这些人又坐拖拉机来到省政府门前请愿，打着标语：陆德富还我们欠款！陆德富是大骗子！请省政府领导帮我们农民主持公道！等等。省里领导找陆德富，他说银行不贷款，没钱还农民；省里领导又找国兴银行，派来秘书长找到张海明，让银行给贷点钱，解决燃眉之急。张海明作了解释，坚持不贷。这时陆德富找他表哥，陆富达说他管不了贷款了，让他找张海明。他进不了招待所和省分行大楼。就在门口等张海明上下班堵他，但张海明那些天从两楼连接通道走，陆德富白等好几天，又打电话，张海明不接，气得他直骂娘。

还有那家君子兰公司，这次同样遭到依法起诉，丁老板坐立不安，也找陆富达——过去一直与陆富达打交道，又给陆富达和原信贷处处长几次好处费，这回要起诉他们，恐怕要倾家荡产。丁老板磨叨陆富达好几次，陆富达说："张海明说了算，找他去吧。"

他一推了之。丁老板也急了，说：

"陆富达，如果你不救我们，到时候我进去，你也脱不了干系！"

陆富达又气又怕，但又冷静下来，回应他：

"谁受贿了？你栽赃别人是要罪上加罪的！"

"陆富达，你想要赖？"

丁老板拿起茶几上的水杯摔到地上，起身出去时狠劲地关了门，咣当一声，吓得陆富达心惊胆战。

丁老板又来到张海明办公室。恰巧张海明不在屋，他正在卫中办公室商量什么事，躲过一"劫"。

这些企业，就啤酒厂老板消停，反正他们没多大损失，只是跑关系吃喝花了一点——陆富达也收一点。但他找陆富达时，只点了陆富达一下：

"倒霉，厂子没建成，还搭进二十万。"

陆富达装聋作哑，没吱声。

这场法律大战，除了伯乐国际俱乐部例外，国兴银行每场都胜了，但也损失巨大——只收回些抵押物，破破烂烂的，又定价很高。伯乐国际俱乐部，法院根本没开庭。"理由"是俱乐部是涉外宾馆，怕对外影响不好，法院给压下了，不但如此，马伯乐还让人从其他银行，又贷款三千万元，继续做他灯红酒绿的生意。

第十九章　救助基金

又是一年，元旦来临之时，张海明一点没有轻松、欣喜之意。总结这一年的工作，他头绪非常混乱，好多精力没有用到业务经营上，而是被动地应对随时出现的问题，他对这次清查贷款并处理那些人感到惋惜！有那么多处室负责人和一些行长锒铛入狱和被罢免、降职，国家花费巨大财力培养出来的人才就这样废了！他们的父母、妻儿引以为豪的亲人却成了罪人，沦为家庭悲剧！他在和卫中、姜远泽交谈时发自肺腑地说出了这些心里话。

春节之前，张海明让工会安排好困难员工慰问之事，同时关心一下入狱人员的家属，他们的困难也适当给予解决。他亲自和杨文图说：

"平时咱们顾不上员工的生活琐事，过年了，得下去走访慰问一下。"

他提出要求：

"工会要掌握这样的标准：今后保证员工家庭人均生活费要超过当地的最低生活标准；保证员工子女不辍学，保证有房住。"

按照张海明对员工生活"三保证"要求，杨文图让工会下发个通知，进行调查统计，上报困难员工名单，筹措资金进行救助。

张海明表态：工会钱不够，再由分行总务拿出点钱。杨文图代表工会感谢张行长，感谢分行党委。

"不能感谢我，这是咱们当领导的责任和情感。"

张海明又举例说：

"关心群众生活嘛，你看一到新年春节，总书记、总理都下到人民群众中间，到老百姓家里，走访慰问。当年三年自然灾害时期，毛主席带头节衣缩食，自律'不吃肉，不吃蛋，口粮不超量'，就连他的生日和下去视察时，给他做肉和蛋的菜都让撤下去，和老百姓共渡难关。我们得好好学啊！"

张海明又谈兴大发：

"还有咱们古代做官的，也有体恤关心民间疾苦的好官，比如诗人白居易，忧虑民间疾苦，他在一首诗里写道，'百姓多寒无可救，一身独暖亦何情。心中为念农桑苦，耳里如闻饥冻声。'诗人虽然官卑职微，又年迈多病，对民间疾苦无力回天，却怀有忧民之心。还有清代诗人郑板桥，也写过'衙斋卧听萧萧竹，疑是民间疾苦声'。

"可见古代人士也有'先天下之忧而忧，后天下之乐而乐'的济世情怀啊，但那时候，他们心有余而力不足啊。现在咱们国家有能力解决老百姓疾苦，就怕心想不到啊！"

他又对杨文图说：

"要尽量救济补贴困难员工，宁可我们机关经费少花点，今年年终奖可以拿出一点，给困难员工。"

杨文图表示：

"一定按张行长指示安排好春节慰问和救济工作。"

杨文图把基层行报来的名单统计、归纳之后，确定全行有三百零五名困难员工需要救济，每户五百到一千元。张海明看后，改为"一千——一千五百元，特殊困难户可救济两千元。"

并对杨文图说：

"到时候，除一名分行领导值班，其余都下去，每人带一个慰问组，给我安排到最困难的地市分行。"

张海明到全省最西北部的山北市分行慰问。这是他第二次到这个偏僻贫困地区分行，每天连轴转，一天工作十几个小时，晚上九点钟才休息，走访六十一户，他用了一周时间。每到一户，他都和员工谈心，嘘寒问暖，一聊就是半个小时，实实在在接触到了困难员工的家庭。

有一个员工被车撞了，肇事车逃逸。治疗费、误工费等花销都自己支付，而他爱人又在一家小工厂下岗，至今无工可做。还有一个孩子上自费大学，眼下快开学了，学费还没筹措上。张海明非常难过，安慰他们别伤心，他拿出最高慰问金两千元，自己又从腰包里掏出一千元给了她。看到张行长自掏腰包，随同的姜远泽和另一位同志也掏出几百元。张海明对随同的市分行于行长说：

"你们要记住，这家困难一定解决，敦促公安部门追查逃逸司机，孩子学费咱们分行负责，治疗费支行暂时垫付一下，让他们安心地过好年，让孩子开学时把学费如数带走。"

还有一个员工，身患癌症，虽然还在抢救，但是已经岌岌可危，家里欠债十几万元，把房子都卖了，现在住在亲戚家里。张海明问了她家人一些情况。最后他无法确定给她两千元还是给多少，因为他兜里也没多带钱。他把随同人员叫到院里，凑足五千元，又从包好的救济金里拿出五千元，把一万元交给这户绝望的员工手里，那员工丈夫感动得要跪谢张海明。张海明急忙扶起他，对他和家人说：

"你们的情况很特殊，我们非常同情，困难情况我们都看到了。我们一定帮助你们克服困难，当务之急是先治疗，孩子继续读书，家里能保证生活。至于欠债和医疗费，我们会适当帮助你们解决的。祝你们过个团圆年！"

回到市分行时，张海明让市分行、县支行把治疗费给报了，如果没钱可以挂账。

回到省分行，张海明要听一下各组的慰问情况汇报，让党委成员、相关处室负责人和工会人员参加。杨文图很惊奇——过去"一把手"行长，从来没有这样做过。

张海明一边听，一边问，一边记。他问困难员工分几种类型，是什么原因造成的。他从走访中察觉到，重大疾病是家庭困难的突出原因，还有夫妻双方中有失业下岗的；上有老人下有孩子抚养困难的。在汇报中，有两个组没有慰问记录，甚至说不准疾病户有多少，失业户多少，没房户多少，子女失学户多少，受到张海明当场批评。他说：

"你们下去一趟——一年才一次，为什么这么匆忙、敷衍？我们机关干部无忧无虑，吃、住、行、医都不愁，但我们想没想到基层行这些困难员工的疾苦啊?! 给你们一周时间，有的三天就回来了，把慰问金让基层行一发了事，你们这两个组马上电话联系，把情况给我补充上！"

张海明生气了，毫无情面地批评，包括带队的两个副行长。张海明走访慰问回到省分行，几天来，他寝食难安，情绪也不好，他眼前总是出现那些员工疾苦的场面。他想：改革开放三十多年了，庆都分行居然还有几百户员工生活困难！汇报会上，他提出几种解决办法：第一，凡大病、危病、重病造成欠债、卖房、生活贫困的员工，要报销其医疗费（或者全部，或者大部）；要从省分行工会经费中拿出一部分资助；并列为常年帮扶对象进行救济和扶持。第二，凡因为困难而辍学或者考上学不能入学的一律资助上学，费用可从工会费用中列支。第三，凡生活困难又一时难以解决的员工，家中有国兴银行这几年减员中下岗的，重新招进银行，按储蓄合同工对待。

陆富达说："这、这招人入行的事，恐怕得报总行吧。"

"不用。我自有解决的办法。"

张海明说。

张海明又让大家提议：还有什么好办法解决困难员工问题。在大家七嘴八舌的议论中，张海明肯定了姜远泽提出的成立员工互助互救基金的建议，和工会办主任李力提出的困难员工结成帮扶对子的办法，并让工会再扩大一下思路，在这两个办法上详细一些，形成两个方案，以行文转发下去。

因为姜远泽干了十几年工会工作，张海明让他起草成立互助互救基金的方案，让李力起草全行员工帮扶困难员工结对子的方案。

两个人倾心竭力，加班加点完成了"方案"起草工作，他们交给杨文图修改。杨修改后立即报送张海明。张海明认真阅完，批示：很好，立即发文，着手落实，力争两年内消除全行员工贫困现象。

在机关员工捐款筹措互助互救基金时，张海明带头捐了一万元。这个头带得让副行长们为难。张海明说："你们别和我比，我用钱的地方不多，多捐点。"

副行长们还是都捐了五千元，但陆富达为显示自己的"爱心"，居然捐了一万五千元！超过张海明，这令人难以理解——他的"爱心"的真实程度！在行长们的影响下，机关处长、主任们也都捐了两千元以上，普通干部都在五百和一千元以上，机关捐款的不过三百人，连退休干部一共捐款近七十万元，全行共捐款三百九十万元。员工互助互救基金一下子筹集这么多钱，让张海明高兴不已。

春节在即，人人都喜气洋洋，但工作劲头不足——人们的心思都在节日上。下边行长到上级行走动频繁，还有对口的部门头头们，都给各自的上司送年货和礼品，甚至礼金（红包）。有经验的领导年前那些天不出门，坚守岗位，守"株"待客。张海明是新来的，下边行长还摸不透他的"脾气"，但从他一贯作风上可以窥视到他的品德——廉洁，所以有些下边来的行长们畏惧，但也有行长坚信"当官不打送礼的"，也贸然地到张海明办公室或招待所宿舍去向他"拜年"，拿的红包，大都一万元以上。张海明笑了笑，对来者说：

"你们拜年，打个电话，或发个短信就行了，何必车行马跑地到省分行来，还出手这么大方。我谢谢你们的好意，但钱不必了。"

他都一个一个给退回去。对方说是××行全体员工的一点心意，非要他留下不可。张海明严肃地说：

"你们的好意会变成坏事，这一万元可够立案的了。"

说得对方有点害怕。张海明如此说法和做法，但仍未拒绝五个市分行行长的"好意"，张海明灵机一动，想：收下吧。然后他一笔一笔地记录下来。还有年货，下边行成车成车地往省分行机关送。总务处几乎每天都通知各处室人领东西。凡是给张海明的那份，他对总务处的人都说"不要"，他说他家不在这里。但总务处不敢擅自处理，都一份一份地存放在宾馆冰柜里。

张海明对节日送礼陋习早有反感，他在清江分行当行长时，曾以纪委名义作出规定，刹住了这种风气。这次过年，是他到庆都的第二个春节，不能再刹风整纪了，大过年的，打击人们的情绪也不好，但他倒要看看庆都分行送礼能成什么样，等过完年再说。

他回清江家里过年之前，办了三件事：第一件，他让工会办主任李力到门卫那儿，把过年前这几天下级行来省分行机关的人员名单抄下来；第二件，他把收到的五万元钱原封不动地交给卫中，他说等过完年回来再作处理；第三件，他让总务处处长把他那一份份的年货转送给了退休老行长们。

他净身轻车地回到老家清江，与父母、儿子过个团圆年。春节期间他接到不少庆都分行员工的祝贺电话和短信，包括退休的一些老干部，特别几位老行长电话里还感谢张海明送给他们年货。有些被救济的困难员工不知从哪弄到张海明的手机号码，也给张海明拜年，对他千恩万谢。有个困难员工还发来一首小诗：今岁新春过大年，上级送来慰问钱，全家老小泪盈眶，我们感谢张行长！

过完春节回到行里，张海明找来卫中，说起他年前交给他那五万元钱的事。他说：

"这些钱是年前有五个行长送来的，我推不掉，就捐给行里的互助基金吧。我估计，各行都来人给省分行领导和有些处长送'红包'，你以纪委名义开个会，要求把收到的'红包'都交纪委，主动交出去者没什么事，不交者查出来以违反党纪行风处理。"

同时，他让李力把从门卫那儿查出的各市县行长春节前来省分行机关的名单交卫书记，——有些来就是送礼的。

卫中按张海明指示召开了机关处以上干部（包括行长、副行长）会议，说明此次会议的目的和要求。卫中还公布了张海明年前上缴到纪委那五万元钱的情况，要求大家向张行长一样如数上缴收受的"礼金"或有价证券。

张海明在会上解释说：

"过年了，按照中国人的风俗习惯，人际走动来往，带点土特产，表达友谊，是人之常情。但成千上万地送钱，说轻了是违反党风行纪，说重了是犯法犯罪！中央每年都三令五申，新年春节期间不许送礼。有些人就是不听，你看那几天，下面来了多少人啊！据李主任核查，光市县行长副行长就来了五十四人！还有各市行一些部门负责人二十五人；在省分行宾馆登记住宿的还有十六人。这些人来干什么？汇报工作吗？办事吗？都不是，大多是带钱送礼来了。连我这新来的行长他们也敢送钱！纪委书记也敢送！但卫书记拒绝了。送钱给我实在推不掉的，一笔一笔记了下来，我想正好，把钱放在工会互助基金里，（有人笑）你们是庆都分行老人儿，人熟情深，他们能不给你们送吗？全省十六个地区分行，我看了登记名单，就山北行于行长没来，可能是贫困地区行没钱，也可能是于行长一身正气。江城行姜行长也没来，但他派副行长来的，拉些大米、食用油，还有江鱼，钱可能没送。当然，送年货的还有一些行。光我就收到十多份年货，总务处处长告诉我的，我都转给退休老行长们。总务处和招待所范经理都知道。还有卫书记的也没要。卫书记回去时，总务处处长要派车装些年货送他，被他拒绝了。他也是轻装净身走了。没带一分'礼金'，没带一份年货！你们收了，年货吃了，那就算了；但钱还在吧？就是花了也能补上，收多少都登记交上来；交的不追究任何责任，不交的查出来按党纪行规论处。"

卫中插话：

"希望大家主动交。其实来送的行长名单我们都掌握，不难查出。但查到谁身上就晚了。"

张海明接着说：

"这笔钱收上来做什么用呢？交工会互助基金会，就算各行的捐款。你们是'过路财神'，经一下手。"

张海明讲得似乎轻松，又不乏幽默，场上气氛也不像整纪刹风那样紧张严肃；有些人脸上还时现笑容。

卫书记问张海明：

"我看上交时限到正月十五吧，正好还有一个星期。"

"也好，过年发生的事，十五之前解决。十五以后，咱们召开全行工作会议，正式开展工作。"

张海明同意。

会后，处长、主任们都预感到"非交不可"的严重程度。他们越来越认识到：新来的行长和纪委书记都很严厉，如果不交后果会很严重！所以处长、主任们纷纷上交。姜远泽写个"说明"的条子，说他今年有五个行来送礼，但他都不收。收得最多的主要是业务处。周海军由于撤职了，不知有人送他没有？有三个处长探亲未归。副行长们除陆富达和杨文图外，都交了，多者达十五万，少者也有八万。杨文图写个"说明"给纪委，说拒收了所有礼金，只收几瓶去年出品的茅台酒，他把酒拿来交了。卫中请示张海明怎么办，他说酒就不要交了。对此，卫中对杨文图刮目相看，肃然起敬！

陆富达这几天没上班，说病了。张海明让姜远泽问问住哪个医院，准备看望一下，但打不通他的手机。

姜远泽告诉了卫中，卫中说：

"那就等，看他十五之前能不能交吧。"

正好十五那天，陆富达来了。张海明打电话让他过来一下。陆富达哼哈答应，但足有半个小时，也没来。张海明去了他的办公室，进门便说：

"你病了，不愿意动，我只能上你这来，怎么样，病好了吗？"

陆富达装作有病的样子，有气无力地说：

"老张啊，我这病彻底查了查，我以为是直肠癌呢，吓我够呛。虚惊一场啊！"

张海明问：

"到底什么病呀？"

"就是身心难受，别的也没查出来。"

陆说。

"老陆呀，年前收下面行送礼的事，就你没交呢。"

张海明突然提及这事，令陆富达很不高兴，他说：

"我要是没收呢，还交吗？"

"没收就不交了，但你得写个条子，谁到你那送礼了，你拒绝了。我让纪委和记者们总结你的经验，宣传一下。"

陆富达没想到张海明来这一招，让他尴尬得无言以对，等他要说什么，张海明已经走了。他气得把桌上的笔都摔到地上。这时张春耕进来了，看到陆富达愁眉苦脸的样子，问："怎么了？病得难受啊？"

"难受，都是张海明这小子把我气的！"

陆富达咬牙切齿地说。然后两人聊起交钱的事，张说他也交了，又说其他行长也都交了，就杨文图没交。

"他不交我也不交！"

"陆行长，这回张海明下狠茬了，小不忍则乱大谋啊，交吧！"

下班前，陆富达给监察室贝主任打个电话，叫他到他的办公室。贝主任去了，陆富达把准备好的一包钱交给贝主任。贝主任问：

"多少？"

他说五万。

贝主任让他写个送钱单位和姓名，陆富达不写，说：

"出卖别人的事我不干！"

贝主任向卫中汇报，卫中说：

"不写就不写吧。"

卫中向张海明汇报说：

"陆富达不止这点钱，你看咋办？"

张海明说："先放一下，等十五之后开全行工作会议时，你悄悄到各市分行行长那里调查一下再说。"

十五之后，工作会议召开。报到那天，卫中到招待所找市分行行长了解情况。行长们也很狡猾，不说给谁谁，给多少，只有三个行长如实地列出名单和钱数。卫中向张海明汇报难处。张海明说：

"暂时这样吧。"

陆富达"暂时"逃过"一劫"。

工作会议总结讲话时，张海明把春节慰问困难员工和过年各行送礼的事联系在一起，严肃地讲了半个小时，大体内容是："我们领导口口声声说以人为本，'本'是什么？'本'是我们工作的出发点和落脚点，'本'是我们工作的根本态度，我们工作的宗旨是全心全意为人民服务，提高员工的生活水平，一线员工是金融工作的决定性因素。但我们还有几百个困难员工，有的是特困员工，他们生活上有困难无法克服，我们各级行领导要帮助解决！让你们各行拿点钱救济一下困难员工，你们说行里没有钱，真的没有钱吗？为什么一到过年，你们向上级行大车小辆地送年货，往省分行送礼金？一个行几万十几万地送，怎么有钱啦？当然也有没送的，比如北山市中心支行没送，于行长就没到省分行来；江城分行姜行长也没送礼金，他也没到省分行来。其他行长谁没来过？这次我对两件事深有感触，一是年前我们行长带人下去慰问困难员工，那一幕幕情景让我揪心；另一件是我们纪委对行长处长们收受礼金的事抓了一下，收缴了他们收到的礼金。一下子交出二百二十七万元！我让把这笔钱交给工会作为扶贫帮困基金用，救济困难员工。当然也有不交或少交的人，我提醒这样的人，不义之财会让人滑入深渊的！

"今后送礼这事怎么办？我让纪委起草个文件，刚发下去，从今年开始就要狠刹过年送礼风！"

张海明又强调：

"今后我们考核各行领导政绩时，把解决好员工困难，关心群众生活都纳入考核内容。还有一条，就是靠送礼、拉关系的领导也要考核。送几千元上万元，那是'拜年见面礼'吗？那是行贿！超过五千就够立案查处的！"

张海明越说越激动。

张海明的讲话在会议上引起强烈反响。省分行领导从来没有在全行大会上，讲过解决员工生活困难问题和过年送礼问题。

这件事很快被《金融报》登在了头版，还加了编者按，作者是该行记者站李根生站长。他高兴地拿着报纸到张海明办公室报喜：

"张行长，咱行清退过年礼金的事《金融报》登了头版，还加了编者按语……"

"我知道了。"张海明打断他的话，问，"谁让你报道的？这么大的事报出去为什么不请示？"

"我……"

李根生支吾着。

"我告诉你，这是行里的大事，又是反腐倡廉的事，很敏感，你竟然擅自报道出去，你胆子不小啊！"

张海明批评说。

"我想这是宣传咱行'闪光点'，宣传你……"

"这是'闪光点'？这是宣传咱行的丑陋！宣传咱行过年层层送礼？宣传咱行各级行长层层收钱?！退了是应该的，这不是咱行的光荣，也不是我张海明的光荣，是耻辱！"

张海明又严令道：

"我告诉你，今后记者站包括下边支行谁写稿，报道各级行内的事，都要经过上一级行审批。再有，你们要多报道宣传基层员工的事迹，少报道行长们的所谓'闪光点'！"

张海明厌烦这种自吹自擂的报道，他又不善于宣传自己。在清江分行，凡涉及他本人的事，一律不准宣传，并严格规定报道的材料必须经过分行领导审阅。到庆都分行后，他又在一次党委会上郑重地宣布这个规定，让办公室下发通知。

年后不久，总行要召开纪委工作会议，让庆都分行讲一讲整纪刹风、加强廉政建设的经验，卫中请示张海明。张海明说：

"不讲，绝对不讲！我们自己得病，自己找药治一治，向总行解释一下，不讲。"

在总行纪委工作会议上，庆都分行虽然没作经验介绍，但总行在总结讲话中，还是对庆都分行发现腐败问题及时解决的做法予以表扬。但是，这个行的告状之风却依然延续。

第二十章　形象工程

　　杨文图在张海明支持下，工会工作开展得有声有色。全省工作会议之后不久，就召开了职工代表大会。

　　会上，代表们提出的议案中，有两个议案反响最强烈、最迫切。一个是省分行机关办公楼问题；另一个是全行四千多储蓄合同工——原来是储蓄代办员，没有得到福利分房的问题。

　　在行长解答议案时，张海明代表省分行党委表态说：

　　"我们省分行党委和我本人非常理解代表们的心声，坚决同意代表们提出的议案，盖办公楼和解决员工住房问题要优先解决！"

　　代表们报以热烈和长时间的掌声。

　　职代会以后，省分行行长办公会着手研究机关盖楼和员工集资建房问题。

　　全省各家银行相比，国兴银行办公楼又低又矮，原来组建国兴银行时，主管领导"长官意志"，让挤在人民银行老楼里，结果短短几年时间，这个楼就不合时宜地落后了。机关越来越多的人拥挤不堪，又在外边租用两个地方办公。省分行开会、办公，极不方便；但几任行长都没盖成新楼，那时经费充裕，地皮便宜，就是没人张罗，都怕麻烦，失去了大好机会。而国兴银行家属住宅也是僧多粥少，没有像样的住宅区或大院，盖几次也是七零八散的，连正式员工还有人分不到住房，储蓄员更分不到。1998 年房改时省分行最后一次分配住房时，机关和直属单位员工打架闹事，营业部没分到房的员工，居然抢占住房，惊动了警察，这才平息了"同室操戈"事件；而储蓄员只能望楼兴叹——根本没有他们的份！

张海明来庆都以后，陆陆续续听到一些反映和意见，他也有身临其境的感受——拥挤、陈旧。这次职代会上代表们以议案的方式提交，得到的反映那么强烈。

会上，有人提出经费、地皮问题，上级行审批问题等等困难，还有持反对意见的。张海明表达了自己对盖办公楼和集资建房的愿望和态度。他说：

"现在我们不是创业时期，是兴业强行时期，我们必须有办公大楼作为一种形象和企业文化，昭示社会！

"改革开放三十多年了，还有那么多员工没房住。这是我们领导对员工欠的情感债、责任债！"

张海明当场表示：

"建办公大楼和住宅小区的事，我负责。"

会后，张海明带人到办公楼和外租的两个办公现场。一班人站在楼外审视着平时天天上班而熟视无睹的旧楼，灰蒙蒙的楼体，仿佛饱经沧桑的老人。只有四层小楼，显得非常渺小和过时。离这儿百米远的中国工商银行大楼三十八层，高耸宏伟，金黄色的楼体，在阳光下金光闪闪，富丽堂皇，就像一位西装革履、风流倜傥的美男子。

张海明说："你们好好看看，好好想想吧！"

张海明一班人又到另外两处租借办公点，一处是和另外两家单位一起，在一个小楼里办公，三个单位的人出出进进，乱七八糟的，怎么办公？还有一处是在一个胡同里租的三层小楼，一层是开的饭店，油烟味呛人，员工们在二、三层办公，上下班需要走外边楼梯，雨雪天打滑，经常有人摔跤。到办公室看看，办公用品摆得满满当当，拥挤不堪，员工们有的说：

"这破地方出租车司机都不知道。"

有的说：

"银行本来是形象单位，信誉单位，你看我们这办公地方，谁愿和咱们合作啊！"

还有员工当着行长们的面坦率地说：

"十几年了，咱不知这几届行长都怎么当的，连个办公楼都没盖！"

又有员工提起住宅楼问题，说：

"张行长，集资建房比商品房便宜，我们就是借钱也愿意！"

离开之后，张海明又拉一班人到其他几家银行看，办公楼一家比一家漂亮。就连后来的光大、浦发、民生、兴业银行的办公楼也都像模像样的。

张海明看完几家银行办公楼，又看了他们的住宅小区。工行的鑫原小区一大片，几十栋住宅楼整齐排列，据说员工上下班都有班车接送；中行的华夏小区，三十几栋楼，既有行长、处长住的别墅群，又有普通员工住的小高层。

看到这儿，杨文图说：

"别看了，越看越悲观！"

武家豪说：

"张行长，咱们也建个小区，超过他们！"

……大家有感而发议论着。

回到会议室，接着开会。这回大家意见趋于一致，同意盖办公楼和住宅小区，然后研究一些具体的选址、经费、集资问题。

杨文图说：

"盖楼和集资建房问题，现在难度可大了。张行长你说你负责，你有那么多精力去操心吗？"

"不操心，什么事也办不成。"张海明说，"我们都是'劳心者'，不操心，还用我们这些人干啥？"

他转向杨文图，说：

"老杨，咱们干，你是工会主席，负责住宅小区，我管盖办公楼。"

杨文图说：

"行。但咱俩也忙不过来呀。"

张海明说：

"大家伙都帮帮手，比如老陆是本地人，和政府部门熟悉，跑跑地皮，办办手续什么的。"

陆富达说：

"我可不行。"

他接着又说，

"我还得看病呢。"

其实张海明就想试探他的态度。果然陆富达经不起"试探"，拒绝了。实际上他压根就没想要去做这项工作。

"张行长，我可以跑手续，我建委有熟人。"

武家豪自告奋勇。

"好。到时候谁有关系都利用起来。"

张海明说。

武家豪说到做到，很快从省建委和土地局那儿跑成了，人家说全力支持国兴行建楼和集资建房。武家豪又选好一块地方，让张海明去看：在市区十字路口，有五层旧楼可以拆迁；张海明看中了，又把班子人马带来看，也都同意。但到办手续时，市里不批，说那里已有规划，为市某某单位留用。武家豪问哪个单位，对方不告诉，说是"商业秘密"，气得武家豪拂袖离去。

后来听说，是市里主要领导和省里不和，市长没当上副省长有意见，搞摩擦。市里有个不成文的"规定"，凡省属单位和企业，包括中直企业，办事只要与市属单位冲突的都要倾向本市。据说那块地皮是留给市联通公司建大楼用的，但八字还没有一撇。

武家豪带张海明亲自拜见市长书记也不行。他们又通过苏书记找到省长，省长说市内地皮市里管，省里说了不算。后来武家豪只好另找地方。最后花高价买了一块省直单位的旧址，定为盖机关大楼。员工住宅选到市郊，但交通方便，有轻轨通过，还有多路公交车经过。

张海明叫杨文图和武家豪办手续，同时让设计院设计大楼和住宅图纸，两人马不停蹄地忙碌着。

在行长们审议办公楼设计图纸时，张海明反对把行长办公室设计得那样豪华，八十平方米的办公室，有单独卧室和洗手间，另有卫生间兼浴室，有健身房，有书房，还有一间秘书办公室。他说：

"行长办公几乎占一层楼，太浪费！不管是我，还是以后谁当行长，都没有必要这么气派。我看省委苏书记办公室，也就是三十多平方米，一个屋办公，还有个套间。我们一个行长，还能超过省里领导啊？我的意见是和副行长办公室一样，有个套间就行了，外屋办公，里边卧室和卫生间。"

他让武家豪修改过来。

住宅设计图纸，张海明让杨文图他们工会找员工代表征求意见，行长办公会不作讨论。张海明要求说：

"员工住宅要面积适当，设计合理，分出等级和不同价钱，按职务和家庭人员申报，不能有钱就想要大房，不行。"

在找开发商合作问题上，遇到一些麻烦。国兴银行盖大楼和住宅小区的信息不胫而走，那些开发商像大海里的鲨鱼闻到血腥味一样敏感，纷纷扑上来。有冒昧来的，有经人介绍来的，有电话联系的……那些天，行长们都有开发商来找。陆富达异常积极，像"病"好了似的，几次找张海明，要介绍某某开发商承包。但张海明没同意；还有老行长也来找，张海明也没答应。省、市地方领导也有来电话的，指名道姓让谁谁谁干，张海明也没表态。他召开行长办公会决定招标，在报纸上发出广告，网上发布消息。

尽管招标，但竞标的开发商也有不少是行内外熟人介绍来的。

招标也有一个问题：评委由哪些人参加？如果分行里领导都参加评委，每个人都有"关系"，竞标时也不会公平，而张海明和卫中是外来的，没"关系"；如果找外边人当评委，也许会好些。张海明正琢磨此事时，清江省的两家开发商——原来给清江省分行盖大楼和住宅楼的建筑安装工程公司老板，开车来到庆都找到张海明，要求承建大楼和住宅，并表示价格优惠、质量保证、工期短。张海明告诉他们需要招标，他们表示要竞标。张海明心想：一个外省的就算你是强龙也压不住地头蛇。所以，他也没当回事。

陆富达这些天非常忙，白天办公室里总是有人，晚上饭局也不断。他这么多年分管会计处工作，行内建设新网点和内部装修都是他说了算，有几家公司和他特熟。陆富达大舅哥又开建材商店，不管谁承建和装修，都要买他家的材料，这些生意，就给他大舅哥带来了巨大的财富。有人说能有上千万；有人说能有几千万。有知情者说里面有陆富达的投资，他是在幕后指挥。还有一家建筑公司，陆富达也有股份，每到年底分多少红，只有知情人明白，外人很难看出这里的"猫腻"。

张海明来庆都两年多了，他听到不少这些"秘闻"和"小道消息"，也接到一些匿名信和陌生电话，所反映的情况也都是分行里这些"烂事"。

张海明和杨文图、武家豪一起商议，他说：

"我看评委咱行领导一个不参加，就请外人。你们说行不行？"

武家豪问：

"请哪些人呢？"

张海明说：

"我看就由省建委他们当评委，内行。"

杨文图说：

"好，那咱就委托建委办。"

张海明让杨文图和武家豪到时候去落实，并交代说："这事咱三个人知道，其他人别告诉。"

武家豪问：

"为什么？"

张海明解释说：

"如果先说出去，传出消息，那些开发商就会去找建委他们拉关系，况且建委平时也和一些建筑公司都有关系。咱们来个突然袭击，让开发商和建委的人都措手不及。"

两个人都听得明白，暗中佩服张海明的智慧。

蒙在鼓里的其他副行长们，还有财务处汪处长都在算计着自己当评委让哪家公司参与的问题，有的还私下答应投某公司的票，如陆富达早就琢磨好了，办公楼投某公司的票，住宅小区投某公司的票，他还和张春耕、田仁京都打了招呼，让他们也这样投票。为此，还收了几个单位的"好处"。

有一天，陆富达来到张海明办公室——平时他几乎不到。此时他热情地先和张海明说话，问他：

"老张，你好长时间没回家了吧？弟妹一个人在家伺候老小也不容易啊。"

张海明说：

"弟妹走了，出国不回来了。"

陆富达试探地问：

"是吗，那你们夫妻关系——"

张海明坦诚地说：

"解除了。"

陆富达装出很吃惊的样子，然后又问了正题：

"老张，竞标这事，什么时候搞哇？我们评委还准备什么呢？"

张海明心里明白，但表面不动声色，说：

"你们以前怎么办的？"

"以前从来没招过标。"

"那就到时候再说吧，看看承包商的资质材料就行了。"

"好的。你忙吧。"

陆富达走了。

那天晚上，张海明住处突然有人送来一个果篮，来者自称是一家叫万兴建筑公司的。张海明说不认识他，也没让他进屋，没收那个果篮。那人气馁地走了，果篮没拿。张海明让服务员追他，但那人就像蛇一样溜走了。

张海明批评服务员为什么放人进来，服务员说，那人说是你的亲戚，从清江省来的。

张海明把果篮推给服务员，让她拿给经理招待客人用，服务员把果篮送到范经理屋，说是张行长给的，让招待客人用。范经理屋里还有一个人，服务员放下果篮就出去了。

张海明睡觉时，想到那果篮的事，是不是有什么意思？他打开台灯，一看都十二点了，怕惊醒服务员，就睡了。但他还是睡不着，老想那果篮可能有问题。他起来打电话给服务员，问了果篮是否送到范经理那儿，服务员说送去了。他又给范经理打电话，没人接，他猜想范经理昨晚回家了。他就睡了。

第二天上班后，他问果篮的事，范经理不好意思地说送别人了。

张海明追问：

"送给谁了？"

范经理不好意思地说：

"我一个朋友，昨晚正好在我办公室，我让他给拿走了。"

张海明让他把那果篮找回来，但范经理很为难，说：

"张行长，我再给你买个果篮吧！"

张海明口气坚决地说：

"不，就要那个！"

范经理不明白怎么回事，又不敢多问，心里只是嘀咕："这张行长太小气了！"

范经理打电话给朋友，让他马上把果篮送来。对方说他把果篮送给住院的亲戚了，没追回来。范经理不明白，又斗胆问：

"张行长，这果篮有什么问题吗？"

张海明不能把自己的疑虑告诉他，只能说：

"没有。"

张海明把"果篮事件"告诉了卫中，并和他一起分析个中奥妙。

张海明说：

"这果篮里一定藏有什么东西，不然一个公司送什么果篮呢？我又没病没灾的。"

卫中分析说：

"可能与招标之事有关，是不是老板给你什么好处费？"

"也许。但现在没法查清了。"

张海明和卫中又聊起招标的一些事。

张春耕不是张海明的人，他感恩陆富达。是陆富达发现了他，并把他从县支行一步步地提拔起来，官至副行长，感恩戴德之情一直萦绕在他心中。每年过年，张春耕必去陆富达家拜年——这是一种人之"常情"。改革开放以来，许多干部把提职晋升，不是感谢党的关怀而是记在某个领导身上，并念念不忘，可以说，这是多数官员的为人之道。他认为张海明的到来，挤占了陆富达的"一把手"行长的位置；他又认为张海明是"外来的和尚"，念的经与庆都分行不一样，但他又亲历了张海明"真经"的作用——广大员工对他越来越拥护，令他不得不刮目相看和思考。他现在是两头为难，是一如既往地站在陆富达一边呢，还是弃"陆"投"张"呢？有时想到陆富达和张海明瓜葛不断的事，他就有点倾向张海明，但表面还不能得罪陆富达。

他也有"关系"公司，他到张海明办公室，想疏通一下"关系"，但他没直说，先是夸一番张海明来了以后的"丰功伟绩"，然后说：

"张行长（以前叫'老张'），你看你来了两年了，我都没和你坐下来谈谈，我原来对你不了解，经过两年时间，我真感觉眼前一亮啊，现在庆都分行前景是光明一片啊……"

张海明打断他的话：

"老张啊，你是不是走错门了，我可不是那种'太阳式'人物，什么'光明一片'？"

张春耕乐了，说：

"张行长，你确实了不起，短短两年，做了几件惊天动地的大事情，让人钦佩啊！"

"你有什么事吧，老张？"

"我没什么事，随便聊聊。张行长，我认为异地当官是对的，你这外地的多好，不沾亲带故，一身轻松。像我们这些本地人，七大姑八大姨，关系缠身，亲戚朋友们整天把你搅得水混泥沙起，蒙头转向啊！"

"你们本地人'关系'多，是不假，但不至于那样吧？"

"张行长，你说盖大楼、盖住宅，这消息一传出，这家伙，找来的人真不少。家里、办公室总有人，让我一点不清净，这干扰太大了！张行长，我建议：要招标就快点，搞完了，咱们就消停了。"

"快了。"

"如果竞标，我们这些评委也不好投票，投谁不投谁，难下笔啊。"

张春耕看张海明喝水，马上把杯抢过去，接满水又递给他，又接着说：

"张行长，你那一票是不是有主了？"

"我谁也不认识，有什么主？"

"张行长，如果你没主，能不能给庆都广厦建筑工程公司投一票？"

"如果我参加评委，可以考虑。"

"那我先替公司谢谢张行长了！"

然后张春耕又介绍一番这家公司如何如何好。

这时杨文图来了，张春耕忙说：

"张行长，你忙吧，我还有点事。"

走了。

杨文图问：

"他来干啥？"

"这时候能来干啥？都争取我这一票呗。"

"张行长，你这一招还真好，不然，陆富达、张春耕这些人早把项目抢走了，都不和我们研究。"

杨文图很不满这些年来全行建筑、装修的活都被陆富达他们包下了，使用假冒伪劣材料让他们从中捞到很多好处。

建委王主任突然接到庆都分行的竞标委托请求，有点不高兴，说：

"你们太仓促了——下午开竞标会，上午才告诉我们？"

杨文图解释说：

"王主任，这样突然袭击，对你们也好，不然走漏风声，你找他找的，你们也麻烦。"

王主任理解了，笑了：

"啊，替我们着想啊。不过这准备工作可来不及呀。"

"放心，我们都准备好了，招标单位名单、资质材料，都要来了，也复印好了，反正需要的东西都准备好了，现在就可以帮你们布置会议室。"

杨文图说得王主任心满意足。

建委对竞标之事轻车熟路，布置好了会场，很快选好了人，王主任把评委召集在一起开了个小会，当场宣布纪律，把手机收走，不容评委与外界任何人接触。这一切让张海明他们非常满意。

竞标时，张海明让通知行领导和有关处室人员及员工代表参加会议。

陆富达和其他副行长们到建委会议室时，才被告知竞标全权委托省建委搞，一时蒙头转向。他对告知他的郝主任不满地说：

"怎么不研究就这样定了？"

说完转身就走了。一边走一边叨咕着：

"这是办的什么事……"

张春耕也要走，但一想又留了下来，可他心里不好受。

卫中对张海明伸出大拇指，小声说：

"高，实在高！"

竞标这一"高招"，令省分行很多人不知道，那些忙于拉关系的公司老板们目瞪口呆。有的和省建委有关系的，这时想联系一下都来不及了，但有的坐在下边和他们熟悉的评委笑了笑，或者摆一下手，也算一种暗示。张海明坐在下边最后一排，不动声色。这时的陆富达已回家——隐居小别墅中，兰妮想上前亲热，但他一想招标那事心就烦，没有那份心思，手机关了，闭眼装睡，心里翻江倒海。

竞标很顺利，五点就结束了。按张海明提出的最高标价——大楼每平方米一千九百元，住宅楼每平方米一千四百元。两家公司中标。有的老板看标价太低中途退了出去，有的想提价，没如意，最后两家公司都是国营大公司，一家叫天地房地产公司，老总姓伍，叫伍孟强，全国劳模、人大代表、优秀企业家；另一家叫广厦房地产公司，是股份制企业，省建委控股，老板是建委一名处长，兼总经理，叫成建。竞标后有人反映建委控股公司中标，不公平。张海明想：古代有"内不避亲，外不避仇"的先例，何况我们现在是共产党的天下，也应有如此胸怀；再说这样低的标价，私企老板不愿干，所以中途走掉那么多。

竞标后，张海明才露面，见了建委领导和评委，又见了两家公司老总。晚饭，张海明设宴，款待建委领导和评委及两家公司老板，杨文图和武家豪参加，酒桌上，张海明巧妙地提出质量问题、工期问题及帮助办手续问题，又谈了资金支付问题等，四方都很亲热、和谐，这是一个良好的开端。

省分行机关和营业部一些员工听说省分行集资建房价格很低，都想买。但杨文图指示工会李主任，凡户口在庆都市区的储蓄员，和没分到福利住房的员工可以报名，其他人一律不许报名。

有人找分行领导说情，被卡住了。有的老干部和老行长也有找张海明的，说给孩子报个名，也被拒绝。

张海明指示工会：一定把好关！

基层市分行听说省分行集资建房，价格又便宜，也动了心思。他们请示省分行也要集资建房，张海明叫杨文图以工会名义正式答复：省分行支持各市分行、县支行集资建房，解决员工没房问题。

有些指望拉"关系"中标的老板没中上，很不满意，有的还骂某个人，收了好处费，也没给帮上忙。

有一天，送果篮的老板冒昧找到张海明住处，说要和张海明谈谈，被保安拦住没让进屋。

过了几天，省纪委转来一封告张海明"受贿"的信。说那果篮里藏着十万元钱，送给张海明了。卫中看后好笑，他拿给张海明看。张海明说：

"你看咋样，咱们当时分析到了吧，肯定里边有问题。"

卫中问：

"那咋办？"

"查呗。"

张海明让卫中代表纪委查，追究果篮下落，顺藤摸瓜，再查钱的下落。

卫中带贝主任，先找服务员小张，小张说果篮他按张行长指示原封不动地送给了范经理。卫中他们又找范经理核实，范经理也说服务员送来的果篮原封没动，他也没动，正好办公室里有他一个朋友，说他妈妈有病了。那朋友走时，范经理把果篮送他了。那朋友从范经理那里拿走后，直接到医院看他妈，他妈不能吃水果，就让亲戚拿走了。

这一个个环节都查了，确实如此。但问到了那个朋友他妈的亲戚时，那个亲戚说果篮里有的水果都烂了，没敢吃，就扔垃圾箱去了。

"你们打没打开果篮？"卫中问。

"没有，从外边一看就烂了。连动都没动就扔了。"

"你们没发现那里有钱吗？"

卫中又问。

那亲戚一愣：

"什么？钱？"

他愣了一会，摇摇头，说：

"没有，没看到。"

果篮"周游记"，卫中查了一圈，没查出结果。卫中以纪委名义写个材料，报到省纪委，省纪委又答复那个老板。

那老板不信也不服。但省纪委态度明确：

"我们只能查到这程度。"

那老板又到公安机关"报案"，认定张海明收了他十万块钱，公安机关推说："行贿受贿行为属纪检委管，公安机关管不着。"

那老板又按国兴银行调查的情况说一遍，说那钱也可能谁收果篮把钱私吞了。这属于刑事案件，最后老板找人疏通关系，公安机关才勉强受理这个案子。

刑警人员又按先前卫中查的顺序审查一遍，把涉事人员逐个筛查。警察怀疑范经理那个朋友和他妈及她亲戚三个人，警察把三个人像过筛子一样过了一遍。人家都矢口否认看到钱和拿钱。后来警察又找到那天清理垃圾的环卫工人，人家说记不清有没有果篮。这样就不了了之。

那老板气得把所有人骂了一遍，"果篮事件"就此结束。但谁也不知道，"果篮事件"的幕后操纵者是谁。一天，杨文图到张海明宿舍，告诉他说：

"张行长，你知道那天送你果篮的是谁吗？就是总给咱行搞建筑装修的老板黄天成，他是陆副行长的铁哥们。"

张海明白了这里的"内幕"。

几天之后，陆富达让范经理把那服务员小张撵走了。

总行对庆都分行盖机关办公大楼的报告迟迟不批，急得武家豪团团转，人家建筑公司都准备开工，就差钱了，无法动工。

武家豪找张海明想办法。张海明决定带武家豪和财务处汪处长一起去总行。汪处长请示张海明准备带些庆都的土特产品。张海明同意了，说：

"带点吧，别空手去。"

总行财务部部长和张海明很熟。他说：

"庆都分行盖机关楼财务没问题，关键是主管行长和'一把手'行长批。但我还没来得及请示两位行长。又说你们行有告状信，说你张海明搞'形象工程'，'要政绩'。"

部长又悄悄地和张海明说：

"你们省分行班子内部肯定有不同意见。"

张海明说：

"开始有，后来都同意了啊！"

武家豪说：

"有的人当面同意，背后反对呗。"

汪处长说："这是广大员工的共同愿望，谁还反对？"

张海明让部长带他一起找主管财务工作的王副行长，又说了一大堆理由。王副行长原则同意，但他对张海明说：

"首先你们班子思想一定要统一，不然，你这边含辛茹苦地把大楼盖起来了，他那边偷偷摸摸地挖你墙脚，你们的大楼能稳吗？"

钱没要来，张海明带着不解和愤懑回到省分行。

张海明召开会议，行领导都参加。张海明说：

"咱们班子开个会，再议一下盖大楼的事。我这次和武副行长、汪处长到总行做工作，总行领导说我们班子'思想认识不统一，有人反对盖大楼'。现在咱们统一一下：这楼到底盖不盖？"

杨文图很生气，说：

"谁说不同意？上次开会不都说了吗，一致同意！"

陆富达问：

"还有必要再统一吗？"

卫中说：

"有必要。"

张海明说：

"我看非常有必要。这次咱们只说同意，还是不同意。举手表决，然后形成决议，报到总行。"

大家都举了手，包括陆富达。

"郝主任，你写个报告，然后每个人都签字。让汪处长上报总行。"

报告报到总行后，张海明随后打电话催促财务部赶快批。部长对张海明说：

"老张呀，你真老实啊，你不会先干着，等啥呀？"

"我得先给人家付款，人家才能开工啊！"

"你当行长的，还差钱吗？"

部长笑呵呵地说。

张海明也笑了：

"行，我先垫上……"

张海明感谢部长的好意。他马上找武家豪和汪处长，让他们先安排些资金，并通知伍老板，准备开工。

汪处长为难，他说用钱不是小数，建议能不能以公司贷款形式，筹措些钱。

武家豪一想可以，但张海明说：

"不行。"

张海明想：贷款按程序很复杂，报总行批……猴年马月能批下来？还有，如果陆富达（他主管信贷工作）再设置障碍，很可能耽误了。于是他和武家豪、汪处长商量能不能从工行贷点——工行是老邻居。

武家豪说：

"试试看吧。"

于是张海明让武家豪去请工行刘行长吃饭——说我们新行长来庆都后要拜访刘行长。

酒桌上，张海明对刘行长先检讨一番拜访太晚了，刘行长也检讨应该登门拜访张行长。两人都谦虚客气一番。武家豪由于和刘行长熟得很——刘行长原来是人民银行处长，武家豪是他的副处长，两人亲如兄弟，说笑无拘无束。

"武行长，没事不见我呀。"刘行长看着武家豪又说，"今天有什么事吧？"

武家豪也不客气，说了庆都分行盖大楼资金暂时没批下来，先从工行贷点款可以还是不可以。

刘行长一听乐了，说：

"同样是银行，还舍近求远从我这儿贷？"

"我们是亏损行，总行严格限制我们信贷计划，又收回审批权。你说要贷点款多难呐！"

武家豪解释道。

"张行长，为什么不先垫付资金呢？"

刘行长出主意。

"刘行长，你也知道，我们国兴银行在本地的情况复杂。"武家豪说，"你要做每一件事，违反了政策，那指定有人告你；就是你做对了，还有谣言和诬告的呢！"

刘行长对张海明说：

"张行长，你到这来可真锻炼人啊！"

张海明一时不明白，问：

"怎么锻炼人？"

武家豪替刘行长解答了：

"咱们庆都分行人际关系复杂呗。"

"人际关系太大了，我说你们省分行班子成员，关系就难处啊。"刘行长了解庆都分行的情况，又直言不讳，说，"你看哪家银行没有大楼，就你们庆都分行没有，有人说你们庆都分行搞帮派，不干正事。"

"刘行长，你们都知道，我们庆都分行外表没形象，内瓤'瓜菜代'。"

武家豪形象地外扬"家丑"。

"社会上把我们两家行办公楼作对比，说你们庆都分行艰苦朴素，说我们工行摆豪华排场。"

刘行长说。

张海明乐了，说：

"这回我们大楼建成，就改变我们的形象了。"

三个人边喝边聊，事办成了，又密切了两个行的关系。

盖办公楼，张海明很低调，没搞动工仪式，市民也不知道这里要建什么，但走近工程项目公示牌才知道是庆都省国兴银行办公楼。

但住宅小区开工时，张海明叫杨文图选个星期天，搞个隆重仪式，选了三个员工代表剪的彩，放鞭炮，飘彩球，有点大张旗鼓，参加仪式的上百名员工欢欣鼓舞。

张海明和杨文图除负责盖省分行办公楼和集资房外，还牵挂下边支行的员工集资建房问题，电话也过问此事。江城分行行动快，姜行长请张海明到江城分行参加开工仪式，张海明愉快地答应了，去时带杨文图。剪彩之后，姜行长让张行长讲几句话。他说：

"耕者有其田，居者有其屋，农村早就做到了；但我们城里人还有那么多人没有房子住，改革开放三十多年了，我们必须让员工享受改革的成果，我们国兴银行庆都分行三年之内，困难的员工要脱困，无房的员工要有房！"

现场二百多人热烈鼓掌，长达一分钟之久。

山北市分行属经济不发达地区，银行效益也不好，员工收入不多，集资建房迟疑不决。张海明给于行长打电话询问情况，问：

"为什么你们没有动静？"

于行长说员工手头没那么多钱。张海明又问：

"为什么不搞按揭贷款？"

于行长又说市分行今年贷款指标不多。

张海明命令式地说：

"不多，先给咱员工贷！"

于行长无话可说，答应说：

"行，请张行长放心，我们马上行动。"

张海明又叫杨文图问一问其他几个行，让他把全行的集资建房的事抓一抓。

办公大楼进展相当快，省级建筑公司有实力，投入也大，几乎是一个星期起一层，三个月就盖了一半。

正如总行王副行长预言的：

"你盖大楼，弄不好有人挖你的墙脚。"

应验了——有人告状，告到总行、中纪委、省纪委。告张海明盖大楼计划没批就施工，告他到总行行贿。中纪委把告状信转到总行，批示要认真调查处理。总行对张海明心中有数，韩书记亲自带人到庆都分行调查。

第二十一章　查处行贿

韩书记找张海明谈话说明来意，张海明感到很突然，但他并不紧张，还开玩笑说：

"这点事还劳您大驾呀！"

韩书记说："事可能不大，但你官不小——'四品大员'，我来还算够格吧？"

也开个玩笑。

韩书记和张海明很熟，一个总行副职，一个省分行"一把手"，都十几年了，熟得连张海明开口，他能知道他要说什么，要说他"行贿"，真不信。但告状信上白纸黑字写着，又说得有鼻子有眼的。所以，他还得按中纪委批示查清。

"海明啊，我没想到还有人告你'行贿'！那年你在清江分行当行长，我让你在总行纪检会上介绍经验，你勉勉强强地来了，讲得很少，但那句话我现在还记得，你说，'在廉政上，我敢说"我光明磊落"'！那气魄多大呀，现在的领导干部有几个人敢这样说！今年年初总行纪检会，我让你来讲讲，你不来，我也表扬了你张海明的事迹，短短的两年，你把庆都分行的歪风邪气问题解决得不错啊，但我不理解，还有人告你。"

"从那次喊出'我光明磊落'以后，我压力很大，我在总行分行长会议上，有的省分行行长当面讥讽我，'老张啊，你的名字好哇！'事后我后悔不该这样说。但'一言既出，驷马难追'，我时刻把这句话当座右铭，处事谨慎，但还是有人告我。"

"海明啊，告你的事，你说说吧。"

"我如实地向领导汇报。"

于是，张海明坦承了他带武家豪和汪处长到总行汇报建办公楼的事时，带了一些土特产品，一共花了三千六百元钱，给总行财务部每人一份——摊到各人手里也就是百十块钱。

财务部长开玩笑说："你带这点东西，人家都笑你，说你张海明太'大气'，那东西还在仓库里放着呢。"

韩书记又问：

"你没有送钱吧？"

张海明笑了：

"你不相信我——我这个人'小气'，有钱我们自己还不够花呢。"

韩书记边说边笑了，说：

"我相信你不会的。但人家告你'行贿'，我就纳闷。好吧，让你的财务处出个证明材料给我。你也写个东西交给我，我回去向总行党委和中纪委'交差'啊。"

"你知道这告状信是谁写的吧？"

张海明试探着问。

"不知道，这是匿名信。你们庆都分行匿名告状成风，一般事就不查了，但涉及你'一把手'行长，又告到了中纪委那儿，所以不得不查。"

这时，韩书记又忽然想到什么，问：

"哎，你们盖办公楼批地皮，办手续时，有没有向省里、市里送过什么？你们又招标，收没收过企业好处？"

张海明向老领导保证说："没有，绝对没送，也没收！"

韩书记说："那好，这我就放心了。本来我打算用一周时间查你的，没想到这么简单，才两天就完成任务。我明天回去，你给我们订机票。"

张海明说："领导，再待两天，听听我们的工作汇报呗。"

"工作汇报不听了。我想用这半天时间找班子成员谈谈话，了解一下他们对这件事和对你的看法。"

"那好哇。替我征求一下对我的意见，然后转达给我，我先感谢领导了。"

张海明又问晚上看不看话剧，韩书记说没时间，晚上可能用在谈话上。

韩书记先找武家豪谈——因为他负责盖大楼，又和张海明一起到总行去送土特产。武家豪对告张海明的状很气愤，他说：

"现在我们行是不干事的整干事的，不作为的告有作为的，你说这点杂七杂八的土特产还告我们？又告到中纪委去，真是小题大做！"

韩书记批评了武家豪的态度，但又理解他的心情。

武家豪大胆地猜测后坦然地说：

"这事准是陆富达干的。"

"你怎么知道？"

韩书记惊诧地问，接着告诫他说：

"你可别乱猜测。"

"我乱猜测？从张行长来到庆都，陆富达没当上'一把手'行长就不高兴，好多事都和张行长对着干，还背后整人！那'桃色新闻''果篮事件'谁干的？就是他背后指使的。"

"啊，他干的？"

韩书记忽然想到那些事，问：

"你有什么证据？"

"他'准连襟'是商业银行行长，以请张行长吃饭为名，灌醉他，又让办公室主任安排张行长洗浴，小姐按摩……还有前些日子，有人给张行长送果篮，说里边放钱了，张行长没收，他们就造舆论说张行长收了十万块钱，这次又告张行长到总行行贿，这不是整人吗！"

韩书记听到这些，更加深了对陆富达的认识，他对陆富达也很熟，这人有能力和魄力，但就是品德不好，告他的信不少，但由于某种原因，那些事都被压下了。韩书记想到以前自己保护陆富达的行为，心里惶恐不安。他想找陆富达谈话。

韩书记找陆富达谈话时，陆富达的话题总是离不开对张海明的看法，他说：

"老张这人来庆都以后，有些独断专行，不把我们副职放在眼里，这是第一；第二，他好大喜功，搞'形象工程'，往自己脸上贴金，比如这次盖楼，就是给自己增添政绩；第三，他收人家企业的钱，还赖账不承认，这事儿影响很坏；第四，盖楼资金没批下来就动工，从工行贷款建楼；还有第五，他又到总行行贿……"

韩书记不想听下去了，打断他的话问：

"怎么行贿的？你说说这事。"

"你们可能知道了，他拿行里的钱，买那么多东西往总行送，影响多不好！"

韩书记问：

"你知道送了多少吗？"

"多少不说，但这种行为是行贿！"

韩书记又问：

"行贿的定义是什么？"

陆富达看到韩书记的表情有点不对劲儿，没再说什么。

"行贿是为了达到个人某种私利或私欲而送给当事人的财物。张海明为分行盖大楼，他有私人目的吗？怎么叫行贿呢？老陆啊，张海明到庆都分行当行长，这是总行党委决定的，你对他个人有意见是不对的。这是你不对的第一点；你不对的第二点，人家张海明来了两年，就干了好几件大事，深得民心，总行是肯定的，而你呢，不积极配合，还出难题、设障碍，造成关系不和谐、不团结；你不对的第三点，'一把手'有他自己的工作思路和创新观念，但在执行时都是经过党委研究形成决议的，有些事你不同意，甚至反对也行，但党委会或者行里其他会议一经决定，个人不能在行动上反对，不能在工作中怠慢消极。而你呢，身为党委副书记，'二把手'行长，做得怎么样？你不对的第四点，你是庆都分行的老领导，又当了多年'二把手'行长，如果说庆都分行过去存在问题，包括班子、党风、行风、经营亏损问题，你也是责无旁贷的。问题和原因你都有份，当然成绩你也有份。过去总行收到不少你们庆都的告状信，告状风不断，告谁？告什么？我今天明确告诉你，有相当部分是告你的！如果不是有人替你说话，你还能在这位置上当行长吗？现在在什么地方还难说呢！这次我是代表总行党委、纪委来调查张海明所谓'行贿'问题。但也有一个任务，是代表总行党委、纪委找你谈话的！你应当有自知之明，你不是一个清廉的领导干部，你也不是一个称职的行长，你更不是一名好党员！"

韩书记的话越说越严肃，然后戛然而止，这个突如其来的打击，让陆富达面红耳赤，哑口无言。当他蔫巴一会儿，刚清醒过来想说什么时，被韩书记摆摆手制止了，韩书记严肃地对他说：

"你别说了，我不想听你说什么，我要看你今后干什么。"

陆富达从来没有受到过这么重的批评，看到总行对他如此定论，令他心灰意冷，又毛骨悚然。他不知道自己是怎样离开的房间，又怎样回到自己办公室的。

韩书记找完班子成员，最后找张海明。韩书记晚上和他长谈一次。肯定了张海明两年来在庆都分行的工作和成绩，鼓励他大胆工作，尽快把庆都分行面貌改变，特别要把党风行风转变过来，把经营搞上去，尽快扭亏为盈。同时，他建议分行党委适当时候开个民主生活会，开展批评与自我批评，特别指出要帮助陆富达，**挽救他别掉进深谷**；还要求张海明团结一切可以团结的人，把有利因素调动起来，形成班子合力和全行行动一致。

韩书记提的希望，张海明理解是自己的不足，他向韩书记作了自我批评。

张海明又问了韩书记一个问题：

"如果领导干部包"二奶"，应该怎么处理？"

韩书记一听，就明白张海明指的是陆富达，因告状信早就有人告他。但他又没法正面答复。他只是说：

"现在这社会，五光十色，诱惑太多了，作为一般人，属于个人隐私，是道德层面问题，法律又没有追究条文；对于领导干部，中纪委是有规定的，不许包二奶，养小姘。据说以后婚姻法修改会增加这方面条款的，如果第三者破坏人家婚姻家庭关系，是要追究经济赔偿的，但如果女方是独身的，还是拿他没办法。"

说到此摇摇头，表示无可奈何。

韩书记明天中午的飞机，他打算让庆都分行上午开个党委会，把对张海明"行贿"问题调查结果通报一下。

党委会上，韩书记说：

"我这次来庆都分行，对张海明同志所谓'行贿'问题进行了调查。现在查清楚了，我通报一下：张海明同志为了做总行的工作，使你们机关办公楼能尽快批下来，给财务部送点土特产品，还是别人建议的。我看，这也是人之常情，还谈不上'行贿'问题，顶多叫'送礼'，也属于党风问题。但目的是省分行集体的事，不是为他个人的事，这是个原则和界限问题。他又高姿态，做了自我批评，全揽了责任，又自己交了这三千六百块钱，冲销了那笔开支。

"关于建办公大楼问题，他是采纳广大员工的呼声、党委研究决定盖的，为了省分行有个良好的社会形象和信誉度，有人告他是为了自己搞'形象工程'，要'政绩'，'往自己脸上贴金'，等等，有无限上纲之嫌。难道提高国兴银行形象错了吗？全国各省市区分行的办公楼就你们庆都的差，我以前提出过，换个新办公楼，但你们行主要领导没这个意识，也不想操这个心，如果这大楼盖起来了，你们省分行的形象就会上一个档次！起码和挨近你们的工行有一比。过去我们总行有的领导曾批评江苏和山东分行办公楼盖得太豪华了。十年过去了，人家在南京市和济南市还不落后，现在总行有的领导又表扬人家，说'还是江苏分行和山东分行的领导有远见'。我看这也是领导者的政绩，总比为了自己私利今天想这个、明天干那个的领导强吧！

"我们提倡当领导为官一任，造福一方。我们也要批评那些专门整干事人的恶劣风气！我告诉你们，这些年我掌握你们庆都分行的情况，你们确实有的人占据重要位置，拿着高额工资，不作为，甚至给行里添乱抹黑！"

韩书记的话不太多，但句句有针对性，又如针似铁，打动和刺痛一些人的心，同时也给这些人敲了警钟。

这样爱憎分明的领导讲话，极大鼓舞了以张海明为首的那些积极向上的干部。

有总行领导做主并澄清了张海明盖楼"行贿"问题后，张海明和武家豪迅速抓紧大楼的工程质量和进度；他们又常常晚上和双休日碰头研究，且频频去工地检查。

杨文图那边建住宅小区的工程也干得热火朝天，进度一天一个样。

张海明对杨文图和武家豪说：

"我还得考虑全行的工作，特别是经营问题，你们俩要多操些心，千万保证质量，也避免浪费。"

大楼竣工之前，张海明和武家豪商定：先找好装修公司，到时候马上进行装潢，做好衔接不影响进度。张海明的意见是，也要搞竞标，还是委托建委搞。武家豪同意，但他说有好几家公司找他，要承揽这活。张海明让他千万别答应。

武家豪建议张海明多竞标几家公司，相互协调，各负其责，还能加快进度。张海明同意他的意见，让他和建委交代好。

竞标以后，张海明让武家豪把这几家公司召集在一起，开了个会，张海明对他们提出了要求。他说：

"我先祝贺你们中标，但现在我们不能说你们能干得好，装修完了要验收，如果验收不合格，不但返工，还要扣承包费；如果干得好，评上优质工程，我们还要奖励你们。"

张海明说得大家既有压力又受鼓舞，老板们都表示一定保质保量按时完成。

和陆富达有关系的两家装修公司一个都没被选上，这是他意料之中的；因为这样的公司，论实力、技术和人力都不如人家大公司。他们以前就靠"关系"活着，靠陆富达和张春耕他们把国兴银行的工程给他们；他们又给陆富达他们不少好处，陆富达还有这两家公司的股份（不是上市公司，只是股东制），但这次工程他们一点没捞到，都恨新来的行长张海明出"损招"，让他们公司"断粮断水"，"断生存之道"。

陆富达想来想去，不甘心这么大工程一点油水没捞到，这次又挨一顿批，他感到窝囊，工作无精打采，就是回到他的别墅和兰妮做爱也没有以前那么热情，有时还被"训斥"。但他不死心，找到武家豪，说他大舅哥开的是建材商店，能不能从那里进些装潢材料。武家豪回绝了，说：

"这我可说了不算，你找他们装潢公司去吧。"

武家豪对陆富达很有意见，陆富达应该知道，他不该来找武家豪帮忙，自讨没趣。但人的私欲膨胀，有时候会不顾及脸面的。

他又来到张海明的办公室。一进屋，先夸奖大楼盖得快，再有几个月都封顶了，说张海明办了一件大好事，张海明知道陆富达是找他有事，问："老陆有事吧？"

"有点事。我先找老武，寻思别打扰你了，可老武把我推到你这儿来了。"

"什么事呀？"

张海明不愿听啰啰嗦嗦的话。

陆富达说："张行长，咱们盖大楼，我大舅哥总找我，说他那建材商店什么材料都有，让我说说，用些他的材料。"

张海明解释说："老陆，你也知道，咱大楼装潢都包给中标单位了，人家用材料都自己采购，咱也说了不算。"

陆富达说："那他们中标这么大工程，就不感谢咱们行？你如果和他们说，买我们点材料，他们不能不给面子吧？"

张海明笑了：

"老陆，现在是市场经济，都是商业行为，谁给谁面子啊。"

张海明转念一想，说："我试试吧。"

"那我替我大舅哥先谢谢你了，张行长。"

陆富达竟然和张海明握手，表示一种情感——这是张海明到庆都分行和他第一次握手，连他到庆都分行报到那天，总行领导向庆都分行领导介绍他时，陆富达都没有伸手，弄得张海明把伸出的手又缩了回来——很尴尬。

陆富达走时，张海明补充一句：

"老陆，你可要有两手准备呀，不一定能行。"

张海明真想和公司老板说，让他们买点。但武家豪知道后找到张海明，说：

"张行长，给谁办也别给他陆富达办，你没少挨他整，你还……"

"你别这么说。"张海明打断武家的话说，"人与人相处，人家无情，咱再无义，这不叫以牙还牙吗？毕竟是班子成员嘛。"

张海明真的找了这几家公司老板，有两家答应说可以。结果到陆富达大舅哥商店一看，那些建材都是"三无"产品，要装潢大楼，没有质量保证，人家不敢用。

陆富达大舅哥又找陆富达，说人家公司不用他的建材，陆富达又找张海明，张海明又问公司老板，对方说他的建材质量不行，很多都是假冒伪劣材料，张海明又把话转给陆富达。

陆富达知道他大舅哥多年来为国兴银行装修用的都是杂牌货，可要价都是大品牌的价格，赚了银行不少钱。总有人反映，都被陆富达给压下了，有时公司把坏的再补修一下，对付过去了。他对大舅哥说："你别怪我，我尽力了，人家张行长找公司老板，可你建材质量不合格，怪谁！"

"那我按他们需要的品牌给他们买不行吗？"

"你想赚差价？人家都傻——自己不会买吗？大哥啊，你赚银行钱的时代过去了，别再做美梦了！"

大舅哥垂头丧气地走了。

大楼竣工后验收，被评为全省优质工程。张海明高兴，就兑现他的诺言，奖励建筑和装潢公司一百万元。公司老板们也高兴——从来没有工程甲方奖励乙方钱的。伍总不敢收，让手下人把钱汇给庆都分行，把奖励证书收下来。张海明又让武家豪再次汇过去，并让他找伍总解释一下，说是国兴银行广大员工的心意。

伍总毕竟是全国劳模，境界很高，准备用这笔钱在大门外放两个石狮子——并征求张海明意见，说狮子能镇灾避邪。张海明一看伍总诚意不变，就让他安放两个大理石圆球。伍总不解地问：

"张行长，一般门口都放石狮子，你怎么放圆球呢？"

别说伍总不解，连班子成员也不理解，大理石圆球做完放上以后，好多员工和路过市民都不理解。

张海明解释道：

"放狮子，是中国文化一个传统习俗，是官府衙门显示威风的。我们大门口放两个石狮子，对谁威风？我们放两个实心大球。球象征什么呢？球是圆的，象征我们银行前景无限，没有起点，没有终端；球是实（石）心，象征我们工作实心实意，扎扎实实，做人做事都诚实。这不比石狮子好吗！"

张海明这样创意和诠释。在党委会上、在机关员工大会上、在全行工作会议上都作了这样的宣传，令大家赞许和理解。张海明让人把这样的诠释刻在球座正面，让那些过往行人和客户感到新鲜，但是一看便明白其意。

省分行机关乔迁之喜，张海明决定搞一次庆典仪式，大造声势，这是企业文化建设一个很好的切入点。他请了总行和省里以及兄弟行领导和客户，还有建委和承建公司的老板们，同时还邀请了国兴银行特殊的客人——省分行捐资的学校师生代表和所在县领导，场面非常隆重。

单位来宾和企业老板们都带贺礼来了，庆典共收到三十二万元礼金。行里决定，把这笔钱捐给国兴银行资助单位新建一所学校，叫

"金土地小学"。县长和校长高兴地从张海明手中接过捐款，全场顿时响起热烈的掌声。

进驻机关新大楼的员工开始了新的工作。这一天正好是元旦，虽然是法定休息日，但兴高采烈的员工们都自觉地来上班，收拾办公室。张海明让宾馆准备了午饭，行长们和员工欢聚一堂，从此，结束了分散办公的时代，员工们充满了工作激情。

住宅小区紧随机关大楼脚前脚后也完工了，杨文图也要搞个落成仪式，当场发钥匙，让大家高兴高兴，对社会也造点声势。张海明同意，并让杨文图安排好。

张海明问：

"小区叫什么名字？"

杨文图说：

"叫'海明小区'。"

张海明不解：

"什么意思？"

杨文图乐了，说：

"没有你关心和张罗，就没有集资建房。"

张海明敏感地说：

"什么张罗和关心，集资建房是党委决定的，你又从头到尾抓的。我算什么？你不能往我脸上贴金啊！我可不要这'闪光点'，我怕睁不开眼睛。"

张海明寻思着说：

"这样吧，叫'温馨家苑'。员工住进去，体会到有房的温馨，享受到党和社会主义的温暖！"

"好哇！"

杨文图很赞成这个小区名。

张海明又让杨文图把房分好，别闹出意见，好事要办好。杨文图汇报说："要按员工级别、工龄时间打分，排出名次，按先后分配。"

张海明又交代杨文图："分房以后，每家都要装修，既操心又耽误工作，也保证不了质量。能否和员工商量一下，统一安排装修，让装修办公楼的几家公司包下来，装修材料最好以团购形式购买。"

张海明又特意交代杨文图：

"等明年开春，把小区好好绿化一下，行里和工会出点钱，别向员工要钱。"

张海明为员工想得很多，事无巨细。杨文图很钦佩，说："张行长，你真是员工的'父母官'啊！"

杨文图选了个吉利日子——双休日，搞庆祝分房仪式。

那天，天高云淡，阳光明媚，虽然已经是冬季，但似乎春天早来。几百名分房员工和家属、子女，像过年似的欢欣鼓舞，在工会李主任组织下，他们整齐列队，彩旗迎风飘，彩球悬空吊，标语醒目，鞭炮齐鸣。

李力主持仪式，杨文图讲了话，他讲到了张行长关心员工住房，费尽心思，克服种种困难，终于建成了国兴行的温馨小区。全场员工和家属子女报以长时间掌声。有人居然喊道："张行长万岁！"

现场一时沸腾了。

杨文图讲完，把话筒递给张海明，让他讲几句。张海明首先给大家朗诵了一首古诗：杜甫的《茅屋为秋风所破歌》，其中有"安得广厦千万间，大庇天下寒士俱欢颜，风雨不动安如山"。他说：

"古时候老百姓住房是大问题，连大诗人杜甫都想让老百姓住上万间广厦，遮风挡雨啊！可是那时候的社会制度实现不了。在我们新社会，共产党领导下，才能实现杜甫梦寐以求的'万间广厦'，和风雨无侵的安居乐业生活。我相信大家住进新房，在享受温暖和幸福的同时，一定会积极工作，奉献自己的人生价值，把我们庆都分行经营好！"

张海明简短而精彩的即席讲话，激发全场一片掌声。

员工代表讲话时，激动得流了眼泪。她说：

"我们能住上这么便宜漂亮的新居，感谢省分行领导，特别感谢张行长、杨主席！我们这些不享受房改的储蓄员和没分到房的年轻员工，每次看到省分行、市分行员工分新房时，非常羡慕，去串门时，心里总在想：我们什么时候能住进属于自己的新房呢？可是，我们这些人买不起那么昂贵的商品房，我们又没赶上以前分福利房的时候，我们心中一直被痛苦折磨着，被期望燃烧着。张行长来了以后，让我们的羡慕和梦想变成了现实！我们非常感谢张行长！感谢杨主席！感谢行党委！"

"感谢张行长！感谢杨主席！感谢行党委！"

员工们喊起了口号。

最后一个程序是发钥匙，由张海明、杨文图等分行领导把钥匙亲手发给员工，拿到钥匙的员工和家人跑向自己的新房，那种几百人的奔跑，场面就像万马奔腾一样，伴着欢呼声，非常壮观！

张海明看到这种场面，感动得眼睛都湿润了。这时，不知从哪拥来一群男女员工，呼呼啦啦地硬把张海明和杨文图托起来，往空中扔，就像体育比赛中运动员庆祝胜利把自己教练员抛起来一样。

杨文图给张海明和卫中从集资建房中留出两套小户型，让他们暂住，以便家人来时方便。装潢公司老板知道了此事，非要免费给张海明和卫中的房间装修，以示答谢。杨文图向张海明汇报此事时，被他坚决拒绝了。为此，老板们很不理解。

第二十二章　存款竞赛

庆都省分行办公大楼和工行大楼隔路相望，又争相媲美。白天，过往行人纷纷注目；傍晚，楼顶霓虹灯把"国兴银行"标识照耀得闪烁醒目，巨幅屏幕滚动出现国兴银行的标识和广告。员工们每天看到这一切都心花怒放，引以为豪。

但是，一提到业务经营，从行长到员工都自卑自馁："亏损行"的帽子像泰山一样压在国兴银行员工的头上。尤其到总行开会时，庆都分行的人——从上到下，都是低着头走路。会议讨论发言也少说为佳；见到总行领导都低头避开，进入会场往后排坐。会间，广东、江苏、浙江、山东等盈利行的行长都主动往总行领导身边凑，趾高气扬地和领导们搭话。这种鲜明的现象，让张海明感慨很深。

尽管庆都分行如此境况和张海明的责任不大，但他不想有负于上级领导——一个亏损行的行长，如何把经营搞上去，何时能扭亏为盈，由他亲自摘掉亏损行的帽子。他总在想，且感到压力很大。

货币经营，也像做买卖一样，得有本钱。这些年，总行给庆都分行的贷款指标一年比一年少，原因之一就是庆都分行自有资金不足。偌大的庆都分行，一万多名员工，每年还组织不到一百亿存款。当然，客观环境是这几年的"炒股风"和"购房风"，影响储蓄存款，但主观原因还是重视不够，工作不力。

总行实行了"一把手工程"——把存款作为"一把手"行长的主要责任；又提出"存款立行"的工作思路。但庆都分行这几年班子不和，帮派纷争，"一把手"行长不是软弱无力，就是空缺，一时配不上。所以"一把手工程"也好，"存款立行"也罢，都是名存实亡；又由于贷款困难和总行批贷不及时，一些大户走了，又带走了单位存款和效益点；员工收入低，积极性不高，储蓄存款组织不上来。

张海明在年初制订存款计划时，提出了一些有创意的措施，比如，把组织存款与下拨经费挂钩，这样，各级行积极性很高，"八仙过海，各显其能"。市县行长们带头，员工们自觉吸储。这些措施还真管用，上年度庆都分行净增存款八十亿，创历史同期最佳成绩。

但任何事情都有利有弊，过头了则会出现问题。比如有的基层员工反映，他们又要工作，又要揽储，不堪重负！有的市县支行还被人民银行查处，说对员工个人下达存款任务，违反了规定。有些员工不敢向本行行长们反映，怕挨批评，他们悄悄地向工会反映，建议省分行改变对基层员工下达揽储任务的做法。李力向杨文图汇报，杨文图拿不准是对还是错，但他应当为员工代言，维护员工利益，可他又一想，员工利益与全行利益发生矛盾时，是站在分行一边，还是站在员工一边？他有些犹豫，就向张海明汇报。张海明没有轻易说对还是不对，他让杨文图派工会的人下去搞调查，倾听广大基层员工的心声。

杨文图派李力主任下去搞了调研。李力带几个市分行工会主席用一周时间跑了十二个有代表性的基层单位，找了几十名员工了解情况，倾听他们的意见，写了近万字的调查报告，交给了杨文图；杨文图看后又呈报张海明。

张海明认真看了报告，有些还记在他的"行情记事本"上——这是张海明的一种工作方法，把基层行的一些事都记在本子上，积累资料，以作备忘，又作决策依据。他记了一段员工倾诉的话：

"我们基层员工，视行为家，也为行里经营发展倾心尽力；我们也为行里储蓄存款上不去而急得火烧火燎。我们想拼命工作，拼命揽储，为国兴银行多作贡献。但我们基层第一线员工，每人都有工作岗位，有一份工作，特别是'窗口'服务岗位，一坐下来就离不开，连吃午饭都在'窗口'吃；连节假日都很少休息，对行里给我们的揽储任务心有余而力不足——没有时间出去揽储；仅仅有点休息时间，到外边求爷告奶地动员储蓄存款，也很有限，很难完成几百万的任务。我们建议行领导：能否取消给基层'窗口'人员下达揽储任务？"

张海明仿佛听到了员工的心声，他深思着。

报告中又有这样的建议：

"如果搞全员揽储，下达任务不合人民银行规定的话，能否以工会名义搞储蓄存款竞赛活动，既组织广大员工自愿参加吸储揽存的积极性，又符合工会法中规定组织劳动竞赛的职能，还不违背人民银行的规定。"

张海明又记下这个建议，他还写了自己的感受：

"这个建议好，还是员工有办法。"

看完报告后，张海明批示：此报告很好。工会同志脚踏实地的工作作风和倾听基层员工意见的做法，既体现了工会组织是"职工之家"的作用，也为我们领导决策提供了第一手资料，建议党委成员阅后，拿出自己的意见，待专题开会研究。

省分行召开专题会议，研究是否取消对基层员工下达揽储任务，与会者争论的焦点是要不要全员揽储并下达任务给基层员工。

分管储蓄工作的张春耕极力主张全员揽储，他说：

"我们去年全员揽储达到二十个亿，占全行净增存款总额的百分之十，如果取消这个做法，我们行会完不成计划的。"

张海明想：基层员工四千多人，被二十亿除，每人五十万。而我们有些分行给基层员工下达二百万任务，还是日均，他们怎能完成？

杨文图也默算了一下说："这等于说有三分之二员工完不成任务，而被扣发工资，或者停发效益工资，所以下边员工怨声载道。"

武家豪说：

"我看把机关员工组织发动起来，在城内吸收储蓄，拉些存款，然后采取奖励措施就行了。"

杨文图说：

"我们机关人员工作灵活性大，特别我们行长处长们，能拉大户存款，有的行长都能拉两三个亿，所以我的意见是把机关干部和行长作为重点，对基层员工不下达任务，靠他们自觉自愿吸收存款，只奖不罚，这样更好。"

陆富达没发言，他心思没在这上面。最近有人向他透露信息，有人告他有洗钱行为，要查他。这段时间他忧心忡忡，无心工作。

田仁京不分管储蓄存款，他看陆富达没发话，自己也不说。

张海明提示说："老陆和老田，你们有什么意见呀？"

陆富达说："我还没想好呢。"

大家以为他不说了，停一会儿他又说：

"老张抓存款工作，我们听他的。不当家不知柴米贵，不抓这项工作不知其重要性。如果不搞全员揽储完不成任务，难受的是老张。"

田仁京说：

"我看也是这样。为了完成任务，别管机关基层的，就是要不择手段，也别听那些反对意见。"

卫中针对田仁京说：

"我看还是按人民银行要求，合法经营，不能'不择手段'，市场竞争是激烈，但也得讲规则。我看了工会的调查报告，基层员工为了完成揽储任务，吃了那么多的苦，很少有休息时间，也顾不上家里的事，有的夫妻闹矛盾；有的员工为了把存款从别的行挖过来，还自己掏钱请人家吃饭，啥都豁出去，太不容易啦！工会调查中，基层员工提了许多好的建议，比如搞点竞赛，或者搞储蓄会战，奖励自愿揽储者，我同意这样做。"

卫中表示：

"我可以从北京搞些存款过来，但我不要奖励，属于义务奉献。"

杨文图夸奖说：

"还是卫书记高风亮节啊！我看卫书记说得好，我们不能给基层员工太大压力，要把机关干部特别是各级行长发动起来，他们时间充裕，有关系，又有车，方便。"

武家豪说：

"行长电话一张嘴，员工跑断腿。"

张海明又分析了当前的金融市场形势：

"现在存款是有个市场竞争问题，各家银行都非常重视拉存款，靠优质服务，争取回头客，这是一个方面，今后我们一定把'窗口'服务水平搞上去，给顾客一个信誉度、满意度。另外，我们也不能守株待兔，坐享其成。社会资金和单位企业资金就是一块大蛋糕，没有人公平地分发给你，而是各家银行去抢！谁先下手就拿到大块，谁迟钝就抢不着，或者抢得少。但抢也要讲规则，不能抬高利息，不能买存款，更不能给企业老板行贿。我看要鼓励员工有竞争观念、市场观念和法制意识；我同意工会提出的意见：以劳动竞赛方式搞储蓄存款，既能调动员工积极性，又不触犯法规。"

张海明又对主管储蓄存款的张春耕说：

"老张啊，你是这方面专家，你得多出点主意呀。"

张春耕多年主管储蓄存款，但成绩不大，还挨总行领导点名批评过，他的压力挺大，也想了些办法，如全员揽储是他鼓动起来的，还有银行卡发了不少，遍地开花，但多半成了死卡。这几年年终完不成存款任务时，张春耕都做些"手脚"，让基层行年底前不择手段"借"存款，凑合完成任务，过了年人家就把存款取走了。陆富达曾背后对他说过：

"存款是'一把手工程'，你抓好了，成绩是人家张海明的；你完不成任务，主要责任也不在你这儿，而在张海明那儿。你操那么多心干啥！"

会上专题研究存款问题，张海明又问他怎么办，作为主管的副行长不说是不行的。

张春耕说：

"我看上次研究定的存款与经费挂钩很好，现在全行净增明显。

这个办法我们要继续抓好，不断总结经验，加以完善。再有，全员揽储还得搞，但不能声张，文件上、领导讲话都不能出现'全员揽储'字样，不然人行一查，证据确凿，肯定挨罚。还有，对员工拉存款，奖励要加大，重赏之下，必有勇夫！我就说这些，因为存款是'一把手工程'，老张有高招，我听行长的。"

张海明说：

"你银行卡那块可得重视啊，这可是有前景的业务。你们卡部发出上百万张卡，存款不到两个亿，太少了！怎么让那些死卡活起来？你们得想想办法。"

杨文图接过话说：

"老张是到处撒网，不管捞鱼多少。"

张春耕说：

"当然了，见水就得撒网，谁知道水下有多少鱼呀？"

讨论到这时，也是"山穷水尽"了，没什么新招。张海明作了总结性的发言：

"我看讨论差不多了，这样吧：第一，存款与经费挂钩要抓好，但一定要兑现，要监督各级行一定兑现到位，我听说省分行兑现到基层行的经费，市分行给县支行兑现时就克扣一部分，会计处和储蓄处要检查，发现问题一定要追查，同时报告我。第二，全员揽储改为机关员工吸收储蓄存款，基层员工一律不许下达揽储任务，要作为一条纪律。但自愿吸储的要给予奖励。第三，以工会名义组织储蓄存款竞赛活动，要大张旗鼓搞。这个符合《工会法》，不触犯什么规定，然后评出'储蓄状元'，一、二、三等奖什么的，你们工会要搞个方案，发个通知。第四，信贷部门要把贷款和存款也挂钩，我们给企业贷款，也让企业给我们组织存款。比如让他们到国兴银行办工资卡，把余钱存在国兴银行。"

按"行长带头拉大户"的要求，张海明找到省政法委苏书记，说：

"苏书记，你管全省公检法那几家单位（系统），把他们的钱往我们国兴银行存呗。"

苏书记说：

"老同学，人家都有主了，你这不是'第三者插足'吗？"

"这第三者插足，不犯法，也不违规，这叫市场竞争！"

"人家都有归属了，你这不是把人家拆散关系吗？"

"你们那几家单位也该'喜新厌旧'了，换换'口味'不好吗？"

张海明好像说了算似的口气，说得苏书记都笑了。

苏书记说：

"老同学，你这是一厢情愿的事。"

张海明说：

"老同学，你要同意，不就是两厢情愿了吗？"

"假如把账户拿到你们国兴银行，你对我们有什么好处？"

苏书记似真似假地说。

"我给你钱，你不敢收；我给你东西，你不敢要。"

张海明也似真似假地说。

苏书记说：

"你这是'逗我玩'呀。"

于是两人又聊起几家单位如何到国兴银行开户的细节。苏书记让张海明分别到这几家单位去征求意见。但张海明提议：能否把这几家领导聚一下，这样能省事。苏书记同意了。

国兴银行和公检法领导相聚前，苏书记做了许多工作，特别提到建设交警总队办公楼贷款的事，公安厅领导非常满意。这时检察院也提出建检察官培训学院，法院提出要建庆都法院审判大厅贷款的事。

苏书记一听乐了，说：

"你们别以为银行贷款是白给钱，要付利息的，还要抵押的。"

检察院检察长开玩笑说：

"我们可以把苏书记作抵押！"

大家乐。

公安厅长和法院院长也附和：

"对，把苏书记押出去！"

可见庆都省公检法系统的和谐，以及与政法委书记之间的融洽关系。

张海明说：

"不用苏书记做'人质'，只要省财政厅担保就可以了。"

"财政厅？"

公安厅厅长愣了一下，说：

"那得苏书记做工作。"

几天以后，国兴银行到公安厅去考察和评估交警总队办公楼项目，做好了贷款的一切准备工作。

贷款批下来之后，公安交警的罚款项目很快转到国兴银行来了。

法院的收费开户正在商谈的过程中，高法院长是副省级领导，看上去快到六十岁了，"官架"当然不小，但有苏书记的关系和上次相聚，张海明有点自来熟的样子：

"老院长，上次定的事怎样？"

老院长突然问：

"你们银行间争来争去的，这样道德吗？"

一下子把张海明问住了。

张海明迟疑一会儿，说：

"老院长，这就是市场竞争啊！"

"对于国家来讲，这种你争我夺的竞争没有好处，而且是'内耗'，对于你们银行来讲，是唯利是图，而且这里边容易发生腐败。"

老院长一席话，让张海明深思起来……

张海明对行长们"拉大户"重新思考，和杨文图和卫中在一起交流时，他分析说：

"如果把企业和事业单位从别的银行拉到自己银行来建户，存款拿过来，这中间需要做很多工作，包括请客送礼，给人家好处，甚至'回扣'。"

卫中也认为：

"从市场竞争角度拉存款无可非议，但从整个金融系统角度，那是'内耗'，属于'同室操戈'。"

杨文图说：

"拉大户，是从人家银行挖存款，势必造成银行之间的矛盾，甚至对立。"

但他又认为："市场竞争不讲情和义，只讲规则，只要不违犯法规就行。"

张海明还认为：

"挖人家存款，也有个'道德'问题，就像一个人从对方嘴边抢走吃的东西一样，不道德。"

三个人的论题拿到行务会上讨论，就引发热议。多数人认为还是市场竞争问题，适者生存。张海明也承认这种同业竞争适者生存的观点，但他同时认为必须是合规合法有序的竞争。如果送礼、给钱，像基层员工揽储时花自己钱买存款，那就不是公平竞争了。

又有人反对，说：

"你不请客送礼给'好处'，能把人家存款从别的银行拿过来吗？"

不管大家如何分歧，又仁者见仁、智者见智各说各的理，张海明还是决定放弃"花钱"拉存款的做法，他说："你们'拉'也好，'抢'也罢，但绝对不能搞'回扣'，花钱买存款，行里不出这笔钱，也不担保你们违规违法行为。"同时，张海明又讲了竞争的另一个问题，那就是服务问题、信誉问题。他说：

"我们同行业竞争一个重要方面，就是提高我们的服务质量，提高我们的信誉度，塑造我们的良好社会形象。现在我们办公大楼盖了，以后基层网点改造也要搞好；员工有了住房，安居乐业，工作积极性和服务质量上去了，我们的存款会上来的。这种竞争是无形的竞争，有潜移默化的引力。这就是合乎市场规则的竞争。"

张海明又建议多建几个"秒秒钟"或"分分钟"储蓄所，多安置些柜员机，在大单位、大商场、人员流动大的地方都可以按比例安装；给大学生、农民发些银行卡；给企业、事业员工发些工资卡等等，这样可以方方面面地吸收存款，就像一棵大树伸展无数根须，把周围更多的水分吸收过来一样。

张海明的提议，又引起大家的思考，纷纷提出建议和设想，一时间，各种好办法脱颖而出。

第二十三章　廉政顾问

老院长上次和张海明谋面说出的"道德"和"腐败"问题的话，他感到太直率了，有点对不住苏书记，所以他打电话给苏书记，让他给张行长过个话：有点失礼。

张海明听到苏书记转达老院长歉意的话，很感动，他认为老院长是坦诚又讲情义的人，张海明想再次拜见老院长，交个朋友也好。

苏书记告诉张海明说老院长住院了，老院长不让告诉别人。张海明到医院看望慰问了老院长，他买了鲜花和营养品给老院长带去了。

当张海明突然出现在老院长病床前，他有些惊讶和感动，只一面之交的张行长居然看望自己来了。老院长说："你怎么知道的？"

张海明风趣地说："心有灵犀。"

老院长说：

"张行长，上次我说的话多有不妥，请你谅解。"

张海明说：

"老院长说得对，对我很有启发。"

他又问了老院长的病情和身体情况。老院长告诉他自己胆囊炎犯了，医生建议做手术，他不敢挨刀，所以整天打消炎针。张海明又聊些轻松愉快的话题，以减免老院长此时的痛苦。

张海明四处打听到了治疗胆囊炎的偏方——熊胆粉，很有效。他托人买来几盒货真价实的熊胆粉，给老院长送去了。

老院长不好意思地说：

"张行长，你这么忙，怎么又来看我？"

"我是来给你送'灵丹妙药'的。"

张海明有点幽默地说。他拿出五盒熊胆粉，介绍说："这是治疗胆囊炎的良方，你每天按说明书吃，吃上一个疗程，保证好。"

"真的吗？"

老院长有点似信非信的样子，但他很感动，说：

"张行长，真不好意思让你这样牵挂我。"

"老院长，我听苏书记说，你是全国司法战线上德高望重的老先进，我很敬佩你，我得向你学习呢！"

张海明听苏书记介绍老院长时，有这么一席话让他钦佩：

"现在社会上都说公检法太黑，可人家老院长十几年在领导岗位上，有权有势，与腐败从来不沾边，是全国多次表彰的先进典型！"

人以群分，物以类聚。张海明最佩服这样光明磊落的领导干部，以其为榜样，进行自律。他在清江省分行时，那里有一个水利厅厅长，被党中央和国务院表彰为"优秀党员领导干部"，张海明经常和他接触，水利厅下属企业在国兴银行贷款，一分没有损失。这个厅长不但自律好，又对下属干部要求严格，张海明向他学了不少做人做事做官的道理。

这次又在庆都巧遇老院长，自己寻找的榜样又出现了！他对古人说的"近朱者赤，近墨者黑"的训诫极有感触，人要结交好人为友，会潜移默化地影响自己。

老院长出院那天，张海明和苏书记一起到他家看望他。苏书记官至副省，又在业务上管他，但苏书记为有他这样全国先进的同仁而自豪。苏书记知道张海明的为人，所以有意识地让他接触老院长，后来又给他讲了许多老院长的事迹，还把他在全国做巡回报告的讲稿拿给他看。

那天，老院长很高兴，住院没动手术，连打针带吃熊胆粉就好了。老院长让老伴准备几个菜，三个人边吃边聊，那场面亲热、轻松，谈笑甚欢。

张海明给老院长倒杯茶水（以茶代酒），自己满上酒，敬老院长，拜老院长为师！老院长第一次有人拜他为师，惊奇，感动，又佩服张海明。苏书记作证，又给老院长介绍了张海明一些廉政情况。老院长又钦佩地紧紧握住张海明的手，说：

"好哇，张行长，有你这样的人把握金融大权，党和人民就放心了！"

接着老院长讲了一些金融行业领导干部腐败的事例，他又说了最高法院指定他参与审判几个案件的事，他惋惜地说：

"那些都是我们国家的人才啊！从上学到工作，又培训，又深造，又出国考察，党和国家花了很大精力和财力把他们培养成高级干部，对他们抱有期望，家人对他们寄予厚望，没想到因为金钱美色而毁掉自己！"

老院长几乎忘记了吃饭，没完没了地讲他经历审判的案件，然后他又嘱咐张海明说：

"张行长，你们常年和金钱打交道。现在金钱的诱惑可是居第一啊！你们给企业贷款，有的不地道的企业老板，给你们'回扣'，给你们送房子，送车子，送金银珠宝，给你们孩子办出国留学，等等，他们有很多招法啊，要经得起这些诱惑可难啊！"

老院长喝口茶，又说：

"领导干部周围的人都在吹你捧你，你天天听到的都是赞扬声，而听不到批评声和警钟声，很难做到廉洁自律呀！你是行长，又是书记，还负有教育和提防手下人不出事的责任，这就更难了。"

好像老师在给学生上课，张海明边听边点头，在心里细细地琢磨老院长每一句话的分量，特别是老院长对他要求"手下人清正廉洁"，使他心潮起伏。张海明又当场聘老院长为国兴银行党风廉政建设顾问，这个"职称"老院长感到新鲜，但又欣然接受，因为张海明对廉政建设这样重视，他感到欣慰。

苏书记很赏识张海明这个做法，说：

"老同学，你聘老院长是找对人了。"

张海明从认识、结识老院长，又拜他为师，聘他为顾问，他心中似有一团火在燃烧着，平时热乎乎的，有时又火辣辣的，他决定搞一次党风廉政建设报告会，请老院长讲一课。

一个周六，张海明利用休息时间把机关副处以上干部和班子成员召集起来。老院长出现在众人眼前时，大家感到很新鲜。张海明首先介绍了老院长的资历和荣誉，又说明了聘请老院长为顾问的原因。张海明说：

"我们聘请老院长为我们分行廉政建设的顾问，目的是把他的好思想、好作风传播给我们。他是全国政法战线上的老典型，值得我们学习；老院长多次审判过全国金融系统的腐败大案要案，他能用活生生的实例和切身感受讲给我们听，这是我们不可多得的受教育的机会。"

在老院长讲课之前，张海明已经向老院长介绍了银行业存在的腐败问题和现象，使他讲课能有的放矢。老院长来到国兴银行时，驻足观看了新盖的大楼，到会场时，又环视了华丽堂皇的装饰，也看到眼前近百名统一着装的处以上干部的朝气面容。他说：

"我讲正题前先说点感受，你们在这样优美安逸的环境和重要岗位上工作，我很羡慕呀。社会上都说银行的楼最高，银行的工资最高。但这些都是表面现象，高楼大厦也连着高墙大院，有的人不小心失足也会滑进高墙大院的；工资高的人也有'蛇吞象'的私欲膨胀，为金钱而锒铛入狱，甚至命丧黄泉。"

老院长引出的话题一下子切入正题——廉政与腐败，他讲了他一生清廉的件件事情，在审判案子中，由他亲自宣布和签署死刑令的不计其数，无期的和有期的更多。每当宣判之后，他都好长时间心神不安。他总想：那么多原本的好人，那么多人才，那么多可贵的生命，顷刻之间家破人亡！他恨他们，又惋惜他们；他看过这些人无数的案卷，看过他们无数的悔过书，那是带泪带血写成的。对他们自己来讲已晚矣，对别人来讲是个警示。

老院长讲人生的目的时说：

"一个人的追求和他们的父母教育，都是希望成为对社会、对国家有用的人。但他们走向了反面，成了人民的罪人，为什么？一个字——'私'，或叫'钱'，自私自利的人早晚会成为'私'的牺牲品。私心谁都有，大小之分，最高危险的私欲是'不义的占有'，占别人的，占集体的，占国家的，小则不道德，大则违纪犯法！"

老院长又针对银行人讲："银行人面临的最大考验是'钱'，金钱的诱惑很难抵挡啊！你们天天和钱打交道，就像人常在河边走一样，掉在水里的危险时时都会发生；但人和人之间的差别最大的是面对金钱的态度——有的人见钱眼开，有的人视而不见；有的人有机会就捞一把，有的人送到手里都不要；有的人利用职权谋私贪占，有的人有职有权不徇私情。古人说，人为财死，鸟为食亡。你们银行有多少人栽倒在金钱上！上有人民银行的副行长、总行的行长、省分行的行长，下有中层干部，具体工作人员。我们法院的人统计了一下，改革开放以来，金融行业的案子超过千例！还不算中院以下审判的。我说一个你们可能都知道的大案，原中国人民银行副行长、国家外汇管理局局长，那人多有才干呀，是中国金融界屈指可数的学者型领导，还有上升的空间，结果呢，巨额贿赂，被判无期，真可惜啊！那是国家不可多得的人才啊！经不起金钱的诱惑而自毁人生啊！"

张海明知道这事，他补充说："何止自毁？他老婆在国外陪女儿读书，知道后羞愧而自杀，女儿孤独一人，精神打击很大。她给在狱中的爸爸写了一封长信，说：'爸爸，我一贯以你为自豪，没想到你竟是个腐败分子，一个人民的罪人。'老子犯罪，自毁人生，对下一代影响多么深痛啊！"

老院长又讲到了亲情，他说：

"同志们，我们每个人都有父母和妻儿老小。像你们这样的年龄，可以说正是人生的最佳时期，无忧无虑，幸福无比，但是，如果一个人犯罪，一个完美的好家庭就毁掉了，幸福的生活就结束了，多可惜啊！"

老院长最后期望大家珍惜这样的多彩社会，珍惜目前的好生活，更要珍惜自己的生命和家人的幸福。他说：

"光有金钱是买不来生命和幸福的！"

老院长讲完，全场报以热烈的掌声。

张海明动情地说：

"今天老院长为我们上了一堂廉政课，又是怎样做人的课。人生难得在世上活一回，活就要活出个模样来，活就要活得清清白白，堂堂正正。雷锋说：'要把有限的生命投入到无限的为人民服务之中'，古人说：'留得青白在人间'，但不容易做到啊！市场是一只看不见的手，它把经济给拉活了，但也把许多人给拉下水了。所以，腐败是市场经济的一种排泄物，一部分人是会被抛弃的。我最近读了《论语》，孔子认为君子修养有三种境界：修己以敬业；修己以安人；修己以安百姓。我们有些人连第一种境界都没做到！改革开放以来，咱庆都分行有处级以上十七人被判刑，有一百零四人被处分或开除公职，其中处长、行长级中层干部就有三十六人，省分行级干部虽然没有，但也不能保证以后没有。这些人犯罪的一个共同特点就是为了钱，贪占、受贿、挪用、私分、吃回扣、合伙诈骗等等，不择手段！我们搞银行工作的人，如果铜臭味足，就容易下水——因为机会太多了。我们有的人道德不修，正事不务，整天沉沦在酒色财气之中！所以我们要重视银行内部的廉政建设，聘请廉政顾问。老院长一堂课，可以挽救一些人；但执迷不悟的人也有，到那时候可不是坐在这儿听老院长讲课了，而是到法庭上听老院长审判了。"

老院长插话：

"张行长讲得很对。我真不想看到审判对象是你们在座的人。"

大家有的想乐，但笑不出声来。

陆富达低头不语，也许心里翻江倒海，五味俱全。

第二十四章　机关算尽

　　5月，省分行机关各处室负责人到届竞聘（任）工作开始。张海明召集陆富达、姜远泽等相关人员开会，研究和确定聘用的规定，然后提交党委会讨论。最后决定程序是：由竞聘人员在大会上述职，群众投票（党委成员投一票顶普通员工的十票），票数达百分之六十以上的提交党委研究，达不到的，自动退出聘用（任），转为普通员工，但级别由党委研究定。除处长、副处长、主任、副主任岗位聘用外，还有一般干部晋升为科级——主任科员和副主任科员的，也有晋升为副处级干部的，所有这些，关乎一些员工的切身利益，所以，这是一次升职、升级的机会，许多人不会放过。

　　张海明主管人事工作，自然很忙。但工作忙碌和劳累他不怕，他担心出现不正之风。比如买官、要官、拉票等等。

　　张海明在机关动员大会上着重讲了这个问题，他说：

　　"每次换届聘任干部，是对每个干部特别是竞聘干部的一次考核和考验，考验的是你们的能力、业绩、威信、品德；考验的是你们在竞聘过程中是否遵守公平公正的原则和纪律。如果有请客送礼拉关系搞不正之风的，别说我不客气！我希望聘任过程能端正风气，光明正大。"

　　在姜远泽公布聘任方案时，有一条大家很关注：就是行长副行长们每人的一票顶十票。原因是体现党委对干部聘任的意见的权重程度，也防止党委研究时造成分歧而不易决策。

为了能聘上处长副处长、主任副主任，参聘人员认真作述职准备，总结四年来的工作，提出竞职理由和创新观点；有的人草草准备一下，就到处走动拉票；中午或晚上请客吃饭送纪念品。

周海军这次想东山再起——重新竞聘处长，他已找过陆富达，陆富达又问过张海明，说周海军降职后干得不错，是否可以参加竞聘。张海明知道他的表现——开始时消沉在家待着，不上班，后来上班了，对工作也是敷衍了事。张海明和卫中商议：他可以参加竞聘。

周海军获得允许后野心勃勃，不但竞聘人事处处长，而且要和姜远泽争个高低。他在述职报告中炫耀犯错误前的工作干得如何好。写完之后更多时间是拉关系，中午和晚上接二连三请人吃饭，几乎把处长主任都请遍了——当然有的谢绝了，如姜远泽、郝玉川、李力等，他把家里受贿的好酒也拿了出来；酒桌上话语不断，说在座的某某是他提起来的，某某是他调到机关的，某某是他扶正的，某某是他给评上职称的，等等。他敬酒时还说：

"这杯酒，我请大家动员你们处室的人为我投票，只要我周海军重新当人事处处长，各位的事都好办！"

请客拉票的还有宾馆的范经理。张海明刚来不久，他听从陆富达的话，安装监控，张海明不高兴。他借口公安机关有要求，蒙混了过去；还有"果篮事件"，他有可能是那十万元钱的获得者，张海明猜疑他，警察重点怀疑他，他也蒙混了过去。有人告他经常在宾馆请客吃饭，都签单让宾馆核销。卫中批评过他，又让他补交了饭费，这些事让他心神不安。他在别的宾馆请四次客，有三四十人参加，大多是处室正副处长、主任，吃完饭每人还发份纪念品——宾馆年终时送关系单位的礼品剩余的，有的处长似曾相识。

周海军、范经理，还有其他一些人，担心自己聘不上，除拉员工票外，还斗胆找领导活动——当然谁也不敢找张海明和卫中，都想拉那"以一当十"的行长们的票。于是一些行长的家和办公室不断有人光顾——有的门庭若市。来人有想保住处长、主任位子的，有的副职想竞争正职的，有的科级想争取到副处级的。

杨文图还是老习惯，你说我可以听，但心中有数，凡拿东西的一律怎么拿来怎么拿回去！

陆富达的家——别墅由于不公开，多数人不知道。一到这时候他就回到老房子去住——员工们都知道。像上次行里招毕业生的时候一样，他在老房子里"守株待兔"。有求于他的人都带着钱或银行卡，频繁地出入他的家和办公室，这次陆富达又发了一次"财"。张海明讲话"约法三章"他进耳未入心！但他这人有个"诚信"标准——视钱而办事，谁钱多给谁办。

张春耕在人事问题上，也受陆富达影响，但不如陆富达捞得多，因为陆富达协助"一把手"行长管干部（人事）工作，有权有势，而张春耕分管业务，但又不管贷款，只存款，没多少外捞。可作为副行长、党委委员，在员工心目中还是举足轻重的。所以每当行里有人事方面的"动作"，找他的人也不少，这次他也有钱入账、东西入库。

其他副行长，敛财的人不失时机地捞，清廉的人送上门的都不要。

张海明在庆都没安家，又暂时住在行里的宾馆，有保安、服务员"把门"，还有监控，这些都能证明他的清白。但他办公室也偶尔有人，这期间也有人找他。是上次机关精减时回到基层行的陈占高、王长乐和韩成。这三个人是在张海明在总行党校学习时，陆富达从下边调到省分行机关分别"主持"信贷、财务和总务工作的，并准备当处长，也可以说是陆富达的"嫡系"。三个人知道机关这次换届竞聘是四年难逢的一次机会！他们商量之后先找的陆富达，目的是让陆富达和张海明说说，让他们能回机关参加竞聘。

"我是很想让你们回来当处长。我可以对张海明说，但他能不能听我的，难说。这样吧，你们三人去找他，给他施加点压力……"

陈占高第一个去的。张海明热情地让他坐，又给他沏茶，又问他回去以后工作和生活的情况。那般亲切劲儿，一下子把陈占高的紧张心理缓解了。

"有事吧？"张海明问。

"有点小事。但我真不好意思找领导。"

陈占高还是有点心虚，如果张海明是陆富达，他就不会脸上装笑，心里发跳，说话支支吾吾。

"有事你说。"

"张行长，这次机关换届聘处长，你看我都下去一年多了，能不能回来参加竞聘？"

"行党委决定你们上次下去的人不参加竞聘，满两年以后统一考虑。"

"到那时候，哪还有位置？"

"只要你是处长的料，位置总会有的。"

"张行长，如果这次失去机会，以后就难了。"

陈占高是心里话——想进省分行机关，想当处长。张海明也理解，但借调的五十多人，都回去了，不能单把几个人调进来。所以让他安心工作，有机会会考虑他们的。

陈占高又说了回机关的理由，说他老婆都已经调到省城来了，而他回到原单位——江城市分行，又两地生活了，让张海明照顾一下，哪怕进不了省分行机关，进省城哪个支行都行。说着从包里拿出一封信，说：

"张行长，我的想法都写在这封信里了，请你有时间看看。"

"好，我看看。"

陈占高走了以后，到陆富达那里禀报张海明给他的说法。说让他等机会，以后会考虑的。又说张海明挺平易近人的，很理解他。他说：

"张行长这人挺好的。"

"那是他在哄你，你没'表示'吗？"

陆富达试探地问。

"能不'表示'吗？"

"那他收了？"

"收了。"

"嗯。"

陆富达微微一笑，莫名其妙地说：

"好，这就好了。"

陈占高听不明白他的话，问：

"怎么好？他能给我办？"

"你回去听着，会有好消息的。"

陆富达又说了一句让陈占高摸不着头脑的话。

陈占高一回来，急不可耐的王长乐和韩成就问他：

"怎样？"

陈占高干脆地说：

"不行！张行长让我们好好干，满两年后再考虑。"

"你没'表示'吧？"

王长乐问。

陈占高和王长乐、韩成三个人关系很好，但这样的"问题"还是属"隐私"的。

"无可奉告。"

"你说我们俩还去不去找？"

王长乐问。

"你们去不去我不管，反正我看去也白搭。"

王长乐和韩成一商量，谁也不去了。王长乐说：

"我们俩和你情况一样，要给你解决，也能给我们解决。"

陈占高说：

"我还和你们有点不一样，我妻子已调省城了，我现在是两地生活。要解决，肯定得我优先。"

他心想：我还给张行长"表示"了，你们呢？

竞聘那几天，张海明和卫中在宾馆的早餐和晚饭突然有了变化，范经理亲自下厨，每天早餐给张海明和卫中每人做一碗海参汤。说这些天领导忙碌又费心，补补身子——范经理到餐桌上，向行长、书记表白，还问吃得怎样，有什么要求，显得很热情。

晚餐，张海明和卫中也发现有了变化，同样四菜一汤，但食材档次提高了，还上了葡萄酒；说现在喝葡萄酒时尚，软化血管，人家外国人都喝。

张海明和卫中只享用一次，就让他停止做海参和上葡萄酒的"特殊待遇"。但早餐小菜和晚餐四菜还是比以前好，汤换了野生菌汤。有一次范经理来到他们饭桌前，先征求一年来宾馆服务情况的意见，然后说：

"两位领导，这次竞聘，杀出一匹黑马，你们说小万能行吗？"

小万是总务处副处长，提出要竞聘宾馆总经理。范经理慌了，他知道小万在机关多年，又有人缘，到时候投票，机关员工肯定投他的票，所以他有些担心，想试探一下张行长和卫书记的口风。

"嗯，小万是匹黑马，你可要有个思想准备。"

张海明说。

"张行长，这不公平啊，机关的人肯定投机关的票，我们宾馆才几个人？"

范经理说的不无道理，但改变不了机关投票大局。

"不光看你竞聘演讲怎样，更看你平时工作怎样。"卫中说。

这时张海明和卫中饭已吃完，起身走了。

范经理本来想拉行长、书记举足轻重的一票，但没说出口，遗憾！

与那些要官、买官、拉票、搞关系的人相比，鲁东明却平静如水，他做人一贯宁静淡泊，不图名利。按说他是重点大学金融专业毕业生，又在二级市分行当过主管业务的副行长，在省分行信贷处已经当了八年副处长了，辅佐两任处长。那年本该他升任处长，但陆富达把陈占高调到信贷处"主持工作"；机关机构精简，吴宽又来主持工作，鲁东明第三次失去机会，虽然他不说什么，可机关一些人为他鸣不平。党委内部像武家豪、杨文图甚至当年老唐行长都和陆富达面对面争论得不可开交，但鲁东明的处长一直没当上，这次如果他聘不上，快到"内退"年龄的他，就彻底没有机会了。鲁东明又一想，如果这次聘上了，也干不了一届（四年）就得内退，还不如辞聘，让给年轻的人去聘。于是他向党委写了辞聘报告，呈给张海明。张海明看了辞聘书，又听了鲁东明的陈述，他首先是感动和敬佩！张海明刚到庆都分行下基层调研时，他在车里听鲁东明清晰的汇报和对信贷工作独到的见解，就对他有良好印象；又在以后几次会上听到他的发言，都给张海明留下深刻印象；特别那次匿名电话提示，又听杨文图说鲁东明工作有能力以及怀才不遇的情况，感到他是个人才。这次又主动辞聘，让位于别人，真是高风亮节，很令张海明感动。张海明赞许说：

"老鲁啊，我首先对你很敬佩，你从大局出发考虑问题，又有淡泊名利的思想和风尚令我感动。我尊重你个人的选择和意愿，但我们党委一定要给你一个满意的答复。"

机关传出鲁东明退出竞聘的消息，反响很大。很多人都称赞他的高风亮节，在一个风气不正的单位，鲁东明像荷花一样出淤泥而不染！但也有许多人为他鸣不平，这样好的干部为什么当不了处长——一次一次地都被别人挤占！有人说他不会送礼，因为在市场经济的环境中，不会送礼交往，也就断了自己的官路和财路。

信贷处处长的位置，由于鲁东明的退出，给竞聘房贷处副处长——后并入信贷处并"主持工作"的吴宽，一个当处长的天赐良机！吴宽这些天还为能不能竞聘上信贷处处长发愁呢，又忙得不可开交——拉票、请客，是陆富达和张春耕办公室和家里的常客。陆富达也向他面授机宜：让他找老唐行长向张海明推荐，让记者站崔站长帮他好好修改竞聘演讲稿，让他把几位行长的票争取过来。这些吴宽都去做了，但他心里还是没底，和他亲密无间的陆富达也不敢向他打保票——尽管他收了吴宽的"心意"，因为鲁东明的能力和人缘都在吴宽之上。他还没找张海明和卫书记，他还犹豫——是找还是不找？因为这两个人既是新来的，又"铁面无私"。正在这节骨眼上，鲁东明退出了，吴宽高兴得心花怒放，也不再找张、卫了，他相信没人跟他争这个位置。

陆富达确认了鲁东明辞聘的事实，但还不知道张海明如何"安排"，他从协管干部工作副行长的角度，主动找张海明问此事。

"老张啊，人家鲁东明退出竞聘，咱们党委不能让人家吃亏吧？"陆富达试探地问。

"对呀，得给人家相应的职级。"

"那你有什么打算？"

"你说呢？"

张海明反而先试探一下陆富达的心思。

陆富达心想：鲁东明辞聘，等于快到手的处长让给了只剩下唯一的竞聘者吴宽了，而吴宽是陆富达梦寐以求的信贷处处长人选，这是陆富达的胜利，是吴宽的胜利！但也得给鲁东明点好处啊——

陆富达说：

"我看给鲁东明一个正处级吧。"

"可以考虑。等党委会上研究定吧。"

张海明心中有数，如果先提交党委研究给鲁东明晋升为正处级干部，有些自知聘不上的人也提出辞聘——包括平时不怎么样的人，也钻这样的空子，就会给党委出难题！所以他打算以后再研究。

但陆富达的嗅觉就像猎犬一样，他已经猜出张海明会给鲁东明上调一级。陆富达拿着参加竞聘的人员名单，逐个审视。他是在寻找估计聘不上，又给他送了礼的那些和他关系密切的人。他先找到了两个。一个是周海军，别看他信誓旦旦地要重新竞聘人事处处长，陆富达知道他根本竞聘不过威望极高、能力很强的姜远泽。人家原是工会副主席，现在是人事处处长，人缘和口碑比周海军强多了！周海军私欲太露，又犯错误挨了处分，这又是他的"软肋"。想到此，陆富达把周海军叫到办公室，先问他准备得怎样，周海军说：

"准备很充分了。"

陆富达又问他把握如何，周海军自信地说：

"没问题。"

陆富达还是不放心，又问他优势是什么，周海军说：

"我有多年人事工作经验，我对人事业务可以说是'专家'型人才。他姓姜的能和我相比吗？"

陆富达听他讲得夸大其词，就问他不足之处是什么，周海军说：

"我无非有个处分。但毛主席又说了，人无完人，犯错误是难免的，只要改正了就是好同志。你看邓小平还三起三落呢！给毛主席和华国锋写了那么多保证书，又出山工作了。彭德怀还是反党集团头子，以后还当了三线副总指挥呢……"

周海军好像有准备似的，说了一串这样的事例，以此证明他能"东山再起"的理由。但陆富达不想再问，也听不下去了。说：

"中央的咱比不了，就当前来讲，你不如学学鲁东明。"

"鲁东明有什么值得我学呀？他不就是怕聘不上才退出的吗？"

"可不是像你说的那样，人家可是一种姿态啊，老张很欣赏他，要升他为正处级呢。"

"是吗？"

周海军有点惊讶。

"当然，"陆富达又说，"我看你竞不过姜远泽，到头来你失败了，面子不好受，还啥也捞不到。不如也学学鲁东明的'以退为进'，说不定能捞个正处级。"

"如果我退出竞聘，他张海明不给我个处级，我不两耽误吗？"

"他能给鲁东明，为什么不给你？他要不给你，我这关他过不去！"

陆富达说。

"如果这样的话，那我就考虑考虑。"

"都啥时候了，明天就竞聘了，你就这样定了吧。"

"行。但陆行长到时候你可得为我说话呀！"

第二个人是程子云。他本来是财务处副处级干部，协管庆都分行的基建工作，也挺有权势的，但他认为副处级没有"实权"，又捞不到"油水"，想竞聘财务处处长，和汪处长竞争这个位子。

陆富达为什么这么关心他呢？因为陆富达主管财务处工作期间，

程子云掌管全行基建及网点装修，工程几乎都给陆富达亲戚的那个装修公司了，或者用陆富达大舅哥建材商店的杂牌材料。陆富达从中"渔利"不可计数！所以他要感谢程子云，关心他这次竞聘。陆富达给程子云分析了利弊，认为他竞聘成功率微乎其微，不如来个"高姿态"，和周海军一样，都跟鲁东明"沾光"。头脑简单的程子云听了陆富达的劝说，"主动"请辞退出，向党委递交了辞聘书。

张海明对周海军和程子云的"主动"退出竞聘，也持欢迎态度。但不知道这里边的"内幕"，也没有给他俩很好的评价，只是说他们"有自知之明的'风格'"，根本没说党委会考虑给满意答复的话，和对鲁东明的态度截然不同。

竞聘演讲前夕，庆都分行并不是一潭静水。鲁东明退聘之后，吴宽没高兴多久，计划处副处长牛成就改变竞聘职位为信贷处处长，这在方案里规定是允许的，但对吴宽如晴天霹雳，震昏了似的，陆富达也始料未及，但无能为力，每人都有竞聘自由。

吴宽忧心忡忡找到陆富达。陆富达没想到"突然杀出个程咬金"，这突如其来的情况，令他措手不及，他无奈地说："竞聘嘛，你就和他争吧。好好讲讲，我肯定投你票。"

竞聘演讲，行领导和机关三百多人都参加，场面很大，气氛很严肃。每个人讲完了，当场唱票——这和以前不公布票数、党委内部掌握不一样——张海明这个决定，说明人事工作有透明度，公开公正公平，防止暗箱操作。这一决策，当场就知道谁够百分之六十的票数。够票的由党委研究，决定是否聘用（任）；不够百分之六十票数的当场变成一般干部。

这次竞聘，有十一人落聘，其中六人是陆富达、张春耕的"嫡系"，吴宽、程子云、范经理、牛成也意外落聘。姜远泽高票当选人事处处长，办公室郝主任、工会副主席兼工会办主任李力都成功聘任。

在党委会上研究时，这些超过百分之六十票数的竞聘者，如果没有对胜聘者提出什么问题的，行长可以直接签发聘书，党政工岗位的由党委下文任命，比如李力等。

在党委会研究给予鲁东明晋升为正处级干部时，大家一致同意。但陆富达又早有准备地提出将周海军和程子云也提为正处级。并说，人家也"高风亮节"，主动请辞，可以和鲁东明"坐同一车"。

杨文图反对，他说：

"鲁东明和他们不一样，他当了八年副处长，论水平、能力和信誉早就应该当处长。这次考虑自己还有两年就内退，所以让位别人，这才是真正的高风亮节。而周海军和程子云是模仿秀！再说，他周海军是犯错误降职处分的干部，就是他竞聘也聘不上。程子云他就是一般干部，他是副处级已经不错了，还想竞聘处长，那是自不量力！他辞聘是迫不得已，他根本竞不上。"

然后，武家豪和卫中发言都反对给周海军和程子云晋级。

这两个人晋级没得逞，陆富达不甘心，又提出吴宽，说："这次吴宽落聘，只差几票（51%）。我看让他和鲁东明一样提一级，为正处级副处长吧。"

"这不行！"又是杨文图反对，"方案上明确规定：竞聘不上的没有任何职务，只保留原级别。吴宽只能当副处级一般干部。"

武家豪说：

"吴宽落聘，给提一级，那牛成也落聘能不能提级，其他九个落聘的都给提级吗？"

"吴宽只差几票，够可惜的。"

张春耕说。

"按规定，差一票也不行。"

武家豪说。

经过一番争辩，陆富达想提吴宽一级的想法又落空了。

信贷处两个竞聘者——吴宽和牛成都落聘，实际上信贷处处长岗位等于空缺。这么重要的岗位空缺是不行的，行长们都在想谁来补上这个"肥缺"。其实在唱完票时，张海明就有了想法，这时他首先提出让鲁东明暂时主持工作，到五十五岁内退为止。

但张海明的话刚出口，陆富达和张春耕就不约而同地反对，说他既然辞聘，又升一级，还主持工作，好处都给他了！杨文图说：

"鲁东明辞聘，没有辞职，他还是副处长。他原来就主持过工作，后来机构精简，吴宽过来主持工作。吴宽落聘了，鲁东明主持信贷处工作顺理成章，有什么不行？论能力，论专业素质，现在全行还找不出比他强的！"

不管杨文图咋说，陆富达还是反对，他提出让陈占高调过来主持工作。

张海明说："绝对不行！下边人这次一律不调。"

陆富达气呼呼地说：

"那信贷处处长空缺，信贷工作别抓了。"

张海明批评说：

"你这是什么态度？我们现在研究，目的是解决这个问题，用谁不用谁，大家讨论嘛！"

"你们提鲁东明，我提陈占高，这回有机会了，你还不考虑人家？人家'白'找你了吗？"

对于陆富达的这种说法，张海明有点不明白：

"什么'白'找我了？老陆你什么意思？"

"什么意思，你信都看了，意思还不明白？"

陆富达越点越"明白"，原来是指陈占高送给张海明那封信。张海明忽然想到：他是收了陈占高的信，但忙得没看呢。他到办公室把信取来，交给卫中，说：

"卫书记，你检查一下，还没开封呢。"

卫中把信举起来，让大家看，说：

"是没开封吧？"

然后把信当场开封，里边有封信，又有一张卡。信上说："张行长，这是我一点小意思，钱不多只有五万元，我的事你费心了。密码是555666。"

张海明说：

"这确实是陈占高给我的信。但我没拆开。老陆你怎么知道得比我还早？现在我当着大家的面把信和卡交给纪委处理。"

"哎，我也不明白，这陈占高送钱怎么老陆知道呢？"杨文图说。

"那肯定事先请示老陆了吧？"

武家豪笑着说。

陆富达满脸通红：

"这事你们没权过问。"

争论谁主持信贷处工作，又节外生枝，出来一个陈占高"明白"张海明的花絮。

真相大白之后，又书归正传。但还是两种意见，争来争去，也统一不了。杨文图建议"表决"。但张海明想：表决简单，可能会通过自己的意见，但会造成更大"成见"和矛盾。他说：

"我想先让鲁东明主持一段，他是信贷处老副处长，熟悉工作，再有两年就内退了。如果这两年中我们有人选，可以任用。至于陈占高他们回去这些人，还有不到一年就满两年了，到时候有机会可以考虑他们……"

张海明解释之后，没人再反驳了。陆富达心想：再有八九个月，陈占高、王长乐、韩成他们就可以调回机关，如果和张海明搞僵了，以后就是有机会也会影响这些人调动的。想到此，他来了个缓兵之计，说：

"如果老张这样解释，也可以。"

说完他又看了张春耕一眼。张春耕心领神会，说："可以，还是老张想得周到啊。要不怎么当'一把手'呢，人家能看后几步棋。"

张春耕阴阳怪气的话，引发张海明微微一笑，说：

"全行是一盘棋，哪个棋子都有用，只不过是先用后用的问题。当然了，也有个别棋子，就是棋下完了也用不上，还有的棋子棋没下完很快就被吃掉了。"

这样，鲁东明在张海明这"高手"之下，先当作信贷处处长这颗棋子用上了。

这次竞聘和任命，机关员工反映良好。对一些人的胜聘和落聘，都在情理当中。一些正直的、靠本事上来的人，胜聘了，正合广大员工心意。

周海军和吴宽灰心丧气。周海军"东山"没有"再起"，职级也没有晋升，他恨张海明，更埋怨陆富达。特别是吴宽本来是副处长，不知天高地厚地要竞聘处长，又"意外"落聘，丢了职务，他咋想咋窝囊！怪那些"有目不识人"的员工不投他的票，怪张海明没让他晋级正处。他找陆富达诉说心中不平，陆富达安慰他的同时，却把责任推到别人身上。他按陆富达的"意思"又斗胆去找张海明理论。

"张行长，你看我这官丢得莫名其妙！"

张海明解释说：

"这次不光你，那些落聘的人都这样。这就是竞争啊，也是无情的。但你们这些落聘的只要在工作中好好干，下次还可以竞聘。"

吴宽暗下决心：一定要长志气，下次再竞聘！

周海军在陆富达别有用心的误导下，竞聘和中途退出想晋升正处的想法都失败了。他总以为自己有能力和经验胜聘处长，可是，人品不好，心术不正，再有能力也不被广大员工和领导所认可！他不知道"干部政策一贯是德才兼备，有德有才的破格使用，有德无才的培养使用，有才无德的限制使用，无才无德的坚决不用"。陈云曾经说过："无德的人会坏事，无才的人会误事。某种程度是德为先，有大德才能做大事"。他虽然做了十几年人事工作，还是"不识庐山真面目"！

周海军受处分，又受挫折，两次打击使他精神几乎崩溃。不久，他突然得了脑血栓，住进了医院。张海明带姜远泽看望他时，他只是哭，说不清话，一个人的前途就这样毁了！

范经理落聘后，安排在总务处为一般干部。他也一肚子不服气，但没办法，竞聘是严酷的。

对于这批落聘干部，张海明召集他们开了个会，安慰他们，鼓励他们正确对待，好好工作，振作起来，不能消沉。他说："落聘是人生中的一次尝试，是竞争中的一种正常现象，正像体育比赛有胜负一样，要有胜不骄、败不馁的精神。过去有个典故，说一个将军打仗总吃败仗，但他自我安慰说：我这叫屡败屡战。我希望你们好好干，下次再聘！"

在场的杨文图说：

"正确对待，别想不开，不要再出现第二个周海军了！"

张海明说：

"一个人遭受挫折后如果转移到精神层面上，就容易出毛病。"

他交代姜远泽和郝玉川：你们俩想着点，等周海军出院后，让他和爱人一起到省分行疗养院疗养一段时间，费用由省分行结算。

这个话由姜远泽转给周海军时，他要来笔纸，写了"谢谢"两个字，微微一笑，然后又流泪了。

第二十五章　出书赚钱

张海明到庆都分行后，很少回家。不是不想回去，他家有二老、有儿子，也想回去看看，可是因为工作太忙，每天都十一二点睡觉，双休日不休息。两个省会城市坐车才三个小时，很方便。但他不放心的是离婚的姐姐在他家伺候老人和关照他儿子。儿子已有了女朋友，由于家庭这种情况，儿子打算尽快结婚，张海明也同意，儿子都二十五岁了，和女友相处三年有余。

结婚那天是周六，张海明悄然回去，庆都分行这边没人知道，清江分行那边，张海明也没让告诉。只是有些人知道了信息，去了十几个人。加上张海明的亲戚朋友和同学，也就四五十人，安排了五桌，女方家的人也较少。按儿子预定的数空着好几桌。儿子不高兴地说：

"爸，你咋不通知行里人呢？这么多空桌，咋办呀？"

"没事，晚上再吃一顿。"张海明安慰儿子，"你要理解爸爸。"

张海明儿子新婚之后便旅行去了，第一站就到了庆都省。住进省分行宾馆后，儿子自己登的记，住宿吃饭，景点旅游打车都是自己花钱，张海明不让儿子说和他的关系，行里谁都不知道。连司机小杨都不知道这事！接风和饯行饭都是张海明安排在市里饭店吃的。儿媳开始对公公的做法不理解，儿子解释以后也就理解了。

卫中住在张海明隔壁，居然不知道张海明儿子结婚的事，更不知道他们就住在省分行宾馆！

在这之前，卫中和张海明在宿舍闲聊时，知道点张海明的家庭情况，老婆出国未归已被迫离了婚，儿子要结婚了。他曾经对张海明说过：

"孩子结婚告诉一声。"

但张海明只是随口答应。

无巧不成书——在这之后，陆富达儿子也结婚了，通知了省分行班子所有成员，机关员工，还有各市、县支行领导。据说他办了五次，光招待省分行机关就安排了二十五桌；另外还安排各市县支行二十桌；还有儿子、女儿双方单位的人，以及亲戚、朋友与女方那边的人，又办了三十五桌。有人给陆富达计算过：一百五十多桌，一千多人光顾，礼金能收数百万！

陆富达招待省分行和退休领导的两桌是单独安排的，在一家五星级宾馆，海参、鲍鱼都上了，喝的是"国酒"，抽的是"中华"。张海明参加了，也送上了相应的礼金。

但他事后浮想联翩。他和卫中聊起这样红白喜事的操办问题。张海明说：

"这方面中纪委早有规定，不许大操大办，但下边还是我行我素。我在清江分行时，省分行作出明文规定：'领导干部红白喜事不许超过二十桌；省分行领导和机关处级干部的红白喜事不许通知下属行人员。'但庆都分行没有这方面的具体规定。"

卫中也说："中纪委和总行纪委都有廉政规定，但只是说'不许大操大办'，没有具体规定，所以有人就钻了空子，我看陆富达就是钻空子的高手，他分几次办，每次好像桌不多，人不多，但加起来百余桌，千余人！"

张海明说：

"我看以省分行纪委名义作出个决定，规定具体些，严密些。"

卫中说：

"陆富达刚办完儿子婚事，咱就作出这样规定，他肯定会认为是针对他的。"

张海明说：

"把其他方面的不正风气也列一下，规定几项，比如各行长办公室今后不要上水果，不供烟；还有，今后招待上级行和外来客人原则上在省分行宾馆安排，特殊情况安排外边吃饭的要请示主管行长；还有，省分行领导下基层，禁止下级行到路口迎送。还有哪些，你想一想。"

"是啊，这样他陆富达也许就不那么敏感了。"

卫中说。

"敏感没事，说明针对性很强。"

张海明说。

省分行纪委拿出《关于领导干部廉洁自律补充规定》（讨论稿），在党委会上讨论时，陆富达火了，他认为是针对他来的。卫中解释说：

"如果针对你，就不作出补充规定了，你啥事都办完了，对你还有用吗？但'前事不忘，后事之师'，今后避免'大操大办'。再说，中纪委、总行纪委关于端正党风方面早有规定，我们只不过具体规定一下，便于操作。"

张海明接着说：

"老陆，你多心也好，这个规定确实是由你儿子婚事大操大办引发的。因为大家有反映，孩子婚事，是喜事，搞个庆祝，请些亲朋好友聚一聚，无可厚非。但作为领导干部，必须有个约束，不然操办起来越搞越大，对个人、行里、社会影响都不好。你看现在操办成风，儿女结婚、老人病故，办一下情有可原。孩子考大学、小儿满月、过百天、老人做寿等等，都办，这不是敛财吗？平民百姓怎么办，他们没有多大影响力，没职没权，能去多少人？能上多少礼？而我们当官的，一办，人也多，礼也厚，还把下边支行的也请来，这影响好吗？"

说完，张海明上卫生间去了。

这时卫中又说了：

"在这方面，咱们得佩服人家张行长，儿子前些日子结婚，咱们谁知道？他双休日回去一趟，来去都没耽误工作。儿子和媳妇婚后旅游，第一站到庆都市，就住在咱宾馆，我和宾馆的人都不知道他们是张行长的儿子、儿媳，人家吃住都自己花的钱，进出都自己打车。我事后知道了，非常感动。"

张海明进来时，大家向他投去钦佩的目光。

张海明的发言和卫中刚才的一番话，让陆富达不再说什么了，他想：反正自家的红白喜事都办完了，爱怎么规定，随便。

但还有几个行长孩子婚事没办，二老健在，包括杨文图和武家豪，就赶上这"规定"出台了，可人家理解。张春耕不然，他有想法：自己女儿今年下半年要结婚。还有田仁京母亲住院，今年恐怕够呛，不早不晚，赶上正风肃纪了，但他们说不出反对意见。

这样的规定，谁再提出反对意见，那也太蠢了，所以都同意。这个"补充规定"就比较顺利地通过了。

党风廉政建设真难抓——往往是上有政策，下有对策。就在《关于庆都分行领导干部端正党风、加强廉政建设补充规定》下发以后，全行在操办红白喜事等方面有所收敛，行长办公室每天安排水果香烟的做法也取消了。这是令人欣慰的风气。

但又出现了另一种敛财行为，有权有势的人，热衷于书法出书。先是记者站崔站长把他几年来在报刊上发表的书法稿件结集出书，叫一个时髦的书名《时代书法纪实》。让陆富达写的序言，并和他合伙出版，在全行摊派下发几万册！两个人赚了几十万元。在这之后，主管财务的张春耕和一个大学教授合编一部《银行财务会计手册》，也印刷一万八千册，全行财会和各级领导人手一册。通过财务部门统一把书款划到个人账户，轻而易举地每人赚了几十万元！

在这之前，还有陆富达和信贷处原处长一起编印的《金融系统信贷文件汇编》几万册，也指令性地下发到全行信贷人员和贷款企业老板人手一册，都捞了一笔钱。

这次崔站长和陆富达合编印刷的《时代书法纪实》也发到张海明和党委其他成员每人一本。张海明翻了翻，是1983年到2004年之间崔站长所写的诗歌书法稿汇编。又看了价钱，每本六十六元。比市场上名人的书还贵好几元！为了掩人耳目，书后边写着印数两千册，实际是几万册。

张海明在清江分行时，也遇到过类似情况——但都是上级行某些权威人士编著下发的，也有业务部门搞的汇编文件之类的书，但本行人员出书被严格限制。

对于庆都分行这种内部人员出书，利用职权摊派敛财的行为，上级行没有具体限制规定。张海明和卫中只是气愤，但苦于无章可循，无法可依。

卫中说：

"从端正党风角度，可以制定一个东西，制止这种行为。"

但张海明说：

"不要一事一规定。到年底修改补充省行纪委《关于端正党风、加强廉政建设若干规定》时加进去，还有其他没纳进的也一起加进去。另外，在省分行纪委工作会议时，可以讲这方面问题，敲敲警钟。"

卫中同意张海明的意见。

张海明这些天在想：不正之风防不胜防！真像小品中范伟的感慨。怎样做到未雨绸缪、防微杜渐呢？

张海明向卫中建议："年初开纪委会时，让大家摆一摆全行不正之风的现象和苗头，然后有针对性地讲出去，制定切实可行的规定。'魔高一尺，道高一丈'，我就不信共产党还刹不住歪风邪气！"

张海明信誓旦旦。

在年初的纪委会上，张海明讲了足足两个小时。他列举了金融行业存在的腐败、不正之风的种种表现：买官卖官，权钱交易；以贷谋私，收礼受贿；弄虚作假，虚报年度经营成果，欺上瞒下；年节送礼——年货、礼品、礼金（卡）和有价证券；红白喜事大操大办，铺张、敛财；利用职权将公家的车辆物品送人情；领导干部借调动之机公款购房或装修；机关干部下基层打麻将赢下属人员钱；用贷款购买企业内部股票私分发财；利用职权出书内部摊派，中饱私囊；拉帮结派，破坏内部团结和谐；利用职权为亲戚包揽行内基建和装修项目，从中渔利；公款消费商业性娱乐，甚至嫖娼，包养"二奶"。这十几个方面问题，张海明讲得言之有物，句句在理，既概括，又展开，有时义愤填膺，有时语重心长，令与会的纪委书记和监察干部们振奋——有这样的省分行党委书记，纪检工作一定能抓好；又自愧不如——这些年专职纪检监察的书记、干部们怎么当的呢？居然让新来的行长洞若观火，把庆都分行的党风行纪方面的弊病诊断得清清楚楚！

张海明要求纪检监察部门要大胆工作，独立办案，要针对庆都分行的腐败和不正之风，制定出纠正和解决的办法，并依法依纪查处问题；各行要重新检查一遍，有漏洞的弥补，没纳进来的加上，规定不严格的要从严。他特别强调各级行领导，特别是一把手要敢于做党风廉政建设的带头人、示范者，敢于在广大党员和员工面前叫板"我是廉政干部！"他说："如果各级行领导在党风廉政方面不胜任、不称职，出了问题就一票否决！"

张海明的讲话震撼了与会者，对列席会议的行长、中层干部重重地敲了警钟，对纪检人员起到了振奋人心又重担在身的双层作用。

会后，在全行开展了一次党风廉政大检查。在省分行机关内，查出的一个问题引起了张海明重视——有人向张海明举报，说省分行领导有人在省分行国际业务部和直属支行报销个人一些单据；国际部还动用公款为分管行长购买、装修住房。

这是一个新的、没有觉察到的腐败行为！

张海明和卫中商议如何调查处理。

第二十六章　调虎离山

张海明认为，国外银行要审核嫌疑人的账目，强令其离职休假。他也要借鉴这个做法，把国际部和直属支行的两个负责人叶惠德和郑天祥强制休假。

国际部是陆富达分管，直属支行是张春耕分管。也让陆富达和张春耕休假。

张海明找他们谈话，说：

"咱们分行领导平常很累，也休休假，第一批，老陆、老张和老武你们先休，然后再安排别人休。"

陆富达不想休。

张海明说：

"正好你身体不好，疗养一下。"

陆富达看样子非休不可，也只好答应了。

张春耕早有出国旅游打算，这次正合他意，立即答应。

武家豪不休，张海明说：

"这是组织需要。"

武家豪理解了。

在安排上述五人休假的同时，也安排机关一些处长、副处长休假，以掩人耳目。

第二天，奸猾的陆富达探听到休假的还有国际部和直属支行的负责人，他琢磨：张海明是不是搞"调虎离山"那一套打法。

他打电话给叶惠德，告诉他自己的猜想。叶惠德先是疑问："能吗？"后又心慌地问：

"陆行长，那咋办呀？"

"你赶快找会计和出纳交代好，给他们出点主意！"

陆富达提醒他。

"好，我马上办。"

叶惠德已休假在家里，等他到单位时，晚了。宣布休假当天，单位两个会计、出纳带着账簿都集中到离省城三百公里远的省分行香河疗养院去了。卫中带监察和审计一帮人查他们的账。连他们的手机都收了上来，从此联系手段失灵。叶惠德到单位不见人，又打不通手机。知道要坏事了，无奈地向陆富达报告。

陆富达说：

"想想别的办法吧！"

叶惠德说：

"什么办法？"

陆富达直接告诉他：

"你不能派人去送个信吗？"

叶惠德一听，这也是个补救办法。

叶惠德写好信，送陆富达看了看，陆富达又修改了一下。叶惠德就派人连夜赶到香河疗养院。

被限制的会计和出纳根本不能单独见人。来人见不到国际部会计尚敏，在疗养院住了一宿，只得把信交给服务台，让她们转交。

早上服务台的人见尚敏出来散步，就叫住她，说有人让转交给她一封信。尚敏还没接信，负责监视的监察室小张就一手抢过那信。然后问了服务员一些情况，之后把信交给了卫中。尚敏还不知道信里写的什么内容，她心里有些慌张。

来人回去汇报送信过程时，叶惠德气得狠狠骂了他这个亲戚。

头脑简单的张春耕全然不知道让他休假的奥秘，还忙于办出国手续呢。陆富达也"意外"地没有告诉他，真是到了"紧要"关头，"大难临头各自飞"——各顾各的了。

国际部的账，查出许多问题，有一张三十六万元的票据，开的是房屋装修费。卫中追问尚敏：

"装修什么地方了？"

她说记不清楚。卫中打电话问会计处汪处长，他说国际部装修都是省分行审查报批，没听说他们装修什么。卫中认定这三十六万元票据肯定有问题，让她好好想想。还有一些家电的票据，加起来二十多万元；还有陆富达和兰妮报销的飞机票，她都是和陆富达同时间同航班的，有到新疆喀什的，还有到韩国首尔、泰国曼谷的。问尚敏"兰妮"是谁时，她说不知道，只知道她的机票是和陆富达副行长一起报的。

在查直属支行账时，吃饭票据特别多，药品票子也特别多，合起来能有二十几万元。卫中问会计。会计说都是行长签字的，她无权过问。但审计组人发现吃饭票据很多，大都是伯乐俱乐部"天堂洗浴中心"的，审计处长清楚，那里是庆都市有名的"红灯区"，卫中记在本子上，不再问了。

卫中翻看那些治病票子、药品票子。是医院正规发票，署名有张春耕和李美丽。

"李美丽是谁？"

卫中问。

"她是张行长的爱人。"

会计如实说。

审计处处长知道张春耕爱人身体不好，有肾病，经常住院。卫中一听就明白：张春耕分管直属支行，也是"近水楼台"啊！

还有收据和白条子。卫中问：

"这些都是怎么回事？"

会计说：

"不清楚。"

查账用了一周时间，从账面上基本是查完了。发现诸多问题。账务管理非常混乱，连"收据"和"白条子"都入账报销，而且都有行长签字；问题内因是分管行长利用职务之便损公肥私；票据作假相当严重。

卫中向张海明汇报，提出了自己的处理意见……

张海明同意。

休假之后，卫中找叶惠德谈话。卫中问他那三十六万元装修费怎么回事。他开始说是办公室装修，卫中说办公室装修省分行会计处已报销了。叶惠德知道卫中肯定问会计处了，叶惠德慌乱地说：

"那可能是下边营业厅装修吧？"

卫中严厉地批评他：

"这三十六万你想不想说清楚？还有飞机票、住宿费怎么回事？"

这时卫中拿出一个信封，从中抽出一张纸条，念给他听："尚会计，检查组问你，你不该说的不能说。就说'记不住了'，或者'记不清了'。谢谢！叶。"

叶惠德想要信，卫中没给，严肃地对他说：

"这是你和会计串通的证据，我们得留着。"

卫中又严肃地批评了他，说：

"叶惠德同志，你是机关老处长了，你在国际部也待了五年了，会计法你不知道吗？弄虚作假，公款报销个人费用，这可是犯法行为啊……"

此时，叶惠德才悔恨地说：

"卫书记，我真是错上加错了。那三十六万元装修费是陆副行长他儿子要结婚装修别墅的票子，他让我处理一下。机票、住宿发票也是他出去旅游回来让我报的，兰妮是他的情人……"

"行了。你出面找陆富达，追回那三十六万元装修费和机票住宿费。"

这个办法，是他和张海明商定的，叫"解铃还须系铃人"。他们干的那些埋汰事，没人给他们擦屁股！

卫中又找直属支行行长郑天祥谈，核实那些病条子、饭票子的事。郑天祥胡乱说一通：

"请客吃饭洗澡的。"

"那地方你们去了多少次？从票子上看有十五次之多！那是不挂牌的'红灯区'，你们干什么去？是吃饭、洗澡吗？你们都是中层干部，共产党员，居然到那地方消费？我们是亏损行，经费紧张，基层单位买点办公用品都得请示，你们用公款吃喝嫖赌！你知道不？总行纪委明文规定，干部嫖娼是要开除党籍、撤销职务的！"

郑天祥非常紧张，头上冒出了冷汗。他说：

"卫书记，我承认错了。但不是我一个人，别人要张罗去……"

"都是谁？"

郑天祥迟疑一会儿，说：

"有省分行领导，还有机关几个处长。"

卫中严肃地说：

"你把他们的名字写出来。还有那些看病条子、药品条子，都是怎么回事？"

郑天祥知道住院条子有张春耕爱人李美丽的名字，所以也隐瞒不了，就直说了：

"张副行长爱人长期有病，手里压了不少条子，张副行长有时就拿来一些，让我给处理一下。你说他分管支行，我能拒绝吗，就报了；报了一次，又有第二次、第三次。"

"这样吧，你把那些所谓的饭局票子、看病条子、药品条子都注明是谁的，然后你找那些人追回钱款，这样能减轻你的责任，否则钱款不但你自己负责交上，处分也会加重的。"

郑天祥为难地说：

"卫书记，这咋往回要啊！"

卫中坚定地说：

"这是纪委研究决定的。要不你就自己补上。"

几天以后，叶惠德向卫中汇报说，陆富达那三十六万元装修费交给国际部了，但机票钱没交，他恼火地说：

"现在外出哪个领导自己花钱？都是用公款！"

卫中让叶惠德继续追缴机票和宿费款，包括兰妮的，否则他自己赔。

郑天祥又向卫中汇报，说张春耕的治病款十二万可以还，但现在没钱，只打个欠条。至于那些药品票子，因为没有姓名，他要赖不给。郑天祥说：

"算了，我赔吧。"

"还有'天堂'那些'饭条子'呢？"

卫中追问。

郑天祥为难地说：

"卫书记，这吃喝玩乐的事，怎么找人家要钱啊，都是领导和处长。要不我赔吧。"

卫中向张海明汇报这样的结果。按理说，行级干部问题，同级党委不好管，应总行管。但张海明考虑先以教育帮助为主，退还所贪占钱款，就不用将问题上交了，把问题整大了，对陆、张个人都不好。从这一点上张海明还是人性化的。但这两个人完全不领情，在张海明和卫中一起找两人谈话时，陆富达竟然转移话题，说张海明来庆都以后，始终抓住他不放，从人事处"小金库"，到招生收费，再有这次国际部查账，把矛头都冲他陆富达来。他说：

"老张，我有问题，就是犯法，也犯不到你手里，你这不是整人吗？！"

卫中听了他的话，实在忍耐不住，就说：

"老陆，你可冤枉张行长了，这事是我和张行长一起研究决定的，不想把事情弄大，内部解决算了。但你这种态度，不但对问题不作检讨，又没有改正的态度，反而说张行长整人！要说'整人'的话，咱们内部不解决了，我们纪委可以如实上报总行纪委，让总行来人解决，好吧？"

陆富达突然怒睁双目，决然说：

"你们愿咋办咋办！但我告诉你们：我不是案板上任人宰割的肉！"

说完，陆富达怒气冲冲拂袖而去。张春耕还劝他一句："老陆，你冷静一下。"

但没拦住。

张春耕也有些不满，但没有陆富达那样嚣张至极。他本来是和陆富达一派，但他后来——特别是张海明来了揭出一些陆富达有关的问题后，感到他太贪了。比如这次儿子新房装修费，三十几万竟然敢报销！还有和情人机票宿费报销的事，私欲太大了！又有这种生硬态度，让他有点另眼相看了。张春耕如实说了自己爱人的情况，又下岗没工作，所以私欲膨胀才干出这种事；又承认自己分管直属支行失职，带头去"天堂"吃喝玩乐。据说李美丽肾病严重，夫妻长期不能过性生活，张春耕就去外边拈花惹草，但他没有陆富达那样"时髦"找情妇。他表示要赔上那些钱，但又借口没那么多钱，缓一缓，慢慢还。

张海明对张春耕老婆长期患病很同情，说他可以向分行申请困难补助，而不应该在分管单位报条子。张海明动情地说：

"老张啊，你认错了，又表示退赔。我们在研究处理意见时，我和卫书记会考虑这些。"

张春耕表示感谢张行长和卫书记的同情和谅解。

陆富达和张海明谈僵，他拂袖而去以后，有些后悔和担心：如果省分行纪委真的把他的事情报告总行，也和张海明一样厉害，再弄得满城风雨，总行领导和机关都知道，这不是因小失大吗？以后想当"一把手"可就难上加难了。或者从坏处着想，张海明一气之下，再报到省检察院，诉诸法律，光那三十六万就能判几年的。那样就更惨了。他一夜没睡好觉，情妇兰妮也不得消停，奚落他，不让他和自己一屋。他想给总行那"靠山"打电话，也给部委的那个"大官"打电话，先听听他们的意见。但转念一想：这等于告诉他们，自己又犯事了。对自己更没好处。如果这样扛着，和张海明对立着，人家张海明光明磊落，而自己又有把柄抓在他手里，到头来吃亏的还是自己；头都磕了——三十六万都交了，就差一个揾为什么不作呢——几万元机票、宿费钱。他一狠心，交吧！再找张海明谈谈，缓和一下矛盾。

叶惠德"感谢"陆富达，不然他也收不了场，自己还得替他交。

叶惠德向卫中汇报，卫中也向张海明说了。张海明想：这陆富达嘴硬，但还有实际行动，至于态度不好并不重要。

卫中找张海明商量，不向总行报了，也不往检察院起诉了，这样"私了"了。但一定得让他有认错和自我批评态度。张海明和卫中商定，再找陆富达谈谈。

陆富达先行一步，自己来了，要找张海明谈谈。

张海明把卫中叫来，一起听。

陆富达先开口：

"老张，我这人脾气不好，那天我不该对你们发火，本来我的问题，你们是帮我，又宽容我——内部了结，是我把你们的好心当成了驴肝肺……"

陆富达说一通话，还有承认错误的态度，但没有检讨错误的原因。

张海明指出他问题的根源：

"老陆啊，你转变态度，又补交了钱，这是对的。你分管国际部，又是省分行'二把手'，还是副书记，从哪个方面说，这些事都说不过去。不义之财，谁贪、谁占，早晚都会出事的。作为领导干部，应该检点，你当处长、行长这么多年，儿子又有工作，你不缺钱，什么都不缺。你说你缺的是啥？你心里明白。人要缺一种必备的东西，就会出事。本来你的事我们完全可以报总行，也可以直接报省检察机关，但这样做，你就身败名裂了！你既然退回了全部钱款，又有悔改态度。我和卫书记商议不报总行了，也不诉诸法律了，也算'私了'了，但你得写个书面检查，不然说不过去。"

陆富达嘴不再硬了，说几句谢谢的话，又表示"可以写检查"。

谈话还算融洽、和谐。

陆、张的事处理完了，但叶、郑的事还得处理。鉴于叶、郑积极把陆富达、张春耕的钱款追要回来，挽回了经济损失，又写了比较深刻的检查，郑还替别人交了一些"饭"钱，只给一个行政记过处分，但他们受到了张海明和卫中的严厉批评。

针对国际部和直属支行出现的问题，张海明决定两个单位财务管理权上收——不再给他们下拨经费，不单独设账；他们的经费和支付统一由省分行财务处管理。张海明让财务处对全行各单位财务管理进行一次大检查，发现问题，及时解决，发现贪污挪用公款等问题要严肃处理！

果不其然，大检查之后，查出不少问题，化公为私的现象比较严重。有这样几个问题：

一是车辆管理混乱，全行有公车二百六十九辆（账面记载），但实际对照，竟然有三十五辆找不到下落！其中省分行机关有五辆不知去向。而省分行每年审核、交车险时都按二百六十九辆交。

主管总务处的田仁京被张海明叫到办公室，问三十五辆车的去向。他说不清楚。

田说："机关这些车我管，下边车辆是财务处管理及交保险。"

张海明又把主管财务的张春耕叫来，一起对田、张交代："你们俩把下落不明的三十五辆车查个水落石出！"

田仁京又没好气地把总务处苏处长叫来，他责令苏处长马上去查。苏处长又找原来管车的万副处长，两个人一辆一辆地查，最后只查出四辆车的下落：第一辆由人事处周海军占用（好几年了），第二辆被田仁京批准借给他小舅子了，已有五年，至今未收回；第三辆车撞坏以后不能修而被卖掉了，但钱没交会计处下账；第四辆车万副处长自己用了。第五辆怎么也查不出来。苏、万向田仁京汇报时，田仁京知道自己小舅子用一辆车，所以没有批评他们，只交代："马上都收交车队。"

苏处长说：

"那一台咋办？咋也找不到。"

"你们总务处写个情况说明，交我。哎，你那撞坏车卖多少钱？钱哪去了？"

"没卖几个钱，早被总务处吃饭花了。"

苏说。

"你们都写个说明，把饭票子附上，不然张行长非追问不可。"

具体问题：一是那三十五辆车问题，张春耕让财务处派人去调查，费了九牛二虎之力，才查出二十八辆车的下落，其他七辆咋也查不出来。二十八辆车中，有省分行行长批给"内退"五个市分行行长自己用了。另外，有给当地政府借用而未还的，有被企业老板廉价买去的，有报废没走账的，还有行长、副行长自己开着用的，有送给交警的，等等。二是地处两省交界的东宁市分行，每年招待费中，出省旅游的票据竟占一半多，达五十多万元！他们名义上是招待"上级行来人"，但财务上没有规定报销出省旅游费用。省分行每年给东宁市分行下拨招待费上百万元——因为东宁地处偏僻的自然风景区，上边来人都要到那里看看，所以他们接待任务很重。每个人如果出省到对面自然风景区得两千多元。张海明很气愤这种公款旅游的腐败现象，他让卫中查查，都是哪些人出去的，列个名单交给他。查出的名单中，竟然百分之六十以上是省分行自己人！他们"黄金周"到东宁市出境的，这里有省分行领导多人，有的带老婆孩子；也有退休的行长；处长还有好几个。三是保卫、审计部门下去检查、审计时的罚款不上交财务，由自己处室支配，实际是变相"小金库"。而中央和总行三令五申不许私设"小金库"，违者追究责任。这是"上有政策，下有对策"的典型事例！

张海明召开党委和纪委联席会听取这些情况汇报后，怒不可遏地说：

"财务管理如此混乱，让那么多公款公物化为己有，这种违法违纪行为岂能容忍，处理，一定要处理！"

对于审计处和保卫处罚款问题，张海明让纪委一定查清罚款数额及用途。并严令：今后本行内部检查工作，审计财务管理、经营成果等工作一律不许罚款！他说：

"你罚谁的款？罚行里的钱，转到'小金库'或个人账户上，这不是化公为私吗？是贪污行为！"

卫中派人追查的结果是：审计处和保卫处都有"小金库"，审计处有账号，保卫处没账号，但当场罚现金——基本是罚员工个人。这两个单位罚款用处是：审计处几年来罚款记录一百二十三万，已花掉一百零三万，从条子上看是吃喝、手机、小电器，还有副行长、处长个人报的条子。如陆富达、张春耕的机票、治病票子，也有武家豪买宣纸、笔墨砚的条子。

保卫处罚款数额和去处是：几年来共罚款二百一十五笔，五万三千元，花掉四万八千元，主要是饭条子、年节下基层检查工作补助，也有一些车票和宿费。

查完之后，卫中又向张海明作了汇报。张海明让他们纪委研究出个意见，拿给党委议一下。他要求：车的问题，一律返回，或者作价。省分行每年所交的车险也同时追回；公款出省旅游，行内个人（非陪同性）出游的，一律如数退款；保卫处、审计处私设"小金库"取消；所剩款项交给工会作扶贫济困基金，账簿、票据交给监察室保管；凡是有名可查的机票、宿费、治病、买药票子和其它明显个人用处的花费都如数追缴；对负有责任的原、现任审计处、保卫处处长提出处理意见。张海明的一贯原则是：经济上的问题，绝不能在"经济"上宽容！

卫中和贝主任按张海明的指令和要求，先找两个处长谈话。这两个处长为难地答应"追讨"。但经过一段时间"努力"只收回一部分，未收的那些人——有的调走了，有的退休或内退了，有的赖账不承认。保卫处处长米少成只好自己掏腰包补齐没追讨回来的部分，而审计处差得太多，十几万，处长自己赔不起，他表示继续追讨。

总务处苏处长汇报说：省分行那五辆车除一辆外，都已追回。

财务处汪处长汇报说：全省二十八辆车，除赠送交警一辆外，行长答应借几个退休（内退）市分行行长的，已作价卖给了他们；其余的已追回。几年来所交的车险，追讨一部分；另一部分说个人不知道省分行统一交车险而不予退赔。

纪委研究处理结果是："给米少成降职一级处分（暂时主持工作），由于审计处'小金库'金额巨大，又私设个人账号，并有部分罚款说不清去向，所以免去申立处长职务，降为正科级一般干部；给财务处汪永吉处长和总务处苏处长行政警告处分；对未追回款项的个人，确认证据后，从本人工资中逐月扣除。建议省分行对固定资产（车、电脑等）重新登记入账，并全省联网；省分行严控对东宁市招待费使用，凡出省旅游的一律由省分行审批。"

张海明对纪委的处理结果很满意，他对卫中说：

"银行的党风党纪问题，大都表现在'经济'和'金钱'上，其实质是贪污腐败和化公为私问题；如果不抓紧，可能有更多人触犯法律，到那时候，就成'千古恨'了！"

第二十七章　鸣枪示警

张海明认为，机关干部出现这么多问题——陆富达、张春耕是行级；周海军、申立、米少成，还有直属单位叶惠德、郑天祥都是正处级；还有营业部那些干部撤职、查办十几个人。管理上是一个原因，领导干部腐败的影响也是一个方面，还有一个因素，就是多年来，思想政治工作和精神文明建设薄弱。受"一切向钱看"思潮的冲击，社会上的灯红酒绿的诱惑，这些都潜移默化地影响和腐蚀着人们的灵魂。

一些金融单位的思想政治工作和精神文明建设不如以前了，取消政工办（政治思想工作办公室）以后，由党委宣传部代之，但宣传部不单设，由办公室主任兼职，等于虚设。中央有的领导人要求，各级领导干部坚持"两手抓"（一手抓物质文明建设，一手抓精神文明建设），"两手都要硬"被忽视。张海明在清江时，省分行是清江省"精神文明建设先进单位"，保持十几年的荣誉，下边市分行、县支行有五十多个单位被评为"文明单位"，他本人也是多次受到省里表彰，被中宣部评为"优秀党员领导干部"。但到庆都分行后，省分行不是"先进"，下边支行的"文明单位"，只有寥寥十几个。他思考过这个问题，认为缺乏一个体系，即省分行和下属分支行没有形成一个主抓精神文明的机构和专职干部，都是兼职，等于没有人抓这项工作，又不重视这项工作，这是问题的根本原因。杨文图向张海明汇报了这样一件事：有一次省文明办主任（正厅级）找庆都分行领导见见面，想谈谈国兴银行精神文明建设情况，当时的唐行长让陆富达去（他分管办公室），陆富达不去，他让办公室郝主任去（兼宣传部长），被人家顶了回来：一个处级干部去见厅级领导！以后，人家干脆把庆都分行给甩到外边不管了，什么先进也不给评了，连劳模也不评。

杨文图说：

"庆都分行就抓业务，但业务经营还没抓上去，多年亏损，等于说'两手'都没硬，'两个文明'都没建设好。"

张海明对杨文图反映的情况和庆都分行的现状忧心忡忡。他和杨文图交流解决的办法，想从人员和机构上下手，把"两个文明"抓上去；他又和卫中谈了自己的想法和打算，其中有一条，想从每年接受军队转业干部中要点优秀政工干部，改变一下党政干部现有结构。杨文图和卫中都同意他的想法。

张海明参军当过干部，为了照顾老人，就转业回家。曾后悔在部队干的时间短，积累的经验少，但他对军队依然眷恋，经常和老战友、老首长保持联系。他深知：部队的思想政治工作是全国的榜样，从古田会议到新时期，始终有一个完整科学的保证体系，又有一套衔接不断的好制度。为此，他利用双休日回到老部队去一趟，看看他的老战友——大都是军、师级干部。

他听说老战友何华今年要转业，首先见到他。何华与张海明是同年兵，又是老乡和老同学，他现在官至师政委，曾在中国青年政治学院深造过，做政治工作二十年了，他从最基层的战士干起，一步一个脚印地干到师政委，一路顺风，从来没干过副职，堪称奇迹。

张海明问老战友转业去向，他说省监察厅想要他，他考虑那是给别人"擦屁股"的活，他不想去。

"到我们银行来，行不行？"

张海明又解释说：

"我们省分行正好有个副行长要退休，有空位。"

何华逗他说：

"就是说，我在你手下干，你领导我？"

张海明也逗他：

"咱们在部队时，你领导我几年，这回我领导你几年，有什么不行的？"

两人扯笑一阵儿，话归正题。何华问：

"你能保证我去你们省分行吗？"

"我可以到总行做工作，因为我们银行干部是系统管理，像你这级干部得总行管。"

"我到你那儿，还得降半格？"

"降半格不错了。我们每年接收的转业干部，团职干部有的连职务都没有，当经警，搞押运。"

"那我可不去，以后弄不好，我也得去押运呢。"

"你放心，行级干部是稳定的，只要不腐败，不犯大错误，保证你能干到退休。"

"我这人你不知道？我腐败？我最恨腐败！我犯错误？我几十年连受批评都没有！"

何华自豪地说．

"所以你一帆风顺，又清清白白。正好我们银行需要像你这样的领导。你要到我们银行，一定有用武之地。"

要何华，只是张海明的个人想法，尽管他和杨文图、卫中沟通了，但班子其他人能不能接纳，陆富达会不会当面阻拦或背后闹事，总行领导能不能同意，都是他需要考虑和"工作"的。韩书记在总行协助"一把手"行长主管人事，又分管党务、宣传、纪检、保卫等工作，主要负责"两个文明"建设。他对庆都分行不正之风和宣传思想工作薄弱是耳熟能详的，也是牵挂的，派张海明到庆都分行来，也是他提议和力挺的，他也知道张海明身单力薄，要扭转庆都分行的落后和亏损局面非常不容易。所以，他派卫中到庆都任职，也有让他辅助张海明之意。这回张海明又有从部队要人的想法，道理说得切合实际，他很赞成，表示要做"一把手"行长的工作。

除了要何华，张海明还想要几个团职干部，在机关和营业部及市分行任职，以改变一下干部结构，加强党、政、工干部队伍。张海明通过苏书记找到省军转办主任，和他说了想法。军转办兴高采烈地答应了——因为军队转业干部不好安排，而团职以上干部又是安置重点，更难安置。对方说："张行长，你要多少我们给多少，随你挑！"

"我得挑几个好的政工干部和后勤管理干部。"

——"银行财务管理、行政管理是弱项，掺沙子，改变一下现状。"

张海明把这个想法和打算在党委会上通报了一下，其实不需要研究和表决。敏感的陆富达问："来个师职干部，怎么安排？"

张海明说：

"当然安排副行长了。"

"怎么排位法？"

陆富达担心能不能排在他前边。

张海明说：

"这可不知道，那是总行的事。"

张春耕说："他后来的，又不懂业务，只能排末位。"

因为田仁京退休了，田排在陆、杨、武、张之后，在闵、卫之前，陆和张心中有数，他新来的顶田仁京编制，也就排在四五位以后，陆富达认为没有再争论下去的必要。

没想到，总行任命何华是"二把手"行长，副书记，排在陆富达之前，令陆富达非常不满，大为恼火！为此，还同张海明吵了一次，张海明说：

"那是总行的权限，你有意见可以找总行去。"

陆富达还真跑去北京一趟，先找他那连襟的"大官"，"大官"问：

"你那副行长和副书记没动吧？"

"没有。"

"那就可以。"

陆富达让"大官"找总行说句话。"大官"说：

"这不关你什么事。再说，你总行不有'靠山'嘛。"

陆富达没说动"大官"，便硬着头皮找到总行"靠山"——一个副行长，他说这是总行党委研究的，他不能说啥，反而批评他说：

"老陆呀，你保住副行长、副书记就不错了。这几年你那告状信可不少哇，不是我和你连襟说说话，你今天还能在领导岗位？在什么地方还不好说呢！再有，张海明人家来庆都，你不但不配合，还整出多少事？张海明为什么从部队要来一个师级干部？为什么安排他副行长，又增加他为副书记，排在你之前？那是要取代你。你心里还不明白吗？还争啥？再争你连'三把手'都难保了。"

"靠山"让他悄悄回去，不然总行行长知道更不好。陆富达连夜回到了庆都，但心中不快。

兰妮问他：

"总部开什么会，这么快回来了？"

"一个紧急会议。"

陆富达撒谎说。

军转干部报到时，宣传部部长（专职）、保卫处处长、审计室主任、总务处处长的位置都安排了军转干部，还有派到二级分行两个。陆富达大为不满，造舆论，说张海明把部队转业干部都要到国兴银行，安插到重要位置，影响了行内干部的提拔和任用。他分别给陈占高、王长乐和韩成打电话，告诉他们想来的位置都被占，没有他们回来的机会了。实际是散布他们对张海明的不满。

陈占高回原单位江城市分行之后，老婆已调到省城工作，孩子也在省城念书。上次陈占高找张海明时，他已经答应他说有机会调回来。没想到这个人在江城和行内一个女员工同居，被人家女员工丈夫抓了个"现行"，他又下跪，又求饶，还拿出两万元"私了"。但人家没要他的"臭钱"，向省分行告发了他。卫中前去调查此事，回来又向张海明作了汇报，想给他处分。但张海明认为：现在男女之间的风流韵事很多，属于道德范畴，又双方自愿，没给处分，让卫中找他批评教育就行了，实际上张海明对他是宽宏大量了。

王长乐回原单位后，不能正确对待，三天打鱼两天晒网，影响不好。韩成还可以，但他能力太低。

尽管陆富达在党委会上极力推荐三人回来安排处长、副处长，但党委研究结果没有同意他的意见。

陆富达知道自己权力旁落于何华，张春耕和他又有点貌合神离，田仁京又已退休。他有些孤身只影，自卑又自弃，工作没有积极性，上班也不及时，有时不到位，又不向张海明告假，快到五十九岁的陆富达工作不作为，倒想自己的事多了……张海明有次建议：让总行决定他提前"内退"，不然，他占着茅坑不拉屎，还在党委班子内制造矛盾。韩书记私下对张海明说：总行有这方面考虑，但没正式研究呢。在这之后，陆富达不知从哪儿听说的，说张海明到总行做"工作"，让他提前退休（内退）。有一天，他气呼呼地来到张海明办公室，恶狠狠地说："张海明，你整人也不能一而再再而三地整！我什么时间退，还需要你管吗？我告诉你，你也不要太猖狂！"

说完摔门而去。张海明想，此事他只对韩书记讲过，他想找陆富达了解一下。

陆富达说没时间，拒绝了。

打那儿以后，张海明晚上出去时，总感到后面有车跟随。他开始没注意，司机小杨发觉了，对张海明说：

"张行长，有几次我看咱车后有车跟着，好像有不好的征兆似的。"

张海明不信，说：

"不可能吧？"

张海明向卫中说起此事，卫中猜想：

"这事肯定与陆富达有关。"

"不会吧？"张海明还是不信，说，"他的车小杨认识，是别人的车呀！"

"他公开反对不了你，背后可能使坏。"

卫中分析说。

"这有可能。"

张海明有点信。

"张行长，你得提高警惕，晚上少出门。"

卫中又告诉小杨，以后开车时要提高警惕。

小杨是部队的一名老战士，开车技术好，组织纪律性又强，这些天遇到"奇怪"的尾随现象，他就提高了警惕，出车前，停车后，都检查一下车辆，行车时也不停地看后视镜，以保护张海明安全。有一次到银监局开会，会后留吃晚饭。张海明返回途中，小杨发现有车跟随，前边又有车压速，便告诉张海明。张海明回头看，果然有一台黑色车紧随，又看前边也有车挡路。张海明让小杨遇到岔道躲开。把前边车甩开了，但后边车还是跟随，到一个很僻静的小胡同，那辆车还跟着，而且被甩开的那车也跟过来了，只见两台车向他的车挤过来，小杨把车停下，两个彪形大汉从车里下来，头蒙黑布套，要去开车门拉张海明，这时小杨大喝一声：

"你们干什么？"

小杨掏出准备好的手枪啪啪朝天连开两枪，两个人见势不妙，连滚带爬地钻进车里跑了，小杨恍惚看到车牌最后四个号是"8666"。

"你哪来的枪啊？"

张海明这时下车，问。

"行长，我早有准备，从部队借的。"

"你可不能带枪呀，这要伤着人，那可是犯法啊！"

"我就吓唬他们，如果他们真要向你动手，我就和他们拼命，和你没有关系！"

小杨又说："张行长，我看有人在背后对付你，你得注意啊！"

张海明让小杨把枪交回部队，他怕出事。

第二天，小杨到公安部门报了案。经过查核那辆黑奥迪尾号"8666"的车，是伯乐国际俱乐部的，司机叫胡德天。张海明猜想是马伯乐不满银行依法收贷，想报复他；或者是陆富达背后指使的。

有一次张海明和苏书记相聚，随便提起这件事。苏书记告诉他，说庆都有两伙人涉嫌黑社会组织，警方正在寻找证据，其中就有伯乐国际俱乐部的老板马伯乐，但这人"关系"很多，后台又硬，轻易不能动他。苏书记说：

"既然马伯乐的人盯着你，说明你与他有什么瓜葛。"

张海明说：

"就是贷款的事，上次我不让贷，又派人查他的账，以后又依法收他的贷款，但现在法院迟迟不开庭。"

"这就对了。"苏书记又说，"你们银行把这些人喂肥了，突然中断人家贷款，断了人家生路，他们能不恨你吗？"

苏书记又问陆富达和这个企业的关系怎样。

张海明说：

"他是主管信贷的，一亿多元的贷款都是他批的，上次我没给贷，他和我争得脸红脖子粗的，好几天不和我说话，后来马伯乐派来两个人给我送钱，我没要，来人拔出尖刀在我面前恐吓我。"

"这说明他陆富达已经和这个企业捆在一起了，弄不好他也涉黑。前几年我们全省扫黄大检查，警察在俱乐部当场抓住他嫖娼，只罚了五千元，放人了。"

"是吗？"

张海明听苏书记说这些，更加明白了陆富达是个什么样的人。

苏书记又说："他陆富达在行内抓不住你的把柄，整不了你，就雇人加害你。还有以前你刚来的'桃色事件'，都是与他有关。"

张海明认为苏书记分析得有道理，感谢说：

"老同学，幸亏你提醒我，不然我还对他存有菩萨心肠呢！"

苏书记让张海明警惕点，并告诉他，省里最近将有大行动，打击涉黑势力，维护社会治安。

何华和几个团职转业干部到省分行任职以后，干得相当好。何华把人事工作从陆富达手中接管过来，他和姜远泽搞了一个办法，又从杨文图手中接过党政工分管的工作，并兼职工会主席，杨文图重新分工主管信贷工作。这等于说，陆富达这两个主要工作都已无职权，改为分管没有"外财"可捞的办公室、研究所和保卫处。

到省分行机关的三个新任处长各有建树：总务处处长刘茂生，原在部队任师后勤部部长，把省分行机关固定资产重新登记、核实，在用车方面和库存物资都分类整理，把车队整顿一番，给车队建章立制；成立机关食堂管理委员会，按营养结构每周制订食谱，把食堂大厅装饰一新，增加了企业文化内容。机关员工在清洁、高雅的饭厅吃着营养可口的饭菜，无不赞许。

保卫处处长辛军，原是武警部队保卫处处长，可以说是本行，只是个"军转民"而已，他工作起来得心应手。但银行的保卫工作比部队繁杂，营业"窗口"安全、库房保卫、现金押运等等。辛军把部队的一套工作方法，结合银行的实际情况，制定出切实可行的保卫工作制度，很管用。陆富达分管保卫工作，对他不说好，也不说不好，但保卫干部们都赞许这些做法。

审计处处长裴云丰，原是部队财务处处长，这次安排为审计处处长，也属同行，只是换个叫法。说起裴云丰，当年由出纳员提拔会计时，还有段故事：细心的后勤部政委为了考验他有没有私欲和贪心，他外出开会时借五千元差旅费，回来还余款时多夹一百元，抽回借条就走了。当时出纳屋里就裴云丰一个人，他反复清点政委交来的余款，就是多一百元，他立刻到政委办公室，把一百元钱还给政委；政委表扬了他。还有在后勤部一次分鱼时，政委让政治部主任在一旁观察他如何拿法。有的人挑这堆，又看那堆，挑多的拿，有的还顺手拿别人的鱼。而辛军取鱼时，没有左顾右看，随便拿起一堆就走了。主任向政委汇报后，政委说："这个人经得起考验，可以提拔为会计。"

以后，辛军从会计助理员，到副处长、处长，二十年中没有发生任何问题，在全军被评为先进个人。张海明听后勤部政委介绍后，他表示："这人我们一定要！"

裴云丰到银行当审计处处长，从抓人开始——政治思想到品德素质。在处里大会小会讲，他说：

"智慧比知识重要，素质比智慧重要，觉悟比素质重要。"

他认为：

"人的觉悟是抵御金钱诱惑的一堵坚固的墙，攻不透，摧不垮！"

辛军的理念和方法得到张海明赏识。

还有安排到市分行的两个转业干部，也干得不错。经过这段时间，转业干部的表现让行领导眼前一亮。机关干部也服气——这些"老转"真行！

张海明在一次会上对转业干部评价说：

"军队转业干部组织纪律性强，思想觉悟高，工作作风扎实，完成任务坚决，是信得过的干部。"

他又让监察室统计一下这些年国兴银行受处分、被判刑的干部中有没有军队转业干部，占多大比例。

贝主任统计完向他汇报说：

"从1980年接收军转干部以后，共接收三百四十名，而受处分的只有五人，没有判刑的；只占全行受处分、判刑人员的百分之零点三。"

张海明拿着这张统计单说：

"这说明我的评价是正确的。"

又过了一个月，苏书记把张海明叫去，秘密通知他：庆都市两个黑社会组织被查获，马伯乐已被正式批捕。在搜查他家和办公室中，发现陆富达是这个黑社会的"财政部长"。

他问张海明：

"他们从你们银行一共贷了多少款？"

"累计一点五亿多。"

"所以，这个黑社会经济来源主要是你们多家银行贷款。但他们的正常和非法收入大都汇到国外去了。现在警方在调查资金去向，这里涉及洗钱、犯法等罪状。"

"还有。"苏书记说，"想撞你的那两台黑奥迪的人，就是马伯乐的保镖，他们身上都有人命案，现已逮捕。这事肯定也与陆富达有关系。"

"那陆富达能不能动他？"

"还得要调查之后再定，但他已被控制。"

苏书记交代张海明，要随时注意陆富达的动向并严格保密。

第二十八章　老将出马

张海明正对陆富达保密，且又小心谨慎地与他工作相处时，突然被总行叫去。张海明以为总行知道了陆富达的事，让他汇报此事呢。没想到总行领导找他谈话，说有人告他受贿，腐化堕落，独断专行，安插自己的人，违规招人，等等。

张海明惊讶地问：

"告我？没弄错吧？"

他以为，这些罪状应该加在陆富达头上！

"是告你的。"

韩书记说：

"中纪委也转来了告状信，你要正确对待，如果中纪委调查，你要积极配合。"

韩书记安抚他说：

"海明啊，我相信你，但你是正厅级干部，上边是要重视和查清的。"

张海明不理解，但心中有数。他不客气地对韩书记说：

"这是有人加害我！"

卫中知道了此事，是韩书记提前告诉他的，并让他保密。

张海明没在总行停留，当天乘飞机赶回来。飞机在茫茫的苍穹中飞行，宇宙在展示着它的博大无穷的奥妙。张海明放眼远眺，心潮翻涌如云。一会儿，窗外天空豁然开朗，阳光照着广袤的寰宇，但张海明的心情没有随之畅快，而是布满阴云。

卫中到机场接他，并安慰说：

"张行长，脚正不怕鞋歪。听兔子叫还不种黄豆了？我相信你。"

"反正中纪委来人，会查清的。能给我一个清白，也给那告状人看看：我张海明是贪腐分子，还是他是贪腐分子！"

不过三天的时间，中纪委派来几个人，是一个老太太带队，住进省纪委安排的宾馆，吃住都与国兴银行不沾边。张海明想去拜访，但还是感觉不方便见。

调查组找张海明，核实告状信上指控他的"罪状"。

第一"罪状"是"桃色新闻"。这是老黄历的事了。张海明告诉他们说，这事总行纪委来人查过，公安也介入此事，并作了结论。有人再纠缠这事不放，那是别有用心！中纪委调查组带队的"老太太"姓尤，张海明早就听说尤老的传奇，办了好多影响全国的大案，非常有威望。张海明久仰尤老的大名，今天亲眼见到她，很荣幸！抛开"问题"不说，尤老能查他一个小厅级干部，他甚至有些不理解。但他还是原原本本地向调查组汇报了所谓的"桃色新闻"。他又自信地说：

"尤老，我张海明无论在清江，还是在庆都，在一些是非之地，早有戒备和自律。我要好色的话，包二奶、三奶都有条件，但是我洁身自好，与'色'无关！我敢拿党性和人格向党组织保证！"

尤老来前看过总行纪委对张海明"桃色事件"的调查和结论材料，她相信张海明是清白的。

第二"罪状"是贷款"受贿"问题。告状信说贷款企业老板送他十万元钱。

张海明说：

"有这回事，但我没收。这件事的过程我们分行纪委可以作证。"

尤老继续问：

"还有一件事，伯乐国际俱乐部派人送给你一张卡，卡里也有十万元钱，怎么回事？"

张海明解答说：

"哦，是这么回事：伯乐国际俱乐部是家吃喝玩乐的地方，是一个黄赌毒窝点。他们靠这些吸引中外宾客，也赚了不少钱，就是不归还贷款，我们去查账，还不让查，所以我们依法起诉他们。马伯乐又指示三个人（二男一女）找我，让我们银行撤诉，我能撤吗！那女的偷偷留下一张卡。他们走了以后，我发现这卡，还有一封信，写着'高抬贵手，你在庆都地盘，抬头不见低头见，别把事做绝了'之类的话。我把信和卡都交给了卫书记，让他把卡退了回去。卡里有多少钱，我根本不知道。"

尤老找卫中查实这两件事时，和张海明说的吻合。

张海明补充说：

"行贿之事，不止这些，我从清江到庆都，遇到不少，我都拒绝了。"

尤老点点头。

第三个"罪状"是"果篮事件"。张海明一笑，把事情经过说了一遍：

"'果篮事件'是他们陷害人的一场滑稽戏。我在省分行党委和纪委联席会上汇报过，公安部门也立案调查过，最后都有结论。篮子里到底有没有放钱，还是个谜。"

尤老也笑了笑，说："这事挺有故事情节呢。"

不再问了。

第四个"罪状"是张海明盖大楼"行贿"问题。张海明听尤老问这件事后，莞尔一笑，又摇摇头，说：

"实在抓不着什么问题呀，连这样的区区小事也告我？"

"那你说说是怎么回事？"

张海明说：

"庆都分行办公楼是全省银行中最旧、最小、最破的，当时一千多人办公挤不下，办公分三个地方。我来之后，实在看不过眼，员工上下又呼声很高。我提议，和几个行长商量，党委形成决议，报请总行。开始报告迟迟不批，又没资金，施工单位等都着急，我怕影响工期，就带人去总行催促快批。去时财务处处长建议我带点什么东西，我就让他买点土特产品，三千六百元钱的东西，分几十份，给总行财务部带去了。人之常情啊！"

"有没有带现金？"

尤老问。

"开始，财务处长真想带点钱，我没让，这才带的东西。人家根本没看上眼，据说现在还在仓库里放着呢。为了避嫌，这三千六百元，我也是自己掏钱付了。"

尤老在笑。为行里办这样一件大事，行长带几个人去上级单位带点土特产品，算什么？作为中纪委的人，查这样的问题，她能不好笑吗？

"尤老，我这人你不了解，我是一行之长，有权处理钱财的用途，但我总想，公事公办，不需要送什么。'行贿'？我还没学过！我的仕途发展，没找过任何人，没拉过任何'关系'。有一次我们同学聚会，有个同学逗我：'张海明，这里你官最大，又提得快，你有什么高招啊？'又一个同学接过去说：'张海明送了多少礼啊？'

"我说：'我大学学的是金融专业，没有请客送礼课程。'大家都笑了。当然，有的同学也不相信，说这是不可能的事。"

尤老也笑了："好了好了，说说下一个吧。"

第五个"罪状"是"违规"招人问题。张海明：

"这事有，也算违规？"

他把因公牺牲的支行行长儿子，按原来退休省分行行长答应的给招进银行的事说了一遍。尤老不知道银行进人规矩，问：

"这是件好事呀，怎么算违规呢？"

"这几年国兴银行减员，不让下边行进人，每年只招大学毕业生。这孩子虽然大学毕业，但当年没来，考研了。再入行，不算'违规'吧？"

张海明说完又补充说：

"这事是我同意办的，我看这母子俩很可怜，而且省分行党委研究过，大家都同意，怎么又告我状呢？"

"'莫须有'你知道吧？"尤老说，"告状的人如果从整人的目的出发，没有的事可以有，有的事更有。这事我知道了。"

第六个"罪状"是关于收受企业送的产品的事。

尤老问："有人说你到贷款企业拿人家不少牛肉产品，怎么回事？"

问完尤老先笑了，说：

"张海明同志，我调查这样的小问题，你是不是笑话我们中纪委没事干了？"

"不，不！"张海明说，"中纪委对每个领导干部都负责任，我很感动。我们有些纪检部门对比这些大的事都视而不见，睁一只眼闭一只眼的，相比之下，我非常佩服中纪委的职能意识和工作作风。"

张海明汇报说：

"我带人到皓月公司收贷，回来时，老板让司机小杨随车拉回一些他们厂家的牛肉产品，有熟食制品，也有速冻冷鲜产品。我不知道，司机回来问我东西放哪，我才知道。我批评司机为什么收人家东西，让他马上送回去了。从那以后，我对司机规定：今后，不论到企业，还是下基层，不准接收任何赠送礼品。从那以后，不经我同意，司机一点东西都不敢收。"

尤老工作作风细致，连这点小事也向司机小杨核实了。小杨又向尤老说了张海明类似一些事：有一次张海明带总行的人到绿源水库检查贷款项目情况，人家招待吃水库刚抓的鲜鱼，总行的人赞不绝口，说这鱼太好吃了。临走时，水库给带一部分，是张行长自己掏钱买给总行的人带回去了。还有一次，张行长到基层行检查工作，赶上端午节，临走时，一个支行行长偷偷地把一箱鸡蛋放进车里。小杨送张海明回清江过节的途中，那位行长给小杨打电话，说车尾厢有一箱土鸡蛋给张行长带回家去。小杨不敢私自同意，请示了张行长。张行长让小杨跑了十多公里又把鸡蛋送了回去。

"还有什么事？"

尤老饶有兴趣地问。

"张行长廉洁奉公的事太多了。"

小杨又说："张行长儿子结婚，谁也没告诉，婚礼我们行没去一个人，儿子媳妇度蜜月来庆都没花行里一分钱，没用行里一辆车；有一次到基层，途中有个农民被车撞伤了，肇事车跑了。那人痛苦地呻吟着，好多车经过没人停。张行长让我停下，把伤员抬上车，送到医院，张行长又给交了押金，向医生交代好了以后，又给伤者家人打了电话，才悄悄走了。还有一次我和张行长到街里办事，遇到小偷偷了一个女人钱包，女人大喊抓小偷，小偷反而说女人诬陷，挥舞尖刀拳打脚踢女人，围观那么多人都看热闹。张行长不顾安危，上去阻止小偷打人，我俩齐心协力把小偷摁住了。为此张行长还挨了一刀，伤到臂部。他到医院包扎好，谁也没告诉，至今行里人都不知道。"……

小杨说了张海明许多好事，都说掉泪了，对尤老说："我们张行长这么好的人，还有人告他，我真想不通，你们中纪委一定要为张行长做主啊！"

小杨站起来恭恭敬敬地行了个标准的军礼！

"你当过兵？"

尤老问。

"我是现役军人。"

尤老又问：

"现役军人怎么给张行长开车呢？"

尤老不解。

于是小杨把他怎么来银行开车，张海明为什么要从部队找司机，告诉了尤老，尤老理解地点了点头。

"据说，你还带枪驾驶，还向别人开过枪？"

尤老从告状信中了解到这件事，问小杨。

小杨把为什么带枪、怎样开枪的事又说了一遍。他说："我不理解，咱们共产党的天下，还有黑社会组织如此嚣张，还要加害我们张行长，我必须要保护他！"

"原来是这样。"

尤老又向小杨了解了张海明一些其他情况，如张海明每天晚上看书学习；下基层从来不打麻将，不去洗浴中心和歌厅；每次送他到清江时，他家里有事从来不用公车；等，听得尤老饶有兴趣。

一个中央部级领导和一个小兵交谈足足有一个小时，令小杨敬佩又感到莫大的荣幸！

尤老又找行里其他领导谈话。他首先找卫中谈。因为他们是同行，纪委的人看人看事比较苛刻，听听卫中对张海明的评价是必要的。

卫中在总行纪委时，见过尤老，但没说过话，所以她不认识卫中。卫中首先对尤老到庆都来没能接待和看望老人家感到抱歉。尤老说：

"我们住的地方保密，你当然找不到了。"

卫中又问了尤老生活上有什么需要，尤老说：

"什么也不需要。"

卫中约请尤老晚上去看二人转，尤老说看过了（其实没看），尤老又问了卫中到这里来工作和生活的情况，老人家平易近人。

当尤老让卫中谈谈对张海明"涉及"问题的看法时，卫中首先表态：

"张海明绝对清白，他不是见钱眼开的人，他不是贪色的人，而是个优秀共产党员，合格的领导干部。"

卫中这样的评价完全符合张海明为人为官做事的本色。尤老也似乎相信地点点头，但尤老让卫中具体说说。

卫中说：

"我和张行长同住省分行宾馆，屋挨屋，同桌吃饭，天天见面，工作上又配合默契。我从他身上学到不少东西，也充实了我做人的'内涵'。他的书桌上总放着一套《毛泽东选集》和《周恩来传》，还有其他伟人传记，他是真正学习马列主义、毛泽东思想的人，比如他常说：领导干部要'情况明，决心大，办法对'，这是毛泽东同志坚持的一贯工作决策思想，他按周恩来那样做人，让书法家把周恩来同志的座右铭书写条幅，挂在屋里，他还有自己的为人做官理念，是'时不可荒废，事不可妄为，业不可平庸，权不可滥用，人不可愧对'，也写成书法对照去做；他屋里还挂一幅画《塘荷》，题为'出淤泥而不染'，这些都是他做人做事的写照。"

卫中又说：

"尤老您说的那几件事，我都知道，有的我在场或事后到场处理过，像'果篮事件'，是我让张行长报案的；马伯乐撒钱一事，是我收拾的现场；'桃色新闻'是陆富达串通他'准连襟'加害他的；盖大楼送土特产品，是张行长掏钱核销账上那笔钱的；还有大楼施工招标，装修招标，张行长都是为避免出问题采用了公平公正的办法。别的领导红白喜事大操大办，人家张行长儿子结婚谁都没告诉，连我都不知道。相对而言，陆副行长儿子婚事大办几天，敛财几百万！张行长好多的事，我真是说也说不完。尤老，您多待几天，多找些人谈谈，我看张行长就是干部廉政典型！"

卫中的叙说，使尤老更加坚定了自己的认识和信心。

"那你说说，这样的好人，为什么有人告他呢？"

卫中感慨地说：

"尤老，您是见多识广的人，咱们从历史上看，好人挨整、冤枉的还少吗？岳飞、屈原、况钟……现在恶人先告状的还少吗？有的人简直是不择手段，为什么告状不敢署名？就是怀有不可告人的目的。"

"但匿名信大多是好人告坏人坏事，这是社会进步的标志。"

尤老说。

"也对。但不正之风也包括坏人告好人的。"

卫中和尤老的交流无拘无束。

卫中又说："尤老，你们应查出诬告的人！"

尤老微微一笑说：

"我们没有这个任务。坏人自然会暴露出来的。你说说看是谁诬告张海明的。"

"我以一个共产党员的良知告诉您，肯定是陆富达！"

"你有证据吗？"

"我只是猜想。"

"没有证据可不要说哦。你是纪委书记，一定要重证据。"

"是，是。"

卫中说完走了。他心里想一定要向尤老学习，虽然做不到她那样有魄力，但是必须尽力而为。

尤老又找了几个副行长谈话。

杨文图对张海明评价很高，他也认为有人整张海明。他气愤地说：

"我在庆都分行二十五年，从下到上，最后到省分行，很难见到像张海明这样清白的领导！"

"我让你说说他有没有问题。"

尤老试探地问。

"尤老，您是中央来的，是查张海明所谓问题的，但我对您说，张海明非但没有问题，他还是个廉洁奉公的典型！我这么说不为过。现在的领导干部有几个像他那样敢在总行、省分行会议上喊出'廉政向我看齐'的？他敢抓敢管，光我们省分行机关和营业部就查处几十人！他要自身不正，敢正别人吗？正风肃纪也得罪一些人，所以遭到一些人报复，写恐吓信、掏刀子、撞车、诬陷等等。"

张行长来庆都，敢于冲破派系阻力，令杨文图相当佩服，他又说："拉帮结派，就是腐败的产物，派系又包庇了腐败。"

"你何以这样认为？"

尤老对这个问题颇感兴趣。

"您看看是不是这样？"杨文图展开说，"同一派系的人之间，是相互包容的；为人处世没有是非标准，只能以人画线。比如，提拔干部，评比先进，评定技术职称，首先考虑的是他们自己的人。这些年，我们庆都分行提拔干部时，争论相当激烈。再比如贷款，和一些企业老板狼狈为奸，形成了'利益集团'，经常在一起吃喝嫖赌，那是用贷款养活这样的企业，喂肥这些老板，转而自己也捞到好处，这种'利益双赢'、纠缠不清的关系导致银行贷款的损失很大！"

杨文图是个有正义感的人，这么多年夹在派系斗争之中，难以脱身，又耗费很多心力。他几次想调动，哪怕到外省也行。他厌烦这种环境，又无奈这种环境。因为行级干部不易调动。张海明来了，他看到了"光明"，心情逐渐好转，极力配合和辅佐他做好工作，冲破派系的牢笼！

他对尤老说这些的目的，是让中纪委的人能对张海明有个正确的认识——他非但没有问题，而且应该宣扬他的廉政事迹！他对尤老寄予希望，说：

"尤老，中纪委是清污除垢的最高职能部门，是主持正义和公道的权威机关，对那些害群之马应当除之务尽，不能再让这些拿着国家薪俸不为国家和人民干事的人横踢乱咬，也让好人摆脱陷害之苦！"

"有那么严重吗？"

尤老问。

"尤老，庆都分行的问题，就这么严重。多少年了，谁敢动？您来了，该动一动了！"

"是吗？"尤老笑了，说，"你要相信，阳光总会驱散乌云的，古人说得好，'善有善报，恶有恶报，不是不报，时候未到'。时候到了，一切都会报的。"

"尤老，你们带来了阳光，我们庆都分行的一块乌云快散了。"

尤老乐了，说：

"大自然中，太阳是永恒存在的，乌云也经常出现，太阳有时和乌云同时存在；这就是大自然现象，也是规律，一个社会也一样。但只要相信党，相信人民群众，一切都会好起来的。廉政建设也一样，要经过长期不懈的努力才能逐渐好起来。"

杨文图和尤老越聊越高兴。关于这方面问题，多少年来，他一直压在心里没地方说，张海明来了，和他聊过几次，心里清凉多了；这次中纪委久负盛名的尤老来了，她又是平易可亲的人，所以敞开心扉和她说话。他聊到此，想试探一下她知不知道庆都分行的阻力来自何方。

"尤老，您想知道庆都分行的乌云吗？"

"那你一定知道了？"尤老反问他，"你说来自谁？"

"就是诬告张行长的陆富达！"

杨文图大胆地坦言。他又说了一些陆富达的问题和上边有背景的事……

"他为什么和张海明过不去呢？"

尤老想从中找出原因。

"陆富达官欲熏心，但总行没让他当上'一把手'行长，他以为是张海明来占了他的位置，他想不择手段把张海明整走，他当'一把手'；他又私欲太重，张海明成了他腐败蜕变的障碍，所以他恶人先告状，把脏水往人家身上泼。"

尤老听了杨文图的分析，进一步知道了原因，和卫中说的也大体一样。这说明，搞腐败的人，一个是贪权，一个是贪财，一个是贪色。这三样，陆富达都占了。令她不解的是：庆都一个国有商业银行，又上有总行，这块乌云为什么越聚越大，时间这么长不被驱散呢？尤老又和杨文图探讨这个问题。她说：

"庆都，庆都，一个有名的休闲之都，为什么不清静呢？"

杨文图又直言：

"过去有言道：'朝中有人好做官'，但我得补充一句，朝中有人能保官！陆富达一个'连襟'在国家一个部委是要员，又能制约银行；一个铁哥们在总行当副行长，有这'双保险'，他能倒吗！"

尤老点点头，心想：

"原来是这样啊！"

武家豪对尤老找他谈话感到很荣幸，所以他也敞开心怀说开了。首先他对诬告张海明一事很气愤，他列举了盖省分行办公营业楼的事。他说："现在的领导大都认为'多一事不如少一事'，庆都分行的办公楼迟迟没人张罗。是张海明来了才盖了起来，为此他操了多少心，开会研究多少次，又亲自选地点、审图纸、搞竞标、借贷款，到总行做'工作'，休息时间到现场察看和监督，把庆典收到的几十万元，捐赠给农村小学，又提议集资建住宅，解决了几百人的安家问题，他在全行倡导这种做法，有几千个无房员工住上了新楼，这些关系银行和员工利益的一件件大事，令广大员工上下拥护，居然还有人告他'行贿'！"

武家豪建议：

"尤老，你们中纪委这次来一定要查出背后诬告的人！"

武家豪与陆富达共事十几年，起初，他对陆富达的印象是能力强、有魄力、懂业务，是个"一把手"的料。但后来耳闻目睹他那些不三不四的事，改变了他的看法。尤其在贷款和干部问题上，以权谋私太严重。香港在庆都的分公司拿假抵押欺骗贷款，先后贷出去近四亿元，最终只收回六千万，连利息都没收全！他从中捞了多少？光到香港就去了好几次，都是请他去吃喝玩乐了。还有那伯乐俱乐部，他给贷一亿多，听说带有黑社会性质，他经常在那里吃喝嫖赌！现在庆都省分行贷款亏损几十个亿，他分管贷款的副行长应负主要责任！是犯罪！

尤老也找了闵家仁谈了话。他年轻，提拔得晚，所以说话谨慎，对张海明"问题"说不知道，也谈不清，但对张海明评价还是很高的，说他有创新意识，有工作魄力，清正廉明。他很佩服张海明，说：

"张行长来庆都后，整肃分行多年的不正之风，改变不少，他对自己又要求严格，是个好领导。"

田仁京刚刚退休，又是提前两年退的，对组织很不满意。所以中纪委找他时，他拒绝了。

张春耕和尤老谈时，不说张海明好，也不说他坏。他说"张海明是难以捉摸的人"。

"什么难以捉摸？"

尤老问。

"他这人你挑不出毛病，顶多'左'一点，现在是市场经济，他却给员工解决住房！这事那事的发生不少，什么'桃色新闻'、'果篮事件'、给总行送礼等等。这人两头冒尖，不是难以捉摸吗？"

尤老最后想找陆富达谈谈。陆富达突然"有病"住院了！陆富达知道中纪委来人查张海明，又找行领导谈话。但他"叶公好龙"，又怕见中纪委的人，如果中纪委让他谈张海明的"问题"，他要是谈，肯定会暴露自己告状的面目；如果不谈"问题"，他没啥可说的，总不能为张海明唱赞歌吧。所以，聪明过人的陆富达选择了回避策略，"有病"住院了。另一方面，马伯乐被抓，他忧心忡忡，四处打探马伯乐的消息，有没有涉及他，所以他是泥菩萨过河——自身难保，哪有心情谈张海明的什么事。

尤老最后又找张海明谈话，告诉他"调查"结果，他没有任何问题，告状信纯属诬告，也可以说是陷害；又告诉他，他不但没有问题，而是清正廉洁的领导干部——起码她了解到的情况是这样，她准备向总行通报她调查的情况，想建议总行总结他的事迹。

张海明听后就放心了，也感激中纪委，特别感谢尤老这么高龄还亲自来庆都调查他的事，又给他这么高的评价和推荐。

他说：

"尤老，您千万别向总行举荐我，我没做到那么好，我是个有争议的人。您查清了我的问题，还我清白，我就谢天谢地了！"

尤老又和张海明聊了好长时间，主要聊当前全国反腐形势严峻，中央对反腐败斗争相当重视；聊了金融行业是反腐斗争的重要战场，派她来就表明了中纪委对金融行业的重视。她想听听张海明的高见，问：

"你对金融行业廉政建设怎么看？"

张海明说：

"金融行业首先要防范道德风险，人的高尚首先是防范和抵御各种诱惑的铜墙铁壁；腐败蜕变的人首先突破了道德底线。道德观被冲破了，就像洪水冲破大坝一样肆虐不可挡；金融行业是经营货币的，钱是经济的杠杆，是人民生活不可缺少的，但钱又是大多数犯罪的载体和目标，银行业在货币经营过程中必须重视人的教育和培养，构筑人的高尚觉悟和良好道德。

尤老认同张海明的观点，她说：

"是呀，党风廉政建设也好，法治建设也好，关键是首先加强人的思想建设、队伍建设，有的人'常在河边走，就是不湿鞋'，当年老一辈领导同志掌管的党费和革命活动经费一文都不贪不占，这就是人的觉悟能抵御任何诱惑而不失方向；而有的人'河边一走就湿鞋'，甚至掉进河里，就是思想觉悟没有达到防御的程度。"

张海明乐了：

"尤老您讲得真形象。但现在我们对思想政治工作特别是对领导干部的教育不够，中央现在发现了问题，很重视，出台了不少措施办法，可下边有些领导贯彻执行不力。过去我们在部队时，首长下去检查工作，都了解干部的思想情况，找主官谈心，时不时地敲打敲打。"

"是啊，部队思想政治工作一直做得很好，我记得六十年代，毛主席号召'工业学大庆，农业学大寨，全国学习解放军'。就是要学习解放军的思想政治工作经验和优良的作风，那时解放军出现不少英雄人物，像雷锋、王杰、欧阳海、'好八连'、麦贤得等等。重视思想政治工作，就出英雄，出先进；忽视了道德觉悟教育，就出腐败犯罪分子！"

张海明非常赞成尤老讲的"两出"，他又补充一点："还有对领导干部监督不力，也是发生问题的一个原因，必然会导致滥用职权，以权谋私。"

"你说得对。"尤老说，"监督有两种，一种是职能部门的监督，纪检部门监督滞后，发现问题纪委才出面，但问题的发现，许多是群众揭发的，但群众监督很难做到，他们哪敢监督领导？怕打击报复，怕丢饭碗，顶多看不过眼，就写匿名信。"

"尤老，您应该提提：现在行业单位纪检监察部门都设在同级单位，纪委书记又是同级单位党委委员，在一、二把手领导下，他要监督本单位领导很难。能否上设一级，派驻下一级单位，这样它就能独立行使监督和查处权力。"

"这个问题，党政单位做到了，但你们行业单位没有做到，我想以后会实行的。"

"尤老，您是中纪委元老，又办过全国很多大案要案，您能不能给我们银行干部讲一讲啊！"

张海明抓住这个难得的机会不放过。

"让我讲什么？我又不太了解你们银行的情况。"

"您就讲讲从那些贪污腐败案件中得到的启示，我们肯定愿听。再说，您刚才不是谈过加强思想政治教育，防微杜渐，防范道德风险吗？"

"你行长同志真是抓住我不放啊！"

尤老乐了，张海明也乐了。能把尤老搬来讲课，是张海明和尤老谈话融洽和关系亲密的象征，更是尤老对本职工作的执着和对下边廉政建设的关心。一个快退休的老人，还在为党风廉政建设操劳，令张海明敬佩。

"讲可以，但不叫报告，而是座谈，随便聊聊。"

尤老很谦虚。

"好好，行行。"

张海明答道。

"还有，不能写会标，也不要搞迎送，不要上水果，不要准备饭。"

"这个——这也太显得我们无情无义了吧！"

张海明只好说："按您说的办。"

尤老又说：

"还有，你要把会场摆成圆形桌子，或者四方形也行，不要设什么主席台！"

张海明对尤老与普通干部平起平坐的做法肃然起敬，答应：

"好，好。"

张海明让卫中安排好座谈会人员：机关和营业部副处以上干部和省城各支行行长、副行长都参加。

尤老在张海明陪同下悄悄来到会场，悄悄坐在方形桌的一侧，与会人发现后才知道，鼓掌、起立。掌声持续足有一分钟。

张海明把尤老介绍给大家时，大家再一次起立鼓掌。尤老事先让张海明向大家介绍时，不要说太多，只说中纪委一名即将退休的干部与大家座谈就行了。但张海明还是多说了几句：

"尤老是中纪委赫赫有名的办案高手，办了许多全国性大案要案，那些腐败分子不管官多大，在尤老面前都低头认罪。尤老这次到我们庆都来，时间很紧，每天工作很晚，又抽时间给我们作报告……"

"不叫报告，是座谈。"

尤老纠正说。

"对，和我们大家座谈。我们请尤老发言！"

"我先听听大家的，你们先谈谈在银行工作中对廉政建设的看法，容易碰到的问题。"

尤老说。

由于张海明让卫中事先指定几个人作了准备，所以大家发言踊跃，并受到尤老夸奖：谈得不错。尤老讲了她经办几个大人物案件的事，有副委员长，有副省长，有部长，有人民银行副行长。尤老简要谈了一些案情，主要讲这些人从原来"红小鬼""先进""高材生"，发展演变为罪犯的原因。她总结了两个字，一个是"钱"，一个是"色"，"钱"使人腐败，"色"使人堕落。她说：

"钱是你们银行经营的东西，天天和钱打交道，如何把人们手中的钱吸收过来，再贷出去。支持经济发展和社会进步，货币是经济杠杆；钱又是黏合剂，把你们银行和企业紧紧地联系在一起，谁也离不开谁。银行靠放贷款收息和服务赚钱，企业靠银行支持发展——现在企业没有银行支持很难发展。但在这过程中，人是决定因素，人的素质高低，决定经营货币的效果，决定贷款的质量。有人说，地区经济发展状况决定银行盈利或亏损。我说，经济发展快的银行应该盈利多，而经济发展慢的，银行盈利少可以，但亏损就有问题了，问题就在'人'上，听你们张行长说，你们行多年亏损，可其他银行就盈利，这差别就在于领导者经营管理上的问题。我说，不正之风、腐败会影响经济发展的，影响银行效益的。搞经济工作的人，容易出现腐败问题，比如银行出事，主要出在贷款上，和那些管信贷的人身上。为了搞到贷款，企业给你回扣，给你好处，这就是风险，你拿人家十万，你会有一百万上千万的损失，所以银行亏损，客观上有原因，主观原因是第一的，这也叫道德风险。有人把腐败现象发生的原因推到客观环境上去，说市场经济容易产生腐败。我看主要是内因。古人说，'举世皆浊我独清，众人皆醉我独醒'；'昂昂如千里驹，铮铮如风前竹'，这才是坚持原则的人的高贵品德！

"其实，领导干部缺钱缺物吗？什么也不缺，吃、住、用自己掏腰包的不多！但他为什么还要对钱感兴趣，为此不择手段，甚至豁出命来贪敛财物呢？这就是私欲膨胀的问题。俗话说，'人心不足蛇吞象'，私欲大的人就是蛇！依我看，银行关键岗位上的人如果私心大，早晚会出事的，它有内因，又有外因，两个因素搞在一起，不出事才怪呢！所以，我认为银行选干部，用人，必须看准人，人才要具备五大要素：德、识、才、学、体。而德为首，才是第二位的。有才无德要坏事，有德无才要误事。当然要选用德才兼备的人最好。

"但人是动态的东西，好人也可以变坏。比如汪精卫，年轻的时候一心要推翻清政府，是个英雄。后来叛国投敌，成为日本军国主义的走狗。前面我说了，'红小鬼'变成了罪犯。'先进'人物成了死刑犯，这说明人的自我意识、自控能力非常有限，必须有外力帮助，现在我们的思想政治工作薄弱，领导干部自身忙于工作，学习也少，监督也不到位，所以出问题的人多。我看张海明同志是重视这方面工作的。连我这样的人也抓住不放——让给你们讲讲。我原来不想讲，回去的机票都买了，但我一想：我也发挥点余热吧。就把机票改签了。

"同志们，因为我在纪委工作，经常和犯错误的人打交道，我有切身感受，人一旦出了问题，成了阶下囚，一切就都完了，进了监狱，别说官衔权力地位都没了，连个名字都没人叫你，只叫你监号。你什么荣华富贵、家庭幸福、个人理想前途，都会毁于一旦！同志们，这可是千古教训啊！无论多大的官，多辉煌的业绩，多高的地位，一个枪子或一针下去，什么都化为乌有！"

说到这儿，尤老停了一会儿，眼睛有点湿润，她继续说："解放初期天津的刘青山、张子善是'红小鬼'呀，毛主席审批枪毙时，老人家都流泪了！那叫挥泪斩马谡啊！

　　"毛主席当年说过：谁的东西就是谁的，不要伸手，伸手会被抓的。有人侥幸，天知地知你知我知，若要人不知，除非己莫为！现在有些人心理和觉悟远不如古时候的杨震，有人半夜送他银两，他都不敢接，他倒比我们现在一些人聪明多了。"

　　尤老又联系银行现实说："你们在座的行长、处长，官也不小了，都管一方宝地，一方人马，有权有势，但千万要善用职权呐，在钱上面千万要小心谨慎！现在，够五千元就立案，一万元就能判刑一年。你们银行的人要出事，哪个都得几十万上百万的，上千万上亿的也有，都得拿命抵罪！"

　　尤老最后希望银行的干部要自省、自重、自律！

　　尤老的发言给与会者很大震撼。那几天，机关干部议论最多的是廉政问题。

　　陆富达没参加会，他对张海明说在医院挂吊瓶，实际上是躲在别墅里，但没有心情与情妇共浴爱河，而是坐卧不宁。兰妮说他："你到底怎么了？有病不去住院，在屋里走来走去的！"

　　陆富达仿佛有点感觉——马伯乐被抓，肯定会牵涉到他；他又听说中纪委来人查张海明，没查出问题，反倒认为张海明是廉政典型。他想出国，老婆和女儿在国外，但儿子是军人，出不去，时间紧迫，他顾不上儿子了；也不能带情妇出国，又不敢让她知道，他早已办好了出国护照——张海明来了以后，他就有准备。

第二十九章　梦断机场

陆富达趁"住院"掩人耳目，想偷偷出国。他对兰妮说："这几天我到医院住去，可能有人来看我，我不能在家呀，你千万别露面，也别去医院，在家好好待着。"

陆富达出国前，把儿子叫了回来，说自己有病住院了。他想看看儿子，这也许是最后一次和儿子见面或者永别。儿子急匆匆来医院看父亲。以为父亲有什么大病呢，儿子见父亲只是憔悴了一些，并无重病，他感到疑惑。陆富达告诉儿子自己没什么大病，只是养一养，查查身体。他交给了儿子一张银行卡，说过几天，要到几个国家去考察，时间半年，并告诉儿子，那卡里有几万块钱（实际是二百万），让他生活别太仔细，他和儿子谈了好长时间，千叮咛万嘱咐，表现出舐犊之情；晚上又和儿子到五星级宾馆吃了一顿饭。儿子想第二天送他到机场，他说不用了，他说先到北京，随总行的人一起走。临别时他和儿子握手拥抱时，还流下了眼泪。儿子感到很意外，有点生死离别之情，又不便问他，两人恋恋不舍地分开了。

就在几天前，陆富达把家里（别墅）所有的钱，除了留给兰妮一张十万元的卡以外，都拿走了，到银行汇给了国外的老婆。

陆富达从医院里走时只拎一只手提箱，别的什么也没带，到庆都机场时很顺利，担心的事没有发生。到北京机场时，他也满怀信心，一切手续都办完了，他想肯定能顺利出境。但是到安检口时，被告知："先生，你的手提箱我们要检查一下。"陆富达不情愿地打开手提箱，里面有很多美元，还有金银珠宝。

"多少？"

"五万。"

"为什么带这么多现钞？"

"随身花方便。"

"走，到屋里解释。"

安检人员把他带走了。

陆富达预感到不妙，头冒汗，腿发软。

"完了。"

他心想，但没有脱身之术，只好乖乖地跟着安检人员来到公安值班室。屋里有公安人员，也有便衣人员。便衣人员问："你是陆富达吧？"

"是，你们？"

"我们是中纪委反贪局的，你涉嫌贪污受贿。"

"我们是公安部的，你涉嫌参加黑社会组织，你被捕了！"

公安人员说完，给他戴上了手铐，带走了。

陆富达贪污受贿之事，有人告过，不止一次。中纪委都已掌握。

这次尤老带人查张海明问题，是表面的，实则她派人悄然在查陆富达的问题。中纪委这种高明之计，是神不知鬼不觉的，国兴总行都不知道陆富达被控制。

陆富达被捕之后，国兴银行总行才逐级传达下来，张海明这才明白此事缘由。

陆富达在首都机场被捕的消息，在社会上不胫而走，又成了国兴银行的热门话题，大多数人拍手称快，也有些人惊慌失措。张春耕和田仁京，还有陆富达那帮人听到陆富达被抓，如惊弓之鸟。周海军找到张春耕，悄悄问：

"陆行长能出来吗？"

"你傻呀，都惊动中纪委和公安部了，还能出来？"

张春耕垂头丧气。

消息传到社会上，说："国兴银行出事了，有个姓陆的行长被抓了。"

"国兴银行行长想逃往国外，从机场被堵住抓回来了。"……

传得沸沸扬扬。

周海军在办公室和家里翻箱倒柜，看有没有和陆富达有关联的东西。他猛然发现一张记录单，是给陆富达钱和报条子的金额。他合算一下，有三十一万多元。都是这些年从"小金库"拿的钱（上次查"小金库"时没查到这些钱款），还有他和陆富达从毕业生入行时收的钱分给他那部分。

他看过就烧了，心想毁掉了证据谁也没有办法。

吴宽也惶惶不安，他在房贷处时给陆富达优惠买的两套住房，算不算问题？他拿不准。还有提拔和调到信贷处主持工作时他送给陆富达的钱，能不能被陆富达坦白交代出来？

叶惠德庆幸在这之前查账，把陆富达的问题解决了。不然他也会被牵连进去。

陈占高、王长乐和韩成三个人听到陆富达被捕后，焦虑不安，和陆富达的一切联系都中断，他们想通过张春耕问陆富达的情况，毫无结果。

还有机关和下级行与陆富达关系密切的人都有一种失落感。有给陆富达送钱财的人也提心吊胆——会不会算"行贿"？

国兴银行的贷款企业老板，也都在自省自查——有没有为贷款而行贿的事？好几个明显地得到贷款而给陆富达送礼（金）的老板，像陆富达表弟陆德富，香港分公司老板甘子牛，啤酒厂老板……这些人都在四下活动，打探陆富达的内情。有的找律师和法律部门熟人咨询"行贿"的界定，衡量自己的行为够不够行贿罪。

原庆都伯乐国际俱乐部老板、涉黑头目马伯乐已被捕关押，他不知道陆富达被捕，还在琢磨：供不供陆富达呢？怎么个供法？

陆富达的情妇兰妮也知道了，因为警方搜查了他的家——别墅。她又叹又恨又怕。叹的是她和陆富达多年的特殊关系，从一个会跳舞的小姑娘，成了行长情人，享尽荣华富贵；恨的是他出国居然没告诉她一声，又把钻石珠宝、金银首饰和钱卡都偷偷带走，只留给她一张十万元的银行卡，怎么够花呢！怕的是她也要受到牵连。

她气得砸碎几个花盆和花瓶、鱼缸。然后，她想把屋里值钱的东西拉出去卖掉，但叫车搬时，被公安人员制止了："这是陆富达的家产，你没权处理。"

她傻眼了——也被监视了。

陆富达出逃之前，汇出境外的钱款也被银行截住了——公安部门已经控制了他的汇款账号。陆富达事发后，经公安部门查核，他从1995年当市分行信贷处处长，后来当庆都市分行副行长、行长，省分行副行长的十年中，向境外汇款三千八百万美元，属于巨额财产来路不明，还涉及陆富达又一个罪状——洗钱。从他家地板下挖出的一个密封箱中，发现一个本子，记录着他受贿的钱数和名单及时间，包括金佛、名表等，涉及行贿（送礼）人员八十九人，其中行内员工五十九人，多者五十万元，少者一万元（看来一万以下的他没有记载）。这些人中有五个人突然失踪，包括他"准小舅子"兰少义和陈占高、王长乐、周海军、张春耕。企业老板陆德富、甘子牛也跑了。

陆富达很聪明，很细心，但聪明反被聪明误。他竟然把谁送给他的钱款和高档奢侈品记录在册！这给公安机关一个绝佳机会——一份铁证如山的证据！

公安机关又找到他的儿子，搜到两张银行卡，里边共有二百八十万元，还有两块名表。他儿子交代这些是他爸爸出国前留给他的。那张卡里有二百万元，另一张卡是以前他爸给的一百万元，已花销二十万元，又查封了他的两套别墅和另外五套房子。

在陆富达案件中，没有牵涉张海明任何问题，也没有涉及杨文图、武家豪、闵家仁任何问题。纪委和监察机关还特别关心张海明——因为尤老回去汇报张海明就是廉政典型——如果这次陆富达案件不涉及他，而他又和他有斗争的话，说明此典型是过硬的。

到头来，陆富达想整张海明，种种手段都没得逞，而搬起石头砸了自己的脚！也应验了尤老说的"善有善报，恶有恶报；不是不报，时候没到；时候一到，一切都报"的那句古人警示的话。

陆富达进去以后，他那"大官"连襟从上边也进行了活动，但无能为力；他那总行的"靠山"知道是中纪委办的案子，没敢伸头。陆富达的同学不少，都是中央金融学院毕业的，在北京和全国各地都有，官职也都不小，大都在金融、财政局，他们一些人联合起来，也在活动，想保住陆富达一条命——只要不判死刑就行。因为陆富达对同学们很"大方"。

陆富达初步被认定有四条罪状：受贿罪、贪污罪、洗钱罪和涉黑罪。

陆富达名字原来叫陆德利，是他做商人的爸爸给取的，但他后来大学毕业，又入了党，当领导以后感到这名字太"私利"了，就叫了陆富达了。但改名没改"德行"，还是因为"利"而失了"德"，毁了一生！

张海明的廉政典型形象也受到了影响，毕竟他和陆富达在一个班子干了好几年。尽管和陆富达案件毫无关系，但作为党委书记，"一把手"行长，还是有点"领导责任"的。这是国兴银行和陆富达关系好的副行长，在党委会上提出来的。

总行和张海明谈话时也透露过：中纪委调查组，特别是尤老很欣赏张海明的为人做事，她认为张海明是个廉政典型，建议总行进行总结。可总行还没来得及派人总结，陆富达就出事了，树立张海明"典型"的事也搁浅了。

张海明很感激中纪委尤老对他的认可，也明白总行和他谈话时说的"暂时不总结你的廉政事迹"的做法，毕竟是同一个单位，又出罪犯，又出典型——张海明向韩书记表示："我要从陆富达案件中吸取教训，作为行长，党委书记，一个人好不算好，整个班子好，全行风气好才算完美。"

韩书记似乎同意张海明的观点，但他又说："人要犯错误是阻止不了的。"

他又鼓励张海明不要受陆富达案件的影响，要大胆工作，借此机会搞好整顿，吸取教训，把坏事变成好事。

第三十章　砥砺奋进

尤老从北京给张海明打来电话，让他正确对待此事，工作再接再厉，尤老说：

"只要是块金子，迟早会发光的。"

尤老让他到总行开会办事时，顺便到她家看看。从此，张海明和尤老交上了朋友。

张海明借陆富达这个反面典型大做文章：在全行实行大整顿，他首先召开全行分支行长和纪委书记、监察主任联席会议，正式通报了陆富达案件。

根据总行领导指示精神。韩书记也专程来到了庆都分行，在会议上讲了话。他说：

"陆富达案件的发生，不是偶然的，是多年来腐败问题在银行系统的突出表现。这次陆富达案件，他贪污受贿近亿元，罪大恶极，在我们国兴银行省一级分行中史无前例！他的案件又涉及到那么多行长、处长，也是罕见的！庆都分行这些年派系突出，班子不和，不正之风严重，亏损屡扭不盈，根源就在陆富达。但对他来说，根源是在于私欲。我们承认市场经济，但它也带来了一个物欲膨胀的社会，国人的享受意识比以前高涨。而金钱是一把双刃剑，它的另一面又是一种毒品，它浸透了人的灵魂，人们不得不为此付出惨痛的代价！包括那些和陆富达同流合污的人。庆都分行这几年告状风不止，告谁？就告他陆富达和这些人。也许有人不理解，会问：为什么早不查处呢？我不能向你们解释其中的原因，我们的腐败风不仅有滋生的土壤，也有保护伞。所以要理解反腐斗争的严峻性、复杂性和长期性。

"庆都分行出了陆富达大案，咎由自取，张海明同志说他有责任，他来不到一年的时候，就查出一些问题，只不过没作组织处理——因为他那级干部是总行管理。所以，我说，总行也有一定领导责任，我本人是副书记，又兼任纪委书记，我应负主要领导责任。我已准备向总行党委写检讨。对于我们国兴银行来讲，要从这个案件中吸取深刻教训……"

韩书记讲了许多，张海明主持会议，并讲了话。他讲的一个重要问题是消除派系问题。他说：

"庆都分行这几年拉帮结派，越来越明显。我来了以后确有感触，我讲过几次，也找陆富达和其他人谈过，但他们把我当成他们的对立面，根本听不进去。一开会，研究工作就是争来争去，都是从派系出发，不是从工作出发，影响和谐团结，影响正常工作。陆富达案子出来后，牵连的人大都是和他拉帮结派的人。现在跑了的那几个，都是陆富达的派系骨干。周海军和陆富达合伙干了多少坏事，处分他，他还不满意，现在怕抓吓跑了！胡信也跑了。为了要官买官，他送给陆富达多少钱？他损失银行贷款从开发商那里整好几套房子给陆富达。这些人为了各自私利结为同伙，又情投意合，仗有权有势，无所顾忌。我来了以后，有些察觉，比如开贷审会，总有那么些人收受贷款企业的'红包'，然后为这些企业贷款开绿灯；研究提拔干部，总有人为那些不该提拔、不该调动、不该重用的人说话；人事、审计、保卫设'小金库'，还有国际部、直属支行财务违法违规支出，都为陆富达这些人吃喝玩乐贪占开方便之门！这些人同流合污，形成帮派，首先受损失的是银行利益。我们庆都分行亏损几十个亿，难道没有这些人为非作歹的原因吗？其次是我们的事业受影响，派系作怪，用人错位，庸人也用，溜须拍马、不干正事的人也用。只要送钱就行，这些人上来会贻误事业的。还有一个影响是政治影响、社会影响，这几年我们庆都'亏损行'的名声在外。这次陆富达案件，社会上已经传播开了，说'国兴银行出事了，行长被抓了'。这件事，犹如一次地震——政治地震！我们庆都分行元气几年能恢复？我们不能小看腐败问题，它会牵涉好多人，它会毁掉我们的事业！"

在这次整顿教育中，张海明又请法院老院长讲了一课。虽然庆都涉黑大案和陆富达案件还在警方调查之中，还没有进入法律程序，但老院长知道内情。老院长说：

"我很震惊，很痛心！你们行出了大案子，又牵涉那么多人。这次只想讲教训。人要犯错误，甚至犯罪是他个人问题，但教训是大家的，我们每个人都可以受到启发。人要汲取两方面营养，正面营养和反面营养，就像我们中药中的毒蛇、蜈蚣等有毒的东西一样，也可以预防和治疗疾病。陆富达贪腐大案，就起这个作用。因为涉及那么多人，教训惨痛，对广大干部也起到警钟的作用。这个教训告诉我们：人要珍视自身尊严、价值和所承担的责任、作用。

"这么多人被牵涉进去，判刑的、失踪的、受处分的，这对我们事业是多大损失啊！大家想想：国家要培养一个人，从教育——小学、中学、大学，从参加工作——员工、科长、处长、行长，多不容易啊，需要多大人力和财力啊！当你一步一步地走上去，达到你理想的境界高点时，突然犯了错误，从顶上掉了下来，这叫毁于一旦！"

老院长又语重心长地说："人的生命是宝贵的，只有一次，要珍惜啊！如果你因为私欲而锒铛入狱，甚至判了死刑，多不值啊！多可惜啊！开除党籍，结束了政治生命；还有工作生涯也走到尽头了，总之，出了大事，你的生命就会如灰尘一样消失，你就成了行尸走肉无用的躯壳。这些可怕的教训，告诫我们要珍惜，珍惜得来不易的生命，珍惜我们得来不易的事业成功与荣誉，珍惜社会给予我们的美满生活。而珍惜的决定因素是要自己把握住自己，清清白白做事，堂堂正正做人！"

老院长的讲话博得一次又一次掌声，引发大家的深思。

张海明还请了一个"反面教员"——让苏书记找一个犯人作报告——他要求是银行的、学历高的、职位高的犯人。苏书记让司法局局长给找到了。

　　此人原是庆都省一家副厅级行长，因受贿罪被判二十年刑，但他悔过自新，又在监狱表现良好，刑期已经减了四年。他也愿意给大家讲，他还带来了在狱中用泪水写的《狱中忏悔》一书，赠送给大家。他说：

　　"我今天站在银行的会议厅里，和你们见面，想起我当行长时经常在大会上给员工讲话的情景。但我今天是以一个罪犯的身份向你们忏悔。我从一个荣耀的行长变为一个阶下囚！但我没有消沉到底，而是用我自身这污泥作护花营养，让鲜花绿草更茂盛艳丽。"

　　看来这个人有点文学修养，讲话有点幽默。这个人原是全国名牌大学中文系毕业的，又到外国留学，回国后在北京一家银行任办公室主任，后被下派庆都省一家银行当副行长主持工作，是总行的后备干部。他有傲视一切的才干和荣耀，却没有抵御住金钱的诱惑，成了"不齿于人类的狗屎堆"。他入狱后，年轻漂亮的妻子和他离了婚，老父母一病不起，相继离开了人世。他痛恨自己，因自己的罪过株连家人，他说："就是把我枪毙了，也抵不了这么大的损失啊！"

　　他说："我今年四十一岁了，二十年在监狱度过，苟延残喘，行尸走肉似的度时光，当我出狱时已经六十岁了，到了退休年龄，我也不能再工作了，只是延续生命，毫无意义！我读了二十年书，又出国留学三年，二十三年是学习时间，加上六年休假时间，二十九年没有对国家和人民作出任何贡献，刚刚发挥作用，就进了监狱！我一生只有十年时间干些事，而且又有不法作为。"

　　他低着头，声音哽咽，流着悔恨的泪水。

　　他哽咽了一会儿，继续说："同志们，我不知这么称呼对不对，因为你们是好人，我是罪犯，不应这样称呼；咱们都是搞银行工作的，我应该称'同仁'或'同行'，但我是罪犯，也不该这样称呼。所以我现在不知怎么称呼你们好。如果搞银行的人不出事，称得上堂堂正正的人！因为银行的人整天和钱打交道，是经得起金钱的诱惑和考验的人，思想觉悟、道德品质最过硬。银行这个特殊行业，犯错误、犯罪的概率比其他行业都高，所以必须时时提防，警钟长鸣！我是前车之鉴，我是反面典型，如果我今天的现身说法能够起点作用的话，也算一种赎罪、一种悔过吧！"

罪犯作报告，现身说法，领导干部们听得很新鲜，又能接受。活生生的"反面教员"有时比空洞的说教效果更好。

何华主持报告会，张海明讲了话。他说：

"今天，我们听到的是银行行长犯罪的典型说教。我一再说，人是动态的东西，多么好的人，也有可能变坏，好与坏只是一步之差，但形成的原因并非'一日之寒'，任何事物质变的前提是量变，量变是平时积淀的。所以周总理说过：'人要活到老学到老，改造到老。'我们要学习老一辈革命家的风范，在对待钱和物方面要非常谨慎和自觉自律。毛主席用稿费修建游泳池，接济生活困难的老师、老朋友和下属人员，从来不动公家的钱。我们搞银行工作的不能'见钱眼开'，你天天看钱，摆弄钱，眼睛发红，心就变黑，手就变黏。人一旦从'眼馋'到'黑心'，这是个质的变化，就危险了，早晚会出事的。"

会后，张海明与何华商议，经党委同意，让何华抓全行思想政治工作和精神文明建设，把杨文图原来分管的党政工由他管。全力以赴，集中精力，把人抓好，把队伍管好。

何华转业到银行工作以后，他一直思考着如何借鉴部队管理理念和政治工作优势，把银行员工队伍建设搞好，但银行毕竟不是部队，员工也不是军人，如果管严了，管多了，会有人说出风头。但如果抓不好，没有成效，也会辜负总行领导的厚望和老战友张海明的期待。

何华下基层调研之后，有个想法。其中一条他认为应当重视，那就是如何管好人，把人的思想管好，把人心抓住了，人的自觉性有了，就有了工作的积极性和创造性。

"怎么管人？"

张海明问。

"我想借助部队'一帮一''一对红'的办法，省分行行长要包各市、县支行行长，副行长要包机关各处室……依此类推，员工也是由所在处（科）长包管，即思想工作不能出现死角，哪个地方出死角，哪个地方会出现风险。尤其是管钱、管物、管信贷等重要单位和部门更应包管好。"

何华还有银行各方面管理的建议。

张海明认为有必要在党委会上议一议，银行怎样加强管理，都管什么，如何管法。

何华首先介绍了他调查之后形成的加强思想管理的思考，主要是借鉴军队管理的经验，结合银行的实际，特别是陆富达案件和涉及这么多人的教训。他的思考意见很有针对性。

卫中首先发言："何副行长提得对，银行管理，主要是管人的思想。我们今后下去检查工作，首先要检查人，对人的思想工作做得怎样。今后考核班子，考核领导干部都要考核'两手抓'的情况，如果只重视物质文明建设，不重视精神文明建设，不重视党风廉政建设，不能算好班子、好领导。"

杨文图说：

"银行管理和部队管理差老远了，老何来了，抓管理，我拥护。比如'三风'问题（送礼风、炒股风、赌博风），我早就提过，但不被重视，现在该抓了。"

卫中接过话说：

"现在搞管理，先要把风气搞正。一个单位风气正，就像一个人气血足一样，红光满面，精神劲足，是健康的样子，才能心有余而力有足。"

张春耕的发言，既赞赏了何华的调研作风，又原则同意抓银行管理的意见。但他认为：

"还是按领导工作分工管，该抓啥的就抓啥；如果管业务的副行长再抓精神文明、思想工作、党风建设，也没那精力。"

他甚至用"狗拿耗子多管闲事"来暗示不要"两手抓"。

"这可说得不对！"

杨文图反驳他，说：

"领导'两手抓'，中央早有指示，什么叫'狗拿耗子'呢？"

"你比如说，你让我也抓精神文明，我没搞过，我明白吗？"

张春耕辩解说。

关于这个问题，大家争论了好长时间，连处长、主任们都参与了意见，最终也没有统一认识。

对于这个问题，张海明说：

"作为领导，一定要按中央要求的'两手抓'去做，'两个担子'一肩挑；但分工有侧重，分管业务处室的领导，当然要抓好业务经营，但在工作中你不能忽视人的因素，人的思想。比如信贷工作，你不强调廉政建设，就容易出事；比如管钱管物的单位，你不重视人的思想工作，他容易起贪占之心。陆富达案件的教训说明：思想道德防线一旦突破，人就会毁于一旦！"

闵家仁对省营业部那么多人出事，既自责，也有教训。他说：

"张行长说得对，领导光管业务，不管人肯定不行，如果人出问题，业务经营肯定受影响、受损失。我们贷款质量那么低，我们亏损那么多，原因很多，但有一条不得不承认，那就是，我们管信贷的人，从事信贷工作的人员，从中捞到了好处，吃回扣啊，受贿啊，你吃人家的嘴短，拿人家的手软，你收贷收息就难！你收人家的十万元好处费，你得有一百万元的损失！"

闵家仁的话，实际说出了两个问题：一是物与人的关系，管钱管物首先要管好人；二是银行与企业之间的关系，银行占企业便宜就要吃大亏。

张海明同意闵家仁的观点，他认为这是抓住了事物的主要矛盾。

武家豪发言时提到了部队"四个第一"。他说：

"我记得当年部队提出人的因素第一，工作第一，人的思想第一，还有一个什么第一来着。部队思想政治工作是厉害，现在还保持这个传统。我们银行的人经常和钱打交道，不管理好人还真不行；管人就得抓住人的思想，因为思想是指导行为的啊，犯罪的人都是先打破思想防线的，所以我赞成老何提出的思想工作'一帮一'或'几帮一'的做法。"

……大家发言都很畅顺，尽管有不同看法，也不对立。这和陆富达在的时候截然不同。

张海明很羡慕战争时期党中央领导集体的风气，几大领袖聚在一起，像拉家常似的，各抒己见，畅所欲言。然后毛主席拍板一定，行了。那么重大的事情都轻松地决策，没有相互抵触。

何华说："我每次看电视剧，那种开会场面都令我钦佩，我看这也是领导艺术和工作作风，我们达不到那样成熟和高超的水平，但我们可以学习。"

卫中说：

"这里首先需要领导之间团结和谐，如果形成帮派，明争暗斗的，开什么会都很难顺利进行，不是沉默不语，就是对着干。"

卫中说有切身体会，他刚来时，班子中两派分明，所以张海明提出来什么，主张什么，陆富达和张春耕、田仁京他们都反对，也没有是非标准，都从派系出发，凡张海明拥护的，他们就反对；凡张海明反对的，他们就拥护。和以前的左派右派斗争一样，其实张海明不属于哪一派，他是主持正义和公道的，卫中来了以后，也是正义和公道的主张者，张海明的辅助者。

张海明到庆都分行至陆富达被捕之前这段时间，他的工作非常艰难，作为"一把手"行长，在这种派系之争的会议上，很难主持，左右为难，所以他经常想到电视剧中毛主席领导的党中央开会那种和谐亲热的镜头。

张海明归结到会议主题——银行管理问题。他说：

"我为什么把何行长要来，让他主管政工和行政工作？为什么让他下去调研，拿出银行管理意见？我是想借用军队管理经验来加强我们银行的管理。大家对借鉴部队管理，特别是部队思想政治工作问题有些分歧，我认为没什么原则问题，都是在共产党领导下相互学习、相互借鉴、取长补短的问题。我坚定地认为：世界上最早实行管理的是军队，最优秀的管理也在军队。之后才出现工业企业。银行才诞生几百年，历史更短，企业管理不过是军队管理在企业中的一种延伸。所以，管理是军队中出现的一种科学。那么多人聚集在一起，这些武装人员，怎么管理和指挥，又要内部不出事，还要打胜仗，这就需要有纪律约束，有制度规范，有教育诱导，有军法震慑，逐渐形成一套管理体系。也出现如《孙子兵法》这样的传世之作，还有《六韬》和《唐李问对》等。后来的企业管理能不学习军队的管理思想和理论吗！世界上最早出现的是军事家，而不是企业家，更不是银行家。孙子训练宫廷人员，杀了不听话的皇妃宫女，从此那些皇亲国戚们都老实了！世界上许多伟人都是军人出身，领兵打仗，先是军事家，后成为政治家。这些政治家无不运用或借鉴军队管理领导国家。后来企业管理也逐渐完善，出现了很多著名企业家。我们金融管理理论才不到二三百年，而大多金融理论很少涉及对人的管理，是一种不完美的理论。巴林银行就是由于一个人的胡作非为，致使一个银行倒闭。我们一个陆富达案件，涉及那么多人，又造成银行多少亿损失？如果我们庆都分行是独立法人的话，早就破产了！"

他接着说：

"军队管理的先进就先进在管人上。你看从编制上看，一级一级非常严密，非常合理，几十年不变；再看我们的银行和企业机构设置，随便增加和减少，干部提拔说提就提。军队行吗？军队干部晋级，没有在基层当过主官的，一律不得提拔。咱们银行机关处长、主任有多少在下面基层待过？我们银行没有这方面规定。大学生招进银行，有些人连基层普通业务都没干过，他能了解基层情况吗？了解基层员工酸甜苦辣吗？不了解基层，怎么指导基层工作！你机关制定和决策的东西，能符合基层实际情况吗？

"咱们银行，包括企业的经费使用，领导一批就是几万几十万几百万！不需要集体研究，个人就有权批！权力这么大！批错了是多大损失啊！军队却不然，几万元都得集体研究决定。我们今后也得限制个人权力，包括我这个'一把手'。比如贷款，以前没有贷审会时，不都是行长、主管行长说了算吗？连信贷处处长、计划处处长都有权批。陆富达他为什么热衷于主管信贷工作，有贷审会和没有贷审会，他都说了算！所以银行资产损失这么大！与权力的滥用有直接关系！

"军队的责任就非常明确，不管哪国哪党的军队，你指挥打胜仗，就要提拔；你打了败仗，就要撤职，严重的要掉脑袋！我们银行不然，贷款损失多少亿？谁被追究了？谁被撤职了？不过近几年才有问责制。"

张海明又说到何华：

"我看老何来咱们分行当副行长、副书记，把部队管理理念带到银行管理上来，我相信会有效果的。现在他抓机关就有新气象，迟到早退的人不多了，机关上班时玩电脑的少了，串岗闲聊的几乎没有了。咱们来的那几个团职干部，总务处处长老苏，这段抓得也是有声有色，把几十号人管理得稳稳妥妥的；老裴对财务会计制定出了一套办法。保卫处也搞了保卫工作'五十个怎么办'，都细化了。短短三个月，都有建树。所以，要相信这些军队转业干部的先进理念和工作能力。"

会后，何华到张海明办公室，对张海明大加赞赏：

"老战友，没想到你解甲归来，对军事管理还这样感兴趣！"

"我离开军队太早了，但我对军队非常怀念。我看了许多军事和战争影片，读了许多军事理论书籍和伟人传记。我这么多年当行长，就试探着如何运用军队管理理念来加强银行管理。军事理论和战争锻炼造就了一批批伟大人物，我们搞企业的没有理由不学习军事理论、军队管理思想以及工作方法。"

"所以把我要来了，让我帮助你加强管理。"

何华说。

"当然，银行管理，特别是思想政治工作、党建和廉政建设是弱项，让你来，加强这方面的工作。现在党委会上我给你造舆论了，没有障碍了，你大胆干吧！"

张海明对何华充满信心。

"我管理可以，但得容我有个过程，我不可能立竿见影。"

"在咱们中国，管理是个弱点，我看世界上出了好多著名企业家，著书立说，唯独中国没有几个。管理好了，也是一种效益。"

张海明说。

"管理出效益？"

何华认识到张海明不是部队上的那个张海明，现在点子多、观点多。

"我看把今年作为'国兴银行管理年'，你弄个东西，发下去，全行上下把管理抓上去！"

张海明对何华要求说。

"好啊！"

何华完全同意张海明的思路。

他马上动手，制定《关于国兴银行庆都分行开展"管理年"活动的方案》，包括一套"管理细则"。

在开展"管理年"活动之初，何华建议张海明：全行各机关把宣传工作从办公室拿出来，与工会、党办合着办公；机关党办主任配额取消，由宣传部长兼任。他借鉴部队机关党组织建制办法——机关党委、支部书记都是由相关部门首长兼任，党办设在相关职能部门，主任由该部门负责人兼任，这样可以节约一个编制——党办主任，改作专职宣传部部长。

党委同意后，任命原党办主任开辛当宣传部部长，并兼职工会副主席。开辛原是军队一名团政委，当党办主任无所事事，这回一肩两职，可以大显身手了。陆富达在位掌权时，开辛就是上不去，一压就是几年，这回他如鱼得水，辅佐何华，干起来轻车熟路！

何华有张海明做后盾，大胆抓管理；开辛有何华做主，也从机关管理抓起。按"管理年"要求，省分行机关要做出样子。他建议并购买了指纹机，员工上下班按指纹，每周汇总一次。每月张榜一次，这样迟到早退现象基本杜绝了。工作期间不定期抽查，看员工在岗情况，查玩电脑、炒股和串岗闲聊等情况。这些都作记载，年终与奖金评定挂钩。有一次开辛抽查，发现有一个处长不在岗，问处里的人干什么去了，本处有人编造说到医院看病去了。开辛较真了，让他回来拿发票作证，对方说没开；又让他拿诊断书，说医生没写；又问他开什么药了，他说没买药。开辛说：

"没有证据，算你擅自脱岗！"

两人争吵起来，直吵到何华那里（何华兼机关党委书记，主抓机关），何华支持开辛，批评了那个处长。那个处长不服气，临走时冒出一句：

"不就是个转业干部吗，有什么了不起的！"

何华听到后马上把他叫回来，严肃批评他说：

"转业干部怎么了？军队是共产党领导的人民军队，不是国民党军队，转业干部和你一样有尊严！"

那位处长只好认错了事。

何华和开辛经常下班后到各办公室走走看看，看谁在加班加点工作，注意掌握员工情况；也检查有人反映机关下班后打麻将输赢钱的事。有一次何华和开辛碰到了——

在张春耕办公室，他和三个处长正在打麻将，桌上还放有零乱的钱。何华和开辛突然进屋，何华说：

"张行长还有此雅兴啊？"

"啊，这几个小子'三缺一'，非来找我玩玩。"

张春耕满不在乎地说。

"看在张行长面子上，麻将和钱就不没收了。"

何华正话反说。

"啊？何行长，你公事公办，行里有规定：收吧！"

张春耕说完推乱麻将，连自己那堆钱也没拿，起身就走了。

看这场面，三个处长也惊愕地散去了。

何华看看开辛，开辛也看看何华。

"没收！"

何华说。

开辛把麻将和钱收拾起来，并登记在考查本子上。

周一上班，何华到张春耕办公室，对他说：

"张行长，你看不巧碰上你了，请你理解。"

"我理解，我按规定交出了麻将和钱。还需要我写检讨吗？"

张春耕头也不抬，在看什么材料。

"张行长，我们也记下来了，可能年终影响发奖金，当然，你的奖金总行发，但处长他们会受影响的。"

何华不客气地说。

"你可以上报总行，扣发我奖金！"

张春耕还是低头说道。

何华把这事向张海明作了汇报。张海明说：

"有时间我和他谈谈，没事。他这人孤傲得很，你新来的，他对你这样也自然。"

张海明鼓励何华：

"老战友，银行不像军队好管，你大胆抓，不管是谁，出事我兜着！"

张海明真的找张春耕谈了，但谈得很简单：

"老张，听说你带头打动钱的麻将？何华收走了麻将和赌资是对的。你要理解和支持他的工作，我建议你看一下《三国演义》，看曹操怎么做的。"

张春耕莫名其妙地让人找来《三国演义》，他翻了半天也找不到曹操在打麻将的事。他又耐着性子找张海明问：

"老张，你让我看《三国演义》什么意思？"

"你看了吗？"

"看了。但没找到有曹操打麻将的事。"

张海明乐了，说：

"曹操在一次打仗时对部队约法：谁要踏坏青苗处斩！而曹操的马受惊跑进了农田，踩踏了庄稼。曹操不愿自己践踏自己制定的法规，拔剑处置自己。众人劝说拦阻，曹操割发代首。从此，曹操的威信更高了，三军也更加遵纪守法！"

张海明讲完，对张春耕说："老张啊，咱们当行长的对行里的规定要带头遵守啊！如果有问题，也要像曹操一样'割发代首'啊！"

张春耕这才明白，又无话可说。他回去后又翻看《三国演义》，非要找到原文，看个仔细不可。

何华又带开辛到一个市分行检查落实"管理年"活动情况。据反映，这个市分行机关员工炒股成风，还成立股民协会，每周开一次会，交流体会和信息，上班时间有在电脑上炒的，还有离岗到股票大厅去炒的。何华和开辛到这个行不告而至，只把工会王主席叫出来，一起到股票大厅，交代王主席看有没有行里员工。他们在大厅里转悠寻找着，没有，又到二楼贵宾室，果真有三个人正在看股票行情，他们见王主席领人进来，不好意思地称一声：

"王主席。"

王主席说：

"你们工作时间炒股？"

他们不认识何华和开辛。王主席介绍：

"这是省分行新来的何行长、开主席。"

三个人顿时吓呆了，一个说：

"我们错了。"

另一个说：

"我们改，一定改正！"

何华让王主席记下了三个人的名字，走了。

王主席令他们：

"马上回去！写个检查。"

何华他们又来到市行机关，不让王主席跟着，他和开辛分头到各办公室查访。机关员工都不认识他们，他们见到不速之客，以为外来办事的，连屁股没动，该干啥干啥，有的问：

"你找谁？""你有什么事吗？"

何华说："啊，走错门了。"

开辛也谎称找某某。两个人都借机留心员工们在干啥。他们这样一连走了几个科室……

这时，行长在王主席陪同下找何华，找了几层楼才找到，见到何华惊讶和歉意地说：

"何行长，怎么来时不说一声？"

何华说：

"我们来得仓促，又没有你们手机号。"

王主席说：

"何行长部队作风，都检查好几个地方了。"

"何行长，你多给我们的工作指导和批评呀！"

行长说。

到行长办公室后，何华把来意和检查情况向行长说了。何华说：

"你们市分行员工有到股票大厅炒股的，名字王主席记了，机关办公室我们看了几个，干什么的都有，有在电脑上看股票行情的，有玩游戏的，有看报纸的，还有个别人趴桌子上睡觉的。至于礼节礼貌问题，由于他们都不认识我们，连屁股都没动，可以理解。"

行长不好意思，脸色阴沉，自我批评说：

"这些问题，我们行长有责任，现在我们按省分行'管理年'要求正在改进。"

"我听说你们的分行炒股成风，还有股民协会？"

何华问。

行长笑了：

"有，几个业余糊弄的，不是正式的，这次会上我都讲了，让他们解散。"

"协会可能散了，但炒股的心不散，他们把钱投到股市里，能不操心吗？"

何华又说：

"上级行三令五申领导干部不许炒股，这次省分行'管理年'细则也规定不许炒股，一般员工炒股不能占用工作时间。我看规定管不住股民的心啊。有心炒股，无心工作，这是必然的。一心不可二用啊！"

何华按党委要求，和行长谈了话，也叫谈心。在部队时，他经常这样做。行长也第一次遇到有上级行行长找他谈心，他不知道谈什么。何华说：

"谈谈政治思想建设，咱们随便聊聊。"

行长明白了以后，心里顿时热乎乎的。

何华和他谈了一个晚上，从家庭情况、个人经历、行里情况、工作困难和经验等。他谈的一个重要议题是加强两个文明建设问题。他认为：副职可以按分工去抓，但"一把手"行长必须掌管全面工作。

市分行行长说：

"我没干过政治思想和精神文明工作，不知怎么干。"

何华说：

"你是行长，同时又是党委书记，党委工作包括党的建设、思想政治工作和精神文明工作，支持工会工作、机关党委工作，他们把工作干好了，也为你分担一半精力。"

本该回去的何华没有回去，他想把这个行作为"管理年"的试点行，留下来继续抓好。何华电话请示张海明。张说："那个行乱一点，你要抓好了，有说服力。我相信你，老战友，一定能抓好。"

何华和开辛蹲下来就是一个月时间，从机关到基层支行都走遍了，了解情况，现场办公，为解决这个行管理松弛、风气不正的问题。如炒股、打麻将赢钱、上班不坚守工作岗位、工作积极性不高等问题。

树立起一个由后进变先进的典型。

"管理年"结束时，省分行开了一个座谈会，各级行长代表和机关处长主任代表与会，对一年时间全行开展"管理年"活动情况进行评估和总结，大家一致认为"管理年"活动使全行在员工队伍建设、行政、业务管理等方面都提升一个档次。管理混乱等问题得到了较好的解决，全行的组织纪律观念、思想和工作作风和行风行貌有了明显加强。

张海明对何华来分行任职一年时间的所作所为十分满意。他原来分管的精神文明建设，还有党务工作、行政管理工作都由何华"担"了起来，他省心多了，有更多精力考虑做好全行工作。

杨文图自从把工会主席和机关党委书记等"意识形态"方面工作交给何华后，他集中精力抓信贷等业务工作，转变陆富达多年来主管信贷工作所形成的个人说了算、以贷谋利等不良风气和做法，初见成效。

这是一个历史性的年份：庆都分行金融秩序混乱、经营不善，十多年亏损的局面改变了，出现了盈利两亿六千万的良好开端，走出了低谷，看到了地平线上的阳光。多年来压在庆都分行头上的亏损帽子终于摘掉了；低头走路的员工终于昂首挺胸地大步走起来了！

这一年，陆富达案件终结，被判了死缓。又有那么多人被处理，使庆都分行多年的恶瘤被割除了，一个健康的、朝气蓬勃的庆都分行出现了！

这一年，张海明到庆都分行工作已整整五个年头，他从冲破层层障碍、正本清源，到呕心沥血、励精图治，终于有了回报——反腐败斗争卓有成效，业务经营扭亏为盈；而他另一个收获是，年底中纪委和总行总结宣传了他的廉政事迹，年初总行纪委工作会议上被树立为"优秀党员领导干部"，并报到中纪委在全国表彰！

总行考虑张海明已到庆都工作五年了，要调他到总行任副行长，但张海明不想再动了——他说："我都五十八岁了，在庆都再干一两年，巩固一下庆都行的经营管理成果，全力把庆都分行打造成金融战线的一面红旗，就从这里退休吧。"

总行班子高度评价了他的高风亮节，充分肯定了他在庆都行这几年的工作成绩。但没有同意他的意见，而是把他调到了另一个亏损行任职，只是在任命的前边，加上了"首席专家"二字。

（注：首席专家，即总行副行级待遇，比一般的省行行长职务高半级。）

跋

——交流与较量

栾晓阳

壬寅年春夏之交，京城疫情重燃，星华先生被困郊区，恰有时间完成了他的"银行人三部曲"之三——长篇小说《较量》的创作。后先生将初稿发给振斌先生与我，嘱我二人分别作序与跋。

星华先生一直是我的领导，从编辑到副主任、主任、副主编，我个人职务的每一次提拔，都是星华先生力主的，十多年的朝夕相处，我们之间已经不是简单的上下级关系，更有一种老师对学生的传道授业解惑、长辈对晚辈的提携关心期待在里面。

自古以来多是高位者给低位者（如师生、上下级、名家与常人）作序作跋，未曾听闻学生给老师作跋的，这不是本末倒置吗?！听到我话语中的推辞之意，星华先生说："这十年来咱俩在一块的时间最长，你应该是最了解我的，就是你了，老范作序，你作跋，别再推辞，这是命令。"长期在星华先生手下工作的我知道，一旦他说出"这是命令"四个字，就表明此事已无转圜余地，千方百计都要完成，这是一位转业老兵的部队作风的延续。

之前有不少金融系统内的写作者个人出集子请我帮作序或跋，我都推辞了，甚至连书评我也很少写，盖因自觉年轻，文采、认知亦都属平庸，如不是身在此位，谁又会有求于我？故序跋一事实在愧不敢当，只得一一推辞。如今倒好，生涯第一次作跋，竟是给自己的领导，纵然哭笑不得，鸭子只能硬着头皮上架了。

《查账》《贷款》《较量》，是星华先生的"银行人三部曲"，都出自作家出版社。业内人士都清楚，能在作家社出书，一定程度上代表着主流文学权威的认可，我相信《较量》肯定还是由作家社出，事实也正是如此，由此可见这三部曲的含金量。值得一提的是，星华先生的另一部作品——反映银行人抗震救灾事迹的《震区》，依然是作家社出版的。据我手头掌握的数据，星华先生应该是在作家出版社出书最多的金融人。可见，为行业文学奔走呼号多年的星华先生，自身早已突破了行业的桎梏，成为一名社会认可的作家。

《查账》讲的是一个保护国有银行资产的故事。国兴银行与两家企业签订了一份总额超过百亿的合同，如此巨额的合同上竟然没有明确的合同终止日期，存在巨大的资产流失风险。主人公鲁青（国兴银行某处处长）临危受命，到深圳处理此事。小说围绕着查账与反查账、解除合同与反解除合同展开故事，揭开了银行资产流失的内幕。

《贷款》与《查账》一脉相承，在故事上衔接下来。同样是临危受命，鲁青这次到深圳处理的是一起企业骗贷案件。国兴银行某支行行长与企业财务管理人员相互勾结，最终携款潜逃，给银行造成了资产流失，形成了不良影响。鲁青南下查案，究竟是彻底揭开盖子让真相大白于天下，还是听从大领导暗示内部处理草草了事？在社会这个江湖里，坚持原则与和光同尘，是每个人都会遇到的抉择。

《较量》一书原题为"交流"。主人公从鲁青换成了张海明。张海明是国兴银行的一位交流干部，从沿海经济发达省份清江交流到西南经济欠发达直辖市庆都任行长。面对庆都分行历史遗留问题突出、人际关系复杂、经营一直亏损的不利情况，张海明与部分庆都分行干部斗智斗勇，进行了激烈的较量，最终获得了胜利，行风行纪得到了极大扭转，庆都分行实现了扭亏为盈。

《较量》的主人公从鲁青换成了张海明，人物的底色却是一致的。从性格上，张海明与鲁青一样都是军人出身，果决勇敢，有魄力也有能力；从经历上，二人都是智勇双全之辈，面对诱惑不为所动，面对栽赃陷害最后都能化险为夷；从结果上，三部曲的内核都是正义战胜邪恶。

与前两部作品不同的是，《较量》将大量笔墨放在了银行内部权力的角逐上，全方位地向读者展示了省行层面主要领导之间的政治生态。在上一任行长退休后，身为副书记的"二把手"陆富达，本以为凭自己的资历和关系能顺利掌舵庆都行，谁知半路杀出个程咬金，张海明的"空降"打破了他的幻想。张海明对自己的"空降"是一头雾水，他觉得本来在清江省干得顺风顺水，怎么被"发配"到了庆都呢？一场"空降"干部与本地官员、信仰坚定者与唯利是图者、正义与邪恶、改革派和既得利益集团的较量就拉开了序幕，主要战场就在国兴银行庆都分行，战线却绵延到总行、市分行、县支行以及政府和社会层面。

星华先生是从县支行直接调入总行报社工作的，不曾有过省分行的工作经历，书中却对省行行长们的工作状态把握得十分到位，这源于他对生活敏锐的嗅觉和细致的观察。毛主席说过：没有调查就没有发言权。星华先生为写好《震区》亲赴汶川、北川，为写好《百姓心中的丰碑》在大梨树村一住就是半年，为了塑造张海明的形象，他特别重视与省行行长的交往，观察他们的言谈举止，了解他们的工作内容，八卦他们的奇闻趣事。星华先生说张海明的形象，是一个结合体，既承载着鲁青的内核，又有着现实中他几位熟稔的农行省分行行长的影子在里面，如浙江农行的冯建龙、内蒙农行的刘聪盛、农总行原信贷管理部总经理（曾任湖南农行行长）张晓男等。

一直以来，银行或者说金融业的企业形象远不如其他行业，一方面这一直接与钱打交道的行业，难免会出现近朱者赤、近钱者唯钱论的现象；另一方面，在个别媒体的刻意引导下，公众对于银行的花边新闻、贪腐新闻的兴趣远远大于对其正面新闻的关注。当年某国有大行行长的一句"银行是弱势群体"，遭到了全国人民的讥笑。其实在某种意义上讲，银行确实是弱势群体，这几年间一些大型企业的破产清算，背后都有着操控银行的影子，个别银行明知放出去的贷款很可能收不回来，但依然敌不过权力的掌控。本书中张海明为了替员工解决历史遗留下来的社保问题，受尽了当地人社局领导的冷遇和刁难；在兴建新办公大楼的过程中，国兴银行庆都分行面对住建局的种种要求也是唯唯诺诺。

　　随着市场经济的发展，银行内部业态也发生了变化，有人逐利，一头扎进了利益的漩涡中；有人迷茫，不知该何去何从；有人抗拒，怀念吃大锅饭的时代；有人放弃了原则背离了初心；有人则一直在坚守底线。张海明所在的庆都分行，就是如此。本书反映了市场经济大环境下银行人的众生相，他们的情感纠葛，他们的利益趋向，他们的喜怒哀乐，交融在一起勾画出了庆都分行的"浮世绘"。正义终会战胜邪恶，这是故事的结局，也是星华先生想告诉我们的，更是他毕生坚信的道。

　　熟悉星华先生的人会有这种感觉，他身上有着两种鲜明的烙印：一是军人，一是党员。这两种烙印没有随着年龄的增长而模糊淡化，反而在岁月的浇筑下，军人与党员的身份愈发鲜亮。在他的笔下，鲁青与张海明有着与他相同的烙印，正是这两种烙印，使得鲁青与张海明总能披荆斩棘、化险为夷。危险丛生时，军人的勇敢和无畏是他们克服困难的底气；诱惑四起时，党员对纪律和原则的坚持是他们守住底线的最大依靠。他说鲁青和张海明不是自己，而是自己理想信念的承载者，是他想成为的人。而我想说的是，成为星华先生那样坚持正义与忠勇的人，是我的目标。他令行禁止的作风，他的善良与悲悯，他的勤奋与坚持，他的担当与无畏，他的胸襟与气魄，无一不影响着我，浸润着我，教育着我，鞭策着我。唯愿闫门立雪，不负所望。

此时，在北京的六环，星华先生的院子里，他正在小憩，我们在身边守着他。他正梦见狮子。

寥寥数笔，是为跋。

2022 年 7 月 6 日
于胶东小城

图书在版编目（CIP）数据

较量 / 闫星华著 .—北京：作家出版社，2023.10
ISBN 978-7-5212-2371-2

Ⅰ.①较⋯　Ⅱ.①闫　Ⅲ.①长篇小说—中国—当代
Ⅳ.① I247.5

中国国家版本馆 CIP 数据核字（2023）第 118126 号

较量

作　　者：闫星华
责任编辑：陈晓帆　王　烨
装帧设计：意匠文化·丁奔亮
出版发行：作家出版社有限公司
社　　址：北京农展馆南里 10 号　　　　邮　　编：100125
电话传真：86–10–65067186（发行中心及邮购部）
　　　　　86–10–65004079（总编室）
E–mail:zuojia @ zuojia.net.cn
http://www.zuojiachubanshe.com
印　　刷：唐山嘉德印刷有限公司
成品尺寸：152 × 230
字　　数：320 千
印　　张：24
版　　次：2023 年 10 月第 1 版
印　　次：2023 年 10 月第 1 次印刷
ISBN 978–7–5212–2371–2
定　　价：52.00 元